MELISSA

海王の娘2

孤独な王女と謀られた運命

JN118287

須東きりこ

Illustrator
コトハ

海王の娘2

孤独な王女と謀られた運命

MELISSA

第九章　北からの帰還

「失礼します」

レオンが船室で手紙を読んでいると、部下の一人が開いたままの扉をノックしていた。

「どうした？」

「はい。間もなくウェイク島に入港するとのことです」

「ありがとう。すぐに行くよ」

ウェイク島は海王《かいおう》の国ダナオスと、南のマルタナ王国の中間地点に位置する島だ。ダナオスの領土であり、ダナオス最南端となる。ウェイク島を領地とするウェイク伯爵は代々が有能な商人でもあり、ウェイク島はマルタナ王国を始めとする南国との交易の拠点でもあった。

レオンを乗せた船はダナオスの北部都市レントを出発し、予定どおり無事にウェイク島に着こうとしている。このウェイク島で補給と整備を行い南へと出航すれば、ダナオスを出国してマルタナの領海に入り、マルタナ王都まで一直線となる。予定よりかなり長期間のダナオス滞在となり、さすがのレオンも疲労を感じていた。

「マルタナが見えてきて安心するとか、俺もすっかりマルタナ人だよなあ」

安心したせいか体に蓄積されている疲労をより強く感じ、レオンはため息をつく。

マルタナ王国近衛《このえ》軍団長レオンは、二十八歳の若く逞《たくま》しい男だ。とはいえ、体つきだけで言えば副団長のベルダンには及ばない。だが、ベルダンに勝《まさ》るとも劣らない力強さがあり、さらには近衛一番と言われる敏捷《びんしょう》性とバネの強さ、剣技。なにより、団長に相応《ふさわ》しい知略がある。レオンの鋭い洞察と、多岐《たき》にわたる知識に裏打ちされた作戦立案は、高い評価を受けている。

レオンの生まれはダナオスだ。彼の父はダナオスの騎士だったが、とあることで国外退去となり、家族でマルタナに移住した。今回のダナオス行きは、レオンにとって十年ぶりの帰郷となったわけだ。

ダナオスに入国した時は、久しぶりの母国を懐《なつ》かしく思った。だがすぐに、ダナオスの荒廃ぶりを目《ま》のあたりにして、とても悲しくなった。自分が子供の頃から信じていたものが、まるで価値のないものだったと正体を知ってしまったような、物悲しさを感じた。あれほどダナオスの近衛騎士団に憧れていたのに、今のレオンはその素晴らしさを感じられなかった。ダナオスよりもマルタナの近衛のほうが優秀だと感じたし、マルタナの近衛にいられて幸せだと思えた。

ダナオスに来てよかったと、レオンは考えている。自分の心の奥底にあったダナオスへの憧憬《しょうけい》とか郷愁などの想いが、今はもうない過去を懐かしむだけの気持ちなのだと整理が出来た。今は一刻も早くマルタナに帰りたい、ラザラスの顔が見たいと、そう願っている。

「気になることも書いてあるし」

近衛副団長ベルダンからの書状には、「我らがお日様に恋人が出来そうだ」と書いてあった。お日様とは国王ラザラスを示す隠語の一つだ。この書状が第三者の手に渡っても困らないように、ベルダンとは事前に打ち合わせてある。

レオンが国を出る前まで、ラザラスに女性の影は一切なかった。ベルダンなどがラザラスに恋人を宛《あて》がおうとしているのは知っていたが、うまくいった例《ため》しもない。どんな女性があのラザラスの心を射止めたのか、とても興味があった。

また書状には、「近くまで迎えに行かせる」ともあった。もしかしたら、ウェイク島にマルタナの誰かが来ているかもしれない。そう思うと、とても心強く感じた。なにしろ、ダナオスでの道のりは遠く果てなく、かなり厳しいものだったから。しかも、とても寒かった。明るい笑顔のマルタナの民が懐かしく、レオンは書状を片付けると甲板《かんぱん》に上がるために部屋を出た。

ウェイク島の港は、記憶にあるよりもずっと寂《さび》れている。ダナオスに入国する時にも寄ったのだが、その寂れかたには衝撃を受けたぐらいだった。だが、ダナオス国内のいくつかの港町を見てきた帰りの今では、ウェイク島の港町はまだ賑《にぎ》わっているほうだと思える。それぐらい、ダナオスの港町は廃《すた》れていた。

現在、ダナオスとマルタナには正式な国交はなく、貿易もない。両国とも貿易には消極的で観光客なども皆無のため、船の行き来はほとんどない。マルタナよりも南の国々も、ダナオスをあまり重要視していないようだった。やはり交易船は少ない。ウェイク島の港町がそれでもダナオスの他の港よりも栄えているのは、漁船の基地になっているからだ。また、ダナオスの最南端でもあるため、海軍も駐留している。

ダナオスに入国する時、レオンはマルタナからウェイク島までマルタナの商船で来た。そして、ウェイク島でダナオス本島への船に乗り換えたので、ウェイク島での滞在時間は短かった。だが、帰国の今はダナオス北部で船を一隻《せき》借り受け、直接マルタナへと向かっている。出航からすでにかなりの期間がたっているので、どうしてもウェイク島で補給の必要があった。

「砂糖が一袋で千ラト？　正気か？」

船の台所係と一緒に買い出しに出たレオンは、その価格に度肝を抜かれた。ほとんどすべての商品がマルタナでの価格の倍近くする。唖然《あぜん》となるレオンに、慣れているらしい台所係の男は苦笑を浮かべている。

「ウェイクは物価が特に高いんですよ」

「南への商船にふっかけてるってことか」

「そういうことです。知っている船はウェイクに寄港したがらないんですが、近くに補給出来る港もありませんからねえ」

今回のレオンの船旅も、北部を出てからどこにも寄港しないでここまで来た。ダナオス王都の港に寄っていれば補給も出来たのだが、レオンは王都を避けたのだ。となると、もうウェイク島で補給する以外、道がない。

「必要最低限の補給にしますよ」

「いやいや、それはよくない。しっかり補給しておいてくれ。何があるかわからないのだから」

補給はとても重要だとわかっているレオンは、その値段にうなりながらも台所係の買い物に付き合った。次には、船長と一緒に、ウェイク島の港湾管理官の事務所に出かける。ウェイク島の港に停泊する船は、必ず届け出をしなければならない。でなければ、港で夜を明かすことは出来ないのだ。

港湾管理官はどこから見ても元海軍兵士という男で、恐ろしく高圧的だった。

「あんたら船には何を載せているんだ。危ないものじゃないだろうな。武器の持ち出しは禁じられているって知っているんだろうな」

その権幕には、レオンも唖然である。さらには、

「船に病人はいないんだろうな。まさか、ダナオスの罪人を乗せていたりしないだろうな」

などなど、根拠のない疑いをいくつもぶつけられる。レオンは声もなく唖然としていたが、我に返るとすぐ怒りがこみあげてくる。一方的に怒鳴りつける男を睨《にら》み、腰の剣に手をかけようとして、今は帯剣していないことを思い出した。

だが、船長は慣れたものだった。にこにこの笑顔ではいはいと頷《うなず》き、管理官の言葉が途切れたすきに、小さな布袋に入った何かをそっと手渡す。途端《とたん》、管理官の舌鋒《ぜっぽう》がやんだ。あとはもう、帰っていいとのお達しだ。

勿論、マルタナにだって賄賂《わいろ》を要求する悪徳行政官の一人や二人、普通にいるだろう。悪徳じゃなくたって、ちょっと便宜《べんぎ》を図ってもらいたかったり、少々ルール違反なことを見逃してほしかったりするときは、こっそり袖の下を渡すときだってある。だからといって、ここまであからさまじゃないし、賄賂ありきではない。断じてない。

「……これでいいのか」

疲れた顔でつぶやいたレオンに、船長は気の毒そうな顔を向ける。

「マルタナの方には驚きでしょうね」

「ダナオスはどこもこんな感じなんだろうか？」

「そんなことはありませんよ。そもそも、賄賂を渡してまで入港したい港は、ダナオスに多くはありませんしね」

「……そうだな」

それでなくても、ダナオスの港は寂れている。賄賂がなければ入港出来ないなんてなれば、船のほうが敬遠してますます寂れてしまうだろう。

「ここまで末端が腐るなんて。ダナオスはどうなっているんだ」

中央が腐れば、その腐れは末端にまで広がっていく。末端がここまで腐っているということは、中央の腐れ具合は想像に難《かた》くないというものだ。

「次の国王は、女王だそうですね。初代のエヴァンゼリン女王以来ということで、みんな期待しているようですが」

初代のエヴァンゼリン女王は、ダナオス国民に広く愛されている。エヴァンゼリン二世となる新女王に期待する声は大きかった。

「宰相《さいしょう》の傀儡《かいらい》だという声もあるがな」

「おい！」

レオンは不意に肩を強くつかまれた。ぐいと押され、不意を突かれたため、よろめいてしまう。

「お前、今何と言った！」

肩越しに振り返ると、町中を警邏《けいら》している騎士だった。すれ違ったとき、レオンが言った『宰相の傀儡』という言葉が耳に入ってしまったのだろう。宰相の犬か、新女王への忠誠のためか、若い騎士は聞き捨てならなかったらしい。

「申し訳ありません、騎士様。こちらは外国の方で、ダナオスのことをよく知らないのです」

すぐに船長が愛想笑いを張り付けて、レオンの前に出る。

「お前は下がっていろ」

「申し訳ありません。この方は私のお客でして」

と、船長は若い騎士の手の中に小さな布袋を押し込もうとする。だが、今回はそれが裏目に出た。

「貴様！　私を愚弄《ぐろう》するつもりか！」

若い騎士は激高し、はねのけられた船長はその場に尻もちをついた。船長の近くにいた人々も巻き込まれ、よろめいたり一緒に倒れそうになったりで、一気にその場は騒然となった。

レオンは自分の身分を当然隠している。マルタナの近衛軍団長だと知られれば、最悪、捕らえられて捕虜になりかねない。こんな若くてひょろっとした騎士の一人や二人、すぐに打ち負かす自信はあったが、それをして目立つのは困る。

（さて、どうするかな）

土下座の一つでもすれば、若い騎士の頭に上った血もいくらか下がるだろう。レオンは騎士ではない。マルタナに騎士は存在しない。すべての軍人は職業軍人で、ダナオスの騎士のように主君への忠誠や高潔さを求められていない。その代わりとても厳しい軍法に縛られてはいるが、その軍法の中に土下座をしてはいけないなんて載っていない。平和にこの場をやり過ごすために、土下座一つで済むのなら安いものだと、レオンは普通にそう考えたのだが。

膝《ひざ》をつこうとした腕を、ぐいっとひっぱり上げられる。おやっと視線を向けると、そこには見知った顔があった。

「騎士様、この者が何かご無礼を働きましたか」

年の頃は二十歳そこそこの、まだ十代だと言っても通用するような、若い男。平均的な身長にすらりとした細身だが、よく見れば薄くて綺麗《きれい》な筋肉に覆《おお》われている。プラチナブロンドの髪はごく短く、吸い込まれそうに大きな青い瞳がとても印象的な、端整な顔立ちの青年。

見惚《みほ》れるような美青年というわけではないが、彼には何か特別なものがあって目が素どおりを許さない感じだ。摩訶《まか》不思議な魅力と只者《ただもの》ではないオーラとでも言うべきか。当然、若い騎士もこの若者の言葉を無視など出来なかった。

「この者は、我が国の女王陛下と宰相閣下を愚弄したのだ」

「それは申し訳ありません。この者は世間知らずの外国人なのです。ダナオスの女王陛下と宰相閣下がどれほど偉大な方なのか存じ上げないのですよ」

「外国人とはいえ、ここはウェイク島だ。許されるはずが」

「彼は私の護衛なのです」

と、青年は左腕の袖を肘《ひじ》までまくり上げる。そして、その腕の内側を騎士に示した。それを見た若い騎士は一瞬で表情を変え、拳を甲冑《かっちゅう》の胸に押し当て騎士の礼をとった。

「ご無礼をいたしました」

「無礼なことをしたのは、私の護衛のようです。ご迷惑をおかけしました」

青年はレオンを視線で促《うなが》すと、急ぎ足でこの場を離れる。騎士だけに見せるように気を付けたのだろうが、この人ごみでは難しい。青年の腕の内側の入れ墨《ずみ》を見た誰かが、神官様だと噂《うわさ》を始める。高位の神官のみが腕に入れる入れ墨のことは、広く知られている。特に、信仰の篤《あつ》いこのダナオスでは。

「助かったよ、ガイ」

青年に肩を並べ、レオンはにっこりと礼を言う。そんなレオンを横目で睨み、マルタナの神官長ガイはとても嫌そうに言う。

「本気でそんなこと言ってないだろ」

「どうして。言ってるよ」

「嘘《うそ》だね。土下座して済まそうと思ってたくせに」

それは本当だったので、それの何が悪いのかと視線で尋ねる。すると、ガイは足をとめて、自分より背の高い逞しい男の肩を拳で殴った。

「お前がっ、そんな易々《やすやす》と簡単にっ、あの程度の騎士に土下座なんてすんなっ！ 見てるこっちがいやなんだよっ」

いつの間にか追いついてきていた船長が、ガイの向こうで同意だと何度も頷いている。そんなことを言われても、レオンは困る。だが、ガイがとても可愛《かわい》らしく思えたので、大きな手で彼の頭をなでた。つんつんのプラチナブロンドはとても手触りがいい。

「ムカつく。ラス兄上とベルダンに言いつけてやる」

「陛下は適切な判断だっておっしゃると思うけどな」

「お前ならもっと別の方法を考えられたよね？ 土下座とか手抜きしすぎだよね？ って、にっこり怒るほうに賭ける」

「あー……」

「自覚が足りないようだなって、体力底なしのベルダンに耐久剣稽古《げいこ》させられるに賭ける」

「…………」

そんな二人がいとも簡単に想像出来てしまって、レオンは自分の負けを認めた。

「悪かった。俺が悪かった。ごめんなさい。誰にも言わないで」

「だからさっ、俺みたいな若造に簡単に謝んなよ」

「謝って怒られるとは、理不尽だ」

わざとらしくため息をついてみせるレオンを睨み、ガイはさっさと歩き出した。ガイは背が低いわけではないが、男性としてはごく標準的な高さだ。一方、レオンは大柄な軍人ばかりの中でも高いほうに入る男で、ガイとは一歩の歩幅が違う。すぐにガイに追いついて、レオンは隣を歩く。

「ところで、どうしてここに？」

「船で話そう」

確かに、ここにはダナオスの騎士もいれば、ダナオスの役人も多い。レオンたちは港へと足早に向かった。


船内のレオンの個室に入ると、ガイはさっさと肘掛け椅子に腰を下ろした。足を組んでくつろぐ姿が、とても様になっている。なにしろ彼は、ダナオス王国、北のユクタス公国、そして南のマルタナ王国に神殿を持つ海王信仰の頂点にいる男だ。マルタナがダナオスから独立した百年ほど前に、マルタナの神殿は独立して別系統になったと言われている。だがそれは、ダナオス王に文句を言われたり圧力をかけられたりしないための表向きな措置でしかなく、神殿の奥に入れば今も三国の神殿はつながっていて、頂点にいるのはマルタナの神官長であるガイだ。

神官長は常に世襲で、オデッセア家の直系が務めている。そのオデッセア直系の神官長が、マルタナの父と呼ばれるジュニアス第二王子と一緒にダナオスからマルタナの神殿に移ったため、マルタナがダナオスから独立しようとも、本当の神官長はマルタナにいる直系のガイただ一人なのだ。神官たちは、その事実を秘密にして守っている。なので、このガイ・オデッセア神官長は、ある意味マルタナ国王ラザラス以上の権力を握っていると言っても過言ではない。

レオンの知っているガイという男は、驚くほど頭が切れて、力はあまりないが足が速く俊敏で、従兄《いとこ》のラザラスを兄上と慕いすぎなぐらいに慕っている、まだ十九歳の若者だ。十九歳といえば、レオンはまだ士官学校の学生だった。だが、ガイやラザラス、補佐官フェリックスも、十九歳の時には死んだ父親の跡を継いで政治の中心で活躍している。この三人の絆《きずな》が強いのも、とんでもなく有能なのも、納得がいくと思っている。

「何か飲むか？」

「後でね。俺がここに居るのは、あんたの迎えのためだよ」

「……ベルダンから？」

「誰にも頼まれてはいない。マルタナの港で、あんたを迎えに海軍がウェイク島に行くって聞いたから、俺のほうが適任だって代わってもらっただけ」

「だけ？」

可哀想に、代わられてしまった海軍兵士はどれほど狼狽《ろうばい》したことだろう。神官長に自分の仕事を適任だという理由で持っていかれてしまったのだから。

「あんたがダナオスから女を連れてくるって聞いたし。面白そうだろ？」

レオンは黙って天を仰ぐ。まあ、ガイ相手に隠し事は至難の業だと知ってはいるが。

「……訳ありだから」

「そりゃそうだ。任務中に女ひっかけたとかだったら、ベルダンに殺されるんじゃないの？」

「どこまで知ってる」

「ほとんど知らない。ダナオスの中はほとんど見えないしわからないんだ。ダナオスの神殿も今ちょっと混乱中だしね」

口を閉ざし視線を向けてきたレオンに、ガイは年齢不詳《ふしょう》なひどく老練な笑みを浮かべた。

「話はラス兄上のとこでしようか。海の上って、密談にはすごく向いてないしさ」

「そうしよう」

レオンは喉の渇きを感じて、水差しからカップに水を入れて一息にあおった。ふうと一息つくと、気になっていたことをガイに聞いてみる。

「そういえば、陛下に恋人が出来そうなんだろ？　どんな女性なんだ？　見たんだろ？」

「それがね、俺にもよくわからないんだ」

ガイにはワインを所望され、グラスに入れて渡してやる。

「わからない？　水鏡には映らないのか？」

大きな水鏡に、ここではない遠い場所の光景を映し出す、ガイはそんな神力《しんりき》を自由に使う。マルタナ国内のことなら、ほぼ網羅出来ると聞いたこともある。そして、ラザラス大好きな彼が、恋人の話を聞いて映してみないはずはないと思って聞いたのだが。

「詳《くわ》しい情報は来てるよ。海難事故にあってマルタナに漂着したのを、ラス兄上が拾ったんだって。で、それまでの記憶を失っている」

「まじか」

その経歴はレオンの想像を絶していた。思わずうめくと、ガイも渋い顔で頷いて見せる。

「年の頃は俺ぐらい。王城で女官をしてるらしい。エストラ語が出来る才媛らしいよ。美人らしいし。セルマーが気に入ってるって」

「セルマー様が……」

となると、怪しげな女性ではないだろうが、それにしてもである。

「なぜか水鏡に映せない」

ガイにはそれがとても気になっているらしい。

「今まで映せないなんてことあったのか？」

「ラス兄上は映しにくい。ときには映せないこともある」

「特異体質とか？」

「ある意味ね」

眉間《みけん》に皺《しわ》を寄せ、ガイは何か考えている。それはまだ披露してくれるつもりはないようだった。

「ウェイク島に来るより、陛下の元に戻《もど》ればよかったのに」

そう言うと、横目で睨まれた。

「そうしようかと思ったけどね。役者が揃《そろ》ってからのほうがいい気がしたんだ」

神官長の直感にはそれなりの意味があるのだ。

「早くマルタナに帰ろう。補給は終わったんだろ？」

「長い船旅だったんだ。一晩ぐらい地面の上で寝かせてくれよ」

「軟弱なことを言うなよ、近衛軍団長」

「頑丈なところは副団長に任せてるんでね」

そうふざけて見せたが、レオンも港には宿泊せずにもう出航してしまおうと考えていた。ウェイク島の治安はお世辞にもいいとは言えない。避けられる危険は避けるべきだ。

「ガイが乗ってきた船は？　連絡しなくていいのか？」

「俺が乗ってきたのは商船。その船はもうとっくにウェイクにはいないよ」

「ここにいつから居たんだ？」

「三日前。いいタイミングだったよ。もうマルタナに帰りたくて帰りたくて。ダナオスは嫌いだ」

ガイは心底嫌そうに顔をしかめて見せる。

「同感。マルタナに帰ろう」

ガイがおやっという顔をしたが、言及は避けるようだ。

「ラザラス陛下の顔が早く見たいよ」

「同感！」

とても元気にガイが手を上げて答え、二人は顔を見合わせると声を上げて笑った。


一週間後。朝。

フランシスはラザラスの寝室のベッドで、ラザラスの腕の中で目が覚めた。背中からフランシスをすっぽりと抱き込むようにして、ラザラスはぐっすりと眠っている。フランシスの肩口に額《ひたい》を押し当てて腰に腕を回し、下半身を絡《から》ませあうこの姿勢が、ラザラスのよく眠れる位置なのだともう知ってしまった。

初めてラザラスに抱かれた日から、フランシスはこの寝室で寝起きをラザラスと共にしている。勿論、割り当てられていた客間で休むと何度も主張したし、国王がそれでいいのかとか使用人たちに示しがつかないとか色々と抗議はしたけれど、どれもこれも却下された。一度などは、強引に客間のベッドで眠っていたフランシスを夜遅く仕事から解放されてきたラザラスが抱きあげて、自分の寝室のベッドまで運んで行ったこともあった。

専属女中のマリーには、なぜ一緒にベッドを使わないのかと逆に聞かれてしまった。補佐官で義理の兄になる予定のフェリックスからは、養女の話が決まるまでですよと、許可を貰《もら》ってしまった。国王の主治医セルマーに至っては、避妊薬をたくさん作ってフランシスにプレゼントしてくれた。どうやら、マルタナの貞操観念はダナオスのそれよりかなり低いのかもしれない。

ダナオス王女エヴァンゼリンとして生まれ育ち、ダナオスの厳しい貞操観念を植え付けられているフランシスは、マルタナの自由奔放《ほんぽう》さにまだ完全には慣れていない。国王ラザラスの恋人という今の自分にも慣れていない。時々こんなに幸せでいいのかと、夢じゃないのかと自問自答してしまう。

死ぬことでしかダナオスを幸せにする方法がなかった、孤独で無力だったエヴァンゼリン王女。ダナオス王城から投身自殺して、死ぬはずだったのにマルタナに流れ着き、ラザラスに拾ってもらった。新しい名前を貰い、王城の女官という仕事まで貰い、習いたかった剣や乗馬も教えてもらった。仲間や友人がたくさん出来て、仕事も楽しくて毎日が充実していた。手の届かない人だと知りながらラザラスに恋をして、思いがけずラザラスからも愛された。

ダナオスの王女でもいいと、ラザラスは言ってくれる。その気持ちを疑ったことはない。マルタナの王妃になってほしいという言葉にも、ちゃんと覚悟を持って頷いたし、頑張ろうと思っている。だが、心のどこかで、自分でいいのだろうかと思ってしまうのだ。

　ラザラスのそばに居るのはとても幸せで、離れたいなんて思いもしない。その一方で、こんな幸せを自分が受け取っていいのだろうかと、ふと思えてしまう。もっと相応しい女性がいるのではないだろうか。こんなとんでもない過去持ちで、ラザラスのためになるものを何一つ持っていない自分では、いずれラザラスの迷惑になってしまわないだろうか。離れなければならない日が来るのではないだろうか。また一人になってしまうのではないだろうか。そんな暗い思いが、ふとしたときに心の奥からぽこりと泡のように浮き上がってきては、胸の上で弾《はじ》ける。幸せいっぱいのフランシスに、浮かれすぎているんじゃないか、現実を見ているのか、そんな警告を発してくるかのように。

「……おはよう」

「ラス、おはよう」

　ぼんやり考えごとをしていたフランシスは、ラザラスが目を覚ましたことにそこでようやく気が付いた。ラザラスは寝起きの舌足らずなおはようを言いながら、もぞもぞ動いてフランシスを後ろからしっかりと抱きすくめる。フランシスが暗い顔でよくない考えごとをしていたことに、ラザラスはちゃんと気付いていた。

「今日は、朝の遠乗りと剣の稽古はなしでいいね」

「え?」

「午前中にミランダと試合するんだろ?　ベルダンに聞いたよ」

　ミランダは、補佐官フェリックス・フォンテーヌ侯爵の持つ私兵団に所属する優秀な女性兵士だ。三十代後半の夫も子供もいる女性で、がっしりとした体格から打ち出す重い剣と、女性ならではの柔軟な動きに定評がある。普段はフェリックスの母で元フォンテーヌ侯爵夫人の護衛をしている。

その元フォンテーヌ侯爵夫人は、昨日、王城に到着した。マルタナでは爵位のないフランシスを王妃として迎えるため、ラザラスがフォンテーヌ侯爵家に依頼した養子縁組のためだ。フランシスは、フォンテーヌ侯爵令嬢としてラザラスと結婚することになる。当主のフェリックスも母親の元侯爵夫人もこの養子縁組を歓迎していて、ずっと領地にこもっていた元侯爵夫人はフランシスに会うために王都に出てきてくれた。今日の午後にフランシスと顔合わせすることが決まっている。

護衛のミランダも、王城に同行している。昨日、近衛へ挨拶しに来た彼女に、ぜひフランシスと練習試合をと、ベルダンが申し込んでくれたのだ。

フランシスに剣を教えているのは近衛の兵士で男性。最近は訓練で剣と剣で打ち合うこともあるが、当然、相手も近衛の男性兵士だ。女性ならではの動きや、女性ならここを生かしたほうがいいなど、誰も教えられない。ベルダンはそれを気にしていたらしく、ミランダもそういった事情もわかったのか快諾《かいだく》してくれたのだそうだ。

「そうなの！　とっても楽しみにしているの」

勿論、フランシスは大喜びだ。ラザラスも絶対に見に行くと決めている。

「一日のうちに何度も稽古する必要はないさ」

「そう？　私みたいな未熟者はたくさんお稽古しないと」

「今朝の時間は俺にくれると嬉《うれ》しい」

「ラス」

後ろから抱きしめていたラザラスは、素早くフランシスの上になる。逃げられないように体重をかけ、片足の膝裏に手を入れて持ち上げ、フランシスの足の間に膝をついた。

「ラス、ダメ、朝練行かないと、ベルダン様に怒られちゃうし」

「ベルダンもわかってるさ」

「なにを？」

「フランが朝練したくても、俺にベッドから出してもらえないってことを」

ぼぼっと火が出たかのように、フランシスの頬が真っ赤に染まる。

「朝練行くから！　ラス離して！」

「だーめ」

抗議するフランシスの口を、まずは口でしっかりと塞《ふさ》ぐ。フランシスの体からくったりと力が抜けるまで、舌を吸い絡め、寝間着を脱がせていく。

「ミランダ様との、試合稽古、楽しみにしてるのに」

「なに？　試合出来なくなるぐらい抱いてもいいってこと？」

「ちがっ」

ラザラスにだけ開かれる秘められたところに触れれば、数時間前の湿り気をまだ残していた。指を入れれば、昨夜たっぷりと注ぎ込んだラザラスの精がこぷりと音を立ててこぼれ落ちてくる。指でそれを中に戻しながら、ラザラスはすでに張り詰めている自身で栓《せん》をするように押し込めていく。

「ラスっ」

ゆっくりとフランシスの感じるところを強くこすりながら奥まで行けば、フランシスは両腕でラザラスの背中にすがり、両足をラザラスの腰に回し、びくりびくりと体を震わせた。中へ奥へと引き込むようなフランシスの膣《ちつ》の蠕動《ぜんどう》に、ラザラスは腰を密着させて子宮口をぐりぐりと刺激した。

「愛しているよ、フラン」

絶頂に感じ入っている可愛いフランシスの耳を舐《な》めながら、ラザラスは甘く囁《ささや》く。

「君が欲しくてたまらない。結婚式とかなしにして、今すぐ君を孕《はら》ませたい」

ぐっぐっと奥を強く突きあげながら、お腹の上から子宮を刺激するように何度もなでさする。絶頂のまま降りてこれないフランシスが悲鳴のような声を上げ、中のラザラスをぎゅうぎゅうに締めてくる。その気持ちよさに、ラザラスはフランシスの耳に熱いため息をつく。それがまた、フランシスを刺激して、背中に爪をたてられた。

「俺はね、もう君なしでは生きられないんだよ。この先ずっと、俺のそばにいると誓ってほしい」

「ラス、んっ、お願い、もうっ」

「俺が欲しい？」

「欲しいの、ラス」

「俺もフランが欲しい。愛してる」

「私も、愛してる。ずっとそばにいるわ」

ようやく口にしてくれたフランシスに、ラザラスは自然とほほ笑んでいた。そして、フランシスが望むとおりに、何度か強く腰を動かすと最奥《さいおう》で射精する。ぎゅうっとラザラスを絞り込んでいたフランシスが喜んで、もっともっと吸い上げるような動きをするのに応えるため、奥へと何度も射精を断続的に繰り返す。

「ああ、熱い」

ふるふると震え、フランシスが足の先をぎゅっと丸める。ラザラスの熱だけを感じ、震えているフランシスが可愛らしくてたまらなかった。

(俺でフランをいっぱいに満たせればいいのに)

フランシスが抱えている孤独を埋められるなら、何度でも熱を注ぎ込もう。

「愛してるよ、フラン」

ラザラスはフランシスの耳に囁く。その言葉が彼女の中に入っていくことを望むように。

補佐官フェリックス・フォンテーヌ侯爵の領地は、王城から西へ馬車で三日ほどの国内でも有数の穀倉地だ。歴代の侯爵は優秀な人物が多く、文官として国王の側近になることが多かった。マルタナは元々がマルタナ公爵の治める公国だったこともあり、国内の貴族で最高位は侯爵になる。唯一の例外は、ダナオスから来た代々神官長を務めるオデッセア公爵だが、彼らは政治の場にはほとんど姿を現さない。神殿の権力は国王のそれとは別格だ。フォンテーヌ侯爵家は、財力でも国家への貢献度でもマルタナ一の貴族だと、誰もが認める名家だ。

先代のフォンテーヌ侯爵は、先代国王の宰相を務めた優秀な文官だった。海難事故によって若くして亡くなったが、双子の息子がいて、兄弟は幼い時から同い年のラザラス王太子と一緒に勉学に励み、非凡な才能を見せていた。

兄で新たにフォンテーヌ侯爵となったフェリックスは、若い国王の補佐官となり、代替わりしたばかりで安定には程遠かった国内情勢に東奔西走《とうほんせいそう》した。弟のフェンリルも文官で官吏だったが、兄のフェリックスに比べると物静かで安定と平和を好んだ。争いごとには背を向けるタイプで、官吏になるよりも薬学や医学を勉強してセルマーと働くことを希望していた。周囲もそんな彼の希望を叶《かな》え、官吏として働くよりも勉強に身を入れていたはずなのだが。一年前、突然自殺してしまった。

双子の母、元フォンテーヌ侯爵夫人は、息子の自殺を機に領地へと引きこもってしまった。フェリックスはこの一年の間に何度か領地へと帰っていたが、夫人が王城に来るのは一年ぶりだった。

「母上！」

王城内の賓客《ひんきゃく》専用の応接室の一つに、フェリックスが小走りに駆け込む。すると、長椅子に腰を下ろしたフェリックスの母親が周囲に女中と女官を侍《はべ》らせて、とても楽しそうに話をしていた。

「あら、フェリックス」

女中と女官はフェリックスの姿に驚き、一礼をしていそいそと部屋を出て行く。フェリックスはそれを目で追い、母親にジト目を向ける。

「約束の三時間前ですよ。女中たちを集めて何してたんですか」

フランシスとの顔合わせは、昼食後すぐの時間に設定されている。フェリックスは早目に昼食を済ませて、母を迎えに行こうと思っていたのだが。

「あなた補佐官だというのに暇なの？　三時間後に来てくれればいいのに。王城は久しぶりだから、情報収集してたのよ」

「誰かが気を利《き》かせて知らせてくれたんでしょう。何もここで情報収集など」

「あなたが昨夜屋敷に帰ってこないからでしょ。何も知らずに、陛下とお会いするなんて出来るわけないわ」

「相変わらずで、嬉しいですよ、母上」

「あなたも相変わらず気が利かないこと」

フェリックスは苦笑を浮かべ両腕を広げて母親に近づくと、ほっそりとした母の背中に腕を回しゆるく抱きしめた。

コンスタンス・フォンテーヌ元侯爵夫人は、息子のフェリックスとよく似ている。黒髪に緑の瞳の、知的な美女だ。すらりとした体つきで、背が高い。若い時は社交界の華の一人だったが、フェリックスの父に恋をして逆プロポーズをしたというのは、当時とても話題になった。賢くて男勝りで、積極的な女性である。

「陛下と、フランシス嬢は？」

「近衛で訓練中です。母上がミランダをお連れくださったでしょう？　王城には女性兵士がいないので、フランシスと手合わせをってことになったそうです」

「フランシス嬢は剣を使うの？」

「なかなかの腕前ですよ」

すっくとコンスタンスが立ち上がる。ぎらりと睨まれ、フェリックスはたじろいだ。

「見に行くわよ」

「え」

「連れて行って！」

がしっとフェリックスの腕をつかむと、コンスタンスは歩き出す。

「えー、母上。ここで待っててくださいよ」

「いいから！」

フェリックスは仕方なく、近衛の訓練場が見えるあの渡り廊下にコンスタンスを案内した。訓練場からはこちらが見えない、絶好の観察スポットである。

近衛兵に囲まれた訓練場の中央では、フランシスとコンスタンスの護衛ミランダが模擬刀での試合をしていた。ラザラスもこの練習試合を見に行くと主張して、早々に執務室から逃亡している。フェリックスが三時間前にやってきたコンスタンスの元に来れたのは、ラザラスがいないせいでもあった。

「本当、いい腕だわ」

コンスタンスは目を輝かせて、ミランダとフランシスの打ち合いを見ている。

「母上は武官贔屓《びいき》ですよね」

「息子が近衛にならなかったのは、残念でならないわ」

「父に似たんです」

コンスタンスの実家は、軍門と言われる伯爵家だ。息子のほとんどは軍人となり、軍団長を何人も輩出している。コンスタンス自身も、子供の頃は兄たちと一緒になって馬に乗って剣の稽古もしていたらしい。軍人になるならないで両親とかなり揉《も》めたそうだが、フェリックスの父と結婚するのに軍人では都合が悪く、ようやく諦《あきら》めたとか。

フェリックスと弟のフェンリルも、幼い時から剣の稽古をさせられたのだがまったく適性がなく、早々に文官への道に切り替えた。宰相として文官の地位を極めた父の才能を受け継いだ兄弟は、文官として出世していった。

「陛下、とっても楽しそうね。フランシス嬢との仲はどんな感じ？」

「溺愛《できあい》ですよ。特に陛下の。朝から晩まで、一時でも手元から放したくないという感じです」

「あの陛下がねぇ。ちょっと女性嫌いの感じもあったのに。基本的に一人の時間を大切にする方が、片時も放さないって」

「臣下一同、驚きの毎日ですよ」

　フェリックスは笑って肩をすくめる。

「フランシス嬢のほうは？」

「彼女はそうですね、遠慮がありますね。国王の恋人が自分なんかでいいのかという遠慮があって、控《ひか》えめな感じです。彼女はどうやらマルタナよりも貞操観念の厳しい国のご令嬢ですね。結婚するまで、婚約者といえど一定の距離をもつべきだと思っているようです」

「彼女は記憶喪失なのよね？」

「そうです。でも、一般常識もありますし、礼儀作法も完璧ですよ。本の知識はすごいですし、刺繍《ししゅう》なんかの淑女のたしなみも完璧だと、女官長が太鼓判を押してます。あと、エストラ語の読み書きが出来ます」

「それだけ聞くと、どこかの貴族令嬢ね」

「セルマー様は、ダナオスかユクタスの貴族令嬢か、神殿関係者だろうと予想しています」

　フランシスを養女にする話を進める中、フェリックスはラザラスからフランシスの本名を聞かされた。そして、セルマーと三人で相談した結果、フランシスが記憶喪失だという設定はそのままにすることとした。本名は勿論誰にも言わないが、フランシスがダナオスかユクタス出身者だと、セルマーが予想していることは話すと決めた。

「あなたは彼女が王妃に相応しい女性だと思っているの？」

「思っていますよ。とても賢いし、勇気があるし正義感も強くて、優しい女性です。人の上に立つのに相応しい女性です」

「まさか、フェイったら、彼女が好きだったりするの？」

「やめてください。ようやく現れた陛下の想い人に横恋慕《よこれんぼ》するつもりは一切ありません」

と、フェリックスは顔をしかめてみせる。

「陛下が結婚なさるなら、あなたもしなくちゃね、フェイ。いずれ生まれる王太子殿下には、年齢の近い幼馴染《おさななじみ》が必要だもの」

「そうですね。そろそろ真剣に見合い相手を選ばなければとは思ってます」

「あなただけじゃないわ。レオンもベルダンもねえ。あら、ベルダンは彼女を気に入ってるみたいね」

剣の試合を終えたフランシスに、ラザラスとベルダンが歩み寄り何か話をしている。ラザラスは勿論ベルダンも笑顔で、フランシスと会話をしている様子はいかにも親しげだった。

「とっても気に入ってますよ。妹扱いですね。フランシスのほうも、ベルダンにすごく懐《なつ》いてます」

「近衛兵士たちもって感じ？」

「そうですね。近衛はフランシスを可愛がっていますよ。でも、妹分でマスコットにはならないとこが、フランシスですね」

「自立している女性ってこと？」

「まあ、そうです。剣の稽古も、いつもとても真剣ですよ。彼らの甘やかしを必要以上には受け入れない強さがあります」

フランシスはミランダと話し出す。なにやら、とても真剣な顔つきだ。きっと、剣の使いかたについて指導を受けているのだろう。

「ミランダも彼女を気に入った様子ですね」

「元気で才能ある子が大好きなのよ。彼女、王城でも人気者みたいね」

「ですね。女官として働いている間に、友達もたくさん作ったようですし」

「あの陛下のお相手が平民だなんて、どれほど妬《ねた》まれて虐《いじ》められてるかと思っていたのに、全然なのね」

「まったくないわけじゃないですよ。でも、フランシスはとても上手に受け流しています。相手を刺激するほど強く出るわけでもなく、卑屈になって相手をつけあがらせることもない。陛下や僕に泣きついてきたこともないですしね。女官長のほうが心配していて何かと僕や陛下に報告してくれるんですが、陛下が怒ってなんとかしようとしても、フランシスのほうが断ってますし」

「あらあら、まあ、完璧なお嬢さんね。弱点は？」

ずばり切り込まれて、フェリックスは本気で首をひねった。

「なんでしょう？」

「フェイ、それじゃ、私が彼女の母親になる意味あるの？」

「うーん、爵位がないこと？」

「私はいるだけでいいってこと？」

「そんなわけないでしょう。これは僕の個人的な意見ですけど、フランシスはちょっと自己評価が低いんですよね。素晴らしく魅力的で美しい人なんですが、自分ではそう思っていないんです。ドレスやアクセサリーで自分を飾ることにも興味がありません」

「なるほど。女性としての自信って感じね？」

すぐに理解して、コンスタンスが頷く。

「貴族名鑑の肖像画で顔と名前、爵位は覚えたらしいんですけど、名鑑に載っていないことはまだまだわかってません。母上には、彼女のそっち方面の教育と、女性同士のお付き合いの輪に彼女を入れてあげてほしいんです」

「お安い御用だわ！」

「あ、それから」

と、フェリックスは思い出し笑いをして、小さく吹き出した。勿論、お行儀の悪いことなので、すぐに謝って真面目《まじめ》な顔を作った。

「フランシスは陛下の子供の頃の話を聞きたがるんですよ。僕ら幼馴染のことも含めてね。陛下からも聞いているみたいなんですけど、第三者の目から見た陛下の話を聞きたいそうで。僕もなかなか時間が取れないものですから、母上から話してもらえると助かります」

「まあ、それこそお安い御用だわね。天使みたいに愛らしくて可愛くて綺麗だったラザラス王太子殿下のお話なら、もうたくさんあるもの。当時の絵姿もあるわよ」

「さすがです」

子供の頃のラザラスは、今より中性的で天使のように美しかった。金色の髪はもっと長くてくるくるに巻いていて、頬はぷっくりと柔らかく白く、長く分厚いまつ毛に覆われた瞳はお星さまがいくつも入っているかのように輝いていた。コンスタンスは、自分の息子たちと遊ぶラザラスに夢中だった。

可愛くて可愛くて、食べてしまいたいというのが、当時の彼女の口癖だ。

「あの可愛かった陛下が、ご結婚ですものねぇ。しかも、ご自分でお相手を見つけてらして。本当によかったと思うわ」

「母上は、陛下のお相手が記憶喪失でマルタナ人でないことは気にならないのですね」

「まったく気にならないと言えば嘘になるけれど。せめて記憶は戻るといいのだけれどねぇ。陛下のお選びになった方に間違いはないと思うし。あなたもセルマー様も賛成しているしね。そうね、あとは国内の貴族たちをどう黙らせるかね。早目にどこが反対に回るのか調べなければね、フェイ」

「はい、母上」

「陛下は私たちを見込んで、大切なご令嬢を預けてくださるんだから」

「はい。フォンテーヌ侯爵家の名誉にかけて、フランシスを幸せな花嫁にし、陛下へ嫁いでもらいましょう」

よく似た母と息子は、目と目を合わせ、しっかりと頷きあった。


フォンテーヌ侯爵家の二人が久々に親子水入らずの昼食を済ませてお茶を飲んでいると、約束の時間になった。フランシスはラザラスにエスコートされて、二人の待つ応接室に現れた。

「久しぶりだ、コンスタンス。元気そうでよかった」

「ご無沙汰しておりました、国王陛下」

「早速だが、フランシスを紹介しよう」

ラザラスはそれまでフランシスの腰に腕を回していたが、手を離し彼女を少し前へと促した。フランシスは促されるまま一歩前に出ると、美しいほほ笑みを口元に浮かべる。

数時間前、近衛の訓練場で剣を握っていたとは思えない、シンプルながら布もレースも最高級品なドレスに身を包み、月の光を集めたような銀の髪を軽く結い上げ、青玉のような美しい瞳を伏せて、コンスタンスが息をのんだほど美しく完璧な仕草で膝を折って挨拶をした。

「はじめまして、コンスタンス様。フランシスです」

まずコンスタンスが驚いたのは、あのラザラスと並んで、見劣りしない女性がいるという事実だった。絶世の美男子と評されるラザラスに負けない、可愛らしく愛らしいそれでいて凛《りん》とした瞳が美しいフランシスも絶世の美女。少なくとも、コンスタンスはフランシスより美しい女性には会ったことがない。

ラザラスは長身で逞しい体つきをしているが、フランシスもまた女性にしては長身。ほっそりしているが、けっして華奢《きゃしゃ》というわけではない。剣を使うのだから当然だが、ぎゅっと締まった張りのある体つきで、女性らしい曲線のメリハリが美しい。男らしいラザラスと並んでとてもバランスのいい、似合いの一対だと思えた。

しかも、ラザラスよりも若いだろうに、とても落ち着いている。これから母親になる目上の女性と初対面で、それなりに緊張もしているだろうに、それを一切感じさせない。微笑という仮面の下に、きっちりとしまい込んでいる。それは、高位貴族には必要不可欠な技術で、一朝一夕《いっちょういっせき》には身に着かない。完璧に使いこなすフランシスがどういった育ちをしてきたのか、見る人には一目でわかるだろう。

「はじめまして、フランシス。あえてフランシスと呼ばせてもらうわね。あなたは私の娘になるのですもの」

「光栄です。ありがとうございます」

微笑の仮面が少しほころんで、彼女本来の可愛らしいほほ笑みがこぼれる。ああ、可愛いと、コンスタンスは胸がきゅんとなる。コンスタンスは可愛いものには目がないのだ。

挨拶が終わったのだからもういいと言わんばかりに、ラザラスがフランシスの隣に戻って来て、また腰へと腕を回した。

「フェリックスに聞いていると思うが、フランシスはマルタナに来る前の記憶がないんだ。だが、家族は亡くなり、彼女一人残されたのは間違いないらしい。私が正式に彼女の家族になるまで、家族として母として、フランシスを支えてやってほしい。頼めるだろうか、コンスタンス」

「勿論です、陛下。それどころか、とても光栄なことだと思っております。フェリックス共々、フランシスをお守りしますわ。結婚式までと言わず、ずっと実家の母として頼っていただきたいと思っておりますのよ」

近くで見るフランシスはうっとりするほどに美しく、可愛らしい。立ち姿は気品にあふれ、見れば見るほどラザラスとお似合いだと思えた。そんなフランシスの母親になれるという喜びが、コンスタンスの胸にふつふつと湧き上がってきていた。

「それに、陛下にはとても感謝しています。私、娘を持つのが長年の夢でしたから」

「フランシスはあなたの理想的な娘かもしれないよ。剣の腕前はミランダから合格がでたし、弓も頑張っている。乗馬もかなり上達したから、あなたと遠乗りにも出られるだろう」

「理想的ですわね!」

「ミランダには、護身術の教授も依頼した。ぜひあなたからも助言をよろしく頼む」

「まあ、腕がなりますわね！」

嬉しさのあまりつい返答に力が入ってしまい、フェリックスが冷たい視線を送ってくるのがわかったが、コンスタンスは無視する。

「結婚式は次の春だ。侯爵家でのお披露目は早めにお願いしたい」

「承知しておりますわ。随分と急がれますのね、陛下」

コンスタンスの知る最近のラザラスは、政治に集中していて女性の影は皆無だった。そもそも、ラザラスは女性と深い関係になったことがないかもしれない。十代の頃は悪い遊びもしていたようだが、誰か一人にのめり込むようなことにはならなかった。

国王なのだから結婚して次代を育ててもらうことも重要だが、それ以上にラザラスにもいい恋愛をしてほしいとコンスタンスは願ってきた。どんな美女よりも美しく、どんな老獪《ろうかい》な政治家よりも賢くて、遠見の神官のように何でもよく見えてしまうラザラスが、本気で愛する女性が何処《どこ》かにいてくれないだろうかとずっと願ってきた。だって恋愛は素晴らしい。今までの人生観を変える。価値観さえも変える。世界が一気に広がる。そんな体験を、ラザラスにもしてもらいたかった。

（よくもこんな女性がいたものだわ！）

拍手喝采《かっさい》したいぐらい。しかも、義理の母になれるのだから、これほど嬉しいことはない。

「明日にも結婚したいぐらいなんだけどね」

と、フランシスの手を取り上げて、ラザラスはその白い甲に唇を押し当てる。フランシスを見つめる瞳の甘いこと。恋をして、ラザラスの美貌は色気を増した。確実に。

そして、小首をかしげてそんなラザラスを困ったように見上げるフランシスの、なんと愛らしいこと。キスされて羞恥《しゅうち》を見せていたのに、キスされた手をそのままラザラスの頬へと伸ばし、そっと指先で優しく触れていく。その仕草に、色気と愛されている自信が垣間見《かいまみ》えて、ぞくりとするほど魅力的だった。

目と目を合わせたラザラスとフランシスは、あっという間に二人だけの甘い世界を作ってしまう。

コンスタンスは、こほんと小さく咳《せき》ばらいをして気を取り直すと、口を開いた。

「明日、当家からお披露目会の招待状を送付する予定になっております。フランシスの部屋も今日中に準備を終わらせますので、明日から当家に」

途端、ラザラスが嫌な顔をする。それはまあ仕方がないことだと、コンスタンスは同情した。

「婚約中の甘くもどかしい感じも、なかなかに楽しめるものですのよ、陛下」

「母上」

フェリックスが顔をしかめている。結婚しろと言って、見合い相手を選ぶとか言っている息子にはわからないだろう。

「時々なら、遊びにいらしてもいいですから」

「週に一度」

「月に一度程度に決まってますでしょ。フランシスの評判を落とすような振る舞いはお控えください」

ぴしゃりと痛いところを突いてやれば、ラザラスは悔しそうな顔で口を閉ざした。

「では、フランシス。明日、お待ちしてますよ」

「はい。よろしくお願いいたします」

明日から春まで、最高に楽しいことになりそうだと、コンスタンスは貴婦人としては少々はしたないぐらい、満面の笑みを浮かべていた。

フランシスはコンスタンスに会った後、裁縫室で刺繍の手伝いをして、夕方には城内を警邏しているベルダンにくっついてちょっと速足の散歩をした。最近はラザラスと夕食をとることが多かったが、今日は仕事が詰まっているとのことで、フランシスは女官のお仕着せに着替えてこっそり女官食堂で夕食を食べた。フランシスがフォンテーヌ侯爵家の養女になる話は知れ渡っていたが、誰もその話はせず、いつもどおりの雑談と噂話で盛り上がった。

夕食の後は、マリーのお世話になって入浴と着替えを済ませ、ラザラスの寝室に上がってくる。ラザラスはまだ来ていないので、一人でベッドにもぐりこんだ。

「……今夜でおしまいかぁ」

すっかりラザラスと一緒に眠ることに慣らされ、その心地よさを教え込まれてしまい、今夜で最後かと思うと寂しくてたまらなかった。ラザラスに抱かれるのは、とても気持ちが良くて幸せで、特別なことだと思う。今朝、朝の鍛練をさぼって抱かれたことを思い出すと、自然と熱いため息がもれた。

ラザラスと一緒に過ごす朝も好きだが、やっぱり夜が一番いい。体と体をぴったりとすり寄せて一緒に眠りに落ちていく瞬間が、とてもとても幸福で得難《えがた》いことだと感じる。ラザラスの広い胸の中に抱き包まれ、彼の顎で頭頂部をごりごりされて。彼の足の間に足を挟んでもらって、大きな手に背中をさすってもらう。愛していると囁かれる。その瞬間、この世界に怖いものなんて何もなくなる。

何もかもを話して、自分の罪も過ちも全部話して、それでもラザラスはフランシスを受け入れてくれた。愛していると言ってくれた。その言葉が嘘かもなんて疑う間もなく、ラザラスはフランシスを愛してくれる。昼間は執務の合間にフランシスの様子を見に来てくれる。時間が出来れば、遠乗りに連れ出してくれる。フランシスと結婚するため、着々と準備を進めてくれている。そして、毎晩のように熱く抱いてくれる。

(今夜も抱いてくれるよね)

これで結婚式までしばらく夜は一緒に過ごせなくなる。フェリックスの母から月に一度程度と許可を貰っていたが、忙しいラザラスにその時間が作れるのか微妙なところだと思う。

こうして寝室を一緒に使っている今も、確実に会えるのは朝食の時だけで、夕食を一緒に食べられるのは半分ぐらいだろうか。それも、ラザラスは一緒に食べようとかなり努力してだ。夜は遅くなることも多い。フランシスが先に眠ってしまうこともあった。

(ちょっとだけ、寝てようかな)

ぽすりとベッドに横たわると、疲れがじわりと湧き上がってきた。今日はフェリックスの母に会うということで、とても緊張してしまった。それに、女性剣士ミランダとの剣の稽古はとても勉強になった。熱中してしまったから、それでもひどく疲れている。

(だから、ちょっとだけ……)

そう思ったのを最後に、フランシスは眠りの中へと落ちていった。

「目が覚めた？」

その声で、フランシスは急速に覚醒する。目を開けると、目の前にはラザラスの顔。額に触れていたラザラスの手が離れていくのが見えた。

「ラス……」

「遅くなってごめん。今日に限って報告書が上がってきたから」

ふうと息をつくラザラスはとても疲れている様子だった。ここしばらくずっと、ラザラスは忙しい。新しい街道のことについて、決めなければいけないことが多すぎるのだ。

今、フランシスは王城内で今までとほぼ同じ仕事をしている。刺繍やレース編みの手伝い、図書室の整理、エストラ語の本の翻訳。女官見習いでは、ここまでの仕事でもやらせてもらいすぎなぐらい。だが、フォンテーヌ侯爵家の養女になれば、ラザラスの手伝いが出来るのではないかと思っている。フェリックスにも相談していて、ぜひ執務室の手伝いをしてほしいと言ってもらっている。

ただ、ラザラスだけは消極的で、フランシスが執務室で仕事を始めたら自分が仕事を出来なくなると、本気なのか冗談なのかわからないことを主張して嫌がっている。フランシスにはフォンテーヌ侯爵家の勉強もあるので、そこは追々《おいおい》決めていこうとなっているが、フランシスは絶対に手伝うつもりだ。

「疲れた？」

手を伸ばし、ラザラスの頬に手を当てる。

「すごく疲れた」

ラザラスはフランシスの上に体を重ねてくると、背中に腕を回してしっかり抱き着き、フランシスの肩口に額を当てる。フランシスに癒されたいとき、ラザラスはこうやって甘えてくる。ラザラスはフランシスの前で強がったりしない。本音を言って、ときには弱いところも見せてくれて、甘えてすがってくれる。

「ああ、明日からフランがベッドにいないなんて」

「ラス」

「耐えられないよ」

「……春まですぐよ」

言いながら、フランシスも春まで長いと思うし寂しいと感じているというのに、ラザラスをなだめられるわけがない。

「不眠症になって目の下にクマでも作ったら、フランを返してもらえるかな」

フランシスは小さく笑い、ラザラスの艶々《つやつや》な金の髪を指ですく。

「俺、結構頑張って国王やってるよね？　唯一の癒しがフランなのに、それすら奪われるってひどくない？」

「私とこうなる前の、ラスの癒しって？」

「……もはやそんな昔の自分のことは思い出せない」

「そんなに昔だっけ？」

ぶふっとフランシスの肩口で吹き出すと、ラザラスはようやく顔を上げる。フランシスと目を合わせて見つめあい、顔を近づけて触れるだけのキスをする。

「例えば、砂糖のない世界にいたとする」

「どんな世界それ」

「甘いものは一切ない。でも、ないならないで、人は生きていけるだろう。だが、一度でも砂糖の味を知ってしまったら？　砂糖とバターで作ったクッキーの味を知ってしまったら？」

「私は砂糖だって言いたいのかな？」

「一度知ったら、知らなかったときには戻れないのさ」

ああそれはわかる気がすると、ラザラスのキスを受けながらフランシスも同意していた。今更もう、ラザラスのいない世界になんて引き返せない。ダナオスの叔父《おじ》が宰相を退けて、エヴァンゼリンが生きていることを知って、女王になりにダナオスに帰っておいでなんて言ったとしても、絶対に無理。

ラザラスという包容力とか器の大きさというか、そういうのがとてつもなく広くて大きな男性に、すっぽりと包み込まれてしまった。そこから抜け出すことなんて思いつきもしないぐらい、温かで幸せで、どろどろに溶かされてしまうようなところで。愛されて甘やかされて必要とされて、絶対の安心を貰って。これはもう、戻れない。

「フラン、好きだよ。今日も大好きだ」

相変わらず新婚仕様の寝間着は、ラザラスの手によってあっという間に脱がされてしまう。一度、それとなくマリーに苦情を申し立てたら、脱がせにくいのを着て破かれるのも困りますと、やんわり抗議されてしまった。

確かに、ラザラスは時々とても性急に求めてきて、服を着たままなときもある。今夜のラザラスも口調は柔らかだが、指の動きはせわしない。ひどく疲れているとき、ラザラスはフランシスを抱えて眠ってしまうか、性急につながることを求めてくる。

「濡《ぬ》れてる……もういい？」

自分で舐めて唾液をのせた指でフランシスの中をさぐり、ラザラスは嬉しそうにそう聞いてくる。

「いいよ」

すぐにラザラスが入ってくる。まだ濡れかたが足りなくて、少しひきつったような痛みはあったけれど、すぐにそれもなくなる。もう、フランシスのそこはラザラスを受け入れることに慣れつつあり、それがもたらす快楽を知っている。すぐに必要なだけ濡れてきて、ぎゅっとラザラスのそれを絞り込み歓迎する。

「ああ、フラン、すごくいい」

フランシスの頭の横に、ラザラスは額をすり寄せる。まだ入れただけなのに、顔は紅潮し額にはうっすら汗をかき、ラザラスは恍惚《こうこつ》とした表情を隠さない。

「このまま寝てしまいたい」

「うそでしょ？」

「結構、本気」

フランシスの腰をぎゅっと抱き寄せ、ラザラスは二人の体勢を変える。ベッドに向き合うように横になり、額を合わせる。ラザラスがしっかりとフランシスの腰を引き寄せていたため、抜けてしまうことはなかった。

ラザラスはフランシスに軽いキスをいくつも落とす。フランシスの銀の髪をなで、自分の髪を邪魔そうにかき上げた。

「ラスの髪、だいぶ伸びたね」

「切りたいけど、結婚式まで伸ばすべきなんだそうだ」

「マルタナにはそういう仕来《しきた》りがあるの？」

「ないと思う。俺の場合、見栄えの問題だってさ」

もっと伸ばして後ろで一つにくくり、額をすっきりだすようにするらしいと、ラザラスは眠そうに話してくれる。

「それって、セルマー様のリクエストなの？」

「そう。あと、婚礼衣装を仕立ててくれているデザイナーやらお針子からのリクエスト。応えないと衣装が仕上がらないとか、とんでもない脅迫をしてくれてさ」

「きっと、長い髪のラスをイメージして仕立ててくれているのね」

「結婚式の主役はフランなんだから、俺の衣装なんてどうでもいいのに」

「そんなわけないでしょ」

そんなわけあるよと、ラザラスがほとんど目を閉じたまま、つぶやくように言う。

「ラス、寝ちゃうの？」

フランシスの中に入っているものは、いつの間にか少し柔らかくなっているような。存在を確認するためにフランシスがきゅっと締めれば、ラザラスは目を閉じたまま小さく笑う。

「寝たいけど寝たくない」

「ラスは忙しすぎだわ」

「そう思う？」

「……手伝えないのがちょっと悔しいだけ」

「手伝ってもらうよ。結婚したらね」

急がなくていいと、ラザラスは囁く。

「それに、明日からフランはフォンテーヌの令嬢になる教育が始まるだろ。コンスタンスは色々考えていそうだ」

「頑張るわね」

「あと、ガイが帰ってきたら、神殿にも行こう。マルタナの神殿は、ダナオスとはかなり違っていると思う。きっと驚くよ」

「それ、エバンにも言われたことがある」

「ガイの母親、前のオデッセア公爵夫人は、俺の叔母《おば》にあたる人だ。父の妹。母の次に血が近い親族だ。ついでに挨拶を済ませよう」

「叔母様がいたなんて……。王城にいらしたことないわよね？」

「滅多に来ないよ。神官長のオデッセア公爵家は、爵位こそ持ってるけど領地は持たないし、政治には一切関わらない。表向きはね」

　その言いかたは、裏向きがあるよと言っているに等しい。

「ダナオスでは、神殿と国王の関係はもっとべったりしていたわ」

「本来、距離を置くべき関係だと思う。でもまあ、俺とガイは表向きも結構べったりだけどね。従弟《いとこ》だし幼馴染だから」

「もしかして、ラザラスに何かあったとき、次のマルタナ国王になる人って、ガイなの？」

「正解」

「叔母様って、そのことについてどうお考えなの？」

「うーん、そうだなぁ。色々と相容《あいい》れないところもあるかな」

「ラス」

「その問題は、フランが俺の子を産んでくれれば終わる」

すっかり目が覚めたラザラスは、また体勢を入れ替えて、フランシスを組み敷く恰好《かっこう》になる。

「最初の子は絶対に男の子。呪われた血で申し訳ない」

「そんな風に思ったことないよ」

ラザラスの頬を両手で押さえ、フランシスは上体をあげてラザラスの唇にキスをする。自分から舌を絡ませて自分の口内にラザラスの舌を引き込めば、フランシスの中に入ったままのラザラスが硬く大きくなり、内からフランシスの中を広げた。

「あ、ん」

ぐっと奥まで突かれると、フランシスの奥から愛液がたっぷりとあふれ出て、ラザラスを包み込む。

「じゃあ、神殿はラスの敵なの？」

背中に腕を回し、腰に足を回してラザラスを引き寄せながら、フランシスが聞く。

「味方だよ。叔母は神殿で何の力も地位もない。神殿の最高権力者はガイだ。ガイは叔母ではなく俺の味方」

「幼馴染で従弟のガイね」

「仲が、よすぎるって、よく言われるっ」

フランシスの膝裏に手をかけ、胸に付くように持ち上げると、ラザラスはほとんど真下にきた秘所に杭《くい》を突き立てるようにして腰を振る。その強さと勢いと、深いところまで届く杭の硬さに、フランシスは悲鳴のような声を上げた。

「や、やぁ、強いっ……壊れちゃう」

「すごい、ぎゅうぎゅう絞られてるよ」

「ああ、いっちゃう、ラス、もう駄目っ」

「うん、俺も、フランっ」

ラザラスは強く腰を押し付ける。絶頂に痙攣《けいれん》している膣の奥、子宮口に先を押し当てるようにして、ラザラスは己を解放した。

「あ、あ、あ」

体の内側で吐精《とせい》を感じているフランシスは、その快感に身もだえるように腰をひねる。それにまた男根を絞られて、ラザラスはさらに奥へ奥へと腰を振り立てる。断続的に吐精を繰り返し、そのたびに震えるフランシスにまた刺激され。すべて出し終えたときには、あまりの脱力感に体を支える腕が震えたほどだった。

「今すぐ孕んでくれればいいのに」

ゆっくり萎《な》えたものを引き出せば、出した瞬間にきゅっとしまった秘裂から白濁がとろりとあふれてきた。ひどく淫靡《いんび》で、うっとりするような眺めだ。ラザラスは指を伸ばし、あふれた白濁を秘裂に塗り込めるように押し戻す。

「ドレス」

まだ荒い息のなか、フランシスがつぶやく。子供は早く欲しいが、結婚式のドレスを着せたいと言ったのはラザラスだ。

「わかってる。俺が言い出したことだし」

フランシスにキスの雨を降らせながら、ラザラスは今たっぷりと吐き出した子種で満たされているであろう、フランシスの腹の上をさする。

「息子を産んでくれたら、ガイにも感謝されるよ」

「ガイに野心は……あるわけないか。彼は海王の秘密を知っている人よね？」

「そういうこと」

「でも、叔母様はご存じない？」

「配偶者に話すかどうかは、当主の判断だから。あと、娘と次男に話すかどうかもね」

今夜はまだちゃんと愛撫《あいぶ》してなかった乳房へ、ラザラスは顔を埋《うず》めるようにする。

「叔母に会えばわかるよ。彼女が俺の娘でも妻でも、俺なら秘密は話さない」

「ねえ、ラス」

「ん？」

乳首に舌を伸ばしながら視線だけ向けてきたラザラスに、フランシスは小さく吹き出す。

「私たちのしている話、こういうことしながらする話じゃないと思う」

「そうかもね。そもそも、こういうことするのに、話が出来るっていうのがおかしい。フランはもっと俺に夢中になること」

「それ、おかしくない？　あ、やあっ」

乳首を甘がみされ、たっぷりの白濁で満たされている膣に、硬さを取り戻していたラザラスの男根が突き立てられる。フランシスの中とぴったりと合う太さと長さのラザラスに挿入されると、それだけでたまらない快感がある。

少し苦しいと感じる太さは、挿入されるだけで感じるところをすべて刺激される。子宮口を強く突き上げることの出来る長さには、体の奥の奥までラザラスで満たされるような満足感がある。矢じりのような先端も大きく張り出していて、挿入のときは今でも圧迫感を覚えることがあるほど。そして、その張り出したところで膣の中を何度もすられると、すごく感じるところをごりごり抉《えぐ》られているようで、あまりの快感に泣き出してしまったこともある。ラザラスも絶対にそれを知っている。フランシスを滅茶滅茶に感じさせたいとき、いつもそこを攻めてくる。

足を大きく開かせ、腰が動かないように両手で押さえ込み、フランシスの感じるところに狙いを定めて激しく攻め立てられる。腰を押さえられているので快感を逃せず、どんどん体の中に蓄積されていく。愛液があふれてきてラザラスの腰の動きをスムーズにし、かき出されてシーツにこぼれ落ちていくのが感じられた。

「ラス、ラス、やあ、もうやあ！」

「フランの中、気持ちいい、最高」

「あ、もう、いってる、いってるからっ」

「そうだね、ひくついてる、でも止まらない」

フランシスが絶頂している間も、ラザラスの腰の動きは止まらない。そのせいでフランシスの絶頂はなかなか終わらず、終わりそうになった途端、ラザラスに奥を突かれて吐精され、熱い精液に体の奥の奥を濡らされる感触にフランシスはさらなる絶頂へとひっぱり上げられた。

婚約前の最後の夜だからきっと激しくなるだろうと覚悟していたフランシスだったが、空が白んでくるまで眠らせてはもらえなかった。

三日後。ラザラスは執務室の机に頬杖《ほおづえ》をつき、つまらないと書いてある顔で書類をめくっていた。フェリックスはわざとらしいため息をつく。

「気合入れてもらえませんかね」

「……無理。入らない」

「まだたった三日なんですけどね」

「だから気合入らないという言いかたも出来る」

フェリックスの母コンスタンスが王城に挨拶に来た翌日、フランシスは王城の敷地内にあるフォンテーヌ侯爵邸に住まいを移した。フォンテーヌ侯爵家の養女となるためだが、しばらくの間、王城でほとんど同居のようなことをしていたラザラスには文句しかない。王城内では、ラザラスとフランシスがそういう関係であることは公然の秘密のようなものだし、今更別居の必要はないとごねている。

結婚前に体の関係を持つのが当然で、前国王が平民の女性を王妃にしたマルタナでも、やはりそこらへんはきちんとしておきましょうと思っている人は多い。特に、平民を王妃に迎えることには、強い拒否感を持っている貴族は多い。今後のフランシスのためにもきちんとしておきたいとフェリックスは考えているし、それはラザラスもわかっているのだろうが、よっぽど同居生活が楽しかったらしい。

「一日に一度は会えてるでしょ」

「昨日は一度しか会えなかった」

「フランシスも忙しいんですよ。母がぎっちりスケジュールを詰め込んだので」

「コンスタンスはやりすぎじゃないのか？」

「僕もそう思っていたんですが、フランシスはさすがですね、軽々と無理難題をクリアしていってますよ。むしろとても楽しそうです」

ずっと軟禁状態だった頃、つけてもらったのはダンス教師のみで、後はすべて独学だったとラザラスも聞いている。図書室の本をすべて読みつくしたフランシスが、さらなる知識や教えに飢えていたのはよくわかっている。マルタナでも一流の教師たちに様々なことを教えられ、きっととても楽しい毎日なのだろう。邪魔はするべきではないとわかってはいるが。

「母もはりきっていますよ。お披露目の舞踏会では、フランシスをとびきりの美女に仕上げると息まいてますから」

「いつだっけ、お披露目」

「七日後ですよ。フランシスとダンス踊ってあげてくださいね」

「勿論、踊る。むしろ他の男とは踊らせたくない」

「それは無理かな」

しれっと言ったフェリックスをラザラスはじっと睨むが、フェリックスは妥協しなかった。なにしろ、お披露目なのだ。フランシスは出来るだけ多くの男性とダンスをしなければならないだろう。特にフォンテーヌ侯爵家の親戚筋とは顔をつなげておくに限る。勿論、それはラザラスにもよくわかっている。

「……早く結婚したい」

「聞き飽きました。さあ、仕事してください」

ラザラスは伸ばし中の髪をかき上げてぐしゃっと乱すと、ため息を一ついて気持ちを入れ替える。フランシスが頑張っているというのに、自分ばかり文句を言って腐っていても仕方がないことはよくわかっている。しかも今は、新しい街道のことで仕事は山積みなのだ。

そこからラザラスは集中して、仕事の効率をぐっと上げた。昼食は簡単に済ませ午後からは人と会い、一息入れようと思っていた時、ドアをおざなりにノックして開ける客が来た。ベルダンだ。

「陛下」

「いいとこに来たな。遠乗りに行かないか、ベルダン」

「レオンが帰ってきます。今、港から先触れが。神官長も一緒とのこと」

ぱっと顔を輝かせ、ラザラスが立ち上がる。

「帰ったか！　港に迎えに行こう！」

「手の空いてる近衛がもう港へ駆け出して行ってるんで。それにもう着きますよ」

もう執務室を飛び出して行っているラザラスの背中に、ベルダンが声をかける。多分、あまり聞こえてはいない。あきれたようにベルダンは後に続き、フェリックスも前室の官吏たちに声をかけると、レオンとガイを出迎えに外へ向かった。

港まで行くと言い出すラザラスを予想して報告を少し遅らせたのか、先触れが遅かったのか、ラザラスが王城の中庭に飛び出すと、レオンの一行はもう中門に着こうというところだった。先頭二頭の馬にそれぞれ人が乗っている。その後ろに荷物をたくさん載せた馬車が続き、その周囲をたくさんの近衛兵が取り囲んでいる。ラザラスの姿を認めて、先頭の騎馬の一騎が一気に足を速めた。

「ラス兄上！」

ぴょんと身軽に馬から飛び降りたのは、マルタナ神官長のガイ。ラザラスの幼馴染の一人。まだ十九歳と若いが、海王信仰の頂点に立つ神官長でもある。飛び降りた勢いのまま、ラザラスに飛びついてきた。

「ガイ！　久しぶりだ。やっと帰ってきたな」

「兄上、会いたかった！」

「俺もだよ。帰ってこいって伝言、聞いてただろ？」

「勿論。これでも急いだんだ」

ぎゅーっとラザラスにすがりついていたガイは、ようやく体を離しラザラスの顔を見上げる。目と目を合わせ、ラザラスはガイの頭をぐりぐりとなでる。短いプラチナブロンドの頭はなでると気持ちがいいのだ。

「陛下。ただいま戻りました」

ラザラスの前で美しい礼をとり、頭を下げたのは、近衛軍団長のレオン。長身で鍛えられた逞しい体躯《たいく》。軍団長という地位にあるのに相応しい貫禄《かんろく》。短く切ったブロンドに青い瞳の、男らしい精悍《せいかん》な顔つきの美男子だ。頭を上げラザラスと目を合わせると、儀礼ではない本当に嬉しそうな笑みを浮かべる。ラザラスは躊躇《ちゅうちょ》なく、レオンに腕を伸ばして彼を引き寄せた。

「遅いぞ、レオン」

「申し訳ありません。色々と手間取りました」

背中に腕をぎゅっと回すと、レオンもラザラスの背中に腕を回して、二人は強く抱き合った。

「あんまり遅いから、ダナオスに住み着くつもりかと思った」

「それは絶対あり得ません」

間髪入れず、きっぱりはっきりそう答えたレオンの顔を、ラザラスは驚いて見る。ダナオス出身のレオンは、口ではっきりそう言ったことはなかったが、ダナオスのことを気にかけていたし望郷の念も消し切れていなかったのをラザラスは知っていた。今回レオンが長くダナオスにいたのも、そこらへんが関係しているのだろうと、そう思っていたのだが。

「未練というものがあったのか自分でもわかりませんが、もしあったのだとしても、今回のことですべて消え失《う》せました」

にっこりとほほ笑むレオンの青い瞳に、嘘や強がりは見えない。むしろ、なにやら清々《すがすが》しい感じで笑っている。

「マルタナに無事帰ってこれて、心から安堵《あんど》しております」

「早くラス兄上の顔を見たいって、言ってたよ」

と、ガイが楽しそうに茶々を入れる。

「久々に見れてどうだ？」

笑ったラザラスがのっかると、レオンもまた笑う。

「相変わらずお美しい。眼福な主君を持って、心の底から幸せを感じております」

「阿呆《あほ》」

歯の浮くような台詞《せりふ》をしらっと言うレオンの肩を、拳で突いておく。

「で？　彼女たちが、遅くなった理由なのか？」

荷物を満載した馬車から、二人の女性が降りてきたところだった。

二人とも二十代と若い。背の高いほうは、背筋がぴんと伸びすきのない身のこなしから訓練を受けた軍人だというのが見て取れた。馬車を降り、落ち着いた表情でレオンとラザラスへ視線を向けている。もう一人の小柄なほうは、軍人には見えないごく普通の若い女性だ。不安そうな表情で、落ち着きなく周囲を見回している。

「そうです。紹介させてください」

レオンがこちらに来るように視線を送ると、背の高い女性がすぐに頷いた。小柄な女性に声をかけ、彼女の背中に手を置いてこちらへと促しながら歩み寄ってくる。

「背の高いのが、私の友人シビルです。個人的に依頼し、四年前からダナオスに行ってもらっていました。マルタナ人です。もう一人は、シビルの友人メイです。彼女はダナオス人ですが、理由あってマルタナへの移住を希望しています。二人とも。こちらは私の大切な主君、マルタナ王国の国王ラザラス陛下だ」

「シビル・メナートと申します。陛下のご尊顔を拝することが出来、大変光栄に思っております」

男装のシビルは、流れるような動きで膝をつき胸に手を当てる。彼女が軍人であることは、その所作からも明らかだった。

「メナート男爵の娘……なわけはないか、妹君かな」

「はい。父は早くに亡くなり、兄が継いでおります。私は陸軍に所属しておりました」

そして、彼女の兄であるメナート男爵本人は近衛軍に所属している。レオンの部下だ。

「メナート家は誉《ほま》れ高き武門だ。あなたも優秀な軍人なのだろう。ダナオスから遠路ご苦労だった」

「ありがとうございます」

そしてと、ラザラスがもう一人へと視線を向ける。小柄な女性は緊張にだろう、ラザラスと目が合った途端すくみ上がるように飛び跳ねたが、すぐにスカートの裾をつまんで綺麗に王族への礼をした。

「メイと申します、マルタナの国王陛下。私はダナオス人ですが、もうダナオスには戻りたくないのです。どうか、マルタナで生きることをお許しくださいませ」

「許そう。あなたの身元保証人には、レオンかシビルがなるだろう」

「ありがとうございます」

家名を名乗らなかったので、メイは貴族ではないのだろう。だが、挨拶の所作はとても綺麗で慣れているようだった。おかしな家の娘ではないのだろう。そして、自己紹介を聞いただけでは、レオンが遅くなった理由はまったくわからない。レオンに視線を向けると、それがわかっているのだろう、苦笑している。

「長い船旅でしたから、彼女たちは休ませてください」

まずは彼女たち抜きで話をということらしい。ラザラスは二人の女性を女官長のアンナに預けると、城内に戻ることにした。

船内で水はなによりの貴重品であり、入浴など出来るはずもない。長いこと潮風に吹かれていたレオンは、先に入浴と着替えを要求。執務室近くの客間で入浴と着替えを済ませ、さっぱりしてから内殿のラザラスの居間へとやってきた。

近衛の軍服は、王族に付き従ったり外国からの賓客を護衛したり王城内を警邏する任務から、他の二軍に比べて華やかなデザインになっている。長身で逞しく、明るいブロンドに青い瞳の爽《さわ》やかで精悍な美男子のレオンには、近衛の軍服がとてもよく似合った。近衛軍で一番似合うと言っても、誰も反対しないだろう。そんなレオンと、彼より長身で目つきが鋭く強面《こわもて》の、小悪人は泣いて逃げ出しそうなベルダンが並んでいるのは、近衛ではおなじみの光景であり、ラザラスにとっても心強さと安堵をもたらすのだと改めて思い知らされた。

一人がけの肘掛け椅子に座ったラザラスの、左手側の長椅子にレオンとベルダンが並んで座り、右手側の長椅子にはガイとセルマーが座っている。まったく別の用事で執務室を訪れたセルマーだったのだが、ラザラスにそのまま居間へと連行されてきたのだ。補佐官としての職をフェリックスに譲ったセルマーは、自分はもう引退したのだからと頑《かたく》なに政務に関わろうとはしない。レオンから報告を聞くからと言ってセルマーは辞退したのだが、どうせ後で報告するんだから二度手間になる一緒に聞いていけと、ラザラスに捕まったのだ。

現在の補佐官フェリックスは、女中から受け取ったお茶を一人一人に配り終わると、テーブルの上にダナオス、ユクタス、マルタナの地図を広げ、さらには防音の効果をもたらす三角錐の神器《じんぎ》を設置した。これで、この場の話は外には一切もれなくなる。フェリックスがセルマーの隣に腰を下ろすと、ラザラスが口を開く。

「では、報告を聞こう。どちらからにする？」

と、レオンとガイの顔を見比べる。

「俺の報告は、レオンの補完になるだろう。レオンが先だよ」

「では、私から。長くなりますが、順を追って話したいと思います」

レオンは姿勢を正し、ラザラスに小さく頷いてから話し出した。

「ダナオスの荒廃は予想以上でした。漁港のいくつかはハリケーンで壊滅的な被害を受け、無人に近いところもありました。農作物にも影響は大きく、ダナオスの物価はマルタナの三割増し程度と思われます。詳しい数字などは、後日、報告書にまとめて提出いたします。私はまずダナオスの王都に向かいました。任務のためもありましたが、シビルの安否を確かめたかったのです」

レオンと一緒に帰国していた二人の女性のうち、長身で軍人の男爵家のマルタナ人の名前をレオンは挙げた。

「私とシビルはこの四年ずっと、この神器で連絡を取り合っていました」

レオンは制服の胸ポケットから、親指ぐらいの大きさの革を巻いたものを取り出した。

「それ、手紙交換出来る神器？」

すぐにわかったガイに、レオンは頷く。そして、巻いた革を広げてみせる。手の平ほどの大きさの羊皮紙に、小さな青の石が二つ埋め込まれていた。そして、羊皮紙部分には、細かな文字がびっしりと書かれている。神殿で購入出来る神器の一つ。ガイが説明してくれる。

「それは二つセットで使うものなんだ。羊皮紙に書き込んだ文字や絵が、もう一つの羊皮紙に転送される仕組み。ただ、いつ転送されるかがまったく予想出来ないのが難点で、タイミングが合わないと、読む前に消えてしまったり、何も書いてない白紙の状態が転送されてしまったりする。急ぎの連絡や、重要な連絡には向かないんだ」

「あまり高価なものじゃないですしね。私はこれをシビルの生存確認程度にしか使っていなかったので、それで十分だったんです。ですが数か月前から、ぴたりとシビルからの連絡が来なくなってしまったんです」

「それは、シビルの持っていたほうの神器が力不足になったからだろうなぁ。そこにはまっている石に、神力が込められているんだ。使えば当然消費されて、いつかはなくなってしまう」

特にダナオスでは神力の消費が速いので、シビルのほうだけがなくなったのだろうと、ガイは付け加えた。

「そうだったんだ。有限なものだとは思ってなかったよ」

「石にまた力を込めれば使えるよ。神殿に持っていけばいい」

「ありがとう、ガイ。話がそれまして、申し訳ありません。そんな事情を知らなかった私は、シビルがどうしているか心配だったのです。王都に向かってすぐにシビルと連絡を取ろうとしたんですが、彼女はもう王都にはいませんでした」

「レオン」

「あ、はい」

ラザラスが苦笑して、口を挟む。

「そのシビルがなぜダナオスの王都にいたのか、どんなことをしていたのか、それをまず説明してほしいな」

「あーはい、すみません。そうでしたね。シビルをダナオスに送り込んだのは、私ではありません。亡くなった父だったんです」

「ダナオスで騎士だったという？」

レオンは頷く。

「父は近衛騎士でした。そして、世継ぎの王女エヴァンゼリン殿下の警護をしていました。エヴァンゼリン殿下に肩入れするあまり、宰相に目をつけられダナオスを追い出されましたが、マルタナに来てからもずっとエヴァンゼリン殿下のことを案じていました。同僚だった近衛騎士から密《ひそ》かに情報を貰い、遠いマルタナから殿下のお力になろうとしていたのです。そして四年前、宰相がエヴァンゼリン殿下のダンス教師を探しているという情報を得た父は、殿下の護衛が出来て、ダンスだけではなく護身術や可能なら剣の使いかたも教えられる女性をダナオスに送ったのです。それが、シビルでした」

「父上は、三年前だったか」

「はい。三年前に亡くなりました。ですので、シビルの安全を保障する役目は、私が引き継いだのです。父の同僚だった元近衛騎士は王都に住んでいて、今も私とシビルの橋渡しをしてくれています。シビルのほうも私に手紙を送れなくなって困っていたそうで、私と連絡をとってほしいと言っていたそうなのですが、その協力者が体調を崩してしまって身動きが取れなかったそうなのです。私は王都に入ってすぐに彼を訪ね、シビルからの手紙を受け取りました。その手紙には、宰相の息子との結婚を阻止するためにエヴァンゼリン王女が自殺をしたこと。次の国王である王女の叔父に、王女からの手紙と正統な世継ぎの証明である指輪を届けに行くということが書いてありました。私の父に依頼されてエヴァンゼリン殿下のダンス教師になったシビルですが、殿下に心からの忠誠を誓っていました。自殺という最期《さいご》を選択させてしまったこと、止められなかったことを彼女はとても悔いていて、殿下の最後の望みはどうしても叶《かな》えたいのだと強い決意で王都を出立していました。一緒に来たメイは、殿下エヴァンゼリン王女の幼馴染的な侍女だそうです。シビルと一緒に、王女の叔父がいる北部へと旅立っていました」

「シビルとメイか……」

ラザラスは口の中だけで小さくつぶやく。フランシスが話してくれた。エヴァンゼリン王女に残された、たった二人だけの味方。そしてレオンの父は、エヴァンゼリン王女に剣を教えてほしいと請われて願いを叶えたことでクビにされたという近衛騎士に間違いない。

「それで、お前は彼女たちを追って北部へ向かったのか」

「出発する前に王都で人を捕まえて話を聞きました。シビルからの手紙では、王女は多くの人々の目を集め、塔から海へ飛び込んだとありました。その目撃者を探し、その自殺を人々がどう受け止めているのか知りたかったのです。ですが誰一人として、王女の自殺について話してくれませんでした」

「目撃者がいなかったということか？」

「いいえ、嘘をついていることが明らかな者ばかりでした。誰もが怯《おび》えて逃げていきました。中には、私に忠告してくれる者までいました。ここでそんなことを聞いて回ってはいけないと。近衛や神殿に目をつけられたら命がないと」

「神殿もか……」

ラザラスは長いため息をもらす。神官長ガイが低く舌打ちしてから、口を開く。

「ダナオスの神殿は宰相に牛耳られ始めてる。ダナオスの今の神官長、宰相の弟なんだ。こいつが、優しそうな顔してかなりのやり手だ。兄貴とタッグを組んで、ダナオスを私有化しようとしている」

ラザラスが眉をひそめ、ガイに視線を向ける。

「神官がお前の命令を受け付けないのか？」

「俺の言うこと聞く神官は、次々追い出されている。ダナオスの神殿では、政治力のある神官が出世する。ダナオスでは海王の力が急速に弱まっている。仕方のないことなんだ」

神殿が人々の中で特別な地位を保てていたのは、その特別な力のおかげだ。海王の守護の力を己のうちに取り込んで自由に使える神官は、他の人々には出来ない奇跡を起こしてきた。だが、ダナオスにはもう海王の守護の力はほとんどない。どれほど優れた神官でも、存在しない海王の力を使うことは出来ない。奇跡も起こせない。

これまでは、神官の優越はその使える力の大きさだった。だが今は政治力だ。宰相の弟が神官長だというのなら間違いない。ラザラスとガイは視線でお互いの考えを確認し、それで間違いないとガイは頷いて見せた。

「世継ぎの王女が自殺だなんて、本当ならもっと噂になって、それこそダナオスに入ればすぐに私にも聞こえていたはずです。ですが、私はそれをシビルの手紙で知りました」

レオンが硬い表情で話を続ける。

「宰相と神殿が協力して、かなりの厳しい情報統制で、王女の自殺をなかったことにしようとしているのです。宰相は、エヴァンゼリン王女の偽者と自分の息子を予定どおり結婚させるつもりです」

第十章　海王《かいおう》の娘

　ラザラスが最初に感じたのは、それではエヴァンゼリンの自殺は何の意味も持たなくなるという憤りだった。

「そんな無茶が押し通せるほど、あの国における宰相《さいしょう》の力は大きいということです。私は、王女の叔《お》父《じ》の元へ向かったシビルとメイの危険性を考えました。そこまで周到な宰相が、王位継承者の前国王の弟に何も手を打っていないとは思えませんからね。また、その叔父が王女の希望どおり次の国王だと宣言したところで、今の宰相に勝てるとは思えません。エヴァンゼリン王女は死んでいないことになっているのですから、叔父上が王位を主張したところで反逆者になるのが落ちです。どう転んでも、叔父のところに王女の手紙を持っていった二人は危険です。私はすぐに二人を追って、北部都市レントへ向かいました」

　レオンの指が、テーブル上に広げられた地図の一点を指す。レントという北部都市は、ダナオスの北端にあたる。ダナオス王都は南のほうにあるので、かなりの距離を移動している。レオンの帰りが遅くなったのも納得である。

「シビルとメイは、レントの城の地下牢《ろう》に入っていました。救いだったのは、二人が牢に入れられてまだ二日ほどだったことと、暴行などは受けていなかったことですね。女二人の旅でしたので、私はかなり距離を詰められたようです。王女の叔父上は、すでに宰相の息がかかっていたそうです。王女の遺言とも言える手紙を破り捨て、王女は生きている、王位簒奪《さんだつ》をそそのかすとは何事かと、二人を投獄したそうです。私は二人を牢から救い出し、安全な海路でマルタナに戻《もど》ることにしました」

その長い道中を思ったのか、レオンは疲れた顔になって肩を落とす。

「侍女だったメイはまだダナオスに家族がいるというので王都に帰そうかと思ったのですが、本人が拒否したのでマルタナに連れてきました。メイも王女を心から崇拝していたようで、王女を自殺に追いやった宰相も、自殺をなかったことにするダナオスの民も、深く恨んでいます。ダナオスには愛想が尽きたと何日も泣き暮らしていましたし、シビルも彼女の気持ちを嘘《うそ》偽りないと保証したので、マルタナに迎えるのは問題ないと思います」

「ダナオスに愛想が尽きたか」

「それはシビルも同じです。まあ、あいつはマルタナ人ですが」

「元ダナオス人としてはどうだ？」

自分のことを言われたのだと気付き、レオンが目を瞬いてラザラスに視線を向ける。

「陛下、私は今回のダナオス行きで、マルタナ王家とダナオス王家の違いをひどく鮮明に感じました。マルタナでは昔からハリケーンの研究が盛んで、漁港も漁船も国家主導で改良がすすんでいる。今では廃墟《はいきょ》と化していましたが、ハリケーンで漁業が大きな被害を受けることはありません。一方、ダナオスではいくつもの漁港が廃墟と化していました。ダナオス王家は昔も今も海王頼みで、神官が祈りをささげるばかり。神殿は今も絶大な権力を握り、海王を信じれば救われると声高々に人々を洗脳している」

いつも穏やかなレオンだが、頭の中で考えていることは結構辛辣《しんらつ》だ。特に今はラザラスの側近しかいないせいか、レオンの表情から笑みは消え、口調も鋭くなっていった。

「海王の力、人外の力に頼りすぎると、人は思考停止する。陛下がおっしゃっていた意味が、今回よくよくわかりました。ダナオスは今、国中で思考停止中です。生活が苦しくなっているのに、それを祈ることで海王の守護の力を望むことでなんとかしようとしている。そして、その他力本願な民衆をあおっているのが神殿です。苦しむ人々はますます神殿に傾倒し、ますます思考を停止する。さらには、今のダナオス宰相は神殿を利用している。これまでのダナオス王家の失政のつけもありますが、本当なら政治が対処すべきことをしていない。政治の失敗さえも、海王の守護がないせいだと論点をそらし、好き勝手をやっている」

貧しいのも豊かなのも、海王のせい。嵐が来るのは海王の怒りで、強い信仰があれば来ないはず。

「いつかそう遠くない日に、ダナオスの民も気が付くさ」

「そうでしょうか」

「そこまで絶望することないだろ。マルタナだって、ダナオスから独立するまでは思考停止してたんだ。ただ、思考停止を再起動させるには時間がかかる。安易に、信仰対象を変更するだけで問題解決しようとしたりな」

今後のダナオスには要注意だと、ラザラスは心にとめた。

疲れたような、諦《あきら》めたような暗い表情で、レオンは口を開く。

「ダナオスの民が王女の自殺にさえ口をつぐむのには、私も絶望しました。この十年王女は軟禁状態でダナオスの人々との交流はなく、人々にとっては雲の上で起きた自分たちとは無関係なことなのかもしれません。ですが、声を上げて宰相を追求することだって出来た。メイとシビルは、エヴァンゼリン様が自殺までして守ろうとした価値が今のダナオスにはないと、ずっと話していました。私もそう思います。父が生きていれば、エヴァンゼリン様をなんとかダナオスから逃がそうと画策したでしょう」

レオンの父はエヴァンゼリンの個人的な幸せを願っていた、ということだ。ダナオスに絶望しているレオンは、フランシスとして生きているエヴァンゼリンの存在を受け入れてくれるだろう。今のレオンが感じている絶望と失望の深さは、彼をよく知るラザラスにはよくわかる。だが、メイとシビルはどうだろうか。

シビルとメイの存在をフランシスに隠し通すのは不可能だろう。それに、この二人がマルタナに来たのは、いい機会とも言える。フランシスを王妃にするのに何が一番問題かと言えば、彼女が記憶を失って身元がわからないことだ。女官なら記憶喪失のままでもよかった。だが、王妃になるなら、やはり当たり障《さわ》りのない過去があったほうがいい。シビルとメイは、フランシスの過去の証人となれるだろう。フランシスにとっても気がかりだった二人の消息がわかり、大きな区切りになるのは間違いない。

（だが、下手《へた》にやれば滅茶苦茶《めちゃくちゃ》になる）

シビルとメイが、今幸せなフランシスを裏切り者だと感じたら？　エヴァンゼリン王女としてダナオスに戻るべきだと主張したら？　そしてなにより、偽者の王女を弾劾《だんがい》しに、ダナオスに戻るとフランシスが言い出したら？

「レオン、シビルは軍に復帰予定ですか？」

セルマーの質問に、レオンは頷《うなず》く。

「そのつもりでいます。復帰前に、家族に会いに行くとは言っていましたが」

「女性を近衛に入れた前例、ありますよね？」

「え、あ、それは、あると思います」

「シビルを近衛にと言ったら、反対ですか？」

「いえ、問題ないと思いますが」

今現在、近衛は全員男だ。レオンが戸惑うのも当然だろう。

「陛下は、次の春に結婚することになったのですよ、レオン」

セルマーがにっこりほほ笑み、レオンは驚く。

「それで、王妃の警護に女性の近衛を考えています」

「はあ、なるほど。それはおめでとうございます」

「ずっと留守だったレオンは知らなくて当然ですが、陛下の溺愛《できあい》ぶりはそれはもうほほ笑ましいほどで。ねえ、ベルダン」

「ほほ笑ましいですか。それはまた随分と控《ひか》えめな表現で」

ベルダンがぶすりと答えると、セルマーとフェリックスは苦笑をもらす。

「まあ、そんな感じなので、まずはシビルに会ってみなければ決められませんが」

一同の視線はラザラスへと向かう。ラザラスは肘《ひじ》掛けに頬杖《ほおづえ》をつき、目を閉じているようにも見える。賢すぎるこの主君が、その回りすぎる頭をフル回転させているのだと、この場に居る側近たちは皆知っていた。

「シビルとメイをここに連れてきてくれ。先に話をしよう」

顔を上げ、ラザラスがそう言う。

「わかりました」

レオンが立ち上がると、隣のベルダンも一緒に立ち上がる。

「レオン、貴重な情報をありがとう。ご苦労だったな」

「私にとっても、区切りになる旅となりました。行かせてくださって、ありがとうございました」

「そんな顔してると、行かせたことを後悔する」

ダナオスのことを話すうち、レオンの眉間《みけん》には深い皺《しわ》が寄っていた。表情は硬く、怒りやら絶望やらの負の感情を隠しきれていなかった。

「どんな顔です？」

「腹黒なのがにじみ出てるぞ」

と、顔をしかめたベルダンが言うと、レオンは小さく吹き出した。

「うちの団長は爽《さわ》やかな美形が売りだろ？」

そうラザラスがからかうと、ようやくレオンの口元に笑みが浮かんだ。ねぎらいと元気づけに、レオンの肩に手を置こうと立ち上がったラザラスは、逆にレオンから腕を肩に回される。

「ダナオスで、何度も陛下のことを思い出しました。陛下の元に帰りたいと、何度も」

「熱烈な愛の告白だなぁ。俺もベルダンも、近衛の連中も、レオンが帰ってくるのを待っていたよ。レオンの居場所は、マルタナのここだな」

「はい」

笑って背中をたたけば、レオンもまた笑う。ようやくちょっぴり元気を取り戻したレオンは、ベルダンと一緒にシビルたちを呼びに部屋を出て行った。

ドアが閉ざされて、二人の足音が遠ざかると、ラザラスはフェリックスに顔を向ける。

「フランを連れてきてくれ、フェイ。何も話さないで」

「……わかりました」

「戻ったら、執務室にフランシスを待たせてくれ。タイミングを見て呼びに行く。くれぐれも、あの二人と遭遇しないように」

「わかりました。今頃、フランシスは勉強中ですから、連れ出すのには少し時間がかかるでしょう。丁度《ちょうど》いいですね」

「よろしく頼む」

フェリックスはにっこりの笑顔で、部屋を出て行った。部屋に残ったのは、ラザラスの他にはガイとセルマーだけになった。

ラザラスは肘掛け椅子にどさりと腰を下ろすと、両手で頭を抱える。ぐしゃぐしゃと髪の毛をかき回すラザラスに、セルマーが立ち上がって近づいてきた。

「陛下」

「ダナオスの民は愚かだ」

「貧《ひん》すれば鈍《どん》す。ご存じでしょう？」

物質的に貧しくなれば、心もまた貧しくなる、愚かになる。

「フランシスには知らせたくない」

「本気でフランシスがダナオスに戻るかもと心配しているのですか？」

セルマーの口調はどこかあきれていた。

「偽者だぞ？」

「ですが、それをダナオスの国民は受け入れたのです。王女は自殺したのだと主張することも出来た。でも、しなかったのです。彼らは、王女ではなく宰相の支配を受け入れたのですよ」

エヴァンゼリン王女は生きていたのだと、フランシスが主張してダナオスに戻っても、それを誰も受け入れないだろう。

「ある意味、エヴァンゼリン王女はダナオス国民に捨てられたわけです。可哀想に、エヴァンゼリン王女は国民のために自殺までしたのにね。国民は無視ですよ」

「セルマー」

「あなたまで動揺しないでください、ラザラス陛下。同じ国王として、エヴァンゼリン王女の責任や使命だのに共感するのはわかりますが」

「…………」

「ノフランシスがダナオスに戻ると言うのなら、絶対にとめなければなりません。エヴァンゼリン王女は死んだのです。ダナオス国民に殺されたのですよ」

セルマーがあえて痛い言葉ばかりを選んで使っていることは、ラザラスにもわかった。その鋭い言葉が、ラザラスの胸の奥に生じた不安や迷いを片っ端から切り落としていく。

「あなたがぶれなければ、フランシスは大丈夫です。彼女はあなたからのプロポーズを受ける時に、マルタナ王妃になる覚悟を決めています」

「でもまだ結婚式あげてないだろ。彼女にちゃんと王冠のせないと、安心出来ないんだよ」

「大丈夫。あなたが拒否しない限り、フランシスはここにいますよ」

くしゃくしゃになったラザラスの金色の髪を、セルマーがほほ笑みながら手櫛《てぐし》で整える。

「……マルタナ王妃になって、フランシスはマルタナの民を幸せにしてくれるだろう。彼女を捨てたダナオスの民は愚かだ」

「そういうのを、ざまあみろって言うんですよね」

「そうだな。ざまあみろだ」

ラザラスは気持ちを切り替え、意識して深く息をついた。

「シビルとメイ次第でもあるが、この機会にフランシスには記憶を取り戻してもらおうと思う」

セルマーは頷き、先を促《うなが》してくる。

「昔からフランシスに仕えてくれていた二人に偶然再会して、記憶が戻ったことにすればいい。だが、エヴァンゼリン王女の名前は出さない。ダナオスの適当な貴族の家名を決めよう。伯爵家ぐらいがいいだろうな。これは、フランシスに考えてもらえばいい」

王女エヴァンゼリンならば、有名ではないが実在する伯爵家の家名を一つや二つ知っているはずだ。ダナオスにはマルタナとは違って、とてもたくさんの貴族がいる。

「父親が亡くなって爵位を継ぐはずだったが、爵位と財産を欲しがった次の相続人に海へ突き落とされ殺されかけたことにする。真実に、嘘一つまみだ」

真実に嘘をまぜるぐらいが、ばれにくくていい。親に決められた結婚が嫌で自殺を図ったとすればかなり真実に近くなるが、政略結婚は貴族の義務であり、それを放棄したフランシスは王妃の資質に欠けると非難されるのも困る。

「よさそうな筋書きですね」

と、セルマーが頷く。

「シビルとメイ次第ではあるが」

「レオンの話を聞く限り、二人はフランシスのこれからの幸せに協力するのではないでしょうか」

「そうだといい」

「ガイ、あなたはどこまでわかっているんです？」

セルマーはずっと黙っているガイを振り返る。ガイは長椅子に足を投げ出して座り、お茶うけの焼き菓子を食べながら二人の話を聞いていた。

「二人の話は初耳なことばっかりだよ」

冷めた紅茶を飲み干し、ガイはカップを戻しながら投げ出していた足を下ろす。

「記憶喪失のフランシスは、実はエヴァンゼリン王女で記憶もある。それで正解？」

「正解だ。それを知っているのは、俺とセルマー、フェイだけだ」

ガイは立ち上がるとラザラスの前に歩み寄り、顔を近づける。

「愛してるから結婚？　エヴァンゼリン王女だから結婚？」

「愛しているからだ。彼女がエヴァだと知ったのは、結婚の申し込みをした後だよ」

「ふーん？」

口ではそんな風にからかったが、ガイの表情は硬い。何か思うところがあるように見えた。

コツコツと、扉にノックがある。レオンが帰ってきたのだろう。ガイはそのまま扉へと向かい、開けてやった。

シビルとメイも入浴をし着替えを済ませて、さっぱりとしていた。二人とも緊張した様子で挨拶をして、ラザラスに促されて長椅子に腰を下ろす。レオンとベルダンが座っていた長椅子だ。ガイはセルマーの隣に座り、レオンとベルダンは二人揃《そろ》ってラザラスの背後に立った。

国王であるラザラスを守護するような配置は、この場にシビルとメイという、本来なら国王の私室に招かれるはずのない二人がいるためだ。本来なら、二人とは謁見《えっけん》の間で会うべきだっただろう。だが、フランシスのことを考えると、そうは出来なかった。

シビルはやはり男装で、メイはごくシンプルなワンピースだった。二人には過不足なく、女官長アンナの仕事は相変わらず完璧である。

「二人には、エヴァンゼリン王女のことを教えてほしい。亡くなった方だが、良いところも悪かったと思うところも、忌憚《きたん》なく話してもらいたい」

隣国の国王として、エヴァンゼリン王女に興味を持つのは当然だろう。シビルとメイはそう言われておかしな顔はしなかったが、困惑した様子だった。

「シビル」

まずは、マルタナ人であるシビルを指名する。

「王女は城に軟禁されていたそうだが、毎日どのような生活を送っていたんだ？」

「はい。私がダンス教師としてお仕えする以前は、図書室での読書と刺繍《ししゅう》などの手芸をして一日を過ごされていたようです。お会いしたのは、エヴァンゼリン様が十五歳の時でしたが、標準的な十五歳の女性より痩せて、筋肉の発達も遅れているように見受けられました。子供の頃は外を走り回って遊んでいたとおっしゃられていたので、本来は活動的な方ではあったと思うのですが、エヴァンゼリン様の行動範囲は年々厳しく縮小されているようでした」

上官の命令には絶対服従の軍人としての教育を受けたシビルは、ラザラスの問いに的確に答えた。

「王女にダンスだけではなく、護身術や剣も教えるように頼まれていたんだろう？」

「はい、そうです。しかし、実際それは不可能でした。宰相の監視の目はとても強く、もし私がダンス以外のことをお教えしようものなら、すぐにクビになったでしょう。ですから、私はやり方を工夫しました」

「工夫？」

「はい。ダンスの練習もいい運動にはなります。曲を速めれば、ずっと走っているのと変わりありません。一日五時間、ときには六時間でも、エヴァンゼリン様には踊っていただきました。体は丈夫になり、体力と持久力がつきました。筋力については、ステップや振り付けを工夫しました。出来るだけ難解なステップのダンスを探しては、筋肉トレーニング用にさらにステップを改造したりもしました。剣に関しては、ダンス室の窓から近衛騎士団の訓練場が見えたので、それを使いました。剣を直接お教えすることは出来ませんでしたが、近衛騎士たちの剣さばきを解説して、正しい動きを頭で理解していただきました」

「なるほど。君は素晴らしい教師だ」

「ありがとうございます」

シビルの教えは彼女の思惑どおり、しっかりとフランシスの体にたたき込まれていた。軟禁されていたお姫様が、あれほど短時間で剣を使えるようになったり、乗馬出来るようになったりするわけがないのだ。シビルにしっかりとたたき込まれていた素地があったからこそだったのだ。

「君は、王女から叔父のところに行くように頼まれたそうだね」

「はい」

「それについてはどう思っている？　面倒なことを頼まれたと感じた？」

「いいえ、そのようなことは欠片《かけら》も思いませんでした」

シビルは即答する。そして、隣に座るメイと目を合わせ、二人は自然と手を握り合った。

「あの夜、エヴァンゼリン様は私とメイを呼び、叔父上への手紙を託されました。そして、この先は自分ではなく叔父上に仕えてほしいと、この国のために動いてほしいとおっしゃられました。私とメイが王城を無事に抜け出せるように、この後エヴァンゼリン様が騒ぎを起こすとも。私とメイは、エヴァンゼリン様も一緒に逃げてほしいと何度もお願いしました。ですが、エヴァンゼリン様は私とメイを逃がすためにも、一緒には行けないとおっしゃられて。私とメイは、エヴァンゼリン様の最後の願いを叶《かな》えることとしか出来ませんでした。急いで準備をして王城を出ようという時、エヴァンゼリン様が部屋のバルコニーから海に身を投げるのをこの目で見ました。王城は大騒ぎになり私とメイに注意を向けるものは誰一人なく、私たちは王都を無事に出ることが出来たのです」

その時のことを思い出しているのだろう、メイは声を押し殺しながら涙をぽろぽろこぼしている。セルマーがハンカチをメイの手に握らせると、メイは言葉なく何度も頭を下げ、ハンカチに顔を埋《うず》めてしまった。

「エヴァンゼリン様はとても不運な方です。あんなに美しくてあれほど賢い姫君を、私は他に知りません。幼い時からあの老獪《ろうかい》な宰相に軟禁され味方を奪われ、孤立させられていました。そんな状態にあっても、あの方は常に世継ぎの王女であることダナオスのためにあること、自分が国民のために何が出来るのか考えておられました。自殺を選ばれたのは、宰相の息子との結婚を阻止し叔父上に王位継承権を渡すことが、エヴァンゼリン様が国のために出来る唯一だと思われたからだと推察します。それなのに、私たちは何も出来ませんでした。叔父上にはすでに宰相から連絡が行っていて、エヴァンゼリン様の自殺を強固に否定されてしまいました。それだけではなく、私とメイは投獄され、宰相に目をつけられてしまい追手をかけられてしまうことになり、レオン様にも大変なご迷惑をおかけしてしまいました」

目を潤《うる》ませたシビルは、震える手を口元に押し当てる。

「エヴァンゼリン様は天国で、きっと私たちに失望されていることでしょう」

そううめくように言うと、こらえきれなくなったのか、肩を震わせて泣き出してしまった。

「シビル。天国に居るのであれば、下界の我々のことなど忘れて、幸せにお暮らしでしょう」

セルマーが優しく言うと、シビルは顔を上げる。

「そうでしょうか？」

「人のために生き、人のために命を散らした徳の高い姫君なら、神の国で幸せにおなりでしょう」

「そうであってほしいと、心から思います。ありがとうございます」

セルマーはシビルに頷き、ラザラスにも頷いて見せた。シビルなら、フランシスの幸せに協力出来るだろうと言いたいのだろう。セルマーの人を見る目はいつも正しい。

「メイ、君は王女の幼馴染だそうだが」

「は、はい。私の母が、姫様の乳母《うば》だったんです。それで、子供の時から姉妹のように育ちました」

メイは涙を拭《ふ》きながら、懸命にラザラスに話し始めた。この場の雰囲気がエヴァンゼリン王女を批判するものではなく、同情的なのがわかったのだろう。メイは自分の大切な王女の価値を、この場で披露するべきだと決めたらしい。

「姫様は、お小さい頃はとても活発な方でした。それにとても利発で、いつも家庭教師に褒められて、誰からも将来は素晴らしい女王陛下になるだろうと期待されていました。ですが、宰相からの制約がどんどん厳しくなって、気が付けば姫様の周囲には敵ばかりということになっていました。姫様は何度も私に、宰相には逆らわないように、悪口を言わないように目立たないようにと注意されました。宰相に引き離されないためです。シビルが来てくれるまで、私と姫様の味方はお互いだけでした」

「君はダナオスに家族がいると聞いたんだが」

「はい、陛下。家族といっても両親はすでに亡く、兄夫婦がいるだけです」

「それでも、ダナオスは君の生まれた国だ。マルタナに移住してしまって、本当にいいのかな？」

「はい、陛下。私、私……姫様が自殺された夜のことを、一生忘れないと思います。王城はいたるところに明かりがついていて、昼間のように明るくなっていました。姫様の部屋はとても高いところにあって、部屋のバルコニーに立った姿は大勢の人が見ていました。身を投げる瞬間もです。姫様を死に追いやった宰相のことを、私は一生許せません。ですがそれ以上に、王城の人たち王都の人たちには、本当に本当に腹が立つんです。宰相が怖いのはわかります。神殿に嘘つきだと決めつけられるのも怖いです。でも、皆で姫様のことを無視するなんて。なかったことにするなんて。ひどすぎると思うんです。私、もうそんな人たちと一緒に生きていけません」

「陛下、メイの身元保証人には私がなります」

涙を拭いたシビルが、そう口添えをした。

「メイの命は私が守ると、エヴァンゼリン様に誓ったのです」

「シビル」

二人は顔を見合わせ、シビルは力強く頷いて見せる。

「メイはダナオスの王城でとても優秀な侍女でした。マルタナでも私と男爵の兄が保証すれば、いい働き口が見つかるはずです。自立した生活が出来るでしょうし、きっといいご縁もある」

笑顔を作るシビルに、メイは小さく首を横に振る。

「エヴァンゼリン様はいつもメイの幸せを願われていたよ。幸せな結婚をして子供を産んで、メイにも乳母になってもらわなければ困るって、おっしゃっていたじゃないか」

「そう、だけど……」

メイの瞳からあふれる涙が量を増やし、それを見ているシビルもまた涙をこぼしている。二人とも前向きで、過去に囚《とら》われている様子は見えなかった。

「二人とも、ダナオスに思いは残っていないのかな？　王女の仇《かたき》を打ちたいとは思わないのか？」

「陛下、そうしない私たちを薄情だとお思いでしょう。特に私は、元々が依頼されてダンス教師になったのだからとお思いかもしれません。ですが、私もメイも仇を打てるのなら、この命さえ惜しくないと思っています。その気持ちは本当です」

シビルはラザラスに顔を向け、今までの冷静な話しぶりとは一転し、高ぶらせた感情のまま話し出した。

「今のダナオスで私とメイの命二つでは、とてもエヴァンゼリン様の仇は打てません。もはや、宰相に敵対する勢力はありません。貴族は勿論《もちろん》、騎士団もすべて宰相の配下です。神殿でさえ宰相の弟が神官長になり、宰相に都合のいいことしか言いません。エヴァンゼリン様は賢い方でした。私とメイにも、宰相には逆らわないようにと注意してくださっていました。無駄死になど、許してもらえるわけがありません。私とメイに出来ることは、宰相の力が弱まり、私とメイの二つの命があれば宰相が倒せるようになるまで、時を待つことぐらいです」

隣でメイも強く頷き、同意であると示している。そんな二人を見ていると、エヴァンゼリン王女がどれほど優れた主であったのか、目に見えるようだった。

マルタナに来たばかりの頃、フランシスが男に生まれたかったと癇癪《かんしゃく》を爆発させたことを、ラザラスは思い出す。もっと力が欲しかった賢くなりたかったと、自分の力不足を嘆いていた。それでも精一杯出来る限りのことはしたのだと、最後には前を向けた。今目の前にいる二人もそんなフランシスの教えを受けていているからだろう、ちゃんと前を向いていた。

セルマーにちらりと視線を向ければ、彼も笑顔で頷いてくれる。ラザラスの気持ちは固まった。

「メイ、君には王城の女中の仕事を世話しよう」

手に手を取り合って泣いていた二人は、驚きに目を丸くして、ラザラスを振り返る。ラザラスは外交用のにっこり美々《びび》しい笑顔を浮かべておく。

「君は侍女だったそうだが、マルタナ王城に侍女はいない。まあ、名称の違いだけかもしれないけどね。マルタナ王城で働く女性は、官吏、女官、女中のどれかだ。官吏になるには厳しい試験がある。女官は貴族の子女が多く、書類仕事から縫物まで仕事は幅広く、王城内の家政を取り仕切っている。女中は下働きだ。王族の身の回りの世話から女官から頼まれた仕事まで、こちらも幅広い。人数も女中が一番多い。王都内の自宅から通う娘がほとんどだが、遠方から来ている娘のための女子寮もある。すぐに入居出来るだろう」

「願ってもないお言葉です！　ありがとうございます、陛下」

頬を薔薇《ばら》色に染め、メイはさっと立ち上がると、膝《ひざ》を曲げて綺麗《きれい》な礼をしてみせた。フランシスの躾《しつけ》ならば、マルタナの王城で女中ぐらいわけなく務められるだろう。

「それから、シビル。君にはぜひ近衛に入ってもらいたい」

シビルはメイの隣に立つが、困惑を隠せない。近衛に女性がいないことを知っているのだろう。

「私は春に結婚することが決まっている。王妃のために、近衛に女性を加えたいと思っている。君は第一号になるが、今後増やしていくつもりだ」

「おめでとうございます、陛下。大変光栄なお話です。王妃様のため、心より務めさせていただきます」

その時、タイミングよく、扉をノックする音が聞こえた。

「丁度いい。未来の王妃を紹介しよう」

ドアを開けようと動きかけたベルダンを制し、ラザラスは席を立ってドアに向かう。内殿からつながっているドアを開ければ、そこには予想どおりフェリックスが立っていた。

ラザラスは彼の肩を押し廊下へと押し戻しながら、後ろ手にドアを閉ざす。心得たように、セルマーがフランシスについての話を始めたのが、少しだけ聞こえた。フランシスが記憶喪失だということを周知してくれているのだろう。ドアを閉ざすと聞こえなくなる。防音はちゃんと効いていた。

「フェイ。あの二人を近衛と女中にする」

驚きに目を見張りフェリックスがこちらを見るのに、ラザラスは頷いて見せる。

「あの二人は大丈夫なんですね？」

フェリックスもまた、フランシスの幸せを心配してくれているのだ。

「大丈夫。フランシスには記憶を取り戻してもらう。セルマーとガイが承知しているから、あわせてくれ」

「わかりました」

あまり時間をかけるわけにはいかない。頷いたフェリックスの肩をたたき、ラザラスはそのまま執務室へと向かう。

「フラン」

今日初めて会うフランシスは、執務室のデスクにお尻を半分のせた行儀の悪い恰好《かっこう》で、壁の地図を眺めていたようだった。ラザラスが姿を現すと、ぱっと笑みを浮かべてくれる。

「ラス。会いたかった」

「俺も」

二人はお互いに腕を伸ばし、それが当然としっかりと抱きしめあった。ラザラスは挨拶には少々濃厚すぎるキスもして、腕の中の美しいフランシスの姿を確かめる。

「今日は特に綺麗だ。なんのレッスンだったの？」

「朝からずっと座学だったのよ。これ、マリーと女官長がデザインを決めて仕立ててくれたドレスの一つ。昨日、出来上がってきたの。似合う？」

「とてもよく似合うよ」

フランシスは女官のお仕着せワンピースもよく似合っていた。だが、こういう貴族令嬢の豪華なドレスは、それ以上によく似合う。ドレスのデザイン、綺麗な曲線は、フランシスのスタイルのよさを際立たせる。適切な化粧は、その美貌をさらに引き上げる。

さらに、ラザラスと結ばれてからフランシスは日ごとに美しくなっていると、ラザラスは贔屓目《ひいきめ》ではなくそう感じている。女性としての自信か、ずっと心の奥に秘めていたことを明かすことが出来た解放感からか。フランシスから目が離せない。毎日毎日、綺麗になっていく彼女を、ずっと腕の中に閉じ込めておければいいのにと心から思う。

「フラン、レオンとガイが帰国したんだ。君に紹介したい」

「ありがとう。ベルダン様の上司の近衛団長様と、マルタナの神官長様よね？」

「そのとおり。レオンは見た目どおりの、礼儀正しい穏やかないい男だ。ガイは一癖も二癖もあるが、悪い奴じゃない。ちょっと口は悪いけど、気にしないでくれ」

フランシスはくすくす笑う。ああ、幸せそうだと、ラザラスは胸の中が温かくなる。肩を引き寄せれば、すんなりとラザラスの胸の中におさまり、もたれ掛かってきてくれる。

今のフランシスは、ラザラスに完全なる信頼を寄せてくれている。ラザラスの腕の中にいれば安全だと、幸せだと、心から思ってくれている。だが、それはまだ生まれたばかりのもので、まだまだ脆《もろ》いものだ。もっと時間が欲しい。出来れば、年単位の。きちんと結婚式をあげて、フランシス・マルタナの存在を内外に知らしめ、フランシスに子供を産んでもらって家族になって。ラザラスのそばにしっかりと根付いていてくれれば、きっと二人の関係も安定するだろう。それまでは気が抜けない。

「ラス？」

「レオンがダナオスから人を連れてきた。フランにも会ってほしい」

「ええ？」

ラザラスはフランシスの腰に腕を回すと、歩くように促した。

「ダナオスからって」

「大丈夫。心配ない」

シビルとメイは、今の幸せそうなフランシスを見て、これでよかったのだと思ってくれるだろうか。このままダナオスになど戻らないほうがいいと、思ってくれるだろうか。

二人に会えば、フランシスはどれほど驚くだろう。きっともう、一生会うことはないと諦めているはずだ。元主として、二人に責任も感じるだろう。ダナオスの今を聞いて、心穏やかでいられるはずもない。

王女としての責務を重く考え、己を律してきたフランシス。努力家で不屈の精神を持ち合わせている、勇気あるフランシス。セルマーは、ラザラスが手を放さなければフランシスは何処《どこ》にも行かないと言ってくれたが、ラザラスはまだそこまでの自信は持てない。彼女の正義感が、偽者王女を受け入れないかもしれない。戦士な彼女は、宰相に戦いを挑むのかも。

（ダナオスに帰るとだけは、言わないでくれ）

内心の不安を押し殺し、ラザラスはフランシスをシビルとメイが待つ居間に案内する。室内の人々をさっと見回したフランシスは、メイとシビルの姿を認めると、はっと目を見張った。ぎゅっと、ラザラスの手を握っているフランシスの手に力がこもる。

「レオンが二人を連れ帰ってくれた」

「……現実？」

「現実だ」

シビルとメイは、フランシスの姿に声も出ない様子だった。きっとエヴァンゼリン王女だった時とは、フランシスも変化している。あの長い髪は切ったし、体つきもふっくらとした。そして、目の輝きが違うはず。二人は、フランシスがエヴァンゼリンに似ている女性なのか、エヴァンゼリン本人なのか、咄嗟《とっさ》に迷ったのだろう。

「メイ、シビル」

「「エヴァンゼリン様！」」

だが、フランシスが二人の名前を呼んで駆け寄れば、二人もぱっと顔を輝かせた。女性三人は、それぞれに悲鳴のような声を上げて駆け寄り、しっかりと抱きしめあう。そしてそのまま、お互いの顔を見ては泣き、何か話そうとしては泣き、泣いているフランシスを見ては泣きという状態になってしまった。

わんわん泣き出す三人の女性たちに、男たちは圧倒されていたのだが、最初に立ち直ったセルマーが三人を長椅子に座らせることに成功。三人が泣きながらも、お互いの情報交換を始めると、男たちのほうは肘掛け椅子に座ったラザラスの周囲へと集まった。

「えーっと、記憶喪失という話は？」

と、レオンが頬をかきかき口を開くと、ベルダンが疲れたような顔でため息をつく。ラザラスがすでにフランシスの素性を知っていたことに気が付いたのだろう。少しばかり面白くないと思っている様子だった。お役目大事で、骨の髄まで軍人なベルダンが私情を見せるのは珍しい。それだけ、フランシスを気に入っているのだろう。

「記憶はあったが、マルタナに来る前の話は一切しなかった。なので、記憶喪失ということにしたんだ」

「いつ知ったんですか」

ぶすりと言うベルダン。

「結婚を承諾《しょうだく》してもらってから。つい最近だよ、ベルダン」

「このまま、エヴァンゼリン王女だということを隠して結婚するつもりですか」

レオンはまだ呆気《あっけ》にとられている感じだ。

「そのつもり。エヴァンゼリンに会ったことがある人はごく少数だから、ばれないだろうと思ってね。しかも、今ダナオスには別のエヴァがいるわけだろ？　ますますばれっこない。何の問題がある」

「はあ、そういうもんですか」

あきれるレオンに、くすくす笑うセルマー。フェリックスは心配そうにフランシスを見守り、ベルダンはまだ憮然《ぶぜん》とした顔をしていた。ガイはラザラスの座る椅子の肘掛けの片一方にお尻をのせ、なんだか満足そうにラザラスにもたれ掛かった。

こんな風にラザラスの側近が揃うのは、久しぶりのことだ。それだけ、この国が安定してきたという証拠でもある。昔は、毎晩のようにこの面々が集まり、夜遅くまで話し合いを続けたものだった。心底信頼出来て頼れるのは、彼等《ら》だけだった。彼等がいてくれたからこそここまでやってこれたと、ラザラスは心から思っている。

そして今、この中にフランシスを加えたいと、強く願っていた。王妃として、己の半身として、フランシスにもまたマルタナという国を支えていってほしいと、強く強く願っている。

フランシスはシビルとメイと、涙ながらに話をしている。叔父への手紙を届けたものの、次の国王にはなってもらえなかったことを詫《わ》びる二人に、フランシスは首を横に振りながら、出来る限りのことをしたのだからとなだめている。宰相に逆らっては駄目よと小首をかしげれば、二人は小さく笑う。

きっと、この三人の間ではいつも繰り返されていた会話なのだろう。

今とても幸せよと、フランシスが涙をこぼしながら言う。その姿に、ラザラスは胸がぎゅっとするのを感じる。ダナオスに戻るつもりはない、フランシスとしてマルタナで生きると言い切る姿に、体中の力が抜ける。背もたれに寄り掛かると、背後に立つベルダンに髪をかき混ぜるように頭をなでられた。よかったですねと、セルマーとフェリックスが笑顔を見せ、なるほどほほ笑ましいとレオンがつぶやき、ガイが吹き出した。


「ラザラス」

話が一段落ついたのか、フランシスが近づいてくる。ラザラスはすぐに立ち上がり、フランシスの腰に手を回して引き寄せ、手を取り甲に口づけた。

その手は小さく震えており、今フランシスが笑顔の裏でどれほどショックを受けているのかを教えてくれる。早く二人きりになって彼女を慰めたいと、ラザラスはしっかりとその手を握りしめた。だがその前に、国王とその婚約者として、片付けておかなければならないことがたくさんある。

「メイとシビルを王城で雇ってくれるって。ありがとう」

「どういたしまして。新しい王妃様のために人手が必要なんだ。ところで、フランシス。メイとシビルに会って、過去を思い出したみたいだね？」

芝居がかった口調でそう言うと、一瞬きょとんとしたフランシスは、すぐに小さく吹き出した。セルマーが先程ラザラスが話した記憶を取り戻す段取りを説明してくれている間、ラザラスはしっかりとフランシスを胸の中に抱えこむ。フランシスの震えて冷えている指先をさすり、どくどくと脈打っている首筋に手の平をあて、髪に唇を寄せ、ショック状態のフランシスを慰めた。一部から冷たい視線やら面白がっている視線を感じたが、ラザラスは気にしない。

「陛下」

と、レオンがにっこり笑顔をラザラスに向ける。早く紹介してくれという催促《さいそく》だ。仕方なく、ラザラスはフランシスを抱きしめる力をゆるめる。

「フラン。彼が近衛軍団長のレオン・ダットン男爵。メイとシビルをダナオスから救出した男で、元ダナオス人だ」

レオンはフランシスの前に出ると、膝をついて挨拶した。

「はじめまして、フランシス様」

「はじめまして、レオン様。メイとシビルを助けてくださって、ありがとうございました。ダナオスのご出身なのですか？」

「はい。私はダナオス生まれです。父は、ダナオスで近衛騎士をしておりました。幼いエヴァンゼリン様にお仕えしておりました、ヘクター・ダットンと申します」

「ヘクター・ダットン……」

フランシスは記憶をたどっていたが、すぐにその名前を思い出したようだった。

「覚えています。忘れません。私のせいで、ヘクターは近衛を辞めさせられたのですよね。急にいなくなって。ずっと謝りたかったんです」

「謝ることなど、何もございません」

日に涙を浮かべ始めたフランシスに、レオンは優しくにっこりとほほ笑んで見せる。

「レオン様がマルタナに居《お》られるということは、もしかしてヘクターは国外退去処分になったのですか？」

「はい。父は家族を連れて、マルタナに」

「ごめんなさい。私、本当に、軽率でした」

「フランシス様に落ち度は何一つございません。父もそう申しておりました。マルタナに来てからも、父はずっと殿下の身の上を案じておりました。ご無事でマルタナに来られたこと、父は喜んでいると思います」

「そうでしょうか？」

「勿論です」

レオンが深く頷くと、フランシスは嬉しそうに小さくほほ笑んだ。見つめあう二人の横にひょこっと現れたのは、神官長のガイ。ラザラスの紹介を待たず、自己紹介を始めた。

「やあ、はじめまして。ガイ・オデッセアだよ。マルタナの神官長をしている」

「フランシスです。よろしくお願いいたします」

ガイは、フランシスに手を差し出している。フランシスの手を取ってその甲に挨拶のキスをしたいという感じではなく、はっきりと握手を求めていた。

初対面の男女の貴族で、握手をする礼儀作法はない。フランシスは戸惑っていたが、笑顔を浮かべたまま手を引っ込めないガイに握手の手を差し伸べる。その手をしっかりと握ったガイの表情から、一瞬で笑顔が消えた。

「ガイ」

ラザラスが苦い口調で声をかけると、ガイはすぐにフランシスの手を離した。ガイがなぜ握手を求めたのか、その意図をわかっているラザラスは、目をすがめてガイを睨《にら》む。高位の神官は手を握ることで、その相手の色々なことを知ることが出来るのだ。

「ラス兄上、結婚は考え直したほうがいい」

「え」

「ガイ」

一気に殺気だったラザラスに、ガイは両手を軽く上げる。

「ごめん、いきなりすぎた」

謝るが、ガイの顔はこわばったままフランシスに向けられている。冗談を言っているような顔ではなかった。

「ガイ、どういうつもりでそんなことを」

「ちょっと待って。俺に話しさせて。大事なことだから」

ラザラスを押しとどめ、ガイはフランシスに話し続ける。

「ダナオスの神殿にも、俺に従う神官がまだ少し残っていてね、エヴァンゼリン王女が自殺した話は聞いていた。死体は上がらず、王の指輪が失われてしまったと報告を受けていた。君の言う、世継ぎの君の指輪だ。これは元々、王が戴冠《たいかん》のときに受け継いできた指輪なんだよ。国王にのみ伝えられていた特別な神器は他にもいくつかあったんだけど、指輪以外はすべて失われてしまった。最後に残った王の指輪を、俺たちはなんとかダナオス王家から奪い取れないかとずっと狙っていた。だから、失われてとても残念に思っていたんだけど」

　メイがシビルをそっと横目でうかがうのを、目ざといこの場の男たちは全員気が付いていた。ガイが指輪の話をしたのは、誰が持っているのか確認するためだったらしい。にっこりほほ笑むと、話をかえる。

「ダナオスの神官は、死体は上がらなかったがエヴァンゼリン王女は死んだと断言していた。助からない高さだったからと。君はどれぐらいの高さから飛び降りた？」

「……私の部屋のバルコニーからです。確かに助からないと思ったけれど」

　フランシスは何かとんでもない会話が進行しつつあるのを感じて、顔をこわばらせ、言葉を選びながら話す。

「君の部屋は城のどこに？」

「東の塔に」

「レオン、君ならわかるだろう。東の塔のバルコニーがどれぐらい高いところにあるか」

　静かに頷いたレオンが、顎《あご》に手を当ててじっくり考える。国外退去となり、レオンの一家がダナオスを出国したのは十年前。レオンが十八の時だ。勿論、その時の記憶はしっかり残っているし、近衛騎士だった父に会いに王城には何度も入っている。東の塔のこともよく覚えていた。

「王城の外壁、海に突き出した崖の上にたつ塔だ。確かに、海へ突き出るようにバルコニーがあった。

そのバルコニーから飛び降りたのなら、助からない」

「ですが、硬い地面に落ちたのではなく、水の中ではないですか」

思わずという感じで口を挟んだシビルに、レオンは首を横に振る。

「勿論、地面に飛び降りるより、水面のほうが助かる高さはある。だが、ある程度の高さからだと、水面も地面のように硬くなる。あのバルコニーから飛び降りれば、水面はきっと石のように硬かったはず。……首の骨を折っただろう」

首の骨を折れば即死。

「君は一度死んでいる、フランシス」

淡々とした口調で、ガイはそうはっきりと告げる。

「そして、君を生き返らせたのは、海王だ」

誰かが息をのむ音が聞こえる。そして、一同の視線はフランシスへ。

「海王が？　生き返らせる……？」

フランシスは首を横に振りながら、うわごとのようにつぶやいた。ふらついたフランシスをラザラスの腕が支える。フランシスはすがるようにラザラスを見上げたが、彼はじっとガイの顔を見ていて、フランシスの視線には気付かなかった。

「人は命の輝きというか、炎のようなものを体の内に持っている。その炎が消えてしまうと死んでしまう。命の力だ。君の体の内には、海王の力がある。自殺して消えた君の命の炎の代わりに、海王が自分の力を注ぎ込んだとしか思えない」

フランシスは首を横に振る。だが、ガイの言葉は止まらない。もしかしたらガイは、ずっとこの疑

惑を胸に抱えていたのかもしれない。今、フランシスの手を握って確証を得た。それぐらい、自信に満ちた口調だった。

「あの日、ダナオスからラス兄上のいた島へ潮は流れていなかった。あの時期は南からの海流で、ラス兄上だってずっと南を捜索していた。海王は自分のテリトリーに落ちてきた君に新たな命を吹き込んで、ラス兄上の元に送り届けた。君とラス兄上の出会いは、海王に仕組まれたことだったんだ」

「神官長様のお言葉ですが、ですが、それは納得いきません。そもそも、私とラザラスが出会うことで、海王にどんなメリットが」

「何を企《たくら》んでいるのか聞きたいのはこっちのほうだ。ちゃっかりラス兄上に取り入りやがって、海王の手先が」

ふと、自分を支えてくれていた、ラザラスの気配が遠のいたことにフランシスは気が付いた。ラザラスを振り返ると、彼は真《ま》っ青《さお》だった。額《ひたい》から汗が流れ落ち、痛みをこらえるように眉をひそめている。そして、フランシスの視線を感じたのか、目と目が合うと、今までに見たことのない顔をしていた。ラザラスの顔には、恐怖が見えた。

「ラザラス」

その目は、さっきまでフランシスを見つめていたそれとは、まったく違っていた。愛《いと》しい恋人を見る表情でもない。まるでそう、化け物でも見るような。

「ラザラス、私は」

ラザラスはフランシスから目をそらした。そして、そばにいるのも我慢出来ないという感じに一歩後ずさり、肘掛け椅子にぶつかると、そのまま力なく椅子に座ってしまう。

海王の関係者だと思われてしまったのだ。ラザラスはあれほど海王を嫌っているのに。海王の仲間だと思われてしまった。フランシスは焦《あせ》りと悲しみにパニックになる。

「聞いて、私は海王なんて」

フランシスが反論を始めた時、シビルが悲鳴を上げた。

異常を知らせる声に、ラザラスは、はっと目を開ける。そして、シビルのほうに視線を向けるや否や、自分に向かって何かが高速で飛んでくるのがわかった。考えるまもなく、両手を頭の前に広げ、顔を下に向ける。飛んできた何かは、ラザラスの手の平に当たり、衝撃よりも熱さを感じた。

「陛下、大丈夫ですか！」

後ろに立つベルダンが、ラザラスの右手首をつかみ上げ、顔の前からどけると、ラザラスの顔や頭を確認する。

「大丈夫だ」

「何か飛んできましたよね？」

横に居たレオンが、焦った顔でラザラスの肩や腕を確認し、椅子の背もたれにも手を入れる。何かに当たった感触はあったが、痛みはない。ただ、熱いだけで。

「……なんだこれ」

顔をかばった右手、熱を感じた手を目の前に広げ、ラザラスはつぶやいた。右手人差し指に、青い石の指輪が輝いていた。勿論、それまで指輪などなかった。ラザラスは宝飾品はほとんど身に着けない。

「とれない……？」

見覚えのない指輪を引き抜こうとするが、指輪は動かない。

「王の指輪だ」

ガイの声に、ラザラスはぎょっと顔を上げる。いつの間にか、ガイは床にへたりこんだシビルの横に膝をついていた。シビルの服の胸あたりには、黒い焼け焦げがあるのがわかった。王の指輪を持っているシビルの、胸の隠し部分。そこを焦がし飛び出した指輪が、ラザラスの指に入ったのだ。

「いやだ！」

ぞおっと、全身に鳥肌がたつ。あの海王の指輪。右手から何かがぞわぞわと這《は》い上がってくる。止められないそれは、ラザラスの右腕を這い上がり、胸をとおり、左の胸に至る。どくりと、鼓動が強くなる。まるで胸を破って出てくるかと思うほどに。

「う、あっ」

鼓動は止められない。どくりどくりと打つほどに大きくなっていく。体中に力が満ちる。胸を突き破りそうに心臓は大きく跳ね、血管はふくれあがって大量の血を送り、眼球が飛び出しそうに、目の奥がずきずきする。指輪を取らなければ。だが、どれほど力を込めても、指輪はびくともしない。忌々《いまいま》しい、これも海王の力だ。ラザラスは背後に立つベルダンの腰から、短剣を引き抜く。それをそのまま、己の右手に突き立てた。

「勘弁してくれ」

だがそれは、すんでのところでベルダンに阻まれる。短剣を握る左手を、上からすごい力で押さえつけられた。

「指を切れ！」

「死んでもごめんだ」

死ぬよりましだ。指一本失うぐらい。そう反論したかったが、ラザラスも限界だった。体中がびりびりと痺《しび》れる。ぞわりと、何かが体から抜けて行ったのを感じた。

部屋中のガラスが、大きな音を立てて破壊される。特に窓は、内側から外へとかなりの勢いを持って、ガラスが跳ね飛んだ。伏せろと、誰かの声がした。抜け始めると、もう止められない。もう体のほうも限界で、留め置くことも出来なくなる。

「ああっ」

頭を抱える。風が起こり、部屋の中に吹き荒れる。物が飛び、ぶつかり、破壊される。目を閉じていても感じる物凄《ものすご》い光が、部屋を満たす。暴力的なまでの、光、光、光。焼かれてしまうと感じた。

その途端《とたん》、水がどこからともなくあふれ出て、どぷりと部屋を満たす。

「陛下！」

「ラス！　ラス兄上！」

誰かが手首をつかんだ。違う誰かが腕にすがりついてきた。

「あ、」

急速に、内圧が下がっていく。鼓動がゆるやかになっていく。目を開けても、眼球が飛び出していくような圧力は消えていた。

「陛下」

目の前には、ベルダンの顔があった。彼の頬には大きな切り傷があり、そこからかなりの血が流れていた。

「……ダン、手当」

急速に、体中から力が抜けていく。闇の中へと落ちていく。物凄いスピードで落ちていくこの落下に逆らえないことは、今までの経験上よく知っていた。

目を閉ざしたラザラスは、ベルダンの腕の中、昏倒《こんとう》した。


両腕で頭を抱え、セルマーの腕の中に守られていたフランシスは、彼の腕の力が抜けて恐る恐る頭を上げた。まるで嵐が来たかのような、室内の惨状。部屋の中は、どこから来たのか、膝まで水につかっている。割れた窓から外へと、水が流れていく音がひどく平和に聞こえた。

「ガイ、この水をどうにか出来ませんか」

セルマーの声。ひどく冷静な。

「今ならお安い御用」

と、ガイが答えたと同時に、膝までの水は消え失《う》せた。どこからか現れた水は、どこかへ消えてしまった。ドレスの裾にしみていた水分も、足元の敷物の水分も消え失せ、室内には最初から水などなかったかのようだった。何もないところから水が出てきたのも、それをガイが消してしまったのも、フランシスには恐怖さえ感じるほどの驚きだったが、セルマーやガイにはそうではないらしい。

(これは神官長様の、『奇跡』なの?)

高位の神官は、神器を使わなくても、様々な『奇跡』を行えるという。大昔には実在したと言われている魔法のように、海王の力を使って現実ではあり得ないことをやってしまうというそれを、フランシスは目にしたことがない。メイとシビルが、フランシスと同じように驚きと恐怖の表情を浮かべて、フランシスのそばへと近づいてくる。

「シビル、大丈夫？」

「なんともありません。服に穴があいただけで。ですが、指輪が」

と、シビルが向ける視線を、フランシスも追う。驚き怯《おび》える女性たちとは対照的に、男たちはラザラスの周囲に集まり、意識を失った彼を取り囲んでいた。

「ラザラス」

フランシスは、肘掛け椅子でぐったりとしているラザラスに駆け寄る。ベルダンに支えられて、ラザラスは意識を失っていた。

「気を失っているだけだ。心配ない」

ベルダンがそう声をかけてくれた。それにフランシスはほっとする。フランシスを置いてけぼりに、男たちは慌《あわ》ただしく事の対処を始めている。驚き慄《おのの》く様子はまるでなく、冷静にそして急いで、この事態に対応しようとしている。フェリックスとレオンはすでに部屋を飛び出し、セルマーとガイは口早に何かを相談していた。

「……一体、何が？」

嵐がどうして起こったのか、わからない。だが、その中心にいたのは、ラザラスのような気がした。

ラザラスの指に指輪が勝手にはまってから、彼は様子が明らかにおかしかった。

フランシスは、ラザラスの右手にあの世継ぎの君の指輪がはまっているのを確認する。間違いなく、シビルに預けたあの指輪だ。外れないと、ラザラスは言っていたが。

「触るな」

フランシスがその指輪に指を伸ばすと、背後から厳しく制止された。驚いて振り返れば、ガイがこわばった表情でフランシスを睨んでいた。セルマーが冷静に言い聞かせる。

「ガイ。彼女のせいではありませんよ」

「そうか？　彼女のせいのようなもんだ」

「違います」

ガイはとても怒っている様子だった。しかも、その怒りは、フランシスへと向けられている。セルマーはフランシスをかばってくれていたが、ガイはフランシスのほうへ一歩近づくと怒りも露《あら》わにフランシスを睨んだ。

「ラス兄上は、海王を出来るだけ遠ざけようとしている。海王が何を企んであんたを送り込んだのか知らないが、あんたと結婚なぞしたら、海王の思う壺《つぼ》だ。そんなこと、ラス兄上は受け入れない。結婚の話は白紙撤回だ」

「ガイ」

顔をしかめたセルマーが、ガイの肩をつかんで話を中断させる。だが、ガイはセルマーを振り払い、言いたいことを最後まで言った。

「自覚はないようだが、あんたは海王の力の塊《かたまり》みたいなもんだ。その気になれば、神官長の俺よりも強大な神力を使いこなせるだろう。ダナオスの宰相を倒すことが出来るかもしれないぜ？　あんたはダナオスに戻って、王女としての責務を果たせ」

言われたフランシスは、息をのむ。

「ガイ、あなたは言いすぎです。フランシスも、ガイの言うことをすべてまともに受け取ってはいけませんよ」

　セルマーの手が腕に触れ、フランシスはびくりと体をすくませた。顔を上げると、心配そうなセルマーがフランシスを見つめていた。

「セルマー様、塔の準備が出来ました」

　そこに飛び込んできたのは、フェリックスだった。彼らしくなく、走ってきたのか息を切らしている。セルマーとフランシス、そしてガイ三人の間に剣呑《けんのん》な空気が流れているのに気が付いて、眉をひそめた。

「どうしました？」

「ガイが言いすぎたんです。陛下が倒れたのはフランシスのせいだと責めて」

　セルマーの説明に、フェリックスはガイを睨む。だが、ガイも負けじとフェリックスを睨み返した。

「フェイ、わかるだろ。この女は海王の手先だ」

　強い口調のガイに、フェリックスは顔をこわばらせた。だが、さらに言葉を続けようとしたガイを制止するように片腕を上げる。フェリックスは痛みをこらえるように顔をしかめ、喉元に手を当て、震えるような息をつく。そうして気を取り直したのか、口を開いた。

「ガイ、フランシスのせいじゃない。彼女を責めるのは間違っている」

「ノエイ！」

「いきなりやって来て、これまでの経緯を無視して、勝手なことを主張するんじゃないよ、ガイ。フランシスだって被害者なんだ」

幼馴染のフェリックスが自分の意見に賛成しないのに怒ったのか、ガイはフェリックスを睨み、フランシスを睨み、ふいと顔をそむけた。そして、フェリックスが持ってきたマントを取り上げると、ベルダンへと声をかける。

「行くぞ」

頷いたベルダンがラザラスを背負いあげる。ガイがマントを意識のないラザラスを隠すように上からかけると、ベルダンとガイはそのまま部屋を出て行った。

「フランシス。大丈夫ですか？」

フェリックスは優しくフランシスに声をかけてくれた。だがフェリックスの顔は今もこわばったままで、強いショックを受けていることがわかった。それはフランシスも同じで、お互いに困惑して傷ついていることを目を合わせ確認しあう。

「こんなことになるなんて」

フェリックスは思わずという感じにつぶやき、口元を手で覆《おお》う。

「海王は、海王だけは、陛下は駄目なんです。受け入れられないんです。なぜあなたがよりにもよって海王の……」

「フェリックス様」

「申し訳ない、混乱しているのはあなたのほうだというのに。フランシス、陛下が目を覚ますのを待ってくれませんか。事情はそれから、陛下から話してくださると思います。それまでは、フォンテーヌ家にいてください。メイとシビルも連れてです。積もる話もあるでしょうし、王城で働く前に打ち合わせておくこともありますよね」

フェリックスがこれほど混乱し動揺しているのを見るのは初めてだった。唇と声がわずかに震え、フランシスを優しく見つめようとする目にはうっすらと涙が膜を作っていた。

「今は、あなたよりも陛下を優先させることを許してください」

と、フェリックスがラザラスの元にだろう行こうとするのがわかって、フランシスは慌ててフェリックスの腕をつかんだ。

「結婚の話は白紙撤回だと、神官長様に言われました。そうなのですか？」

「フランシス」

ぎゅっと、フェリックスはフランシスの手を握りしめてくる。とても強い力だった。

「あなたは何も悪くありません。陛下がフランシスの手を……」


「あなたは何も悪くありません。陛下があなたを愛していることも間違いありません。ですが、あなたが海王の関係者であるのなら、……陛下がどうされるのか、僕には何とも言えないんです」

息をのむフランシスを、フェリックスは優しく抱きしめる。

「フォンテーヌ家へ、フランシス。たくさんのことが一度に起きて、あなたは混乱している。休んでください。陛下が目覚められるまで、すべて保留です。いいですね」

「……はい」

聞きたいことはたくさんあったが、フェリックスがラザラスの元に行きたがっているのは明らかであり、この場にはメイとシビルもいる。フランシスの事情だけを優先させるわけにはいかなかった。

「セルマー様も陛下についていてください」

心配そうに二人を見守ってくれているセルマーにも、フランシスはそう声をかける。

「フランシス、明日話しましょう。勿論その前に陛下が目を覚ましたら、すぐに呼びますからね」

セルマーもぽんぽんとフランシスの肩を優しく抱いてくれた。

「ガイのことは気に病まないように。あの子供は、昔からラザラス陛下にべったりな、甘やかされた弟みたいなものです。大好きな兄上に、自分より近しい存在が出来るのが面白くないんですよ。今のは癇癪みたいなものです」

天下の神官長を甘やかされた子供だとセルマーは言い切り、フェリックスも頷いている。だが、女中と女官が駆けつけてくると、フランシスを侯爵家に送るように言いつけ、二人は部屋を出て行ってしまった。足早に向かうのは、ラザラスの元だろう。

(私は連れて行けないってことよね)

勿論、メイとシビルがいるからということもあるだろう。だが、婚約者が突然倒れたら、普通はそばにいさせてもらえるのではないだろうか。結婚が白紙撤回だと言ったガイ。それを真に受けるなと言ったセルマー。どうなるかわからないと言ったフェリックス。誰も白紙撤回は絶対にないと明言しなかったし、フランシスはラザラスの元へと連れて行ってもらえなかった。それがなにより動かしがたい真実なのだろう。

ガイに責められている時、ラザラスはガイの言葉を止めようともしなかったし、フランシスをかばうような発言もなかった。それだけではない、明らかに彼はフランシスを恐れていた。化け物を見るような目で、フランシスを見ていた。

海王の力が嫌いだと、ラザラスは話してくれた。自分の血筋は呪われているとまで言った。そして、結婚相手として、海王の娘だけは選ばないと。

(本当に海王に命を吹き込まれたのなら、私は海王の娘みたいなものじゃない？)

何者でも海王の娘でなければ、フランシスを嫌うことはないと、ラザラスは言ってくれた。では、その海王の娘だったフランシスをラザラスはどう思うのか。

愛していると、結婚しようと、そう言ってくれたラザラス。でもそれは、フランシスが海王の娘ではないから言ってくれた言葉だ。

（私、ラザラスを失ってしまうの？）

顔から血の気が引いていくのを自覚する。指先が冷たくて、唇がわなわなと震えてもいる。足元が音を立て、崩れ落ちていく。

ラザラスとの愛を失ってしまったら、何が残るだろうか。

（何も、残らない）

両腕を回して、自分で自分を抱きしめる。それでも、フランシスは涙をこぼすことはこらえた。メイとシビルの二人が、心配そうにそっと隣に寄り添ってくれたのがわかったから。二人の主として、無様には泣けなかった。

第十一章　夜　―太陽の不在―

その夜。

フランシスは侯爵家の屋敷で与えられた二階の自室にて、窓から外を見ていた。深夜になろうという時間帯で、窓から見える明かりはまばらだ。外から見る限り、王城の様子はいつもと変わりない。ラザラスが倒れたことは、伏せられているのだろう。いつもふらっと視察に出て行ってしまうラザラスだから、国王の予定にない不在もそれほど不審には思われないはず。

今、冷静に思い返せば、セルマーたちはとても手際が良かった。驚き慄《おのの》くフランシスに対し、慌《あわ》ててはいたものの、まるで慣れていることのように対処していた。フェリックスは言っていた、塔の準備が出来たと。それがどこにあるのかわからないけれど、ラザラスは今そこにいるのではないだろうか。きっと、ラザラスが今日のような嵐を巻き起こし意識を失うことは、初めてではないのだ。彼の側近たちは、そうなったときの対処の仕方に慣れていた。そういうことだと思う。

（でも、きっかけはあの指輪よね……）

フランシスがあの世継ぎの君の指輪を貰《もら》ったのは、世継ぎの王女として認められた時だった。十年前のことだ。長い付き合いの指輪だが、勝手に空を飛んでいるのを見たのは今日が初めてだった。そして、指輪から誰かの指にはまりに行ったのも。

（そういえば、あの指輪、ラスの指にサイズが合ったとは思えないけど）

フランシスの中指にはまっていた指輪だ。ラザラスの指には小さかったと思われる。空を飛びラザラスの指に飛び込み、彼の指の大きさに合わせて拡大したのだろう。そうとしか思えない。

（あれは、正真正銘、王の神器《じんぎ》だったということね）

神官長ガイが話していた、ダナオス国王にのみ伝えられている特別な神器。ほとんど失われてしまったが、残っていた王の指輪。あの指輪は、海王《かいおう》ガイアスの嫡流《ちゃくりゅう》の子孫にのみ反応する神器なのだろう。ラザラスの言うところの、ガイアスの呪いに反応する神器。指輪は嫡流ではなくなったダナオス王家に伝わってきたが、本来なら嫡流のラザラスの指にあるべきもの。ラザラスに流れる海王ガイアス嫡流の血に、指輪が反応したということだろう。

冷えたのか、ぶるりと体を震わせたフランシスは、椅子の背もたれにかかっていた厚手のショールをぐるりと体に巻いて窓辺に戻《もど》る。今日の、あの、嵐。嵐としか言いようのない。窓は閉ざされていたというのに吹き荒れた風、室内だというのに目を焼かれるほどの光があふれ、いきなり水を浴びせかけられた。普通ではあり得ないことだった。奇跡、神の業と呼ばれる出来事だった。

ラザラスの腹心たちは冷静だったが、フランシス、メイとシビルは、あまりにも恐ろしくて、この侯爵家に戻ってきてからもしばらく震えあっていた。フランシスだって、あの嵐の本当の原因は知らない。だが、怯《おび》える二人のために、原因はあの指輪だということにした。そして、ラザラスはダナオス王家の濃い血を持つため、王の神器である指輪に反応したのだろうと。すべて正解ではないが、一部は合っているはずの嘘《うそ》に、メイとシビルは納得していた。

恐怖が落ち着けば、二人の興味はフランシスとラザラスの仲へと向かった。あの場では、二人ともフランシスに詳《くわ》しく聞けなかったのだろう、出会いから馴《な》れ初《そ》めまで、根掘り葉掘り聞かれてしまった。二人とも、ラザラスとの縁をとても喜んでくれた。そして、マルタナの王妃になって、幸せになるべきだと言ってくれた。そのために勿論《もちろん》、二人とも協力すると申し出てくれた。

ラザラスとのことを喜んでくれる二人に、婚約が駄目になるかもとは言えなかった。二人とも、神官長ガイの糾弾《きゅうだん》は彼の子供っぽい癇癪《かんしゃく》だというセルマーの言葉を信じていて、ガイの言葉を重く受け止めていなかった。海王やその守護のこと、ラザラスが海王を忌避《きひ》していることなど、二人は何も知らない。フランシスも、何も知らない二人に、海王のことをうまく説明出来る自信もなかった。だから、二人をだましているようで申し訳なかったが、ラザラスとの婚約は揺るがないという態度で通すしかなかった。

それに、二人にはこの先、自分自身の幸せのために生きてほしいと思った。国民にそっぽを向かれた王女のことを心配する必要はもうないのだから。

エヴァンゼリン王女の自殺は、見事に無視された。ダナオスのためだと、これで王女の責任を果たせるのだと、そんな風に思っていたのはエヴァンゼリンだけだった。

(笑っちゃう。私、ただの道化よね)

国民は宰相《さいしょう》の支配を受け入れた。

(でも、本当にこのままでいいの?)

民を導くのも、王族としての役目だ。宰相の専横を許せば、かりそめの平和は保てるだろう。だが、本当なら民に還元されるべき富は宰相に集まり、民はどれほど努力しても豊かになれない。公共の工事も福祉も、宰相の思うまま。正しいか間違っているかという判断基準はやがて消え、宰相が気に入るか否かですべてが判断されるようになる。

それがわかっていて、このままダナオスを見捨てて、本当にいいのだろうか。世継ぎの王女エヴァンゼリンだけは、見捨ててはいけないのではないだろうか。

（見捨てられた王女のくせに、偉そうよね）

窓ガラスにこつりと額《ひたい》を押し当て、フランシスはゆがんだ笑いを口元に浮かべた。

時間は無情に過ぎていく。部屋の壁掛け時計が深夜十二時をさすのに、フランシスは窓から外を見るのを諦《あきら》めてカーテンをしめた。朝になる前にラザラスが目覚めたら知らせると、セルマーが言ってくれたので期待して待っていたのだが、まだ眠っているのだろう。真夜中に目覚めたとしても、知らせは明日朝になるに違いない。これ以上待っていても無駄だろう。

（私、婚約者としても、見捨てられたのかな）

嵐を起こして倒れ、その原因も容態もわからず心配している婚約者に、目を覚ましたとか眠っているだけだとか具合がよくないとか、なんでもいい近況を知らせる手紙でも使者でもいい、送ろうと思ってくれる側近はいなかったようだ。

彼らはすでに、フランシスは海王の関係者であり、ラザラスに近づけたくない女と認定しているのかもしれない。婚約どころか、エヴァンゼリン王女に戻ってさっさとダナオスに帰れと思っているのかも。

（だから、連絡くれないのかな）

親しくしてくれているベルダンもフェリックスもセルマーも、フランシスではなくラザラスの側近だ。ラザラスに嫌われたフランシスになど、見向きもしないだろう。

（ラザラスを失ったら、私には何も残らない）

元ダナオス王女を王城の女官として雇ってくれるはずもない。職も失う。女官の仲間も、王城で働く友人たちも、すべて縁が切れてしまうだろう。マルタナのフランシスとしての居場所は消え失せる。元々、ラザラスの好意の上にだけあった場所だ。そんな脆《もろ》いものに安心していた自分が、フランシスは今更ながらに信じられなかった。

（私、ラザラスに依存しちゃってたんだ）

いつの間に、男の好意に頼るような女になっていたのだろう。そんな不確かなものにどうしてすべてを預けて平気でいられたんだろう。ダナオスにいた頃は、いつだって来るかもしれない危険に備えていた。そうでなければ、恐ろしくて日々を過ごせなかったのに。

だが今はそれを嘆くより、すべて失ってしまう前に、シビルとメイに元主として出来る限りのことをしてあげなければ。まずそれを急いで考えなければ。

（自分のことは、その後からゆっくり考えよう。ダナオスのことも……）

『結婚の話は白紙撤回だ』

『ダナオスに戻って、王女としての責務を果たせ』

神官長ガイの言葉は、重く、痛かった。フランシスの頭を離れない。焼き印を押されたように、ずっとそこが痛み、その存在を忘れることが出来ない。

『結婚の話は白紙撤回だ』

『ダナオスに戻って、王女としての責務を果たせ』

苦しくなって目を閉ざすと、頭の中でその言葉がぐるぐると渦を巻く。目が回って気持ちが悪くなって平衡感覚を失い、今自分がどこにいるのかわからなくなる。

ベッドに倒れ込み、小さく丸くなる。目を閉ざせば、自分の体がずぶずぶとベッドの中へめり込んでいくような気分になった。


翌朝。フランシスは朝食を断ると、出来る限り早くにとフォンテーヌ元侯爵夫人コンスタンスへの面会を申し込んだ。コンスタンスには昨日から会っていないが、王城で何かがあったことは察知していたのだろう。すぐに会おうと返事をくれた。

「フランシス、あなた、眠っていないでしょう」

会って顔を見るなり、コンスタンスはそう言って美しい顔をしかめた。

「睡眠不足は美容の大敵ですよ」

「ごめんなさい、お義母様《かあ》」

「さあ、座って。朝食にも出てこないんですもの」

コンスタンスはフランシスの手を引いて椅子に座らせると、お茶の用意だけさせて、使用人をすべて部屋から出してくれた。

「昨日、何があったの？」

「フェリックス様は帰られていないのですよね？」

「帰ってないわ。最近は帰れないときには使者をよこしていたのに、昨夜はそれもなしよ」

きっとまだラザラスは目覚めていないのだろう。側近たちは心配して付き添っているに違いない。

フェリックスはラザラスの不在隠しにも忙しくしているはずだ。まだ、こちらにまで手が回らないのだろう。

　だがそうなると、フランシスはコンスタンスにどこまで話していいのか判断がつかない。何も話さないわけにはいかないので、昨日レオンとガイが帰ってきたこと、レオンがダナオスから連れ帰った二人がフランシスの記憶を失う前の使用人だったこと、再会して記憶が戻ったことを話す。そして、迷いながらも、神官長ガイから王妃に相応《ふさわ》しくないと言われたことを簡単に話した。指輪のことラザラスが嵐を起こしたこと、倒れたことは、コンスタンスがラザラスのことをどこまで知っているのかわからないので、伏せておいた。

「私は、ダナオスの伯爵令嬢でした。マルタナにとって、ダナオスは敵国同然です。そんな私が陛下と結婚してもいいのか、とても戸惑っています」

　さすがに、コンスタンスは即答しなかった。真剣な表情で、じっと考えている。だが、フランシスの手を握っている力は、決して弱まらなかった。

「あなたはダナオスに帰るつもりはないのでしょう？」

「はい。本名を名乗るつもりもありません」

「敵国とあなたは言うけれど、マルタナにとってダナオスは近くてとても遠い国よ。敵国というほどの強い感情もないわ。それだけを理由に排斥《はいせき》されることはないでしょう。むしろ、ダナオスの伯爵令嬢なら、マルタナの高位貴族と同格と感じる貴族が多いのではないかしら。昔は、宗主国ダナオスの貴族のほうが、マルタナの貴族より高位と思われたのよ」

「ありがとうございます。お義母様、お願いがあるのですが、私の侍女だったメイのことなんです」

　昨日の今日では、まだフランシスとラザラスが別れるらしいなどといった噂《うわさ》は出ていないだろう。

ガイはわからないが、他の側近たちはそんな噂を率先して流すとは思えない。フランシスがまだラザラスの婚約予定者であるうちに、メイとシビルには出来るだけの便宜《べんぎ》を図ってあげたかった。

特に、ダナオス人であるメイには、王城での仕事は重要になる。この先、王城以外で働くにしても、王城で働いたことがあるという経歴はメイにとって大きな箔付《はくづ》けになるだろう。

「私の侍女だったメイを王城の女中として雇っていいと、陛下が許可してくださいました。早速で申し訳ないのですが、女官長に話を通していただけないでしょうか」

「いいですよ。すぐにアンナをここに呼びましょう」

（利用してしまって、ごめんなさい、コンスタンス様）

フランシスは心の中で深く頭を下げる。娘になるから、こんなに親切にしてくれているのに。王妃になるから、色々と心配してくれているのに。そうならないと知っていて、コンスタンスの好意を利用してしまっている。

「それにしても、フランシス。あなた、記憶を取り戻して、まだ混乱しているでしょうに。すぐに侍女のこととなのね」

「メイもひどく混乱しています。新しい環境が整えば、彼女も早く落ち着けると思うのです」

「もう一人の、メナート男爵の妹君は？」

「シビルはとりあえず一度実家に帰ると言っています。四年ぶりの帰国だそうで、会いたい方も大勢いるとか」

シビルは、朝食後に実家に帰ることになっていた。そのシビルの準備が整ったと、執事がフランシスを迎えに来る。玄関ホールに行けば、支度を整えたシビルがメイとの別れを惜しんで話し込んでいるところだった。メイとフランシスは、近いうちの再会を約束し、シビルを見送る。一時の別れを告げるシビルが爽《さわ》やかな笑顔だったことに、フランシスは心の底から安堵《あんど》した。

そうしているうちに、女官長のアンナが侯爵邸にやってきた。忙しい時間帯だというのに、かなり無理をして来てくれたのだろう。もしかしたら、昨日からのラザラス周囲の異変についても察知しているからかもしれない。メイを紹介してもどこか上の空で、じっとフランシスの顔を見てくる。まずは事情を説明しますとフランシスが奥へ促《うなが》せば、アンナはこわばった表情で頷《うなず》いた。

「アンナ様、忙しい時間に来ていただいて、ありがとうございます」

フランシスは女官時代のまま、アンナに丁寧に挨拶する。女官長アンナは扉が閉ざされるのを待って、口を開いた。

「王城にいらっしゃらなくて正解です、フランシス様。城は朝から噂でもちきりですから」

「……どんな噂ですか？」

「昨日、レオン様と一緒に帰国されたメナート男爵の妹君が、フランシス様の記憶を失う前の使用人らしいという噂です」

そちらの噂かと、フランシスは内心深い安堵のため息をついた。それなら想定内だ。むしろ、その噂で盛り上がっているうちは、ラザラスの不在も目立たないだろうし、フランシスとの関係に変化が生じていることも隠せるかもしれない。願ったり叶《かな》ったりだ。

「実は、メイもそうなんです。シビルと一緒に、ダナオスから来たんです」

「二人のことを、思い出したということですか？」

「はい。再会して、記憶を取り戻しました。アンナ様、私はダナオスの伯爵令嬢だったんです」

アンナにも、再会して記憶が戻ったことや、記憶を失う前の事情などを説明した。幸いにも、フランシスは顔色も悪く、昨夜は一睡も出来ていないことは明らかで、この衝撃的な話に説得力を持たせた。アンナはフランシスの過去に深く同情し、メイを女中として引き受けると約束してくれた。

「ありがとうございます。アンナ様が後ろ盾になってくだされば安心です」

「何をおっしゃいますか。陛下は王妃になられたフランシス様付きにしようと、王城で働くことを許可されたに違いありません」

そうきっと、最初はそのつもりだっただろう。フランシスが海王の娘だと知る前は、ラザラスもそう考えてくれていたはずだ。

「ですが、アンナ様。ダナオスの元伯爵令嬢がマルタナの王妃に相応しいかどうか、私は疑問です」

「フランシス様が王妃となられることに反対する王城の者はおりません」

「でも、マルタナの貴族たちは？」

女官や官吏、女中たちは歓迎してくれるだろう。それは、フランシス個人の味方をしてくれるからだ。だが、貴族となるとわからない。

「……どうでしょうか。身元不明よりもダナオスの元貴族であるということのほうが、受け入れられるかもしれません」

とても微妙なところだと、アンナは眉をひそめ難しい顔をする。コンスタンスも、ダナオス貴族であるということが決定的な理由にはならないという意見だった。フランシスがダナオスの貴族でも構わないとラザラスが婚約を続行しても、マルタナ貴族は受け入れるかもしれない。その可能性は高いと、コンスタンスもアンナも感じている。だがそれなら、フランシスがダナオスの貴族だというのを理由に、ラザラスが婚約破棄したとしても、周囲は納得するということだと思う。

二人が別れるのはフランシスが海王の娘だからだが、そんな理由は表に出せない。その代わりに、ダナオスの貴族だからという理由が必要になってくる。フランシスがコンスタンスやアンナに、ダナオスの貴族がマルタナの王妃になれるのかという懸念をあえてぶつけているのは、別れるときのための伏線だ。

こうやって度々フランシスがこの懸念を口にしていれば、近いうちに王城で噂になるだろう。ダナオスの貴族だったフランシスとの婚約は破棄になるかもしれないと。

「陛下はすでにご存じなのですよね？」

「はい。陛下はダナオスが好きではないですから、戸惑っておられました。アンナ様は今朝、陛下にお会いしましたか？」

一番聞きたかったことをごく自然に口に出来たことに、フランシスは安堵する。

「それが、陛下は昨夜からまた視察に出かけられたのですよ」

アンナは困ったという表情で肩をすくめる。

「レオン様が戻られたからか、ベルダン様も同行されたそうです」

「ベルダン様がご一緒なら安心ですね」

「おかげで忙しいと、レオン様はお帰りになられたばかりなのに休む暇もなく、朝から走り回られていましたけれどね」

「フェリックス様も、昨夜はこちらに戻られなかったようです」

「補佐官様も朝からお忙しそうでした。陛下がお留守のときはいつもそうですけどね」

やはり予想どおり、ラザラスが倒れたことは伏せられている。しかも、まだ目を覚ましていないのか体調が悪いのか、王城に戻っていない。だが、レオンとフェリックスは戻ってきているようだ。

嵐が来たあの部屋はどんな理由で破壊されたことになったのか、ぜひ聞いてみたい気もしたが、ここは我慢しておいた。


メイをアンナに預け王城に向かうのを見送ると、フランシスは自室に戻って動きやすい服に着替えた。丈がくるぶしまでのワンピースに、ブーツをはけば足は見えない。ひらひらしたショールでは歩きにくいので、かっちりしたラインの上着を着る。朝から何度もブラッシングされてきらきらふわふわしている銀髪も、ぎゅっと一つにまとめてお団子にすれば、侯爵令嬢というよりもちょっといい商家のお嬢さんといった感じに仕上がった。

侯爵家の屋敷から王城までの道のりには護衛がついたが、王城に入れば一人になれる。フランシスは急いでセルマーの部屋へと向かった。

「……やっぱり、留守ね」

セルマーの部屋はしばらく誰も来ていないという感じだった。ラザラスについて、セルマーは昨日から戻っていないのだろう。明日話しましょうとセルマーは言ってくれていたので最初に訪問したのだが、明日は明日でも午前中というつもりはなかったようだ。

残る側近のうち、ベルダンは絶対にラザラスのそばを離れないだろうから、すぐには会えないだろう。ガイは論外。となると、フェリックスかレオンになる。この二人は、アンナが朝に王城で見ているので、戻っているのも確実と思われる。

フランシスはまずフェリックスに会うために、ラザラスの執務室を訪ねた。だが、フェリックスは不在だった。官吏たちの話では、朝から悲壮な顔つきで猛烈に仕事をしているが、ちょくちょく席を離れて消えているらしい。『塔』に居るというラザラスの元を訪れているのかもしれない。そんな話を官吏としている間にも、フェリックスの客が書類を持って何人もやってくるので、フランシスはフェリックスとゆっくり話をすることを諦めた。

残るは昨日初めて会ったばかりのレオンだけだ。しばらく迷ったが、フランシスは近衛《このえ》詰め所へと足を向けた。


「やあ、フランシス」

そっと顔を覗かせると、訓練が終わったところなのか、近衛の男たちが数人集まって休憩中のようだった。フランシスの剣の師匠で、フィアナの夫ケビンが気安く声をかけてくれる。

「ケビン」

「記憶戻ったって？　フィアナがすごく心配してたよ」

「ひどい顔だな。寝てないだろ」

「寝不足で剣を振れると思ってるのか？」

「ベルダン様にどやされるぞ」

男たちは口々にフランシスをからかうが、その眼《め》には誰もがフランシスを気遣う優しさが見えた。

記憶が戻ったというのを知っているということは、フランシスがダナオスの伯爵令嬢だということも知っているだろうに、彼らは態度を変えない。それもとても嬉《うれ》しかった。

「まだちょっと混乱してるけど、大丈夫」

「ダナオスに戻らないんだって？」

随分と情報が回るのが早い。アンナから女官たちに話があったのかもしれない。

「うん。フランシスとして生きていくつもり」

言って、目を伏せる。目の中の迷いと不安を見られたくなくて。

「よかった。フィアナも安心するよ」

「ベルダン様もだな」

「陛下もな」

と、男たちは声を上げて笑う。フランシスも顔に笑みを張り付けたが、うまくいっていたのかどうか。どうやらあまり成功しなかったようで、男たちはすぐに笑いをおさめてしまった。

「ベルダン様、陛下の視察についていかれたって聞いたか？」

「聞いたわ。レオン様にお会いしたくて来たの」

「団長に？」

男たちの視線が自然と上へ向く。それを追って、フランシスも二階へと視線を向けた。この詰め所には二階がある。一階の大部屋は一部吹き抜けになっていて、二階へと上がる階段と廊下が見える。

その二階の廊下、手すりにもたれ掛かり階下の様子を眺めていた男は、昨日帰国したばかりの近衛軍団長のレオンだった。

「やあ、おはよう」

いつからフランシスを見ていたのか、レオンは男らしい美貌に爽やかな笑みを浮かべた。

詰め所の二階は、応接室に仮眠室、会議室に団長室がある。レオンはその団長室で、留守の間にたまっていた事務仕事を朝から片付けていたらしい。初めて入る団長室は、中央にどんと大きなデスクがあり、その前に長椅子とテーブル、デスク背後の大きな窓からは近衛の訓練場がよく見えた。

「昨夜は眠れなかったようですね」

「レオン様は眠れたのですか？」

「仮眠を少しだけです」

レオンに促されて長椅子に腰を下ろすと、レオンはデスクから防音の神器をとりだしてテーブルにのせる。

「ラザラス陛下は大丈夫ですよ。ただ、意識はしばらく戻らないでしょう。ずっと眠っておられます」

まず最初にそう言ってくれたレオンの優しさに、フランシスは涙がこぼれ落ちそうになった。

「フランシス様には、セルマー様が連絡をするということになっていたのですが」

「まだ戻られていないようでした」

「そうでしたか。もしかしたら、眠っておられるのかな。以前も塔から出た途端《とたん》に眠ってしまったことがあって。セルマー様は徹夜に弱いんですよね。迂闊《うかつ》でした。私かフェリックスが連絡を入れるべきでした。申し訳ありません」

レオンは本気で謝ってくれて、きちんと頭を下げてくれた。どうやら見捨てられたわけではなく、セルマーの寝落ちが理由だったらしい。フランシスは理由がわかって、少しほっとした。

セルマーの安否確認のため、レオンはセルマーを探しに行かせる指示のために席を立った。地下部屋にいないということは、塔と地下部屋の間のどこかで眠っている可能性が高いらしい。眠っているだけならまだいいが、セルマーも国王の側近の一人だ。おかしなことになっていては大変だと、近衛はにわかに騒がしくなった。

指示を終えたレオンは、フランシスの向かい側の長椅子に腰を下ろす。

「ベルダンとガイはまだ陛下のそばについていますが、フェリックスと私は陛下不在の王城を回すため、溜《た》まりに溜まっている仕事を片付けるため、早朝に戻ってきたんです。セルマー様も一緒に塔を出たんですが、……地下部屋までご一緒するべきだったな」

「陛下はどこにいらっしゃるのですか？」

「王城内です。塔と呼ばれる、特別な場所で眠っておられる」

「塔……」

フランシスは女官としてこの王城で働いてきた。知らないところはないとまでは言わないが、構造にはかなり詳しくなった自負がある。だが、特別な塔なんて、聞いたこともなかった。

「お連れしたいのですが、ガイが反対しているんです」

側近の中でガイは一番の年少だが、一番の高位でもある。神官長で公爵閣下で、なによりラザラスの従弟《いとこ》で現在の第一位王位継承者だ。レオンが連れていきたいと思ってくれても、ガイが反対している限り不可能だろう。

いつの間にか、フランシスは膝《ひざ》の上に置いた手で、ぎゅっとスカートを握りしめていた。無表情であろうとしているが、あまり成功しているとは思えない。

「陛下に何があったんですか？　あの嵐と無関係ではないですよね？」

思わず前のめりになって質問しだしたフランシスに、レオンは困った顔になる。

「フランシス様に事情を説明する役目は、私よりセルマー様向きだと思います。私は正確なことを知らないのです。ずっと陛下のそばにいたので、こうなんだろうなと推測して納得している部分が多くあります。セルマー様は間もなく見つかるでしょう。それまで待ちませんか？」

「待てません、レオン様」

とても困っているという表情で苦り切っているレオンに、フランシスは冷静に鋭く切り込んだ。

フランシスはほぼ半日、ラザラスを心配し、連絡をくれない側近たちに焦《じ》れながら、一人我慢し続けてきたのだ。メイとシビルを優先させ、コンスタンスとアンナにも必要な話をしてきた。やるべきことを終わらせ、ようやくラザラスの話が出来るのだ。

「陛下があんな風になるのは、初めてではないのですね？」

逃げるのを許さないというフランシスの気迫に、レオンは腹をくくったようだった。

「そのとおりです。お若い頃、即位されて数年は、嵐を起こしてはよく倒れていました。ただ、ここ数年はなかったので、私たちもとても驚き慌ててしまいました」

「原因は？」

「正確な原因は、私も知りません。ただ、陛下はとても神力《しんりき》が強いからだと聞いています。もしくは、海王に愛されすぎているとも、ガイなどは表現します」

「神力？　愛されすぎている？」

「海土の祝福が強い王ほど、国に海王の守護をあまねく行き渡らせることが出来る。マルタナではそう言われているんです。ダナオスでも昔はそうだったらしいですよ」

「聞いたことがありませんね」

「はい」

十年前までダナオスに居たレオンは、ダナオスとマルタナ両国の常識を知っている、フランシスにマルタナを教えてくれる最高の教師なのかもしれなかった。

「神力とは、神官が奇跡を起こす力を言います。その力の源は海王の守護だそうです。陛下は海王の力を否定し、神殿の神器さえ使いたがりませんが、神力を使えるのだと思います。それも破格な力で、ときに制御が難しいのではないでしょうか」

海王ガイアスが自分の血を引く国王の血を媒介として国土に守護の力を注いでいることを、レオンは知らないのだろう。知っているガイの言いたかったことは、ラザラスの血が最近の国王の中では特に濃く、ガイアスの力を多く媒介するため、何か問題があったということではないだろうか。昨日のあの嵐は、神力とは違うような気がする。ラザラスの意思ではなかった。その後、ガイが水を消してみせたのとはまるで違っていた。

「ガイ様も、奇跡を起こされていましたね」

「ダナオスでは、神官が奇跡を起こしたという話を聞いたことがありませんでしたよね。奇跡を起こせるような強い神官は、遠い昔にしか存在しないと思っていました。ですが、マルタナでは小さな奇跡を普通に起こす神官が多数います。マルタナでは、奇跡が起きたと騒ぐこともなく、神力を使ったと言われるだけなんです。この国にいると、海王の守護というものが本当にあるのだと、そう感じるようになります」

それは、マルタナの国王が海王ガイアス嫡流でガイアスの血が濃く、ガイアスの守護の力をマルタナ王国にたくさん注いでいるから。ラザラスは海王ガイアスの守護の力をたっぷりとマルタナに注ぎ込み、その守護の力を源とする神官はたくさんの神力を使うことが出来る。反対に、ダナオスには海王の守護がほとんどないので、神官も神力を使えない。そういうことなのだろう。昨日、ガイが水を消す前、今ならお安い御用だと言った。それは、あの部屋にラザラスが放出した濃い海王の力が充満していたからではないだろうか。

「若い頃の陛下は嵐を起こして倒れ、それでどうなったのですか？」

「眠ります。ただひたすら、眠っています」

「どれぐらい？」

「一番長いときは、半月ほど」

「そんなに」

「長期間眠ったままでは、肉体が衰弱してしまいます。初めてそうなったときは、目が覚めても体が萎《な》えて動きが鈍《にぶ》くなり、栄養をとれていなかったのでかなり体重も体力も落ちてしまったそうです。それを避けるため、神殿が作ったのが塔です。あそこには不思議な力が満ちていて、肉体の衰えをゆっくりにします」

塔の中にいるとあまり眠たくならないんですよと、レオンは苦笑する。それでセルマーは油断して、塔を出た途端に強烈な眠気に襲われたのではないかと、レオンは話した。

「昨日、陛下が嵐を起こしたのは、あの指輪のせいだと、ガイは話していました」

「シビルが持っていた、あの指輪ですね」

「あれは王の指輪と呼ばれていたもので、とても強い神器なんだそうです」

あの指輪は、「増幅装置」のようなもの。海王の力を伝えやすくするもの。

ラザラスがあの指輪をした途端、それでなくても大きな海王ガイアスの力を媒介していた彼に、今まで以上の力が襲い掛かってきたのだろう。それを咄嗟《とっさ》に受け止めきれなかったのか、受け止めるのを拒否したのか。それとも、彼の容量を超えてしまったのか。どちらにしても、ラザラスは制御出来ず、暴走させてしまった結果の嵐だったのかもしれない。

「ガイは、フランシス様が海王の手先だという意見を変えていません。そのあなたが陛下のそばに行けば、指輪のせいでバランスを崩した陛下に悪影響でしかないと言い張っています」

フランシスは心の中でだけ、そっとため息をつく。それはもう、ガイの言いがかりではないだろうか。ガイが留守の間、フランシスはラザラスと一緒にいた。フォンテーヌ家の養女になることが決まるまでは、王城のラザラスの寝室で一緒に生活していたようなものだ。朝から晩まで、それこそずっと一緒に過ごしたことだってある。それでも、ラザラスは体調を崩すこともなければ、嵐を起こすようなこともなかった。

（神官長は、私がお嫌いなのかしら）

セルマーは、ガイがラザラスのそばにいるフランシスを面白くなく思っているのだと話してくれた。ラザラス大好きなガイが、自分の留守中にちゃっかり彼の恋人になった女を邪魔に思うのは、わからないでもないけれど。

理由は本当にそれだけだろうか？　そんな理由だけで、神官長という社会的に高い地位にあるガイが、ここまでフランシスを拒否するだろうか。フェリックスも、ガイがフランシスを悪く言うことを諌《いさ》めたが、結婚が白紙撤回だというガイの意見には反対していなかった。

『海王の娘』

『この女は海王の手先だ』

『海王は、海王だけは、陛下は駄目なんです』

ラザラス、ガイ、フェリックス幼馴染《おさななじみ》三人は、海王に過剰に反応しているように思えた。フランシスが海王に関わっているると知った途端、ラザラスは恐怖し、ガイは怒り、フェリックスは悲しんでいた。もしかしたら、その理由は同じなのではないだろうか。

「レオン様」

きりっと気持ちを引き締めてレオンを見れば、レオンはなぜか背筋を伸ばし表情を改めた。

「レオン様は本当に、私が一度死んだのだと思いますか？」

「私がわかるのは、あのバルコニーから海に飛び込んで、生きてはいられないということだけです」

レオンはまっすぐにフランシスの目を見つめ、はっきりとそう断言した。

「真実、あなたがあのバルコニーから飛び降りたのなら、生きてはいないはずです。ですが、なぜ生きてここにおられるのか、その理由はわかりません」

「海王が人を生き返らせたという前例が、マルタナにはあるのですか？」

「私の知る限り、聞いたことはありません」

「なぜ私はこの世に戻されたのでしょう。あなたはどうしてだと思いますか？」

ラザラスとほぼ変わらない位置にあるレオンの目を見上げ、ラザラスの金の髪とはだいぶ色合いが違うものの、同じブロンドのレオンの髪に気が付き、フランシスはそれだけでひどく切ない気持ちになった。心の奥底に押し込めてあるラザラスへの気持ちが、あっという間にあふれてきそうになって、慌てて蓋《ふた》をする。

「私にはわかりません、フランシス様。ですが、本当に海王があなたを戻してくれたのなら、私は海王に感謝をします」

と、レオンはひどく優しい笑みを浮かべる。

「あなたが自殺をしたのは、世継ぎの王女として民のために出来る最善の選択だったからだと聞きました。ダナオスの民のため、あなたはすべてをささげられた。ならば、これからの生は、あなた自身が望むまま過ごされるべきだ。今度こそ、幸せになっていただきたい」

皮肉な顛末《てんまつ》だと思えた。海王によって生きながらえたが、その海王の関与により、フランシスはようやく手に入れたと思っていた幸せを失いかけている。

ラザラスが海王の力を嫌悪し排除し、海王の娘とだけは結婚しないと話していたのは、きっと何か明確な理由があるのだ。マルタナの方針として海王に頼らないとか、海王の血の濃さとか、そんな理由ではなく。あの幼馴染三人が関わる、海王を受け入れられない何かがある。あのラザラスを恐怖させ、フェリックスを泣きそうにさせるぐらいの、圧倒的な何かだ。

それは何だろう。レオンはきっと知らない。フェリックスはラザラスから話すと言っていたような気がする。セルマーは知っているのだろうか。教えてもらえるのだろうか。だが、それを知ったところで、どうなるというのか。

(私が海王の娘である限り、ラザラスと幸せになれないって知るだけなんじゃない？)

「フランシス様？」

レオンの声に、フランシスはびくりと肩を震わせた。心配そうに様子をうかがっているレオンと目が合い、フランシスは咄嗟にほほ笑んでみせる。レオンは本心でフランシスの幸せを願ってくれている。親子二代でと言ってもいいぐらいだ。そんなレオンの前で、泣き崩れるわけにはいかない。

「レオン様は、ダナオスに帰って世継ぎの王女の義務を果たせとは言わないのですね」

「世継ぎの王女は死んで義務を果たしたのですよ、フランシス様」

レオンはきっぱりとそう言った。どうやら彼は、神官長ガイとは意見が違うようだった。

「ダナオスに戻ろうなどとは、どうぞお考えにならないでください。父が生きていたとしても、そう願ったでしょう」

レオンは立ち上がると、フランシスのそばに歩み寄り、床に片膝をつく。

「父は私に命じました。エヴァンゼリン様にお会いすることがあれば、王女殿下をお守りしお助けすることを。私は父の遺言を守るつもりです」

「……エヴァンゼリンは死んだはずでは？」

そっと切り返すと、レオンは口の端を上げる。

「それはそれ、これはこれで」

思わず、フランシスは小さく笑ってしまった。

「フランシス様。私はすでにラザラス陛下に忠誠を誓っております。ですから、ラザラス陛下を暗殺してこいとか、王位を簒奪《さんだつ》してこいとかいう命令は受けられませんが」

「そんなこと望みません」

「ラザラス陛下からもお守りすること、お助けすることを誓います。また、お望みなら、陛下の目を盗みあなたを王城から逃がすお手伝いもしましょう」

「…………」

「あなたが望むなら、です。逆に、あなたが王城で陛下のそばで生きていこうと思われるなら、私も近衛も、あなたのお力になることを誓います。どちらかといえば、そうなることを祈っております」

「ありがとう」

フランシスはごく自然に、跪《ひざまず》いたレオンの前に自分の手を差し出した。レオンはその手を恭《うやうや》しく押しいただき、手の甲に唇を触れさせた。騎士が淑女に忠誠を誓う、ダナオスのエヴァンゼリンにはそう珍しくもない一連の動作だった。

「……ずっと、憧れだったんです」

レオンは感動しているような、感じ入った顔で、フランシスを見つめる。

「子供の頃、父のような近衛騎士になって、エヴァンゼリン王女殿下に忠誠を誓うことが。マルタナには、騎士というものもなければ、誰か個人に忠誠を誓うこともありません。軍人は国に忠誠を誓うものですから」

個人的に私はラザラス陛下に忠誠を誓っていますがと、レオンはどこか面映《おもは》ゆそうに付け加えた。

「レオン様、私もラザラス陛下に忠誠を誓っています。私の命を救ってくださったのも、フランシスという新しい人生をくださったのも、ラザラス陛下です。何があろうと、私が陛下を害することはありません。私の存在自体が陛下を害するのなら、この命を絶つまでです。レオン様が忠誠心で板挟みになることはないと、お約束します」

「ありがとうございます」

「お礼を言うのは、私のほうです。私はあなたの父へクターの忠誠に答えることが出来なかった、情けない主人でした。その罪滅ぼしを、息子のあなたにしたいと思っています。私に出来うる限りのことを、あなたにすると誓います」

まだ跪いているレオンを促して立たせ、フランシスも一緒に立ち上がる。レオンは体格がラザラスと本当によく似ていて、近い距離で一緒に居ると、心の奥底に押し込めているラザラスへの気持ちが膨らんで苦しくなった。

「落ち着いたら、ヘクターの墓参りをさせてください」

「ありがとうございます。父も喜びます」

「それから、シビルのお兄様、メナート男爵はどこまでご存じなのですか？」

「父の紹介で、ダナオスの貴族の家で剣とダンスの師匠をしていると話してあります。今頃、シビルからフランシス様が記憶を取り戻した話をしているでしょう」

「メナート男爵に、私が深く感謝しているとお伝え願えますか？」

「伝えておきましょう」

「では、レオン様。陛下の居る塔に、案内していただけませんか？」

「フランシス様」

レオンは途端に眉を下げて困った顔になる。

「塔には入れてもらえないでしょう。あそこには、ガイ配下の神官が大勢います」

「それでも」

「今押し掛けるのは得策ではありません。もしそれで陛下の容態に変化があれば、ガイはそれ見たことかと言うでしょう」

「変化などありません」

「絶対とは言い切れません。今の陛下はとても不安定な状態ですから、常とは違います」

「………………」

「少しの間、我慢してもらえませんか。私たちで陛下とお会い出来るように手を尽くします」

じっと、フランシスは目を閉ざす。昨日からこうして何度目を閉ざして、自分の中の感情を押し殺してきただろう。だが、世継ぎの王女エヴァンゼリンだった過去と、婚約者にと求めてくれたラザラスの顔に泥を塗らないためにも、人前で泣きわめくことなど出来ない。我儘《わがまま》を言って、大切な臣下を困らせることも出来ない。

「わかりました。よろしくお願いします、レオン様」

「お任せください、フランシス様」

思いがけず味方になってくれたレオンの存在は、とても心強いしありがたい。彼の父ヘクターの話だってもっとするべきだし、シビルのことについてもしっかりお礼を言うべきだろう。だが、フランシスはもう一人でしゃんと立っていることに限界を感じていた。

団長室の外が騒がしくなり、すぐに扉にノックがあった。セルマーが無事に見つかったという報告だった。レオンの予想どおり、塔と地下部屋の途中にある空き部屋の長椅子で、ぐっすりと眠り込んでいたらしい。目を覚まして、フランシスに会いたいと話しているそうだったが、フランシスはお断りしてもらった。もう本当に限界だったのだ。

まっすぐに侯爵家の自室に帰る。結婚の白紙撤回が決まれば、フォンテーヌ家との養子縁組の話もなくなるだろう。自室といってもそれまでのことだ。だが今のフランシスにプライバシーを守れる場所はここしかない。

使用人たちに下がってもらい、自室で一人になったフランシスは、ベッドにもぐりこんで体を丸めて小さくなる。そして、ようやく、自分に泣くことを許した。

二日後。

フランシスが朝食をとりにダイニングに入ると、テーブルにはコンスタンスとフェリックスが揃《そろ》っていた。二人とも、フランシスの顔を見るとほっとした笑顔になる。

「おはようございます、お義母様、フェリックス様」

「おはよう、フランシス」

「おはよう。よかった。昨日はずっと部屋に閉じこもっていたと聞いたので、心配しました」

フェリックスは席を立ち、フランシスのために椅子を引いてくれる。昨日は朝から夜までずっと部屋に閉じこもり、一度も姿を見せなかったフランシスだったが、今朝はすっきりとした顔をしていた。

三人が席に着くと、素早く朝食が並べられる。和《なご》やかな雰囲気で朝食が始まった。

「ご心配おかけして、申し訳ありません。フェリックス様、お仕事が忙しいのに」

顔色もいいフランシスとは対照的に、フェリックスの顔色はよくなかった。睡眠不足のせいか、目の下には薄くクマも出来ている。ラザラス不在で仕事が溜まっているのだろう。フランシスが部屋にこもっていると聞いて、わざわざ時間を作って様子を見に帰ってきてくれたに違いなかった。

「僕のほうこそ、もっとあなたに付き添っているべきなのに。申し訳ありません」

「大丈夫です、フェリックス様。それに私、一人でじっくりと考えたかったんです」

「ええ、わかるわ。そういう時間は必要よね」

コンスタンスは何度も頷く。二日前に王宮から帰って来てずっと部屋に閉じこもったフランシスが、ベッドにもぐりこんで時折泣いてはずっと考え事をしていたことを、コンスタンスは使用人たちから報告を受けていた。だが、余計な声をかけずにフランシスを一人にしてくれた。

一人の時間が必要だったフランシスは、そっとしておいてくれたコンスタンスに感謝の気持ちを込めて目礼をする。コンスタンスは頷き、明るい口調で話し出した。

「昨日、アンナが来たのよ。メイがすぐにでも女中として働き始められそうですって」

「それはよかったです」

フランシスはにっこりと頷く。メイの行儀作法は完璧だし、とても気の利《き》く働き者だ。女官長アンナの部下に入れたのなら、きちんと評価され問題なく働けるだろう。

『王城はあなたの噂でもちきりらしいわ。貴族の間でもね』

昨日の午後ぐらいから、コンスタンスに届くお茶会の招待状はいきなり増えだした。フランシスのことについて、詳しい話を聞くのが目的だろう。

「なのに、陛下は塔入りだなんて。なんてタイミングが悪いんでしょう」

コンスタンスがさらりと『塔入り』なんて言葉を使ったので、フランシスは内心でとても驚く。ちらりとフェリックスに視線を向けると、フェリックスは小さく頷いて見せてくれた。コンスタンスはラザラスが倒れて塔に居ることを知っているのだ。前宰相の妻で、ラザラスを幼い頃からよく知っているコンスタンスだ。それも当然かもしれない。

「ダナオスの貴族だったフランシスと、本当に婚約するのかどうかって噂されているらしいわ。そんな噂、陛下がお戻りになって、またフランシスといちゃいちゃすればすぐに消えるのにね。早く戻られて、婚約を正式発表してくださらないと」

どうやら、フェリックスはすべての事情をコンスタンスに話しているわけではないようだった。優しいフェリックスのことだ、ラザラスが起きてきて正式に婚約破棄となるまでは今のままでと思ってくれているのだろう。

「お義母様」

ラザラスとの婚約を祝福してくれているコンスタンスには申し訳ないと思いつつ、フランシスは口を開く。

「実は、陛下との婚約はなくなりそうなんです」

声もなく固まったコンスタンスに、フランシスは小さく頭を下げる。

「黙っていて、申し訳ありません。私自身、まだ受け止めきれなくて、お話しするのが遅くなってしまいました」

本当はメイの就職を後ろ盾するためだったが、さすがにそれは言えない。

「侯爵家との養女の話もなかったことにしてください」

「ちょっと待って」

コンスタンスはかっと目を見開くと、すぐそばに控《ひか》えていた執事にそのまま視線を向ける。執事は一礼して、ダイニングを出て行く。丁度《ちょうど》、ダイニングには他の使用人がいなかったので、コンスタンスとフランシス、フェリックスの三人きりになった。

「婚約がなくなりそうって、どういうことなの？」

「フランシス、陛下が目を覚ますまで待ってくださいと話しましたよね」

コンスタンスを制止し、フェリックスが口を開く。

「フェリックス、あなた知っていたの？　どういうことなの？」

「母上、待ってください。フランシス、まだ婚約破棄だと決まったわけではありません」

「決まってますよね、フェリックス様」

と、フランシスがにっこりとフェリックスを見れば、フェリックスはぐっと言葉に詰まってしまう。

そんな息子に、コンスタンスはさらに驚いた。

「どういうことなの。ちゃんと説明して！」

フェリックスは額に手を当て、うめきつつ説明をする。

「色々あったんです、母上。詳しい事情を話せないことをお許しください。とにかく、問題が発生し、婚約をどうするのか決める前に、陛下は意識を失ってしまったんです」

「はっきりと言葉にしなかっただけで、陛下のお考えは明白だったと思います」

きっぱりと断言したフランシスと、それに納得しかねるが反論は出来ないという感じのフェリックスを見比べ、コンスタンスは手にしていたカトラリーを皿へがちゃんと音を立てて置いた。

「フランシス、陛下が心変わりをされたと思っているの？」

「陛下は何も悪くありません。私が陛下に愛される資格がなかったのだと判明しただけのことです」

「記憶が戻って、故郷に夫がいたことを思い出したとでも言うの？」

「いいえ！」

「それ以外に愛される資格がないなんて、私には思いつかないわ」

じろりとコンスタンスはフェリックスを睨《にら》むが、フェリックスは顔をこわばらせたままで何も言えない状態だった。海王のこと、そして幼馴染三人が関わっていると思われる海王を忌み嫌う何かを、コンスタンスは知らないのだろう。

「お義母様。陛下が意識を失われた後、神官長様がはっきりとおっしゃいました。結婚の話は白紙だと」

神官長の言葉なら重みがあるし、これでコンスタンスも納得してくれるのではないかとフランシスは話したのだが。

「ガイが？　あの子、また甘えてるんじゃないのかしら。陛下に自分より近い人が出来るのが許せないのよ」

顔をしかめ、コンスタンスは神官長をそうこき下ろした。

「婚約破棄だと言ったのはガイだけなの？　陛下が明言したわけではないのね？　フランシス、フェリックス、どうなの？」

「母上、勘弁してください。話せないんですよ」

何だか泣きそうな表情になって、フェリックスは弱り切っている。

「フェリックス、あなたなんだかジメジメした顔で落ち込んでいると思ったら、陛下の婚約が駄目になりそうで泣いてるの？　メソメソする前になんとかする努力をしたらどうなの！」

「だから、陛下が目を覚ますまで、すべて保留でと、僕だって頑張ってるんです！」

いきなり勃発した親子喧嘩《げんか》に、フランシスは呆気《あっけ》にとられ、声も出ない。それに、婚約破棄にコンスタンスがこれほど疑問を向けてくるとは、予想していなかった。フェリックスが困惑しつつもどこか仕方がないと考えているように、コンスタンスも受け入れるとフランシスは思っていたのだ。

だが、これ以上はフランシスもコンスタンスに説明出来ることがない。婚約破棄の事情はラザラス側にあるのだし、フェリックスもその理由を知っているのだろうから、コンスタンスを納得させる役目はフェリックスにお願いするしかないだろう。

コンスタンスに話さなければならないことは、まだまだある。昨日一日部屋に閉じこもっていたのは、嘆き悲しむためだけではない。これからどうするのか、ラザラスなしでどうやって一人で生きていくのか、じっくり考えるためでもあったのだから。

「お義母様。私、王城を出ようと思います」

コンスタンスとフェリックスは、唖然《あぜん》とした顔でフランシスを見た。

「必要がなくなりますから、フォンテーヌ家との養女のお話は辞退させていただきます。こうしてお世話になっているというのに、本当に申し訳ありません。ダナオス人だとわかった今、女官の仕事も続けられないでしょう。王城を出て働こうと思っています」

「王城を出て働くですって？」

コンスタンスが悲鳴のような声を上げる。その時、ダイニングの扉がノックされた。

「奥様、お客様がいらっしゃっています」

扉の向こうから、執事の少々大きめの声が聞こえてくる。コンスタンスはとても興奮してそれどころではなく、フェリックスも青ざめた顔で茫然《ぼうぜん》としている。フランシスが慌てて扉を開けに行った。

すると、扉の向こうには執事と、後ろにはもうその客が立っていた。

「おはよう、フランシス。よかった、今朝は部屋を出てきたんだね。先日は話そうと言っておきながら、眠ってしまって本当に申し訳なかった。今日は話せるかな？」

「セルマー様」

「まだ朝食中だったか。ちょっと早かったね」

「いいえ、朝食は終わっているのですが」

と、フランシスが室内を振り返る。フェリックスは真《ま》っ青《さお》で、うつろな目はセルマーのほうを向いているようだったが、セルマーだと認識はしていない様子だった。ぐったりしていたコンスタンスは、セルマーの顔を見て急に立ち直り、突進してきた。

「セルマー様、いいところに」

「おはようございます、コンスタンス様。フェリックス、大丈夫ですか？　あなたは少し睡眠をとったほうがいい」

セルマーはフェリックスを心配したが、突進してきたコンスタンスに遮《さえぎ》られた。

「挨拶はいいの、息子もあと。セルマー様、聞いて頂戴《ちょうだい》」

「勿論ですが、先に私の要件を。フランシス、会ってほしい人がいますので出かけます。支度をしてきてください」

「は、はい」

「ちょっと待って、私の話を先に」

コンスタンスが怖い顔で迫ってきたが、セルマーは支度してきなさいとフランシスの肩を押してダイニングを出るように促すので、フランシスはありがたくその場を離れることにした。

セルマーが乗ってきた馬車に乗せられてフランシスが連れてこられたのは、驚いたことにセルマーの私邸だった。ラザラスの元家庭教師で元補佐官で、現在はラザラスの主治医であるセルマーには、王城の敷地内に屋敷が与えられている。ほとんど使っていないと言うし、地下部屋に寝泊まりしているのを知っているフランシスもそうだろうなと思ったが、屋敷自体は使用人がちゃんと管理していて、いつでも使える状態にあると話してくれた。そして、屋敷の玄関では、レオンが外に立ってフランシスを待っていた。

「会わせたい人って、レオン様のことですか？」

「違いますよ。レオンは自分も同席したいと言うので、招待しただけです。気になるなら、追い返しますよ」

「いえ、そんな、気になるなんて」

レオンはフランシスに忠誠を誓ってくれた人だ。ラザラスの意向に反してでも、フランシスを守ると言ってくれたレオンを、フランシスは心強く思っていた。勿論、ラザラスのためにならないことを命じるつもりなどないし、命じたところでやはりレオンはラザラスを優先させるだろうけれど。そう言ってくれたレオンの気持ちが嬉しかった。

そして、セルマーとレオンに付き添われ、フランシスが対面したのは、マルタナの神官だった。ユーリと紹介された男性の神官は、年齢は三十前後と若い。中肉中背で、髪は白っぽいブロンド、目は薄い青だった。神官と聞いてフランシスはガイを想像し、この神官からも敵意を向けられるのではと構えたが、ユーリはとても友好的だった。

「はじめまして、フランシス様。ユーリと申します。神官をしております」

にっこりと笑顔で挨拶され、ちょっぴり戸惑ってしまった。

「ユーリ殿は、神官でもかなり高位の方だよ。特に、人の持つ才能を読むことに長《た》けていて、神官希望者との面会を数多くこなしておられる」

「セルマー様に褒められると、なんだかムズムズしますね」

と、ユーリは笑う。とても気さくな人らしい。しかも、セルマーとは仲がいいようだ。

「セルマー様に話は伺いました。神官長に海王の力が内にあると言われたと。神官長が言われたのなら間違いないと思いますが、私にも読ませてください。こんな言いかたは無礼だとわかっていますが、とても興味があるんです」

「……はい」

フランシスにあからさまな敵意を向けてくるガイ一人の証言では、正直フランシスもガイの言葉をすべて信じることは難しい。だが、ガイの敵意もフランシスの本質を見てのことだし、ラザラスも信じていた。だからフランシスも受け入れてはいるが、第三者からもっと詳細《しょうさい》な意見を聞きたかったところだった。

二人の間にあるテーブルの上に、ユーリが手の平を上に向けて置く。促されて、フランシスはその手の平に自分の手を重ね置いた。

「ありますね。海王の力。これはすごいな」

触れてすぐ、ユーリは感嘆の声でそうつぶやいた。じっと目を閉ざし、重ねられたフランシスの手を恃に強く握ることもなく、リラックスしたままである。

「あなたは海王に生かされている、かもしれません。んー、でも、あなたの命の輝きがまったくないというわけではない」

「ガイは、彼女が一度死んだのを海王が蘇《よみがえ》らせたのだと言いましたが」

セルマーがそう聞くと、ユーリは目を閉じたまま首をかしげた。

「それは否定したいですね。でも、命に関わる大怪我《おおけが》をされたのは間違いありません。体中、いたるところに海王の力が作用した形跡が残っています。新しいものばかりですね」

「死んでない」

つぶやいたフランシスにユーリは頷く。

「海王が死者を蘇らせたという話はありません。瀕死《ひんし》の重病者を治療して健康にしたという話はありますけど。個人的な意見ですけど、死者の蘇りは、海王でも出来ないんじゃないでしょうか」

「でも、私の内には海王の力があって、私の命を」

「はい。それは間違いありません。だから、あなたはもしかしたら、普通の人より長生きするかもしれません」

「え」

「命の輝きが、海王の力のせいで、普通の人より多いですから」

「そんなことがあり得るのか」

セルマーが驚くと、ユーリは目を開けてセルマーに視線を向ける。そして、重ねていた手を引いて、フランシスの手を離した。どうやら、もう終わったらしい。

「普通、あり得ませんよ。そもそも、海王の力を身の内に入れられていること自体、とても特殊です。ただの人には海王の力は強すぎて、保持してられないんです。あなたはとても大きくて海王の力に親和性の強い器《うつわ》を持っておられる」

と、ユーリは改めてという感じで、フランシスの顔を見る。

「銀髪に青の瞳かあ。あなたには神官長オデッセア家の血が入っているんでしょうね。ダナオスの伯爵令嬢でしたっけ？　だったら、あり得ますよね」

「ユーリ」

一人でなにやら納得しているユーリに、セルマーが声をかける。

「あ、すみません。神官長オデッセア家の人は、白っぽい髪に青い目の人が多いんです。私もオデッセア家の分家出身です」

ユーリは白っぽいブロンドに薄い青の瞳。神官長ガイは、プラチナブロンドに青い瞳。フランシスは、銀の髪に青い瞳。

「神官の才って、生まれつきのものなんです。血筋なんですよね。ダナオス出身ということは、フランシス様、神官のことについては何もご存じないですよね？」

「は、はい。あの、尊い存在ということしか」

「ダナオスにおいて、神官の地位はその神秘性だけですからね。神官の才について、少し説明してもいいでしょうか」

「はい。ぜひお願いします」

ユーリはセルマーと軽く頷きあってから、話しだした。

「体の内に『器』という入れ物を持って生まれてくる人が、時々います」

「器、ですか」

「はい。といっても、物理的な入れ物じゃないですよ。でも、入れ物と表現するのが一番しっくりくるんです。器があるかないか、その器がどれほどの大きさなのか、それはすべて生まれ持ったもので、努力でなんとかなるものじゃありません。私の中にも器があります。その器の中に、自然と集まってくるのです、海王の守護の力が」

指先で、自分の胸をとんとんと指し示す。

「器の中に集まった海王の守護の力を、自分の思うままに使う能力、それを神力と言います。なんでも出来るわけじゃありません。神力にも個人差があり、器用不器用、得意不得意があります。水の扱いが上手い者、火を使うのが得意な者、様々です。そして、自分の器の中の海王の守護力を使い切ってしまえば、何も出来ません。また器に海王の守護力が溜まるまで、待つしかありません。当然、器が大きくて、たくさん海王の守護力を溜めておける者のほうが、長く大きな神力を使えるということになります。今現在、最も大きな器を持っているのは、神官長ガイ様です」

最も強力な神力を使えるということになる。

「神官長オデッセア家は、代々大きな器を持つ人が生まれてきています。そういう血なのでしょう。しかも、器が大きいだけではなく、海王の守護力に親和性が高いんです。オデッセア家の始祖は誰だと思います？　これ、あまり知られてないんですけど」

「有名な方なんですか？」

「はい。ダナオスの歴史を学んだ者なら、絶対に知っています」

「……もしかして、初代エヴァンゼリン女王だったりします？」

「正解です！」

あの海王ガイアスと結婚して子供まで産んだ女性だからと、フランシスは思いつきで言ったのだが、ユーリに拍手までされてしまった。

「正確には、エヴァンゼリン女王の双子の妹です。妹さんの嫁ぎ先がオデッセア家で、旦那様が公爵になったわけです。この旦那様も、神官として大きな器を持っていたようですけどね」

男性優位のダナオスでは、この旦那様の名前だけが前面に出て、エヴァンゼリン女王の妹の名前は隠れている。なのであまり知られてはいないが、ダナオスに三つしかなかった公爵家、マルタナ、ユクタス、オデッセアは、すべて深い血縁関係にあったのだ。

「エヴァンゼリン女王も、オデッセア製の器の持ち主だったと思いますよ」

と、ユーリはそう言って口を閉ざす。なにやら、少しだけ思わせぶりな感じなのにフランシスは気が付く。ユーリはダナオス王家と海王ガイアスの秘密を知っている。そして、フランシスやレオンが知っているかわからないので、この先は口を閉ざしたのだろう。

フランシスも以前から疑問に思っていた。神様の海王ガイアスと、ただの人間の女性との間に、子供が出来るものなのだろうかと。妊娠するのだって難しいだろうし、お腹《なか》の中で神様の子供を育てるのはもっと難しそうだ。エヴァンゼリン女王がオデッセア製の大きな器を持っていたから、それも可能だったと、ユーリは言いたいのだろう。海王ガイアスとエヴァンゼリン女王の間に子供は一人きり。それでも、生まれたのは奇跡としか思えない。

「というわけで、オデッセア製の器は、海王と非常に相性がいいんです。オデッセア家の器には、海王の守護力が溜まりやすく、使っても減りにくく、神力として使うときにも大きな効果を上げられると言われています。フランシス様、あなたの内にある器も、オデッセア製で間違いないと思います。なので、海王の力を注ぎ込まれて受け入れることが出来、保持することが出来ているんだと思います。あなたにはどこかでオデッセア家の血が入っているんでしょうね。濃いと思うんですけどね。思い当たるところはありませんか？」

「私にはわかりません、残念ですが」

「容姿もオデッセアだし、きっと私たちは遠い親戚でしょう。あなたは大きな器を持っています。神殿で神力の使い方をぜひ覚えてください。大きな神力を使えるようになりますよ。しかも、治癒能力をお持ちだ」

「治癒って、病人や怪我人に触れるだけで治せるという？」

ダナオスにも昔は存在していたが、今は一人もいない。

「その治癒能力です。器に溜まった海王の守護力を治癒の力に変換して使う、ちょっと特殊な神力で、神官なら誰でも出来るわけじゃありません。ぜひ神殿で訓練して使えるようになってください。治癒能力者は神殿でもどこでも大歓迎されますよ」

ユーリは治癒能力者がどれほど人の役に立つかどんな訓練なのか、神官にならなくても職業に出来るなど、嬉々《きき》として話してくれたが、フランシスにはあまりぴんとこなかった。なにしろ、思ってもみなかったことだし、考えてみたこともなかったたし、実感が湧かない。

ユーリの長話を切ったのは、セルマーだった。

「詳しい事情は話せませんが、フランシスはダナオスで殺されかけました。実際、海王に助けられなければ、死んでいたでしょう」

　それは、海王の力が作用した跡が見えるらしいユーリには、疑問なく納得出来る話だろう。無言で頷いた。

「その仇《かたき》をとることを考えています。彼女は無力でダナオスに味方もいないのですが、海王の力を使えればそれも可能ではないかと考えています。あなたの意見を聞かせてもらってもいいですか」

「海王の力って、神力を使ってということですか？」

「そうです」

「でしたら、それは不可能です。なぜなら、今のダナオスには海王の守護がほとんどありません。どんなに大きな器を持っていたとしても、その中に海王の守護力が溜まらなければ、神力として発揮することが出来ません。神官長だって、ダナオスでは神力を使えませんよ」

「ですが、彼女の内には海王の力があるんですよね？」

「それを使ってというなら、可能かもしれません。ですが、それはお勧めしません」

　至極当然という顔で、ユーリは即答する。

「なぜ？」

「身の内の海王の力を使うということは、フランシス様、あなたの寿命を縮めるということです。なにしろ、あなたの命の火と、注ぎ込まれた海王の力は融合して一つになっているんです。神官長があなたの命の火がないと見誤ったぐらいには、しっかり融合しています。なので、海王の力を使うことは、あなたの命の火を使うということになるんです。少しぐらいなら構わないと思いますよ。指先に火をともす、コップを水で満たす、鍵のない錠をあける、その程度なら問題ないでしょう。ですが、ダナオスで大きな神力を使うということは、それはそのままあなたの死につながります」

驚く一同に、ユーリはにっこりとほほ笑む。

「せっかく海王に救われた命です。仇討ちなんかで使ってしまわないでください。なんとも勿体《もったい》ない。せっかく治癒能力までお持ちなんですから、ぜひ前を向いて新しい生を楽しんでください。あなたには無限の可能性があるのですから」

最後は神官らしく優しく諭《さと》し、お会い出来てよかったと、ユーリはほほ笑んだ。


神殿での仕事が忙しいというユーリが帰っていくと、セルマー、レオン、フランシスは、残って話をしようということになった。セルマーが使用人を呼んで、お茶の準備をさせる。フランシスは午後からしか用事が入っていないが、セルマーもレオンもとても忙しいはずである。お茶などしててもいいのだろうかと思ったが、二人とも席を立つ気配がない。それどころか、フランシスと話をする気で満々のようだった。特に、セルマーが。

「コンスタンス様に聞きましたが、王城を出て一人で働くつもりだそうですね」

セルマーがそう切り出すと、レオンが口に含んだばかりの紅茶を吹き出しそうになって、顔を真っ赤にして悶《もだ》えた。

「結婚がなくなれば、養女になる必要もなくなります。王城を出ます」

「陛下は結婚しないとは言っていませんよね」

どうやらセルマーは知らないらしい。あの幼馴染三人がどうしても海王を受け入れられない理由だ。もしかしたらセルマーから教えてもらえるかもと期待していたフランシスは、ため息をついて肩を落とす。

「あの、ため息をつきたいのは、我々なんですが」

せき込みながら、涙目でレオンが言う。

「ラザラスは、海王の娘とだけは結婚したくないと言っていたんです。海王の力が嫌いだからって。実際あの時、私を見たラザラスの目は、それを証明していました」

「あれは驚いただけです。そもそも、陛下があなたを嫌うと本気で考えているんですか？　陛下があの時あなたから離れたのは、あなた自身を嫌ったのではなく、あなたの中にあると指摘された海王の力に対してです。しかも、かなりの不意打ちだった。ガイはあんな風に指摘するべきではなかった」

セルマーはそう言うが、フランシスはこんな議論をやっても意味がないと思えた。ここにいる三人は、ラザラスたち三人の幼馴染が海王を忌避《きひ》する理由を知らない。それがどれほど圧倒的な理由なのか想像出来るぐらいだ。原因がわからないのに、あれはこうだったのではと予想ばかり並べたてても意味がない。

「海王が私を生かし、ラザラスの元に送り込んだのは間違いないようです。確信が持てました。ユーリ様に会わせていただいて、ありがとうございました」

セルマーは苛立《いらだ》ちを抑える顔で、額をこする。

「あなたは、海王の娘ではありませんよ」

「海王に命を救ってもらったのですから、娘のようなものです」

「セルマー様」

さらに言い返そうとしたセルマーを、レオンがやんわりと止める。

「これは、陛下が目覚められないと、フランシス様も納得が出来ないでしょう。それにフランシス様も今は自分のことで手一杯かもしれません。とりあえず、一度死んだわけではなかったのは、よかったのではないでしょうか」

「ありがとうございます、レオン様。私もほっとしています。同じ救われたのでも、蘇ったのと治癒してもらったのでは、全然違いますから」

「ですよね。一度死んだと言われてしまうと、あー、なんというか、お化けになったような？」

「そうですね」

茶目っ気のあるレオンの言いかたに、フランシスは小さくほほ笑む。そんな二人のやり取りに、セルマーも肩の力を抜いたようだ。

「すみません、フランシス。あなたもずっと衝撃的なことが立て続けに起きていて、心が休まりませんよね」

「いいんです。それに騒ぎの半分は、私の持ち込んだ指輪のせいですから」

場の空気が和み、フランシスはほっとしてティーカップに手を伸ばす。彼女の視線がカップに落ちて男たちからそらされると、男二人は表情を険しくし、視線を交わし小さく頷きあった。

「……ダナオスを奪回するのは難しそうですね」

そう言ったのは、レオン。顔を上げたフランシスに、にっこりとほほ笑みかける。

「ガイがダナオスに戻れなんて言ったそうですが、どうぞやめてくださいね。ユーリ殿もそう言ってました」

「……そうですね。宰相を倒して私も死んでしまったら、ダナオスの国王がいなくなり、国内に混乱をもたらすだけですから」

「ダナオスの荒廃は始まっています。国王がいなくなれば、それを誰も止められません」

「はい」

フランシスが宰相を倒しにダナオスに戻ると言い出すことを、レオンは恐れていた。それはきっとラザラスも同じだろう。刺し違えてもいいとフランシスが言い出したらどうするかと思っていたが、どうやらそれはなさそうで安堵する。ダナオスの国民が宰相の支配を受け入れているという現状、エヴァンゼリン王女に誰も期待していないという現実も、その判断に大きく影響を与えているのだろう。

その懸念が消えるなら、次に回避しなければならないのは、目覚めないラザラスを捨ててフランシスが王城を出て行ってしまうことだ。ラザラスが倒れた翌日にレオンを訪問したフランシスは、ぴんとはった糸一本で立っているような危うさを感じさせた。今日のフランシスは、一見しっかりと前を見据えてしっかり立っているようだが、目を離したすきに何処《どこ》かとんでもないところに飛んでいってしまって戻ってこないような、そんな別の危うさがあった。

「治癒能力があるとは、素晴らしい。訓練を受けるつもりですか？」

レオンがにっこりほほ笑んで聞けば、フランシスもにこやかに答える。

「はい、ぜひにと思っています」

「神官の訓練なら、王城の神殿でも受けられます。予定どおりにフォンテーヌ家の養女になり、王城で訓練を受けられては？」

「それは出来ません」

「どうしてです」

「フォンテーヌ家にご迷惑をおかけしてしまいます。私がフォンテーヌ家の養女になるのは、王妃になる予定だったからです。王妃になる女だったから、フォンテーヌ家もどこの誰ともわからない私を受け入れてくれたのです。王妃にならない私に、養女になる価値はありません」

　セルマーが眉を寄せたのがわかったが、レオンはにこやかに会話を続ける。

「フェリックスがそんな理由で一度引き受けた養女の話をなしにするとは思えません」

「私から辞退するとお話ししました」

「コンスタンス様を義母と慕っておられると思っていましたが」

「勿論、大好きです。お慕いしています」

「コンスタンス様も、フランシス様を実の娘のように可愛《かわい》がっておられると」

「……それとこれとは、まるで別の話です」

　まったく別ではないと思うのだが、レオンはそれを指摘するのはやめておいた。今のフランシスに聞いてもらえるとは思えなかったし、フランシスはフェリックスやコンスタンスの好意というものを理解していない。もし本当にラザラスが結婚しないと言い出したとしても、フォンテーヌ家はフランシスを養女にするだろう。それぐらいに、フランシスのことを好きだし、身寄りのない彼女に同情している。美しく聡明《そうめい》なフランシスは侯爵家の養女に相応しいし、むしろ侯爵家で保護しておかないと大変なことになると考えている。

　なのに、フランシスは、王妃にならない自分に価値はないと言う。価値のない自分は、必要とされないのだと思っている。愛されないと思っている。

「コンスタンス様は悲しまれるでしょう。ぜひもう一度、コンスタンス様と話をしてみてください」

「あなたがいきなり王城を出て働くなどと言うから、コンスタンス様は卒倒しそうでしたよ」

セルマーがため息交じりにそう非難すると、フランシスは困ったような顔で小首をかしげる。

「そんなに変な話でしょうか？　生きていくために働くのは、とても当たり前のことですよね。私、ちょっと反省したんです。ラザラスに依存しすぎていたのではないかと。与えてもらうばかりで、私、浮かれすぎていたんじゃないかって」

絶句という顔のセルマーをどう誤解したのか、フランシスは早口に付け加える。

「あの、でも、私、それなりに仕事は出来ると思うんです。裁縫とか刺繍《ししゅう》は、お金を貰える腕だって褒めてもらえたし。読み書きと計算も出来るので、帳簿もつけられます。治癒能力は仕事に出来ると、ユーリ様も教えてくれましたし。きっと一人でなんとかやっていけると思うんです」

セルマーは額を押さえてうめいている。レオンもため息を押し殺さなければならなかった。

(依存しすぎだなんて……。相手は結婚を約束した恋人だというのに)

エヴァンゼリン王女の十年の孤独を感じ、そのあまりの痛々しさにレオンは胸が痛んだ。フランシスは誰にも頼らず、一人で頑張るのが当たり前なのだ。軟禁されていた十年、エヴァンゼリン王女が信用して頼った人々は、宰相によって引き離されていった。一人になることが当たり前の人生を送ってきたのだ。

そんな孤独な女性が、マルタナに流れ着き、ラザラスの庇護下《ひごか》でどれほど幸せな日々を送っていたのだろう。仕事を始め、仲間と友人に囲まれ、教えてもらいたかった剣や乗馬を自由に学んで。平和と安定と自由と。そして、ラザラスを愛し、彼に愛された。

溺愛《できあい》していたというラザラスが、どんな風にフランシスを愛していたのか、レオンにはわかるような気がする。常に手を差し出し守りそばにいて、愛していると何度でも囁《ささや》き。何よりもフランシスを優先させ。自分は無価値だと思い込んでいるフランシスに、どんな身分でも姿でも関係ない、価値や利害関係なんてない、ただ大切で愛《いと》おしい存在なのだということを、常に態度で知らせていたのだろう。不安や寂しさ、失ってしまうかもなんて恐怖を微塵《みじん》も感じさせないぐらい、しっかり包み込み愛していたのだろう。ラザラスはそういう愛しかたが出来る男だ。

そうやってラザラスは、孤独という硬い鎧《よろい》で身を守っていたフランシスから鎧を取り去り、代わりに愛情と優しさと信頼で守り包んでいたのに違いないのに。

ラザラスを失ったと思い込んでいるフランシスは、また孤独という鎧を身に着けてしまっている。頼れる人から引き離されるという経験を何度もしているフランシスは、ほとんどもう無意識のうちにそうやって自己防衛をしているのだろう。

周りは敵だらけ、守ってくれる人はなく、王城で一人孤独に闘ってきた元ダナオス王女が、十年かけて作り上げた頑丈な鎧は、レオンやセルマーで打ち破ることはとても難しい。

「フランシス様、明日は時間がありますか？　明日なら陛下に会わせられると、ベルダンが言っています」

「あります。本当に会えるんですか？」

ぱっと表情が明るくなったフランシスに、レオンは内心安堵する。大丈夫、ちゃんとフランシスはラザラスを愛している。ラザラスに会えれば、フランシスも少し落ち着けるだろう。

「ガイがいると面倒なので、いなくなるときを狙います。明日が限界だろうとベルダンが言っていますので、ガイが席を外したすきに会いに行きましょう。いつになるかわからないので、王城で待機してもらえますか」

「わかりました」

「朝から私の部屋で待っているといいでしょう。ついでに、仕事も手伝ってくださいよ」

「はい、喜んでセルマー様」

ではと、セルマーが立ち上がる。

「今日は帰りましょう。送っていきますよ、フランシス。フェリックス、コンスタンス様と話もありますしね。レオンは？」

どうやら、セルマーは早速フォンテーヌ家の二人と一緒にフランシスの説得を始めてくれるらしい。今日は任せようと、レオンは頷いたが、セルマーの言葉に気になるところがあった。

「フェリックスはフォンテーヌの屋敷にいるんですか？」

ラザラスが塔に入ってから、フェリックスは王城内に泊まり込んでいる。王城の警備責任者でもある近衛団長レオンは、今朝の報告でもフェリックスの部屋に深夜まで明かりがついていたと聞いていた。それなのに屋敷にいるのだとしたら、早朝にわざわざ王城から戻ったということだ。

昨日一日部屋に閉じこもっていたというフランシスを心配してのことだろうが、フェリックスはちゃんと休んでいるのかと心配になった。

「はい。出仕せず待つように話してあります。それまで、休むようにとも」

どうやら、フェリックスの心配はすでにセルマーがしているようだった。こちらもセルマーに任せておけば大丈夫そうだと、レオンは判断する。

「私は仕事がありますので、今日はここで失礼します。ベルダンとも打ち合わせしておきますね」

レオンはにっこり爽やかな笑みをフランシスに向ける。

「ではまた明日、フランシス様」

「はい、レオン様。今日は私のために、ありがとうございました」

「私はあなたの騎士を自任しておりますので、当然のことです。護衛には、セルマー様一人では少々心もとないですからね」

フランシスは嬉しそうにほほ笑んでくれる。

「レオンがいても、少々心もとないと思いますけどね」

セルマーがそんな風にぼやいて、ため息をつく。フランシスは意味がわからないのだろう、小首をかしげている。だが、レオンにはセルマーの言いたいことがよくわかった。自分でもセルマーでも、孤独の鎧をまとったフランシスの心を動かすことは難しく、孤独を満たしてあげることは出来ない。

それが出来るのはただ一人だけ。

（ラザラス陛下、さっさと起きてくださいよ）

そして、しっかりとフランシスを抱きしめてあげてほしい。レオンは強くそう願う。でないと、フランシスはラザラスを失った痛みに耐えきれず、逃げ出してしまうだろう。ラザラスのいない世界へと。また、フランシスという女性はそれが出来てしまう強さと力があるから、目が離せない。

（我々臣下に出来るのは、逃げられないように時間稼ぎぐらいかな）

レオンとセルマーはちらりと目を合わせると、フランシスにはわからないように頷きあった。


塔が開かれて四日後。

ラザラスの眠るベッドの横には、ベルダンとガイが椅子に腰かけていた。塔の内部は、地上から高い天井までの一部屋しかない。高い壁のいたるところに窓が作られ、そこから日の光がたっぷりと部屋の内部へと注ぎ込んでいる。その日の光を浴びて壁がきらきらと光るのは、無数の石がはめ込まれているからだ。

勿論、ただの石ではない。神官が作った、海王の力を封じ込めた神器。無数にはめ込まれた神器でこの塔自体が神器になっている、とても大掛かりなものだ。この塔の内部にいる生物は、生きるために多くの力を必要としない。そして、肉体の消耗が緩やかになるという効果がある。ラザラスのためだけに作られた、回復のための塔だ。

ベルダンがこの塔の内部に入るのは久しぶりだったが、八年前ラザラスが即位したばかりの頃はよくここに入った。先日の比ではない大嵐を巻き起こしてはぶっ倒れて、半月も意識不明が続いた。それが年に何度もあったが、次第に頻度《ひんど》が減っていき、ここ数年はなかった。ラザラスも大人になって、マルタナも平和になって、この塔に来ることはもうないのではと思っていたのだが。

「四日じゃ、ラス兄上は目を覚まさないだろうな」

ラザラスが即位した時、ガイはまだ十一歳だった。その若さで、この塔の建築を指示した卓越した才能を持つ神官長だが、ベルダンにとってガイは、ラザラスの口うるさい弟という感じだ。

ガイの実力を認めていないわけではないが、あまりにもラザラス中心に回っているガイに辟易《へきえき》する。レオンに言わせると、それ同族嫌悪？　ということになるらしいが、一緒にするなと言いたい。

「そろそろ神殿に顔を出したらどうだ。もしくは、睡眠をとれ」

ベルダンがそう言うと、扉の前に控えている神官が控えめに頷いている。

「そう言うベルダンだって、ずっとここに居るじゃないか」

「俺がいなくても、レオンがいれば近衛は動く。お前は神官のトップだろう、ガイ」

「ベルダンはずるいよ」

「ガキみたいなこといつまでも言ってんな」

今でこそベルダンは近衛の副団長だが、それはレオンの団長就任を反対する連中がベルダンを団長に推したためだ。レオンを団長にしたかったベルダンは、反対の声を押さえるために仕方がなく副団長になったが、いつだってベルダン自身の心はラザラスの護衛だ。ラザラスは護衛など不要の強い男だが、こうして意識を失って動けない今、そばを離れるなどという選択肢《し》はない。

「四日程度じゃ目を覚まさないと、今自分でも言っただろう」

「そうだけど」

「とりあえず寝ろ」

ベルダンもレオンと交代で仮眠程度しかとっていないが、三日程度寝なくたって体は動く。ガイとは鍛えかたが違うのだ。

「ラス兄上が目を覚ましたら、絶対に起こしてよ」

「わかっている」

でないと後からうるさいからなと、心の中でだけ付け加えておく。

渋々とガイは席を立つ。内心では、自分でもわかっていたのだろう。役目を放棄してここに居るのも、そろそろ限界だということに。そしてベルダンの予想どおり、塔から一歩外に出た途端、ガイはぐらりと体を揺らめかせ、待機していた神官に支えられた。そのまま神官二人に抱えられるように塔を出て行く。このまま自室のベッドに直行して、今日は目を覚まさないだろう。

塔の内部に居ると、あまり眠くならないし食欲も湧かない。塔内部の神器が生きていく力を与えてくれているので、食事や睡眠で体力を維持しなくても疲労を感じないのだ。だが塔から出た途端、神器の助けは失われる。体力がなくなっていた者は一気に疲労を感じ、睡眠や食事の必要性を強く感じることになる。

「おい」

ベルダンは、扉の前で待機している近衛兵を呼び寄せる。

「これを団長に渡してくれ。すぐにだ。何よりも優先だぞ」

「わかりました」

ベルダンは小さく折りたたんだ紙を渡すと、急ぎだと念を押した。昨日レオンと会った時、そろそろだから待機という話をしておいたから、王城に居るはずだ。

「タイミング的にはばっちりだな」

と、ベルダンは掛け布の中からラザラスの右腕を取り出すと、手の平にぐっと指を押しあてる。意識がなく力の入っていないラザラスだが、こういう状態のラザラスを何日も何年も観察していると、微妙な違いに気が付ける。そのまま、指先、手首、腕、肩と、ベルダンは力をこめてぐっぐっと握り込んでいく。こうした外部刺激があったほうが意識を保ちやすいのだと、過去ラザラスに聞いたことがあった。

「起きとけよ。彼女が来るからな」

扉が開き、レオンが顔を見せた。内部にベルダンしかいないことを確認し、ベルダンと頷きあうと、背後に居る人物に道をあける。促され入ってきたのは、フランシス。落ち着いた様子で塔の内部を見回し、ベルダンとラザラスの姿に顔を向ける。口元に淡く浮かんだほほ笑みが、とても美しく高貴で、ベルダンはしばし瞠目《どうもく》した。

　フランシスの後からセルマーも入ってきて、後ろ手に扉を閉ざす。今、塔の内部に神官はいない。扉に立ち番をしていた神官もガイに付き添っていったので、しばらくは帰ってこないだろう。

「フランシス。すまない、すぐに呼んでやれなくて」

　ベルダンは立ち上がり、フランシスを迎える。

「神官長様には逆らえません。私も、ベルダン様も」

「それでも、すまない」

　近くまで来たフランシスの肩を引き寄せ、軽く抱きしめる。あんな風にラザラスが倒れてから四日、フランシスがどんな思いでいたのか、ベルダンには想像しか出来ない。だが、ラザラスの無事を思う気持ちの強さは、種類が違ってもフランシスと同じだと思っているベルダンは、とても申し訳なく感じていた。フランシスと逆の立場だったら、とっくに塔に殴り込みをかけていたと思う。それをせず、ベルダンたちを信じてじっと好機を待ってくれたフランシスには、感謝と尊敬しかない。

「ここに座ってくれ」

　と、自分の座っていた椅子を譲る。

「陛下の手を握ってやってくれ」

「触れてもいいんですか？」

「勿論だ」

戸惑った様子ながらも、フランシスはベッドの枕元に腰を下ろし、さっきまでベルダンが握っていた手にそっと手を触れさせる。何も起こらないと確認してから、フランシスはラザラスの動かない指に、自分の指を絡《から》めるようにしっかりと握った。

フランシスが握ったほうのラザラスの手には、あの指輪がはまったままになっている。ベルダンやガイも指輪を外そうとしたのだが、ラザラスの指からびくともしなかった。ガイは、指輪とフランシスがセットでラザラスに悪影響を与えたと言っていたが、フランシスが指輪に触れても何も起こらなかった。そうだろうと思ってはいたが、何事もなく、ベルダンは内心ほっと安堵した。

「本当に、ただ眠っているんですね」

じっとラザラスの寝顔を見つめ、フランシスがつぶやく。

「あの時は、すごく苦しそうだったけど。今は苦しくないんでしょうか」

「苦しくはないらしい。ただ、意識と肉体が分離してるみたいに、自由に動かせないんだそうだ」

「分離、ですか」

「今、陛下の体は眠っているが、意識は覚醒している」

「え？」

「昔、よくぶっ倒れていた時に話を聞いている。倒れて数日は体も意識も眠っているそうだが、次第に意識は覚醒している時間が長くなるそうだ。体は眠っているので、指一本動かせないし声も出せない。目も開けられないから視界も閉ざされているが、耳は聞こえて匂いも若干《じゃっかん》わかるし、触れられるとわかるそうだ」

それがわかってからは、セルマーは枕元でよく政務の話をしていた。目が覚めたらすぐに仕事が出来るようにだろう、各所から届いた報告書などを読み上げていた。当時、ベルダンにはセルマーが鬼のように思えた。

「外部刺激があったほうが、意識を保ちやすいそうだ。しっかり手を握ってやってくれ」

「わかりました」

「俺たちは、扉まで下がっている」

「ありがとうございます」

ベルダンはレオンとセルマーを促して、閉ざした扉の前に陣取る。ここなら、ラザラスに何かあればわかるし、扉の向こうで何かあってもわかる。そして、フランシスにはほんの少しばかりだが、プライバシーを提供することが出来た。

フランシスはじっとラザラスの顔を見つめていたが、空いているほうの手を伸ばし、頬にそっと触れる。

「ラザラス。会いたかった。指輪のせいでこんなことになってしまって、ごめんなさい」

目の端から涙があふれ、頬を伝っていく。でも、ベルダンたちには背を向けているから、泣いているのはわからないはず。フランシスは握ったラザラスの手を持ち上げて、大好きな大きな手に唇を押し当て、頬ずりをする。

(ラスの匂いだ)

どうしても、この手に抱きしめられ、愛された時のことを思い出してしまう。

「昨日、セルマー様の紹介で、神官様に会ってきたの。神官長様に次ぐ力の強い方ですって。私が何者なのか、見てもらったわ。私の生命力と海王の力は、私の中で融合しているんですって。瀕死だった私を、海王は治療したというのが正しいのではないかって。海王が人を生き返らせたという前例はないからって。そのほうが私も受け入れやすいので、そう考えることにしたわ。とはいえ、私が海王に救われたのだという事実は、何も変わらないのだけど」

自分が何者なのか正確で詳細に知ることが出来て、不安で疑問いっぱいでもやもやしていた心を整理出来た。おかげで地に足がついたような感じがして、視界も開けたような気がする。

海王に救われたなんて、まるで夢物語のようで実感が湧かなかった。だがユーリに形跡が残っているとまで言われ、神話の中だけだった海王という存在が、フランシスの中で不思議な実体を持った。

「それから、私には神官の素質があるんですって。訓練すれば、神力を使うことが出来るの。治癒能力があるのよ。特別な能力だから、訓練して使えるようになるべきだって」

治癒能力があったのには、驚くと同時に嬉しかった。神官にならなくても、治癒能力者であれば働き口はいくらでもあるらしい。大貴族のお抱えになれば、高収入も約束される。一人でも生きていける。

「ダナオスに戻り、世継ぎの王女として宰相を倒すべきだと言われたわ。私の神力を使ってね。でも、どうやらそれは難しいみたい。なにより、ダナオスには海王の守護の力がない。だから、訓練して神力を自由に使えるようになっても、ダナオスでは奇跡を起こせないでしょ。私の内にある海王の力を引っ張り出して、奇跡を起こせることは可能なんですって。でもそれをすれば、私の命を縮めることになる。今の宰相を倒すためには、とても大きな奇跡が必要だと思うの。それこそ、海を割り地を動かすような。でもそんなことをすれば、私は力尽きて死んでしまう。宰相を殺し国土を荒らし、騎士

たちを壊滅させ、そして死ぬなんて、残された民たちは、絶望し貧困にあえぐでしょう。そんなことをするのは、私の自己満足でしかない。だから、やってはいけないと思ってる」

ラザラスがダナオスの国王になりたいと言えば、喜んでこの命をささげるけれど、ラザラスは言わないだろうとフランシスは思う。

「それでね、フェリックス様もコンスタンス様も、予定どおりフォンテーヌ家の養女になってほしいとおっしゃってくださるの。フォンテーヌ家の領地は広くて管理も大変なのに、今はコンスタンス様とフェリックス様しかいないでしょ。フェリックス様は補佐官で、王城に詰めっぱなしだし。コンスタンス様が、領地管理を手伝ってほしいっておっしゃってくれて。領地にも大きな神殿があるから、神力の訓練もそこですればいいって」

フォンテーヌ家の養女になるようにというセルマーたちの説得は、なんとか成功した。領地管理という別方向からの説得が、フランシスには効果的だった。セルマーの作戦勝ちだ。

「だから、ラス。私、侯爵家でのお披露目が終わったら、フォンテーヌ家の領地に行くつもり。それでね、落ち着いたら、マルタナの国内を見て回りたいなって思ってる。私、子供の頃からずっと王城暮らしで、外のことを全然知らないの。今なら馬に乗れるし、ちょっと危険なことがあっても、剣も弓も使えるし、マルタナにいれば神力を使うことも出来る。結構、自由に色々出来ると思うのよね」

そっと、ラザラスの金の髪に指をとおす。大好きな、金色の髪。艶々《つやつや》で柔らかでサラサラで。結婚式に向けて伸ばしてくれていた、大好きな金色。

「ずっと、考えていたの。どうして、海王は私の命を救い、尚且《なおか》つあなたの元に運んだのか。答えは一つしかないと思う。海王はあなたにダナオスの王になってほしいのよね」

答えはとても簡単だった。なぜなら、世継ぎの王女エヴァンゼリンの価値とは、ダナオスの次期王位継承者であるということぐらいしかないから。

「私が一人でダナオスに戻っても、宰相に殺されるだけ。民だって見向きもしないでしょう。でも、ラザラスを夫として連れ帰れば、ダナオスの民は宰相ではなくラザラスを支持するでしょうね。そして、ラス、あなたなら宰相を退けることも可能だわ。ダナオス、ユクタスの女王の私と、マルタナの王のあなたが結婚して、あなたはダナオス三国の王となり、ダナオス王家は嫡流の血を取り戻す。海王はそのために、私をあなたの前に流した。そう思う。あなたもそう思うでしょ？」

さっきから涙が止まらなくなっている。でも、ラザラスには見えない、ベルダンたちにも見られていない。だからいい。声が震えなければいいと、フランシスは自分に許可を出している。

「私はまさにあなたが嫌がっていた海王の娘。私と結婚したら、ダナオス三国の王になれますよって、海王に送り込まれた娘よ。私と結婚するってことは、海王の望むとおりになるってこと。あなたは、それだけはしたくないと思っているでしょ。知ってるから、大丈夫」

海王の力を否定し、国王であることを決して喜んではいない、ラザラス。漁師の息子に生まれたかったと言ったこと、決して忘れていない。

「勿論、私はあなたにダナオスの王になってほしいと思っていないわ。そこは疑わないでね。私は、海王に助けられた記憶はないし、あなたの前に流してほしいと願ったこともない。あなたを誘惑しろと海王に命じられたこともなければ、あなたを愛したのは完全に私の意思。それは疑わないでね、ラス。私の気持ちだけは、どうか疑わないで」

声が少し震えてきたので、フランシスは一度口を閉ざし、気持ちを落ち着かせる。

「愛しているわ、ラザラス。私、あなたを幸せにするって約束したの、覚えている？　あなたの幸せのためには、どうやらあなたの前から私を消してしまうのが一番みたい」

フランシスは立ち上がり、ラザラスの唇にそっと唇を触れ合わせる。

「さようなら、ラザラス」

頬に額に唇を押し当て、フランシスは涙をぬぐう。一つ深い呼吸をして気持ちを落ち着かせてから、ラザラスに背を向けて扉のほうへと向き直る。なんとも微妙な表情を浮かべた、レオンとベルダン、セルマーに、フランシスは苦笑を見せる。小さく肩もすくめて見せた。

「今日は、ありがとうございました。レオン様、ベルダン様、セルマー様。おかげで、気持ちの整理がつきました」

「気持ちの整理って、王城を離れるつもりなのか」

ベルダンの口調は少々厳しい。心配してくれているのがわかった。

「離れるつもりです」

「フランシス、陛下が目を覚ますまでは待て」

「ベルダン様、私はフォンテーヌ領に行きます。ラザラスが目を覚まして、私に会いたいと言ってくれるなら、また王城に来ます。きちんと会ってお別れを言いたいって、私も思ってます。でも、ラザラスは会いたくないって言うかもしれませんから、私の気持ちを先に話しておいただけです」

まだ言いつのろうとしたベルダンを止めてくれたのは、レオンだった。驚いて少し取り乱している ベルダンとは違い、レオンは落ち着いていた。セルマーも、フランシスが何を話すのかわかっていたようで、どこか諦めているように口を閉ざしている。

「お披露目は三日後だ。陛下が目覚められる可能性もある。そうでなかったときは、また考えればいいさ」

レオンに肩をたたかれ、ようやくベルダンは口を閉ざした。

「ベルダン様、色々とありがとうございました。教えていただいたこと、決して忘れません。どうぞお元気で」

「勝手に別れようとするな」

最後にきちんとお別れの挨拶をすると、ベルダンは怒った口調でそう言った。その気持ちは嬉しいのだが、自分がラザラスの忌み嫌う海王の娘に間違いないと確信した今、フランシスには確定の未来でしかない。ベルダンに会えるのが、今日が最後となる可能性もよく理解していた。

フランシスはもう一度、ラザラスを振り返る。白い寝台で深い眠りについている、大好きな人。きっとこの先、彼以上に好きになる人なんて現れないだろう。心の中でもう一度別れを告げ、フランシスは塔を出た。

レオンとセルマー、フランシスを見送り、扉を閉ざしたベルダンは一人苛々とラザラスの枕元に戻ってきた。がしがしと頭をかきながら、椅子に腰かける。知らず、ため息がもれた。

「なあ、聞いているのか？　お前、今、ふられたんだぞ」

誰もいないからか、気分からか、ベルダンの口調はかなり砕けたものになった。

「元々、只者《ただもの》じゃないとは思っていたが、フランシスはあれはとんでもない女だ。今回の件で思い知った。恋人の弟分の神官長に言いたい放題言われ、恋人は突然嵐を起こしてぶっ倒れて意識不明。

そういう状況でだな、呼んだわけでもない元部下の世話を焼き、話を通すべきところにはきちんと頭を下げ。会いたいと、ここに殴り込むこともせず。レオンに待てと言われて、大人しく引き下がり、レオンや俺を信じて段取りつけるのを待ってくれた。そして、冷たくて頼りない恋人には、彼女のほうからさようならだ。俺は彼女を尊敬するよ」

ベルダンらしくなく、早口でそれを一気に言い切ると、ふうと息をついて腕を組んだ。

「神官とガイが言うのなら、間違いなく彼女は海王がお前の元に送り込んだ女性なんだろうさ。だからなんだって言うんだ。愛してるんだろ。それとも、もう愛は冷めたのか。その程度か。それならこのまま眠っていやがれ」

ラザラスの寝顔は人形のように美しく、そして動かない。

「そうじゃないなら、目を覚ますんだな。三日後のお披露目が終われば、本当に王城を出て行くつもりだぞあれは。根性で目を覚ませ」

一度倒れたら、最短でも十日は目を覚まさない。長ければ半月はかかる。ベルダンはよくわかっていたが、そう言わずにはいられなかった。

そして、掛け布の中に入ったままのほうのラザラスの指先が、かすかに動いたことにも、気が付けるはずもなかった。

第十二章　海王《かいおう》と国王

　塔を出てセルマーの地下部屋に戻《もど》る廊下で、フランシスたち三人は女中たちとすれ違った。

「やあ、メイじゃないか」

　レオンが足を止め、頭を下げている女中たちの中にいたメイに声をかけた。メイはエヴァンゼリン王女の幼馴染《おさななじみ》な侍女で、ダナオスの北で城の地下牢《ろう》に捕らえられていたところをレオンに救われた。そして、ダンス教師だったシビルと一緒にマルタナへと移住し、マルタナ王城の女中として働きだしたばかりだ。

「レオン様、フランシス様、こんにちは」

　メイが顔を上げて挨拶すると、他の女中たちは気を利《き》かせたのか、小さく頷《うなず》いて廊下を先に歩いていく。彼女たちは当然、メイがフランシスやレオンと知り合いであることを知っているのだろう。

「メイ、よかった、元気そう」

「フランシス様」

　幼馴染で大切な主君に会えて、メイは自然と笑顔になる。だが、フランシスの顔をじっと見つめ、少しだけ眉を下げた。

「フランシス様、何かあったのですか？」

「え？」

「目元が赤くなっています」

もしかして泣いたのではないか、何か悲しいことがあったのではないかと、メイはじっとフランシスの顔を探るように見つめる。物心つく前から一緒に育った姉妹のようなフランシスだ。メイはフランシスに一歩近づき、その手を取ろうとしたが、フランシスが一歩下がってしまった。

「大丈夫よ、メイ。なんでもないの」

「フランシス様」

「それよりも、メイ。王城のお仕事はどう？　皆さんとは仲良くなれそう？」

「はい。マルタナは明るい方が多くて、毎日とても楽しく過ごしています」

「仕事はきつくない？　ダナオスとは習慣が少し違うから、戸惑ったりしてない？」

フランシスはにっこり笑顔でメイへの質問を繰り返した。それはまるで、メイからの質問を受け付けまいとしているようにも見えた。そして、メイが王城で頑張っていることを確認すると、フランシスは何か困ったことがあったら相談してねと終わらせてしまった。

セルマーと一緒に廊下を去っていくフランシスの後ろ姿を、メイはその場に残ったレオンと一緒に見送る。その横顔から笑みは消え、とても心配そうにフランシスの背中を見つめていた。

「レオン様、あの、私がこんなことを聞くのは不敬だと思うのですが」

「そんなことはないよ。マルタナはダナオスほど礼儀作法や身分にうるさくないしね」

「あの、では、聞いてしまいますが、噂《うわさ》は本当なのですか？　陛下がフランシス様との婚約を破棄するかもって。それでフランシス様は泣いていらしたんですか？」

メイとレオンは、ダナオスの北からマルタナまで一緒に船旅をしてきた仲間だ。脱獄をして宰相《さいしょう》の追手と戦ったり、苦難を一緒に乗り越えたこともあり、それなりに親しくもあった。だから、メイもレオンに質問出来た。ダナオスでは侍女から貴族の男性に声をかけ質問するなど、あり得ないことだ。

「ラザラス陛下は婚約破棄などなさらないよ。絶対にね。それは大丈夫だから心配しなくていい」

「では、フランシス様が泣いていたのは」

「フランシス様は、婚約破棄されると思い込んでいるんだ。噂はひどいし、色々あって陛下とはまだちゃんと話が出来ていなくてね」

「まあ……」

メイは悲し気に目を伏せる。

「婚約破棄なんてないと話しても、なかなかわかってもらえなくてね」

ついにさようならを言わせてしまったと心の中でつぶやき、レオンはため息をもらす。

「フランシス様は、諦《あきら》めるのがとてもお上手なんです」

目尻を指先でそっとぬぐいながら、メイがそう言った。

「子供の時から、たくさんのことを諦めて我慢されてきました。期待もしないんです。だって、期待してそうならなかったら、たくさん傷ついてしまいますから」

涙を止めるためだろう、メイはあえて笑顔をレオンに向ける。

「私はフランシス様より年上だというのに、お守りすることが出来ませんでした。それどころか、いつの間にか私がフランシス様に守られていました。フランシス様はどんどん強くなられて、でもその分孤独になって。周囲に期待しなくなり、その分賢くなられたのではと思います。私がお守りしなければならなかったのに」

「メイ、それはとても難しいことだよ。俺の父だって出来なかったことだ」

「でも、レオン様。マルタナで再会したフランシス様はとっても幸せそうだったんです。陛下の隣にいて寄り掛かって、甘えていらっしゃいました。だから私、フランシス様はもう大丈夫、幸せになれるって思ったんです」

「そうだよ、そのとおり。フランシス様は幸せになるよ」

レオンはメイの細い肩を励ますようにポンポンとたたく。

「本当ですか？」

「俺が保証する」

メイはダナオスで守ってくれたレオンには絶大なる信頼を持っている。安心した様子で頷いた。

「フランシス様のこと、支えてあげてください、レオン様。あの近衛《このえ》騎士様のご子息であるレオン様になら、フランシス様もきっと心をお許しになるでしょう」

メイ自身も、フランシス様を励ますために頑張りますと言って、仕事に戻っていく。遠い異国に一人でやって来て、新しい仕事を始めたばかりのメイは、今はまだ自分のことで精一杯なはずだ。それなのに、フランシスの涙の理由を思い、不幸な過去を想って涙し、励まし寄り添いたいと願っている。メイは心優しい女性だし、フランシスはそれだけ慕われる主でもあったのだろう。

たくさんの人がフランシスを愛し、慕っている。メイは勿論《もちろん》、元フォンテーヌ侯爵夫人コンスタンスだって、フランシスを実の娘のように思っている。ベルダンだってそうだ。ベルダンは本気でフランシスを心配していた。さようならを言ったフランシスに、本気で腹を立てていた。

それなのに、フランシスは今も孤独で、すべてを諦めて去ろうとしている。

（ベルダンに相談してみるか）

あのベルダンがここまでフランシスと親しいとは、レオンもちょっと驚きだった。スキンシップの苦手な男が、フランシスに謝って慰めるように抱きしめていた。これは物凄《ものすご》く珍しいことだ。

ラザラスのそばを絶対に離れないベルダンだが、フランシスのためにならその信条を少しぐらい曲げるかもしれない。フランシスもベルダンをよく知っているのだろうから、それがどれほどの意味を持つのかわかるはず。ベルダンにとって自分がどれほど大切な存在なのか、それで少しは自覚してもらえないだろうか。

ため息をついて肩を落としたレオンは、意識的にぐるりと肩を回して気持ちを立て直す。

（それから、フランシス様を王城から出さないように、近衛兵へ早急に周知徹底させないとな）

侯爵家での披露までは王城にいると言っていたが、今日のフランシスの様子ではいつふいっと王城を出て行ってしまうかわかったものではない。そのこともベルダンと話し合おうと、レオンはベルダンに会うため、塔へと来た道を戻り始めた。


セルマーはフランシスを侯爵邸に送り、コンスタンスと少し話してから、王宮に戻ってきた。地下部屋ではなく、フェリックスに会うため国王執務室に向かう。だが、フェリックスは会議に出席しているために不在だった。申し訳なさそうにセルマーに頭を下げる官吏の肩越し、セルマーが執務室前室の中を見ると、フェリックスの席は書類が山積みだった。

「フェリックス、睡眠はとれている？」

執務室付きの官吏の多くは、セルマーが補佐官だった時から働いている。セルマーとは気安い関係だ。

「全然です。鬼気迫る勢いで仕事なさってますよ。食事も抜きがちなので、心配しています」

「そうか」

「何かあったのですか？　その……亡くなられた弟君に関して何か新事実が出てきたとか？」

「いや」

すぐに否定しつつ、そういえば弟のフェンリルが自殺してしばらく、フェリックスは今のように仕事に没頭してすべてに背を向けていたなと、セルマーは思い出していた。一年たってようやく元どおりの明るいフェリックスに戻ったのに、またこれでは官吏たちが心配するのも当然だろう。

「……ご実家の侯爵家のことらしいよ。コンスタンス様がとても心配してらした」

「そうなんですね。フェリックス様もお若いのにご苦労が多いですよね」

「そうだね」

ラザラス、ガイ、フェリックスの幼馴染たち、セルマーの教え子たちは、三人ともにそれぞれとても苦労している。誰が一番とは言えないが、この一年だけに限れば、フェリックスが一番だろう。それでも、フランシスという妹を迎えて侯爵家は華やぎ、フェリックスとコンスタンスも明るくなったと思えたのに。

（よりにもよって、海王ですからね）

フェリックスをよろしく頼むと官吏の肩をたたき、セルマーはひとまずこの場は帰ることにした。

夜がとっぷりと更《ふ》けてから、セルマーは再び執務室を訪れた。この時間なら、残業している官吏もいない。フェリックスと二人でゆっくり話が出来ると思ったのだが。

扉の隙間《すきま》から明かりがもれてくるのに、ノックしても返事がないので心配になったセルマーが扉を開けると、フェリックスは自分の席で机に突っ伏して眠っていた。山積みの書類が雪崩《なだれ》を起こしていて、フェリックスの頭の上にも書類が積もっている。その書類を一枚ずつ取り除いていくと、フェリックスの寝顔が発掘される。青白く、クマの濃くなったフェリックスの苦しそうな寝顔に、セルマーはため息をついた。

フェリックスが目を覚ますと、そこは執務室の机ではなかった。ゆっくりと起き上がる。清潔なシーツのベッドで毛布にくるまって眠っていたらしい。室内は暗く、ここがどこなのかわからなかったが、不安にはならない。馴染みのある匂いがした。

「……セルマー様？」

セルマーのまとう香りになっている、色々な薬草の混じった爽《さわ》やかな香りを感じた。

少し遠いところで扉の開閉する音がして、足音が近づいてきた。そして、この部屋の扉が開き、淡い光と一緒にセルマーが入ってくる。セルマーの手には燭台《しょくだい》があり、今いる部屋がセルマーの地下部屋に隣接している病人用の部屋だというのがわかった。

「目が覚めましたか。朝まで寝ていてよかったんですが」

「申し訳ありません、ご迷惑を」

「執務室からここまで、近衛に運んでもらったのですから、今夜はここに泊まっていきなさい」

そして、ちゃんと睡眠をとれと、セルマーの目が言っていた。

「運ばれたのに気付かないなんて、深い眠りだったんでしょう。すっきりしました」

「目の下のクマが消えたら、その言葉を信じましょうか」

フェリックスは目の下を指で揉《も》み、血行を促進してみる。そんな元教え子にあきれた風に肩をすくめると、セルマーは枕元にある小さな丸椅子に腰を下ろした。小さな燭台をベッド脇のサイドボードに置くと、ふと真剣な表情になって話し出した。

「フェリックス、フランシスに八年前のことを話しませんか」

「セルマー様、それは……」

「彼女はダナオスの元王女です。海王については、私たちよりよく知っているはず。隠す理由はありませんよね」

「…………」

「フランシスには知る権利があります。それに、知らないというのは、一番辛《つら》いことですからね。訳もわからずガイに怒鳴られ、陛下に恐怖を向けられ、フランシスは傷ついています。理由がわかれば、フランシスも気持ちの整理がつくでしょう。今日、フランシスは陛下にお別れを言ったんです」

「えっ」

まるでそれが全部自分のせいだと言わんばかりの、フェリックスの罪悪感たっぷりな悲壮な表情に、セルマーはふうと息をつき、小さく首を横に振る。

「あなたのせいではありませんよ、フェリックス」

「でも、セルマー様、僕がもっとフランシスに寄り添ってあげれていれば」

「フランシスは、あなたの慰めを受け入れてはくれませんよ。ちなみに、私もレオンも玉砕でした。……十年の軟禁という言葉の重みを、この数日痛感しているところです」

　フォンテーヌ家の養女になることまで辞退すると言い張るフランシスを説得するのに、フェリックスとコンスタンス、セルマーの三人がかりだったことを思い出し、フェリックスもふうと息をついた。

確かに、今のフランシスは周囲の声をほとんど聞いてくれない。特に、慰めや助けを寄せ付けない感じがあった。

「フェリックスにとっても辛い過去ですから、話しにくいとは思いますが」

「……僕は、フランシスには陛下から話したほうがいいと思っているんです」

「私もそう思っていました。ですが、このままではフランシスはフォンテーヌのお披露目が終わり次第、王城を出て行ってしまいます。あと三日です。陛下が目を覚ますかどうか、かなり確率は低い。それに、フランシスもフェリックスも、もう限界ではないですか？」

「僕も、ですか？」

「ええ、そうです。あなたはとても悲しみ苦しんでいる。陛下がようやく巡り会えた女性と別れてしまうかもしれないと。そして、フランシスが陛下を失ってしまうかもしれないことも。二人がどれほど愛し合い幸せだったのか、近くで見てきたあなたは、悲しくて苦しくて仕方がないんです。ガイはフランシスを知らないので、彼女に怒りをぶつけることで感情を吐き出しているけれど、フェリックス、あなたは自分の中に溜《た》め込んでしまっている。仕事に逃げていますね？　官吏たちがとても心配していますよ」

　仕事に逃げるのは、とても簡単なのだ。自覚のあるフェリックスは、両手の中に顔を埋《うず》めるようにする。

「フランシスに、あなたが何を悲しんでいるのか、きちんと話しましょう。いいですね？」

「……はい」

セルマーがほっとした表情になり、フェリックスの肩を優しくたたいてくれた。その時、扉の向こうが騒がしくなる。こんな時間だというのに、どうやら誰か来たらしい。セルマーは呼ばれて部屋を出て行った。来客ではなく何かの使者だろう。

一人になったフェリックスは、ベッドに丸くなり、温かな毛布を口元までひっぱり上げる。深く眠ったのは本当で、今はそれほど眠くはなかった。

目を閉じると、思考が取り留めなく広がっていく。フランシスがラザラスに無事会えたということは、ガイは神殿に戻ったのだろうか。別れを告げられた時、ラザラスは意識があったのだろうか。

……フランシスが海王と無関係だったら。だが、無関係だったらフランシスは生きていない。なぜよりによってフランシスだったのか。もっと嫌な感じの女の子だったら、さようならって平気で言えたかもしれないじゃないか。フランシスが可哀想すぎる。ダナオスでもずっと可哀想だったのに。

自分の思考なのか、夢なのか、あやふやになってきた頃、フェリックスは名前を呼ばれた。

「フェリックス」

「……母上」

いつの間にか、先程までセルマーが座っていた丸椅子に、母のコンスタンスが座っていた。ちょっぴりあきれたような顔でフェリックスを見下ろしている。

「夢？」

「本物よ。セルマー様にフランシスのことで手紙を書いてすぐに持って行かせたら、あなたが倒れているって聞いたから、心配して来てあげたんでしょ」

感謝しなさいと、コンスタンスがフェリックスの頭をなでてくれた。それがとても気持ちよくて、フェリックスは深い息をつく。起き上がるべきだとわかっていたが、フェリックスは子供のようにベッドに丸くなったまま動けなかった。半分ぐらい意識は眠りに入っていたのかもしれない。

「母上、もし陛下とフランシスが別れてしまったら、フランシスにはフォンテーヌ家で素晴らしい結婚相手を探してあげたいんですが、いい男いますか？」

「陛下よりいい男は、このマルタナには一人もいないわよ。馬鹿息子」

コンスタンスは毛布に埋もれているフェリックスの鼻をわざわざ発掘して、ぎゅっとつまみあげた。

「……痛い」

「馬鹿なこと言ってるからでしょ。婚約が白紙になるかもしれない事情、話せないというから聞かないけど、陛下は絶対にフランシスと結婚すると思うわよ。あなたは違う意見みたいだけど」

「母上、陛下にだってどうしても嫌なこととか、受け入れられないことがあるんですよ」

「ないわよ」

コンスタンスの言いようが、まるで駄々っ子のようだったので、フェリックスはくすくすと笑ってしまう。すると、もう一度、ぎゅっと鼻をつままれた。

「フェリックスは本当にお馬鹿さんね。まあ、結婚をすすめたらお見合い考えるぐらいだから仕方ないわね。恋をすると人は変わるのよ。世界観が変わるし価値観だって変わるわ。そして、強くなれるの。自分の命より大切なものが出来ると、人は強くなれるのよ。陛下はフランシスに恋をしているわ。

我が家の養女にしてまで結婚したいと願っているのよ。意味わかってる？　言葉にはしなかったけれど、ご両親の結婚が理想とは離れていると思っていたに違いない陛下が、そのご両親と同じことをしてまで結婚しようとしてるのよ。陛下はどんな困難を乗り越えてでも、今までの自分を変えてでも、フランシスと結婚すると思うわ」

フェリックスは、コンスタンスに下げられてしまった毛布を、今度は鼻の上までひっぱり上げた。

「……母上、僕は馬鹿ですか？」

小さな声で聞くと、こつりと拳骨《げんこつ》が優しく頭をたたいた。

「ええ、ええ、フェイはお馬鹿さんよ。母はよーく知ってます」

毛布の中で、フェリックスはごそごそと動いて丸くなる。閉ざした瞼《まぶた》の奥がじんと熱く感じた。

「ぐっすり朝まで眠りなさい。寝不足の頭じゃ、ますますお馬鹿さんになるわよ」

おやすみなさいという、コンスタンスの優しい声を最後に、フェリックスの意識は眠りへと落ちていく。

ラザラスが塔に運ばれてから四日、フェリックスにようやく訪れた優しい眠りだった。

その頃、フォンテーヌ侯爵邸で眠るフランシスは、夢を見ていた。

とてもぼんやりとして焦点が合っていない、不思議な夢。目が覚めた後、夢の内容がぼんやりすることはあっても、夢の中でぼんやりしていると感じることはあまりないのではないだろうか。

その夢の中、ラザラスがしきりに話しかけていた。何を言っているのか、これも切れ切れに聞こえてくるだけで不鮮明だったが。すまない、悪かった、フランシス、という三つの単語が聞き取れた。

姿も不鮮明で、どんな表情をしているのかもわからなかったが、謝ってくれているように思えた。

心の奥深くでは、ラザラスに謝ってほしいと願っているのだろうか。目が覚めて、フランシスはベッドの中で起き上がる気にもなれず、そんなことを考えた。


「おはようございます、フランシス様」

朝食後すぐの時間、フォンテーヌ侯爵邸にはレオンがやってきた。ラザラスもベルダンも不在で、きっと殺人的に忙しいだろうに、毎日のようにフランシスに会ってくれている。

「おはようございます、レオン様」

「セルマー様のお使いで参りました。今から、セルマー様の屋敷のほうに来ていただいてもよろしいですか？」

「はい、勿論です。……わざわざ、近衛団長様がお使いなのですか？」

「志願しまして」

にっこりほほ笑むレオンに、侯爵家の女中たちがうっとりとした顔で見とれている。近衛の軍服姿で姿勢よく立つレオンは、フランシスから見てもとても素敵だ。王城でもレオンはびっくりするほど人気がある。女性たちからのお誘いだけなら、ラザラスよりもずっと多いそうだ。ラザラスは綺麗《きれい》すぎて腰が引けるが、レオンはそこまでではなく、手の届きそうな男らしい美形。国王は雲の上の人だが、男爵の近衛団長なら、やっぱり手が届きそう。というわけで、現実的な結婚相手候補として、レオンは高い人気を誇っているらしい。

そんなレオンと一緒に馬車に乗り、一昨日訪問したばかりの王城内にあるセルマーの私邸を訪問する。今日は誰と会うことになるのか、馬車の中でレオンは教えてくれなかった。そして、今日もレオンは同席するらしく、フランシスをエスコートして邸内に入っていく。

一昨日、神官ユーリと会った一階の応接間ではフェリックスが待っていた。

「フェリックス様。おはようございます」

「おはよう、フランシス」

「今日、お会いするのはフェリックス様なんですか？」

「はい。僕とセルマー様から、フランシスに話があるんです。母には話せないことなので、セルマー様の家をお借りしました。わざわざ来てもらって申し訳ありません」

ここ最近、フェリックスはとても忙しそうで、フランシスに会うときも憔悴《しょうすい》した様子だったのだが、今朝のフェリックスは顔色がよかった。目の下にあるクマも、薄くなっているように見える。何より表情が明るく、肩の力が抜けて穏やかな感じがした。

「昨日、陛下に会えたそうですね。ああして寝てると人形みたいに見えませんでした？」

「見えました。半月も寝ていると聞いて、とても驚きました。床ずれとか大丈夫なんでしょうか」

フランシスの後ろについてきたレオンが、ぶふっとこらえきれずに吹き出す。フェリックスも小さく笑いながら言う

「大丈夫ですよ、勿論。ベルダンがいますから。ですよね、レオン」

「そうですね。寝返りもさせてますし、時々腕や足を動かして筋肉を刺激します。あの重い体を抱えて清拭《せいしき》までしますからね。ベルダンも慣れたものです」

「もう八年やってるからなぁ」

ふふふと笑うフェリックスは、顔色がいいせいか、本当にほがらかな感じだった。

そこに、この屋敷の主人セルマーがお茶の支度をしてやってきた。扉をきちんと閉ざし、盆の上にはティーセットと一緒に防音の神器《じんぎ》がのっている。使用人に聞かれたくない話をするので、セルマー自らがティーセットを持ってきてくれたのだろう。

「セルマー様、おはようございます」

「おはよう、フランシス。朝から呼び出してすみませんでした。レオンも、ありがとうございます」

「お安い御用です。私は席を外したほうがいいでしょうか？」

レオンは防音の神器があるのに気が付いて、遠慮したのだろう。

「いいえ。あなたにも知っていてもらいたい話ですから」

女官として鍛えた腕で、フランシスは男性陣にお茶をいれ、自分の分を持って長椅子に腰を下ろした。セルマーが持ってきてくれたのは、すっとするハーブティーだった。口にしたフェリックスがほっと息をつき、肩を落とす。話をする前に、フェリックスは少し緊張しているようだった。

「フランシス、僕からの話というのは、その、何というか、ガイが結婚を考えなおすべきだと陛下に話した理由です」

フランシスは軽く目を見張る。まさか、聞かせてもらえるとは思っていなかった。

「それは、ラザラスが私を恐怖し、神官長様が私を海王の手先だと怒り、私が海王の関係者だということをフェリックス様が悲しまれた、その理由ですか？」

「その理由です」

フェリックスは深く頷く。

「気になっていましたよね。申し訳ありません。僕からではなく、陛下から話してもらうのが一番いいと思っていたんです。今もその考えは変わりませんが、黙っていることで、あなたを追い詰めてしまいました。僕が知っていることだけでも、先に話すべきでした」

「いいえ、いいんです。きっと重たいことなのだろうと、わかっていましたから」

きっとどうすることも出来ないような、重い理由なのだろう。ラザラスが海王を受け入れられなくても仕方がないと納得出来るような。海王の娘みたいなフランシスと別れても当然だろうと、そう思えるような理由。知りたいと思っていたが、知ったところでどうしようもないと、諦めもしていた。

「ええ、実際、重い理由です。そして、王家と海王の秘密に関わることでもあります。僕や陛下、ガイにとっては、もうちょっと個人的な話にもなります」

と、フェリックスはきゅっと口を閉ざす。フェリックスには話をすることで思い出される辛い記憶があるのかもしれない。

「フェリックス、私から話しましょう」

「セルマー様」

「あなたは当事者の一人でもあります。私からのほうがいいと思います」

「ありがとうございます」

フェリックスはほっとした様子で、セルマーに頭を下げる。セルマーは最初からそのつもりだったのだろう、フランシスとレオンに向き直ると、すぐに話し出した。

「発端は八年前、陛下の父上、前の国王陛下が海の事故で亡くなられたことだと思います。私もフェリックスも、陛下から直接何かを聞いたわけではないんです。陛下はこのことについて、ずっと口を閉ざしています。ただ、十六歳の陛下は今よりずっと何を考えているのかよく見えましたし、重い秘密を一人で抱えていられるほど強くもありませんでしたから。陛下からの断片的な話と態度から、この八年で確信を深めている我々の予想を話します」

と、セルマーは前置きした。

「ダナオス王家と海王の関係について、フランシスは知っている？」

「はい」

「君はダナオスの王女だから当然だね。レオンはまだ知らないね」

「私が聞いてもいいものですか？」

レオンはずっと発言していなかったが、聞かれてそう答えた。

「陛下から許可は頂いています。これから話すことは、他言無用。レオンから誰かに話すのには、陛下の許可が必要です。例外はありません」

「わかりました」

「ダナオス王国の最初の女王エヴァンゼリンの夫ガイアスは、海王その人だったというのが、ダナオス王家の秘密なんです」

「ガイアス……、海王に名前があるんですね」

「はい。勿論、他言無用ですよ、レオン」

「海王は実在していたということですか」

「実在している、だそうですよ。神様だからね、死なないということかな。それで今も自分の子孫の国王を通して、国を守護してくれているらしい」

　レオンは眉をひそめた。

「マルタナ王家もダナオス王家も、元をたどれば、最初のエヴァンゼリン女王と海王ですよね。ですが、今のダナオスに海王の守護はほとんどありません。マルタナにはたっぷりある。同じ子孫なのに、その差はなんでしょう？」

「それはわかりません。陛下は何もおっしゃらなかったので。この先は、私の仮説になります」

　フランシスは聞き役に徹する。セルマーとフェリックスが、王家の始祖が海王だということは知っていると、ラザラスに聞いている。だが、ラザラスがどこまで話したのか正確に知らないし、自分から話せることではないからだ。

「神官が器《うつわ》を持って生まれてくるように、海王の子孫は、海王につながるパイプのようなものを持って生まれてくるのではないかと考えています」

「パイプですか」

　セルマーの仮説はとてもわかりやすい。フランシスもレオンと一緒に、じっと聞き入ってしまう。

「大きなパイプを持つ王なら、国土に海王の力がたくさん送り込まれる。逆に小さければ、ほとんど来ない。そして、大きなパイプを持つ国王は、減ってきていると思います。なのでもしかしたら、パイプの大きさと、海王の血の濃さは比例しているのかもしれません」

「神官の器も血筋によると、ユーリ殿が言っていましたね」

「前の神官長、ガイの父上ですが、彼はラザラス陛下のことを、先祖返りだとよく言っていました」

　それは、フランシスも初耳だった。

「先祖返りの先祖が、海王を指していることは明白です。海王の血が濃い先祖返りのラザラス陛下は、巨大なパイプを持っている。だから今のマルタナには、海王の守護がたっぷり注がれているのかもしれません。ラザラス陛下が即位されてから、ハリケーンの被害が出たことはありません。ですが、陛下の父上、前の国王陛下のときにはこれほど海王の守護が注がれていなかった。ハリケーンも何度か来ていますしね。前国王陛下は、ラザラス陛下ほど大きなパイプを持っていなかったというわけです。そのせいなのか、海王はラザラス陛下の一日も早い即位を望んだようなのです」

それがどういう意味なのか、レオンもフランシスも、すぐにはわからなかった。

「前国王が海で遭難したのは事故ではないと、ラザラス陛下は考えています」

レオンとフランシスは絶句する。

「ラザラス陛下を即位させるため、手っ取り早く、こんな言いかたをしてごめんよフェリックス、前国王の乗った船を海に飲み込ませたと考えています」

「そんな、……馬鹿な」

フランシスにとって海王とは守護をくれる神様で、こちらの世界に危害を加えるような存在ではない。人間の女性を愛した神様で、ご先祖でもあり、親近感もあるぐらいだ。人を亡き者にしようと海で船を襲うなんて、想像したこともない。しかも、特定の誰かを殺そうだなんて、神様がそんなことをするのだろうか。

「セルマー様、それはすごく突拍子もないことですよね。何か明確な証拠というか、事実がなければ、想像することだって出来ないと思います。ラザラスは一体何を知っているのでしょう？」

フランシスの疑問に、セルマーは悲し気に首を横に振る。

「わかりません。なぜそう思っているのか、陛下は絶対に話してくれません。口止めされている感じではなく、恐ろしくて口に出せないというのが近いかもしれません。とにかく、ラザラス陛下が確信を持っているのは間違いありません」

と、セルマーはため息をつく。フェリックスが頷き、口を開いた。

「即位前、陛下はそれはもう滅茶苦茶《めちゃくちゃ》に荒れたんです。国王になりたくないって、泣いてわめいて物に当たって。神器は一掃させるし、王宮から神官を追い出すし、自分の力さえ封じて使わなくなった。そこまで荒れたのは、海王が陛下を即位させるために船を沈めたからだと知っていたからでしょう。陛下は海王の思いどおりになるのが嫌だった。当然ですよね。だって海王は、陛下、僕、そしてガイにとって、父の仇《かたき》になるわけだから」

フェリックスは悲し気につぶやく。

「陛下は、僕やガイに対して、申し訳ないと思っているんだよ」

前国王の船には、フェリックスの父親である宰相と、ガイの父親である前神官長も同乗していたと、フランシスも聞いている。本当に海王がラザラスを王にしようと船を沈めたのなら、フェリックスとガイの父は巻き添えで死んだことになる。ラザラスが責任を感じてもおかしくない。

「出来ることなら、父上の仇を討ちたいと陛下は思っている。でも、相手は神様だ。不可能だろ？それどころか、また海王から陛下に何か仕掛けてきたとしても、阻止することも逃げ出すことだって難しい。神様に勝てるわけがない。怒りと同時に恐怖を、陛下は海王に対して感じている。だから、海王と距離を置こうとしているし、その存在さえ無視しようとしているんだ」

ラザラスの苦悩を思うのか、フェリックスは涙目になりながら、フランシスを見つめる。

「フランシス、陛下は君を愛している。それは、一番近くにいる側近としても、幼馴染としても、はっきり断言出来る。陛下がここまで誰かを愛し、欲しがったのは君が初めてなんだ」

フェリックスはとても悲しそうで、苦しそうだった。ラザラスと同じように、フェリックスもまた、八年前のことを思い出して苦しんだのだろう。

「妃《きさき》にと望んだ君が、海王によって命を救われ自分の前に流された女性だった。海王に仕組まれた出会いだった。それを知って陛下がどれほど衝撃を受けたか、想像するだけでも胸が痛む。また海王の思惑どおりに動かされる、海王の手の平の上、好きなように転がされている、そんな風に絶望し恐怖したんだと思う。あの時、陛下が恐怖していたのはフランシス個人にではないんだ。わかってもらえるかな？」

「……はい」

フランシスはそうつぶやいて頷いていた。

あの時、フランシスを見たラザラスの恐怖の表情。化け物を見るような目。あれは、海王の力で生き返ったフランシスを化け物だと恐怖したのではなく、八年たっても未《いま》だに執着してくる、意のままに動かそうとする海王に対しての恐怖だったと納得出来た。

実在するのだと実感出来た程度の、フランシスにとって海王は遠い存在だが、ラザラスにとってはもっと個人的な存在なのだ。父と幼馴染たちの父を奪った、憎い仇。仇を討ちたくても、あまりにも強大で勝てるわけがないとわかっている恐ろしい相手。ラザラスが海王を強く拒否するのにはそんな理由があったのだ。

ラザラスがそんな憎しみと恐怖を抱えていたなんて、フランシスは気付きもしなかった。海王の話をしてくれた時も、ラザラスはそんな感情を一切感じさせなかった。

すべてを共有しよう、共に幸せになろうと、ラザラスは言った。だから、いずれすべてを話してくれたはずだ。そして、海王に対する憎しみや恐怖だって分かち合えたはずだし、ラザラスもそうしたかったはず。それなのに、分かち合いたいと願ったフランシスこそが海王に宛《あて》がわれた妻なのだと知って、ラザラスはどれほど絶望したことか。

(ラス、ごめんなさい)

こんな私で、私こそが海王の娘で、本当にごめんなさいと、フランシスは胸がぎゅうっと苦しくなった。

「フランシス、大丈夫?」

フェリックスが心配そうに声をかけてくる。

「あ、はい、大丈夫です」

はっと顔を上げると、フェリックスだけではなく全員が心配そうに見てくれていることに気が付いた。慌《あわ》てて笑顔を作り、いつの間にやら皺《しわ》になるほどスカートを握ってしまっていた手の力を抜く。

「こんな重要なことを黙っていた陛下に怒ってる?」

「まさか、そんな」

なんだかとんでもない方向に誤解してしまっているフェリックスに、フランシスは慌てて両手を横に振る。だがフェリックスはフランシスが怒っても当然だと思っているらしい。ラザラスは何も悪くない。フェリックスだって悪くない。悪いのは、海王に関わった自分だと、フランシスは思う。

「フランシスは怒っていいと思うよ。でも、陛下はいずれ話すつもりだったと思う。ちょっと時間が必要だったんだ。それはわかってあげて」

「……はい」

悪いのは自分だと言っても、優しいフェリックスは頷かないだろう。いかにラザラスとフェリックスが悪かったたか、言葉を尽くしてくれそうな気がした。それが申し訳なくて、フランシスは小さく頷いておく。それに、ラザラスがいずれ話すつもりだったというのには、フランシスも同意見だった。

「あとね、ガイなんだけど。フランシスへのひどい態度と言葉を、幼馴染の僕から謝らせてほしい」

と、フェリックスは深く頭を下げた。

「フェリックス様、どうぞ顔を上げてください」

フランシスが慌てると、フェリックスはごめんねと言いつつ顔を上げる。

「僕とセルマー様は、八年前の真相を想像しているだけで、正しくは知らないんだ。今話したことは、ほぼ間違いないと思っているけどね。でもガイは、きっとより詳《くわ》しい事情を知っていると思う。ガイは神官長だからね。海王やダナオス王家、マルタナ王家についてとても詳しい。陛下の抱えている恐怖や苦しみ悲しみを、一番深く理解しているのはガイなんだと思う。それにね、八年前、ガイは幼すぎて陛下の力になれなかったっていう気持ちが強くあるんだ。十一歳だったからね、当然なんだけど。ガイはずっと陛下を頼りにして頑張ってきて、守ってもらってきたと思ってるから、今度は自分が陛下を守るってなっているんだと思うんだ。それでフランシスを陛下から遠ざけようというのは、守りかたとして間違っているんだけどね」

ガイのことを話すフェリックスには、やんちゃで手に負えない弟のことを話すような、そんな優しい表情が浮かんでいた。

「ラザラス陛下が目を覚ましたら、ガイはこっぴどく叱《しか》られますよ。間違いありません」

セルマーはそう言ってふんと鼻を鳴らす。

「陛下には素直ですから、すぐフランシス様に謝ってきますよ。許す代わりに、無理難題を押し付けるといいと思います。天下の神官長様ですから、何でも叶《かな》えてくれるでしょう」

悪い顔のレオンがフランシスに片目を閉じて見せると、フェリックスとセルマーは声を立てて笑う。

海王の手先だとフランシスを糾弾《きゅうだん》したガイは、さすが神官長という威厳があり迫力があった。フランシスはすごく怖かったのだ。それなのに、この三人にかかると、ガイは生意気で手に負えない弟になってしまうようだった。少なくとも、神官長という威厳をもってフランシスを排除しようという絶対権力者ではなく、ラザラスを守るために精一杯背伸びをして頑張っている、その頑張る方向性も間違っているらしいが、まだ大人になり切っていない青年に思えてきた。

「フランシス、ラザラス陛下が目を覚ませば、あなたが不安に思っていることはすべて消えてなくなります。ですから、あともうちょっと、陛下が目を覚ますまで我慢してください」

セルマーが優しくフランシスの手を握ってくれる。フランシスが海王関係者だとわかり、ラザラスが倒れても、セルマーはずっとフランシスに対する態度が変わらない。婚約が白紙撤回になるなんて、セルマーはまったく考えず、フランシスに寄り添おうとしてくれていた。

「セルマー様は、海王のことを最初から知っておられたんですよね？」

「八年前のことをですよね。ええ、この仮説を考えたのは私とフェリックスですから」

「それでも、ラザラスが私と別れることはないと、そう思うんですか？」

セルマーが驚いたように目を瞬かせる。フランシスをじっと見つめ、とても嬉《うれ》しそうな笑顔になった。

「ええ！　そうですとも。そう思っていますよ。フランシスが海王の娘だろうと何だろうと、ラザラス陛下はあなたを離しませんよ」

これまで、セルマーは何度もラザラスはフランシスと別れないと言ってくれていた。だがそれは、ラリラスたち幼馴染三人が抱えているどうしても海王を受け入れられない理由を、セルマーが知らないからだと思っていた。だから気休めの言葉も言えるのだと、フランシスはそう思っていたのだが。

「はい！　はい！」

なぜか右手をぴしりとあげ、レオンがにこにこの笑顔で身を乗り出してくる。

「フランシス様、私もセルマー様と同意見です」

そして、レオンの隣で、おずおずと少し決まり悪げに、フェリックスも手をあげた。

「えー、はい、僕もそう思います」

「フェリックス様」

フランシスはとても驚く。フェリックスは、もしかしたら二人は別れてしまうかもと、ずっと悲しんでいた。ラザラスの目覚めを待つようにとフランシスを説得しつつ、ラザラスと別れてフォンテーヌ家の領地に行ったあとの計画にも親身になって相談にのってくれていたのだ。

「これまで、陛下は絶対にフランシスを離さないよ、大丈夫だよと言ってあげられなくて、本当にごめんなさい。自らの過ちを認め、深く謝罪します」

ぺこりと頭を下げるフェリックスに、セルマーが笑いながら言う。

「フランシス、コンスタンス様からの伝言です。フランシスは声もなく、フェリックスはまだ恋を知らないお馬鹿さんだから、許してあげてとのことです」

「母上、もうちょっと言いかたってものが」

珍しく顔を真っ赤にして悶絶《もんぜつ》するフェリックスを、セルマーとレオンが遠慮なく声を出して笑う。

フランシスはとても笑うような気持ちになれず、困ってしまう。驚き、嬉しくて、心の奥に小さな明かりが灯《とも》ったような気がした。そんな小さな明かりにも、心がぐずぐずに溶けだして、いかに今まで自分の心が冷たく凍っていたのかに気付かされてしまった。でもここで泣いてしまうと、自分が総崩れしてしまいそうな気がして、フランシスはゆっくりと息をつき感情を押し殺す。

そんなフランシスに気付いているのかいないのか、男たちはフランシスを笑いに引っ張り込もうとする。フェリックスに許すと言ってくださいと哀れっぽく迫られ、レオンに許す代わりにお願い事は必須だと茶化され、セルマーにコンスタンスの顔をたてるためにもなどと、尤《もっと》もらしいことを言われて、フェリックスは何も悪くないことを許すはめになってしまった。そしてその頃には、フランシスも一緒に笑うことが出来ていた。

ラザラスと別れてしまえば、側近たちとの縁も切れてしまうだろうと思っていた。今の自分の人間関係はすべてラザラスがくれたものだから。ラザラスの恋人でなくなった自分は、見向きもされないと思っていた。でも、違っていた。誰もがフランシスを気遣い、慰め、励ましてくれる。一人じゃないと、寄り添ってくれる。しかも、ラザラスはフランシスと別れることはないと、本気で言ってくれる。大丈夫だから、ラザラスが目を覚ますのを安心して待てと言ってくれる。

(私、そんなに優しくしてもらえる資格、ないのにな)

彼等《ら》の大切なラザラスを苦しめているのは、フランシスだ。優しい彼等は、誰もフランシスを責めないから、そのことを忘れないようにしなければならないと、フランシスは心に留めた。

ひとしきり笑ったあと、お茶を新しいものにいれ替えて、四人はほっと一息ついた。

「あの、セルマー様、聞いてもいいですか？」

フランシスが口を開くと、セルマーは勿論ですと頷く。

「ラザラスが嵐を起こして倒れてしまったことなんですが。それはやはり、海王を受け入れがたいと思っているからなんでしょうか？」

「そうだと思います。ラザラス陛下は、このマルタナという国を愛し、よき王であろうとしてくれています。ですが、海王に国王の地位を押し付けられたことは、受け入れがたいんです。海王が望む国王でいることが嫌で嫌で仕方がない。だから、自分を介して送り込まれる海王の力を、素直に受け流すことが出来ない。全力で拒絶しようとしては、巨大な海王の力に力で押しのけられ倒れてしまうわけです」

「あの指輪は、海王の力を伝えやすくするものなんです。それでラザラスは倒れてしまったんでしょうか」

「王の指輪をしたことで、ラザラス陛下に海王の力が大量に送り込まれてきたんでしょう。それを拒絶しようとして、押しのけられた結果だと思います」

やはり、ラザラスが倒れた原因はあの指輪だったのだ。

「フランシス様、大丈夫です。即位後すぐは、陛下は頻繁《ひんぱん》に倒れていたんです。今回が特別というわけではありません」

フランシスが責任を感じていることを察知したレオンが、そう声をかけてくれる。セルマーも慌てて説明を足した。

「そうです、特別ではありません。我々は対処に慣れていると言ってもいいぐらいですが、今回は油断をしていました。ここ数年は倒れることがなくなっていて、我々はもう大丈夫なのだろうと思っていたんです。そのせいで、ひどく慌ててしまいました。あの時は、フランシスを後回しにしてしまって本当に申し訳なかった」

「いえ、私があの指輪を持ち込んだせいですし」

「いえいえ。あなたはとても不安だったと思います。フランシスに話をしようと言っておきながら、私は塔を出た途端《とたん》に眠りこけてしまいましたし。塔に入るのが久しぶりだったので、油断していたんですよ。後回しにされ、約束をすっぽかされ、本当に申し訳なかった」

実際、見捨てられたように感じて不安だったフランシスは、何か言ったら泣いてしまいそうで、小さく頷いて俯《うつむ》くことしか出来なかった。

「確かに、あの時は大騒ぎでしたね」

そんなフランシスの様子に気付いたのか、レオンが苦笑交じりに話し出す。

「ガイが大騒ぎして神官たちを右往左往させて、ベルダンはベルダンで、近衛にガンガン命令出しながら自分のやりたいようにやって。ガイとベルダンのやりたいことが反発しあって喧嘩《けんか》になって、セルマー様が仲裁に入って、だったかな」

「ええ、そうでした。フェリックスは半泣きで茫然《ぼうぜん》としているし、レオン、あなたはさっさと外へ逃げていきましたね」

「塔の外の警備計画を、近衛で決める必要があったので。まあ、殺気立っているベルダンに近づくのは得策ではないと、セルマー様もご存じでしょう。癇癪《かんしゃく》起こしているガイにも、以下同文ですね」

　セルマーが深いため息をついて、額《ひたい》に手を当てる。レオンはフランシスに顔を向けて、にっこりとほほ笑んだ。

「というわけで、あの日の夜、セルマー様はとても大変だったんです、フランシス様。帰る途中で寝落ちしたのは、許してあげてくださいね」

「は、はい」

　二人の話す内容に驚いていたフランシスは、ちょっぴり呆気《あっけ》にとられて、頷いていた。

「話は変わりますが、フランシスが陛下に話していた、今回の海王の目的なんですが」

と、セルマーが話題を変える。真剣な顔つきになり、全員の意見を求めるように、顔を見回した。

「ラザラスをダナオスの王にしたいって、あれですか？」

　フェリックスはその場に居なかったので、説明の意味もあって、フランシスは繰り返した。

「それです。海王の目的は本当にそうじゃないかと思ったんです。八年前、かなり強引な方法でラザラス陛下を即位させた。今度はフランシスを利用して、ダナオス王にしようとしているのではないでしょうか」

「私もそう思います」

　八年前はマルタナ王に、そして今回はダナオス王にだ。

「海王はなぜそこまで、ラザラスを王にすることに執着するのでしょうか？」

「やっぱり、陛下が先祖返りだからかな」

　フェリックスが首をかしげる。

「マルタナだけではなく、ダナオス、ユクタスも守護したいということですか。まあ、そうやって長くこの海域を守ってきた神様ではありますが」

「でもセルマー様、三国の海域をただ守護したい慈悲深い神様とは、到底思えませんよね」

フランシスがそう言うと、全員が頷いた。ラザラスを王位につけるためだけに船を飲み込んだ海王を、慈悲深い神様だとは一同誰も考えられなかった。レオンが口を開く。

「海王には三国を守護する利点が何かあるのではないでしょうか。だから、先祖返りの強いラザラス陛下を王にしたいのだと考えると納得がいきますが。やはり海王の動機が疑問です。それ以外は、セルマー様の説明で非常に納得なんですけど。セルマー様、仮説はないんですか？」

「そうですねえ。まあ、物語風に考えるなら、ラザラス陛下が王子だった頃、海王と知らずに海王と巡り会い気に入られたとか、恩を売ったとか。それで、海王はラザラス陛下を王にすることで一方的な恩返しをしようとしている。ラザラス陛下には余計なお世話なのにって感じでどうですか？」

「それはまた、一方的ってところを削除すれば、芝居にもなりそうな感じですね」

そんなセルマーとレオンの話を聞いていて、フランシスにはふと思い浮かんだことがあった。

「セルマー様。ラザラスは海王に会ったことがあるんでしょうか？」

会ったことがあるのだと、そう考えるほうが自然な気がしてきた。ラザラスは海王を嫌い、恐れてすらいる。しかも、自分を王位につけるために父親を殺したのだと、海王の意図まで知っている。それは、海王という存在に実際に会い、知り、その強大な力に触れたからではないだろうか。

答えがないことに、フランシスは顔を上げて視線を向ける。セルマーと、そしてフェリックスは顔をこわばらせ、フランシスを見返していた。

「お二人も海王に会ったことがあるんですか？」

「まさか！」

フェリックスが即答して、首を横に振る。セルマーも静かに首を横に振った。

「ありません。会えるなら、会ってみたいと思いますが」

観念したかのようにため息をつき、セルマーはフランシスを見る。

「あなたにはかないませんね、フランシス」

「ラザラスは会ったことがあるんですね？」

「わかりません。陛下は、会ったことがあると言ったことなど一度もありませんし、陛下と海王が会っている現場を目撃したこともありません。ですが、きっと会ったことがあるのだと、私は考えています」


その日の夜、フォンテーヌ家では久々に家族全員が揃《そろ》って夕食を共にした。ずっと王宮に泊まり込んで仕事をしていたフェリックスは、部下の官吏たちに休むように説得されたそうだ。今日は夕方には帰宅し、久々に自室のベッドを使うことにしたらしい。

夕食を終え、それぞれの私室に下がったのだが。フランシスは私室に戻ってすぐにコンスタンスから呼び出された。コンスタンスの私室に出向くと、意外な人物がフランシスを待っていた。

「ベルダン様」

黒っぽい私服姿のベルダンは、フランシスと目を合わせた後、コンスタンスに向かって軽く頭を下げた。コンスタンスはベルダンに頷いて見せると、フランシスの肩に軽く触れた後、部屋を出て行ってしまった。

「あの、お義母様《かあ》は」

「コンスタンス様には協力をお願いした。俺は視察に出て王城にいないことになっているからな」

「ベルダン様、ラザラスは目を覚ましたんですか？」

「まだだ」

　では、塔の中でラザラスはまだ眠っているというのに、ベルダンはここに居るということだ。陛下第一で護衛に命をかけているベルダンが、意識のないラザラスのそばを離れているということだ。それがどれほど珍しいことか、あり得ないことか、フランシスにだってわかる。

「陛下のそばにはレオンがついている」

　驚くフランシスにベルダンが言う。

「でも、ベルダン様がラザラスのそばを離れるなんて」

「お前のせいだろうが」

「私？」

　ベルダンはイラっとしたようだった。

「さようなら、お元気でと、勝手に別れられては困ると言っているんだ」

「ベルダン様……」

　激高しかけたベルダンは、フランシスから顔をそらし、落ち着こうと深く息をついた。

「……フェリックスに話を聞いたそうだな」

「はい。今日、ラザラスと海王のことを。ベルダン様もご存じなんですか？」

「ずっとそばにいるからな。説明されていなくても、わかることは多い」

「ベルダン様は、なぜ海王がラザラスを王にしたがるのか、わかりますか？」

「わからない。知らないいし、あまり興味もないな」

本当にまったく興味なさそうに、ベルダンは即答した。

「フランシス、陛下は確かに海王を忌避《きひ》してきた。ガイに前触れなく突然、お前が海王の手先だと言われて動揺したのも事実だ。だが、陛下は絶対にお前の手を離さないいし、海王の手先だからとお前を排除したりもしない。だから、ここから出て行ったりするな。いいな？」

ベルダンはほとんど命令という口調で、フランシスにそう言った。確信を持って揺らがないベルダンの態度が嬉しかったが、フランシスはわかりましたと素直に頷くことは出来なかった。

「ベルダン様、私が海王に命を救われ、ラザラスの元に送り込まれたのは間違いないと思います。私をラザラスに近づけるのはよくないと思わないいんですか？」

「思わない」

即答し、ベルダンはまっすぐにフランシスを見つめる。

「お前がいなくなるほうが、陛下には悪影響だ」

「でも」

「俺が何を言っても、お前が納得出来ないのもわかる。だから、陛下が目を覚まして話が出来るまで待て。陛下に弁解と謝罪のチャンスをやってくれ。俺に免じて、これまで陛下がお前に与えてくれたものすべてに免じて、それぐらい待ってやってくれ」

胸をつかれ、軽く目を見張ったフランシスに、ベルダンは静かな口調で訴えかける。

「それでも、逃げたければ逃げればいい。陛下は必ずお前を見つけ出すだろうから、無駄なことだと思うがな」

「ベルダン様……」

言葉なく俯いてしまったフランシスの頭を、ベルダンが優しくなでてくれた。その温かさに心が震え、フランシスはベルダンの服の胸元をきゅっと握る。すると、頭をなでていた手が肩におり、優しくぎゅっと胸の中に抱き込んでくれた。

「ベルダン様は、ラザラスの相手が私でも構わないんですか？」

「俺の意見が必要か？」

「はい、勿論」

「陛下が愛しているなら誰でも構わない。まあ、面倒な相手を選んだものだとは思うがな」

と、ベルダンは楽しそうにくくくと笑っている。

「本当に面倒な相手です。ラザラスにたくさんの面倒を持ち込むことが目に見えてます。ラザラスはダナオス王になる道を押し付けられるかもしれません。そんなこと、ラザラスは望んでいないのにです。ベルダン様はそれでもいいんですか？」

「ダナオス宰相への報復をしてもらいたくて、お前は陛下に近づいたのか？」

「まさか！　そんなこと考えていません！」

はっと顔を上げたフランシスの額に、ベルダンは拳骨を押し当てる。

「まあ別にそれでもいいと思うがな。愛している女のために復讐《ふくしゅう》するぐらい男の甲斐性《かいしょう》だろ」

あっさりとそんな風に言ってのけたベルダンに、フランシスは目を見張った。

「問題は、フランシスがそういった下心を持って陛下に近づいたのか否かということだけだろ。俺だって、陛下を利用されれば気に入らない。フランシスはやめておけと進言するかもな」

「下心なんてありません」

「それなら、何も問題はない」

「あります。ないわけないじゃないですか。私は本当に海王の娘だったんですよ？　海王がラスに宛がった女だったんですよ？　ラスは海王が大嫌いなのにっ。利用されたくないのに。王妃様には一緒に海王に対抗してほしいぐらいだったと思うのに。私を王妃に望んでくれたのに、それなのに私が海王の娘だなんて、私、ラスをすごく傷つけちゃいました。だから駄目です。私なんかをラスのそばにいさせちゃ。ベルダン様も優しすぎです」

「海王に命を救われて利用されたのは、お前のせいじゃないだろうが」

「私のせいです！」

フランシスはベルダンの胸に額をぶつけ、俯いて顔を隠す。

「そもそもエヴァンゼリンが海に投身自殺などしなければよかったんです。城の中庭に飛び降りたってよかったし、バルコニーの上で首を掻《か》っ切ってもよかった。海になんか飛び込んだから、海王にいいように利用されてしまったんです」

涙がこぼれ落ちそうで、フランシスはぎゅっと強く目を閉ざす。

「私には、今回のことが、罰のように思えてなりません」

「罰だと？　一体何の罰だと言うんだ」

「自殺なんてした罰です。自ら命を絶つなんて、罪深いことです。それなのに、ラザラスのそばで幸せになろうなんて、甘い夢を見たから」

「フランシス」

ぐいと強く肩をつかまれ、フランシスはベルダンから少し離された。驚いて顔を上げれば、ベルダンのとても怖い顔が至近距離でフランシスを睨《にら》んでいた。

「やめろ、この世の不幸は全部自分のせいみたいに言うのは」

一喝されて、我慢していた涙がつうっと頬をこぼれ落ちていく。ベルダンが低く舌打ちし、大きな手でフランシスの小さな頭をがしりとつかみ、自分の胸にぎゅうと押し当てた。ラザラスより大きくて硬い手が、がしがしと少し乱暴に髪を乱しながら頭をなでる感触に、フランシスは嗚咽《おえつ》を必死にかみ殺さなければならなかった。

「ったく、本気で言ってるのが始末に負えない。お前は時々うんざりするほど自己否定をする。陛下とくっついて大分よくなったと思っていたのに、陛下がそばからいなくなった途端、これだ」

あきれたように言いつつ、ベルダンはなだめるようにフランシスの背中を大きな手でなでてくれる。

「……怖かったな。あれだけ溺愛《できあい》してきた男が、手の平ひっくり返したように見えたんだ。怖くて当然だ。だが、なんでもかんでも否定して逃げるのはやめろ。お前は行動力ありすぎだ。こっちがついていけないだろうが。陛下が起きるまで、お前も隣で寝ていろ」

「……フォンテーヌのお披露目が」

「お披露目が終わっても、王城から消えるなよ。いいな」

じろりと至近距離から睨まれて、フランシスはその迫力に頷くことしか出来なかった。

「また塔に来い。毎日来い。陛下に毎日会ってやってくれ。あのクソガキは俺が排除してやるから」

　フランシスは黙ったままこくりと頷いた。ぽんぽんと背中をたたいてくれたベルダンは、最後にようやく満足げな、優しいほほ笑みを口元に浮かべてくれた。

　ベルダンは侯爵邸の人々に姿を見せるわけにはいかないと、コンスタンスの私室の窓から帰っていった。来た時も、窓から入ったらしい。勿論、コンスタンスの許可は出ているそうだが、ここまでして来てくれたベルダンに、フランシスは改めて感謝した。

　フランシスは私室に戻り、いつもより早かったがベッドに入ることにした。今日は精神的にとても疲れていた。だが、知りたかった真相を教えてもらい、ベルダンに心の中のモヤモヤを聞いてもらえて気が抜けて、心は軽くなったように感じていた。枕に頭を置くとすぐに眠りに入り、フランシスはまたラザラスの夢を見た。昨夜よりも鮮明な夢だった。


「フラン」

　ぼんやりとしていたラザラスの姿に、徐々に焦点が合ってくる。

「フラン。俺の声、聞こえる？」

　鮮明なラザラスの姿。そして、はっきり聞こえる声。

「ええ、聞こえるわ、ラス」

「よかった！」

　近くまで来ていたラザラスが腕を伸ばし、フランシスを抱きしめようとする。だが、その腕は、すかっとフランシスを通り抜けてしまった。さすが、夢。というか、夢ならば、フランシスの希望どおりにしてくれてもいいのではないだろうか。

「ラス」

今度は、フランシスから手を伸ばす。すると、ちゃんとラザラスに触れることが出来た。夢だけど、頬のぬくもりを感じることが出来る。思い切って、ラザラスに抱き着いてみた。いつものように、ラザラスの分厚い胸に頬をくっつける。背中に回した腕も、いつもどおり逞《たくま》しい背筋を感じ取ることが出来た。

「うわっ、俺からは触れない！　なんでだ！」

ラザラスからも抱きしめ返そうとしてくれたらしい。だが、彼の手はフランシスの肩を頬を、すかすかと通り抜けていた。

「これが私の夢だからでしょ？　私の希望のみが反映される？」

「フランからは抱きしめたいけど、俺からは抱きしめられたくないってことになるけど？」

なんだか情けない顔で、ラザラスがフランシスの顔を覗《のぞ》き込む。

「あ、そっか。おかしいね？」

「おかしいって……そう思ってくれる？」

「どうして？」

「俺にも触れてほしいって思ってくれているの？　ってことだよ。俺は君にひどい態度をとったから」

「ああ、それは、気にしないで。事情はちゃんと、セルマー様とフェリックス様から聞いたの」

触れてほしいと思ってるよと、フランシスはラザラスの手を両手で包み込み、彼の手を自分の頬に押し当てた。自分からその手に頬をすり寄せれば、ラザラスはとても嬉しそうにほほ笑んでくれた。

「事情って？」

「あなたのお父様が、海王に殺されたということ」

夢の中だからと、ストレートに言いすぎてしまった。ラザラスはさっと表情をなくし、硬直してしまう。

「ごめんなさい。言いかたがひどかったわ」

背景がぼんやりとしていたので、ここはラザラスの寝室だと思ってみる。すると、すぐそばに長椅子が現れたので、フランシスはラザラスを座るように促《うなが》し、自分も隣に座った。さすが夢。都合がいい。

「ラスから何も聞いていないけど、セルマー様もフェリックス様も、そう確信していたわ」

「……お見通しか」

「二人とも、あなたのことが大好きで大切なのよ」

「俺もだよ。だから、フェイとガイには、本当にひどいことをしてしまったと思ってる」

「あなたも被害者よ、ラス」

「そうだけどね」

そう簡単に割り切れるものではないだろう。ラザラスは悲し気に目を伏せ、口の端をきゅっと上げた。フランシスは両手でラザラスの頬を包み込み、彼の額に唇を押し当てる。

「海王はどうしてそこまであなたを国王にしたがるの？」

「……理由は二つ、あるそうだ」

お返しにだろう、ラザラスがフランシスの額にキスしようとして、彼の頭が半透明になってフランシスの頭部をすり抜けた。なかなかに不気味な感じだ。フランシスはラザラスの頬に当てた手で彼の頭を誘導して、自分の額にキスが出来るようにした。くすくす笑うラザラスの頭を、しっかりと抱きしめる。

「ダナオス、ユクタス、マルタナの海域は、常に荒れているそうだ。俺たちの感覚では、常にってわけじゃないけど、永遠の命を持つ神様には常にって言うぐらいに頻繁なんだろうね。とても気に障《さわ》るらしい」

「気に障るって」

「そう言っていた。俺たちの感覚だと、そうだな、夏に羽虫が一匹、顔の周りを常にぶんぶんと飛び回っていたら、気に障るだろう？　勿論、そのたびに払いのければいいだけだけど、常にとなると面倒だ。羽虫が飛んでこないように、虫よけをたこうという気になる。海王にとって三国の海域が荒れるのは、この感覚に等しいと思う」

フランシスは夢の中だというのに頭痛を感じて、こめかみを指先で押してしまった。

「海域が荒れないように仕掛けを作ったのに、あっという間にうまく作動しなくなった。仕方がないので、仕掛けの強化に乗り出したってところだろうな。俺は力の強い王らしい。生まれ持ったもので、望んだわけでも、そうなろうと努力したわけでもないけどね」

「それで、あなたが即位するのを待てずに、お父様を殺したというの？」

「海王にとっては、人間一人の命など羽虫一匹程度さ」

「ひどいわ」

つくづく感じる、神はこの世の人間と深く関わるべきではない。神殿の奥でまつられて、時々気まぐれを起こして人間の願いを叶えたり、奇跡を起こして見せてくれればいいのだ。それぐらいの距離感が丁度《ちょうど》いい。間違っても、人間と婚姻して積極的に守護を与えるとかしてはいけないのだ。大きすぎる存在は、人間の世界を蹂躙《じゅうりん》し破壊してしまう。

「海王にとって、私はまさに利用してくださいと、飛んできた虫だったわけね」

「君の予想どおり、海王は俺に三国の王になることを望んでいると思う。だから、エヴァンゼリン王女と結婚させたいんだろう」

「ごめんね、ラス」

「謝るのは、俺のほうだ」

唇に息がかかる距離に顔を寄せ、ラザラスがそう囁《ささや》いてくれた。キスしたいと思ってくれているのだろうか。この距離感だけでも嬉しい。

「ラス、でも、信じてね。私は海王に会ったことはないし、あなたを誘惑しろと言われたこともない。あなたを愛したのは、誰かに強制されたからじゃない」

「信じるよ。でもごめん、ガイに言われた瞬間は、君を疑った。君が海王と関係しているなんて、思ってもいなかったから。あまりにショックで、正常な思考を失ってた。冷静になれたらすぐにわかった。君が俺を愛してくれているのは嘘《うそ》や誤魔化《ごまか》しではない真実だと」

「よかった。それだけが心残りだったから」

「フラン」

ラザラスがフランシスの両肩をつかもうとして、その手がすかっと肩をすり抜ける。それに、フランシスは小さく吹き出した。

だが、ラザラスは笑うよりも怒って、長椅子の背もたれを拳でがんと殴った。長椅子には触れられるらしい。

「笑いごとじゃない。なんなんだ。フォンテーヌ領で仕事をするとか、君が姿を消すことが俺の幸せとか、勝手に決めないでくれ！」

「ちゃんと聞こえていたのね」

「聞いていたさ！　腹が立って腹が立って、君をつかんで揺さぶってやりたかった。押し倒して、抱きつぶして、俺がどれだけ君を愛しているか教えてやりたかった！」

ここにきて、フランシスはこれはかなりおかしな夢だということを自覚した。というか、本当に夢だろうか？　さっきからラザラスは、フランシスの知らない新事実をいくつも披露している。フランシスの夢の中だから、それはフランシスにとって都合のいい作り事だろうが、それにしてはリアルすぎないだろうか。

ラザラスが小さく舌打ちをして、フランシスは目を瞬いた。

「俺は君と別れるつもりなんてない」

「でも、ラス、私との結婚は海王の企《たくら》みだし、あなたは海王とこれ以上の関わりを持ちたくないでしょう？　私の内に海王の力があるのは確かなことなのよ」

「わかってる。一度は、そんな君を忌避しようとした。それは心から謝罪する。でも、そんな馬鹿なことを考えたのは、嵐を起こしてぶっ倒れるまでの数分だ。それで君が俺を許せない捨てるというのなら、俺には謝り続けることしか出来ないが」

「捨てるなんて、そんな」

ラザラスの勢いに飲まれ、フランシスはふるふると首を横に振る。いつの間にか、長椅子の端っこまでずり下がっていたフランシスを、ラザラスは両手で囲うように肘《ひじ》掛けと背もたれをつかんだ。

「フラン、俺はずっと海王から逃げていた。無視をするようにしていた。自分の中にある力も封印してきた。でも、そんなことをしても、あの男は俺に干渉し続ける。あの男の望むように俺を動かそうとする。しかも、君を生かしているのはあの男だ。君の生殺与奪《せいさつよだつ》権があの男の手の中にあるのが許せない。本当に、心から、許せないんだ」

「ラス……」

「俺は俺に出来る何もかもを利用して、強くなる。今よりずっと強くなってみせる。だから、フランシス、俺を諦めないでくれ。そばにいてほしいんだ。俺にとって何より一番の幸せは君と共にあることだと、証明させてくれ」

ぐっと肩をつかまれて、フランシスは驚いた。ラザラスの手が、しっかりとフランシスの肩をつかんでいる。さっきまでは、彼の意思でフランシスに触れることは出来なかったというのに。

「明日、俺に会いに来てくれ。絶対にだ。渡したいものがある」

「何を言って」

「これは夢だけど、夢じゃない。愛している、フランシス」

フランシスに覆《おお》いかぶさるようにラザラスは体を近づけ、フランシスの唇を唇で塞《ふさ》いだ。同時に、体にもラザラスの腕が巻き付いて、ぎゅっと抱きすくめられる。性急に入ってきたラザラスの舌に舌を絡《から》めとられ、フランシスはぎょっとして目を覚ました。

「……夢？」

震える指で、唇に触れる。唇は乾いていて、キスをしていた痕跡はまったくない。だが、舌はじんじんと痺《しび》れていた。

第十三章　解くはずのなかった封印

翌日。フォンテーヌ家でのお披露目パーティー前日。朝食の席で、フランシスはコンスタンスとフェリックスに、フォンテーヌ領に行くのはラザラスが目を覚ましてからにすると話をした。そうしたら二人には、絶対にそのほうがいいと物凄《ものすご》く喜ばれてしまった。

ベルダンに強引に約束させられたというのもあるが、ラザラスと再び会うということに、それほど恐れがなくなったからだと思える。フランシスが最後に見たラザラスは、恐怖の表情を浮かべて後ずさった姿だった。その姿に傷つき、またそんな風に見られ拒絶されるのが怖くて、逃げ出そうとしていたらしい。ベルダンに一喝されて、ようやく自覚した。

側近たちは、ラザラスは不意を突かれて驚いただけだと、慰めてくれた。夢の中でだが、ひどい態度だったとラザラスは謝罪してくれた。そして、塔の中で眠っていたラザラスは、フランシスのよく知っている恋人の寝顔をしていた。

傷が少し癒されると、痛みで見えなくなっていたことが見えてきた。

ラザラスは度量が広く、とても優しい人だ。一度は愛している結婚したいと願ったフランシスを、化け物だと罵《ののし》ったりしないだろう。心の中でどう思っていても、態度に出してフランシスを傷つけるような人じゃない。きっと会えたら、たくさん謝ってくれる。海王《かいおう》に関わることになったのは、フランシスのせいなんかじゃないと言ってくれる。別れてしまっても、今後のフランシスの身の振り方や海王の関与についても、きっと親身になって相談にのってくれるだろう。

逃げ出してしまったら、きっといつまでも傷ついた痛みを忘れられない。誰より愛し、大好きなラザラスとの思い出が痛みだなんて、そんなことにはしたくないと思えた。

(ラスに、会いたい)

会いに来いと、ベルダンは言ってくれた。ガイがいれば難しいかもしれないが、ベルダンが味方してくれる。それに、一昨日フランシスと会ってもラザラスの容態に変化はなかったのだから、面会を拒否される謂《いわ》れはないはず。

昨夜の夢のせいで、自分がちょっぴり強気になっている自覚はある。夢なんて自分の深層心理だったり無自覚な願望が見せるものだろうけれど。昨夜の夢に出てきたラザラスは本当にリアルだった。愛していると言ってくれたその声とキスの熱さだけで、しばらく幸せに生きていけそうなほど。それになにより、絶対に会いに来てほしいとまで言われてしまった。夢だけど。

(会いに行こう)

これから神殿で訓練をお願いしているのに、いつまでも神官長ガイを避けて逃げ回っていることは出来ない。対決するなら、今しかない。愛していると言ってくれたラザラスの夢の記憶が鮮明な今なら、一度は王妃にと望まれた女性として背筋を伸ばして神官長と対峙《たいじ》出来るだろう。

セルマーの部屋にお邪魔してラザラスに会うと話せば、付き添いましょうとセルマーも塔まで一緒に来てくれた。そして、塔のラザラスのそばには、やはり神官長のガイが付き添っていた。扉の外には神官と近衛兵《このえ》が一人ずつ立ち番をし、フランシスはまずこの神官に入室を断られる。

「どうして断るんだ」

近衛兵の立ち番は、勿論《もちろん》フランシスの味方だ。フランシスを止めようとする神官に、近衛兵は声を荒げた。

「彼女は陛下が婚約者にと望んでいる女性だぞ」

「だが、神官長は、彼女は入れるなと」

近衛兵のほうが、背も高く体つきもいい。声を上げて迫られれば、ひょろりとした神官は恐ろし気に後じさりする。

「ガイは中にいますね」

「は、はい」

なので、セルマーに声をかけられ、これ幸いとセルマーにすり寄るが。

「ガイを呼んでください」

「え、あ、そ、それは」

「わかりました」

ためらう神官を無視して、近衛兵が塔内部に続く扉を開く。

「神官長、セルマー様がおいでです」

と、さっさと声をかけてしまった。そして、扉が開けば、中にいる人にフランシスが来たことが見えるわけで。

「フランシス」

ガイと一緒に枕元についていたベルダンが、すぐにフランシスを見つけて声をかけてくれた。

「来たのか、よかった」

「ちょっと、ベルダン」

フランシスを手招くベルダンに、抗議の声を上げたのは、ガイだった。

「彼女はラス兄上に悪影響を与えるから、近づけないようにって話したよね」

「そんなものはなかった」

「なかったって、過去形？」

「一昨日、会ってるぞ。悪影響など、何もない」

「一昨日って」

その日、ベルダンに促《うなが》されて、神殿に一度戻《もど》ったことを思い出したのだろう。ガイはベルダンを睨《にら》むが、ベルダンはまったく気にしていない。

「それより、お前は席を外してろ、ガイ」

「ベルダン！」

「心拍が速くなっている」

と、ベルダンはラザラスの手首をつかんで脈をとると、ガイに視線を向ける。

「俺は、彼女が来て陛下が喜んでいるからだと思うぞ。お前は違う意見か？」

そういったベルダンとガイのやり取りは、扉の外に待機していたフランシスにすべては聞こえなかった。断片的に聞こえた言葉と、二人の態度や表情から、ベルダンが嫌がるガイを追い払ってくれたのは察しがつく。

ガイは扉口でフランシスとすれ違う時に、しっかりとフランシスを睨んで行く。神殿に戻ると言って、神官たちも引き連れて塔を出て行ってしまった。

「よかったのですか？」

そんなガイの背中を目で追いながら、フランシスはベルダンの近くに歩み寄る。

「問題ない。一昨日、フランシスが来てからの陛下の回復が目覚ましいんだ。悪影響どころか、いい影響すぎるぐらいだ」

ベルダンに視線で促され、ベッドを挟んでベルダンの向かいの、ラザラスの枕元の椅子にフランシスは腰を下ろした。

「よく来てくれた。陛下も喜んでいる」

「本当ですか？」

「脈とってみろ。すごく速いぞ」

と、ベルダンはフランシスにラザラスの腕を押し付ける。そして、椅子から立ち上がった。

「扉まで下がっているから」

「ありがとうございます」

フランシスはラザラスの手に手を重ね、そっと握りしめた。すると、前回は何の反応もなかったというのに、今日はぴくりと指先が動いたのをはっきりと感じた。

「ラス」

瞼《まぶた》がぴくりと動く。目はまだ開かないけれど、眠りが浅いという感じだ。本当にベルダンが言うように、前回のラザラスより随分と回復したようだ。きっと、もうすぐ目を覚ます。

「さようならって言ったのに、また会いに来ちゃった」

目を覚ましたら、こうしてラザラスに触れることも出来なくなるのかなと思う。なんだか惜しくなって、フランシスはラザラスの手を広げさせて、自分の頬に押し当てるようにした。

「昨日、夢であなたに会ったの」

ベルダンたちに聞かれると恥ずかしいので、ごくごく小さな声で囁《ささや》いた。

「だから、ちょっと浮かれているの」

恋人気分で、動けないラザラスが何も言えないのをいいことに、好き勝手に触れる。

「この後、神官長様と話をしようと思ってる。この先、神殿で訓練させてもらうわけだし、ちゃんとご挨拶しないとって思って」

万が一にもフランシスのせいで、フォンテーヌ家と神殿に禍根《かこん》が残るようなことになっては困る。

「明日は、とうとうお披露目のパーティーなの。私にも、マルタナで帰る家が出来る」

また、ぴくりとラザラスの指が動いた。以前のラザラスだったら、今の言葉に怒るだろうか。フランシスの帰る家は俺のところだって、そう言ってくれたかもしれない。

「最初のダンスは、フェリックス様と踊るわ」

パーティー仕様に朝から体を磨きあげ、とびきりのドレスを着て豪華なアクセサリーをつけて。そして、正装してまぶしいぐらいに綺麗《きれい》だろうラザラスと、ダンスを踊ってみたかった。

侯爵家の養女になるのだから、この先そんな機会もあるだろうか。まあ、あるわけがない。ラザラスが海王の娘とダンスなんて、あり得ない。そう思えて、小さく笑ってしまった。

「この前は、お披露目が終わったらすぐフォンテーヌ領に行くって言ったけれど、ちゃんとラスが目を覚ますまで待つことにしたわ。ごめんね。勝手なことばかり言って」

頬を包んでもらっていた手に、指を絡《から》めるようにして自分の手を重ねる。

「でも、本当にもうすぐ目を覚ましそうなのね、ラス。よかった」

体をかがめ、ラザラスの唇に唇を触れ合わせる。触れた瞬間、フランシスの頭の中に、はっきりとした映像が浮かび上がった。そして、ラザラスの強い意思がメッセージとなって頭の中に響く。

「え」

驚いて、思わずフランシスは唇を離してしまう。すると、ぴくぴくとフランシスの指に絡まるラザラスの指が動き、次の瞬間、ラザラスの手の平を通じて何か熱いものが、触れ合っているフランシスの手の平へと伝わってきた。

「ラス？」

勿論、ラザラスは答えない。静かに眠っているだけだ。フランシスは戸惑って、扉の前のセルマーとベルダンに視線を向ける。

「どうした？」

「何かあったんですか？」

「よく、わからないんですが。声が聞こえて」

セルマーとベルダンが近づいてきてくれる。

「持っていろって」

「何をです？」

「指輪です。大きな金剛石の入った、銀？　白金？　の指輪です。太い指輪で、どちらかというと男性用な感じの。ご存じですか？」

セルマーとベルダンは目と目を合わせる。どうやら、二人には思い当たる指輪があるらしい。セルマーが代表して口を開いた。

「陛下の神剣ですね」

「剣？　指輪が？」

「持ち主の意思によって、剣と指輪、どちらの形もとれる特別なものですよ」

「それは、すごいですけど……」

そんな便利すぎるもの、ラザラスは絶対に使わなそうだ。実際、そんな指輪をしているところなど見たことがない。

「そんな特別なもの、私が持つわけにはいきませんね」

「陛下が持っていろと言ったのでしょう？」

普通にそう聞くセルマーに、フランシスは慌《あわ》ててしまった。

「口に出して言ったわけじゃありません。あの、キスをした時に、そう言われたような気がしただけで」

「そんな高等技術を使うようになったか」

「まあ、さようならと言われて、ショックだったんでしょうね」

ベルダンとセルマーは、なぜか二人だけでわかりあって、うんうんと頷《うなず》いているが、フランシスにはさっぱりわからない。

「陛下が持っていろと言うのですから、持っていましょう。もしかしたら、明日のお披露目パーティーを警戒されているのかもしれません」

「そうだな。陛下の出席がないから、近衛で警備するわけにもいかなくなった。フランシスに武器を持たせておければ、自衛も出来るしな」

「指輪なら、ドレスを着ていてもつけていられますしね」

「あの、お二人ともっ」

どんどん話を進めていく二人に、フランシスは両手を開いて二人を押すような仕草で話を止める。

「待ってください。これは、あくまで、私一人が、そういうメッセージを受け取ったような気がした、というだけの話です。神剣ということは、国宝級なんじゃないですか？　そんな剣を持ち出す話を、そんな感じがしたというだけで進めないでください」

「そんな感じじゃない。陛下は体が動かない中、なんとかして自分の意思を伝えたんだと思う」

ベルダンがそう断言すると、セルマーも頷いた。

「陛下もちょっと腹をくくりましたかね。自分が寝ている間に、あなたはどんどん一人で決めて進んでいっちゃいますしね」

「違いない」

セルマーにベルダンが即答のタイミングで同意し、二人は口元に似たような苦笑を浮かべている。

ラザラスがメッセージを送ってきたということを確信している二人に、フランシスは戸惑いを隠せない。ラザラスはそういった奇跡のような、神力《しんりき》に関わることを忌避《きひ》してきた人なのだから。

「あの、今までにもこういったことがあったのですか？　意識だけで接触するみたいなこと、あったんですか？」

「ありませんよ。陛下はそういう特別な力を封印していましたから。でも、やろうと思えば出来るんじゃないでしょうか」

「は？」

驚くフランシスに、セルマーはにっこりほほ笑む。自分の言葉がどれほどフランシスを驚かせるのかわかっていて、わざと平然と言う。ちょっぴり意地悪なセルマーだ。

「子供の頃、即位前ですね、その頃は陛下も無邪気にそういう力を使っていたんですよ」

「え」

「神官が出来るようなことは出来るはずです。それ以上でしょうね。子供の頃、盛大に癇癪《かんしゃく》を起こして、雷を落としたことがあります」

「え！」

「木に落ちて、ちょっとした火事騒ぎになりましたが、死傷者はなしでよかったです」

「よく言う。癇癪を起こさせたのは、セルマー様だ。陛下の狙いが甘くてよかったな」

「ベルダンだって、よく悪戯《いたずら》を仕掛けられてましたよね。主に護衛を振り切って遊びに抜け出すためでしたけど」

「即位直前には、壁を自由にすり抜けられるようになりやがって、護衛の限界を感じた」

「でしたねぇ」

昔の苦労を思い出して頷きあっている二人に、フランシスは唖然《あぜん》とした顔を隠せない。

「ラザラスって、……雷起こせるんですか？」

「大丈夫ですよ、陛下も癇癪を起こさないように気を付けていますから。フランシスも言っていたじゃないですか、陛下はのんびりしているって。あれは、陛下なりに自分の感情を抑制しようとして身に着いたものなんです」

「そ、そうなんですね」

何か違う。何か論点がずれていると思いつつ、フランシスはコクコクと頷いた。

「即位してからずっと今日まで、陛下は頑《かたく》なにそういった力を使っていませんでした」

「自分が死にかけてもだ」

「一度だけ、死にかけたベルダンを救うために使いましたね」

余計なことを言うなという目で、ベルダンがじろりとセルマーを睨むが、セルマーは知らん顔だ。

「それぐらい徹底していたんです。身の回りから神器《じんぎ》も一掃しましたね」

「だが、お前を引き留めるため守るために、使うことにしたんだろう。なりふり構っていられなくなったというところか」

「私……？」

他に誰がいるという目で睨まれるけれど、フランシスには到底納得出来ないし、信じることも出来ない。ふるふると首を横に振ると、ベルダンは盛大に顔をしかめる。

「もう一度キスでもなんでもして、陛下の本心を聞かせてもらえ」

と、ラザラスを振り返り、ベルダンはふと眉をひそめた。

「なんだ、寝ているな」

「見ただけでよくわかりますね」

「何年も寝顔を見張ってるからな。フランシスにメッセージを伝えて、力を使い果たしたか」

「そうでしょうね。フランシスが受け取ったメッセージが気のせいではない証拠ではないでしょうか」

フランシスにはまだ信じられないけれど、幼い頃からラザラスのそばにいる二人がそう言っているのだ。ここは信じるべきなのだろう。それに、二人の話が昨夜の夢のラザラスに妙にリンクしていて、それがとても気になっていた。ベルダンはなりふり構わなくなったと言っていた。夢の中のラザラスも、出来ることはなんでもすると言っていた。

（あれは、夢、よね？）

もしかしたら、ラザラスがその力を使って、フランシスの夢の中に意識を飛ばしたとか。

（それ、ただの願望だし）

期待すると、そうでなかったときのショックは大きい。これについては、ラザラスが目を覚ますまで考えるのはやめようと、フランシスは自分の中で封印する。

「ということで、陛下の神剣を取りに行きましょう」

「健闘を祈る」

にこにこのセルマーと、同情交じりのベルダンの視線。

「もしかして」

「はい。神剣は神殿に保管されています」

どうあっても、今日は神官長ガイとの直接対決は避けられなさそうだった。

マルタナの広い王城の敷地内に中規模の神殿がある。そこはマルタナにおける神殿の本部であり、一般市民に対する窓口はなく、事務を担当する神官としての能力を持たない多くの人々と、神殿のトップにいる高位の神官たちが働いている。神官長のガイも、旅に出ていないときはこの神殿に詰めている。一年の半分以上は旅に出ているのだが。

神殿の外観は、一般への窓口を持たないせいか、どこかの貴族のお屋敷のようでもある。立派な門《もん》扉《び》と立ち番の兵と、観音開きの大きな玄関。敷地はかなり広そうで、フォンテーヌ邸の倍くらいはありそうだった。

「ここは、オデッセア公爵邸も兼ねていますから」

同行してくれているセルマーが、フランシスの視線を追って、そう説明してくれる。

「手前は神殿の施設ですが、奥の棟はオデッセア公爵家の私邸になっています」

「前のオデッセア公爵の奥様は、ラザラスの叔母《おば》様だと聞きました」

「グレイス様ですね。私邸のほうにいらっしゃるはずです。今日は、会うことはないでしょう」

二人が乗った馬車の扉が外から開き、セルマーが先に降りる。続いてセルマーのエスコートを受けながらフランシスが降り、その堂々とした屋敷を見上げた。

オデッセア公爵。代々の神官長を務める、ダナオス建国からの名家。初代女王エヴァンゼリンの双子の妹の嫁ぎ先であり、海王と親和性の高い大きな『器《うつわ》』の血筋。

ダナオス王国には、マルタナ公爵、ユクタス公爵、オデッセア公爵の三家しか公爵家は存在しなかった。公爵三家とダナオス王家の間では、頻繁《ひんぱん》に婚姻関係を結び、海王ガイアスの血を薄めないようにしていた。海王ガイアスの血は、やはり神の血なのだろう。王家と公爵家には、あらゆる意味で非凡な者が多い。容姿に優れた者、武芸に優れている者が多いのは当たり前で、為政者《いせいしゃ》として優れた者も多く、ダナオス王国の繁栄は海王の守護力だけに頼ったものでないのは間違いない。

ラザラスなどは、まさに神の血を引き、あふれ出た才能できらきら輝いているような王だ。そんなラザラスの従弟《いとこ》であり、由緒あるオデッセア公爵家の当主ガイ・オデッセアが只者《ただもの》であるはずがなく。客室にてガイと対面したフランシスは、自分に出来る一番丁寧で美しい礼をとった。

「本日はお時間を頂き、ありがとうございます。神官長様」

「どうぞ、顔を上げてください、ダナオスの姫君。あなたはそもそも私の主筋に当たる方だ。頭を下げる必要などありません」

神官長に相応《ふさわ》しい、威厳さえ感じさせる口調だった。まだ若いという侮《あなど》りなど受け付けない。ゆっくりと顔を上げたフランシスが見たのは、老練な政治家のような、まったく心の内を見せないほほ笑みを浮かべた、神官長に相応しい男だった。ラザラスと一緒にいるときの、どこか子供っぽいガイしか知らないフランシスにとっては、少しばかり驚きだった。

「セルマー、席を外してほしい。神官も下げる。二人きりで話したいんだ」

ガイにそう言われ、セルマーは視線をフランシスに向ける。残ってほしいと言われれば残りますよという優しい視線だったが、フランシスはにっこりと頷いて見せた。

「神殿まで送ってくださって、ありがとうございました、セルマー様」

「いえいえ。帰りは、ガイ、あなたが送ってあげてくださいね」

「勿論だ」

セルマーと神官たちが退室すると、ガイはフランシスに長椅子に腰かけるように促した。フランシスは背筋を伸ばして腰を下ろすと、正面に座ったガイをじっと見つめる。近くでじっくりとガイを見るのは初めてだ。

　彼は若く、フランシスと同じ十九歳で、ダナオス三国にある海王信仰の神殿のトップに君臨する神官長だ。前の神官長である彼の父は、ラザラスの父と同じ船に乗り合わせ一緒に海で亡くなったので、ガイが神官長になったのは八年前、十一歳の時ということになる。どれほどの苦労をしてきたことか。彼がラザラスを兄と慕い、べったりなのは、そこらへんの事情も絡んでいるのだろう。

　身長はフランシスより少し高いくらい。フランシスが女性の中では高いほうになるので、ガイは男性としてはごく平均的。ラザラスやベルダンが逞《たくま》しすぎるのだ。短い髪は、銀に近いプラチナブロンド。瞳は青。色の濃淡はあるが、髪と目の色はフランシスによく似ている。神官ユーリの言っていた、オデッセアの色だ。

「マルタナであなたに会うとは思ってもいませんでした、ダナオスのエヴァンゼリン姫」

　フランシスと同じく、ガイもフランシスの姿をじっくりと見定めていたが、先に口を開いた。ガイが何を話そうとしているのか、この会話の彼の意図がまったく見えず、フランシスは曖昧《あいまい》なほほ笑みだけを浮かべてみせる。

「あなたにはオデッセア家の血が濃く流れているのをご存じですか？」

「濃く、ですか。過去にオデッセア家の姫君が王妃になられたことはありますけど、そういうことではなく？」

「そちらのダナオス王家の血は、今はマルタナにあります。マルタナの父と呼ばれているジュニアス第二王子の嫡流《ちゃくりゅう》の血ですね。ジュニアス第二王子の兄、ダナオス王家を継いだ第一王子の血筋が今のダナオス王家。第一王子の血統上の本当の父親は、当時のオデッセア神官長だったんです」

「では、私のご先祖は、オデッセア、パラディス、神官の二大家系の血を引いているんですね」

フランシスをオデッセアの血筋だと言った神官ユーリの見立ては、とても正確だったということだ。

「勿論、王家の血も引いてますよ。三公爵家と王家は、過去何度も婚姻関係を結んでいますから。だから、ダナオスにもわずかばかりですが、海王の守護の力が注がれていました。次の女王であるあなたがダナオスを離れたことで、それも一切なくなりましたが」

王女のくせに国を捨てたのだと、ガイの言葉の裏にはチクリと刺さる棘《とげ》があった。やはり、この会話はフランシスを非難する方向に行くのだろう。正直、うんざりだと思えた。フランシスはダナオスの王女として、自分に出来る最善を尽くしたと思っている。迷いや後悔が欠片《かけら》もないかと言われれば即答出来ないけれど、それでもガイに非難される謂れはない。

「ダナオスに本当に海王の力が注がれていたのなら、それはわずかばかりの王家の血よりも、あの指輪の力が大きかったのではないでしょうか」

ガイの非難に屈しない、対抗してやるというフランシスの気概がガイに伝わったのだろう。これまで神官長然としていたガイが、ぴくりと口の端を上げた。

「私は、ダナオスに帰るつもりはありません。エヴァンゼリンは、海に飛び込んで自殺したのです」

ふんと、ガイはフランシスの言葉を鼻で笑う。

「今、ダナオスの城にはエヴァンゼリンを名乗る女がいて、ダナオスの王冠を頭に載せようとしている。それでもいいと言うのか」

「正直、冷静には受け止められません。ですが、私が正統な王だと名乗り出るとか、あり得ません」

「なぜ」

「私はすでに、国民から見捨てられた王女だからです。ダナオスの民は疲弊しています。国王など誰でもいいのです。日々の生活を豊かにし、戦《いくさ》で畑を荒らさず、海の恵みを届けてくれる王なら誰でもいい。私もそう思います。国王の役目を果たしてくれる人なら、正統だの家柄だのそんなものは必要ありません。神官長様は私におっしゃいました。私は身の内に海王の力を有し、その力をもってすれば、宰相《さいしょう》を倒すことも可能だと。そのことも、よく考えました。確かに、私の内にある海王の力を使えば、宰相を倒せる奇跡が起こせるでしょう。しかし、その代償に私は命を失う。私はダナオスの民から宰相という為政者を奪い国土を荒らし、無責任にも死ぬというわけです。そんな自己満足でしかないことは、元王女としても絶対に出来ません。ですから、エヴァンゼリンは死んだのです。それでいいのです」

一度に話しきり、フランシスは小さく息をつく。ガイは無言無表情で聞いていたが、彼が納得していないのはわかる。そもそも、彼が望んでいるのはフランシスをダナオスに帰すことというより、ラザラスから離すことなのだから。フランシス自身が、ラザラスから離れるしかないと覚悟を決めているのに、いい加減わかってほしい。

「神官家の血を濃く引いているおかげか、私には治癒能力があるそうです。神殿で訓練させていただき、治癒能力を使えるようになりたいと思っています」

「……ここで？」

「いいえ、フォンテーヌ領の神殿でです」

「干城を離れると？」

「はい」

「ラス兄上と別れて？」

「そうなるでしょうね」

「それでいいのか」

「仕方がありません。セルマー様とフェリックス様から、陛下がなぜ海王をあそこまで嫌うのか、理由を教えていただきました」

反射的にだろう、ガイは顔をしかめた。フェリックスと同様、ガイもまた海王に父親を奪われたのだ。その記憶が彼を苦しめていないわけがない。

「神官長様が、私を忌避されるお気持ちもわかります。ですが、どうぞこれだけは、海王が私を救ったのは私の意思ではなく、陛下を愛したのは私の意思だということ。陛下が私を王妃にと望んでくださったのも、海王には何の関係もないことだということは、信じてください」

じっと、ガイの青い瞳がフランシスを見つめる。もしかして、神官長は人の心が読めるのだろうかと思ったぐらい、まっすぐで深い眼差《まなざ》しだった。

「ラス兄上と別れたくないと、もっと未練たらたらにごねるだろうと思っていた。マルタナの王妃になりたくはないのか？」

「陛下とお別れすることには、未練たらたらですよ。私に新しい世界をくださった方ですし。この先、陛下ほど愛する人はいないだろうと思うぐらい、愛していますから。でも、陛下のお気持ちも理解出来ます。私自身ではなく海王が理由なら、まだ納得出来るというか、仕方がないと思えるというか」

フランシスにはどうしようもない理由だ。努力でなんとかなる理由なら、ごねてあがいて文句も言うかもしれないけれど。

「私は、ダナオスの民の幸せのために海に身を投げた女です。そんな私に、未練だのごねるだの、かなり失礼な問いかと思いますが、神官長」

　そこらの町娘と一緒にされては困る。フランシスはガイアスの嫡流でなくても、国民に求められていなくても、ダナオスの世継ぎの王女だった。その矜持《きょうじ》は海の中に壊れ落ちたけれど、王女として深く自分に刻み込んだ自覚や受けた教育、経験は消えてなくならない。そのすべてが、ごねるだのマルタナ王妃に未練があるだの、そんな嘲《あざけ》りを受け付けない。

「そうだな。失礼した、エヴァンゼリン姫」

「どうぞ、その名で私を呼ぶのはやめてください。今の私はただのフランシスですから」

「では、フランシス。ラス兄上の神剣を借りたいとのことだが」

「そうするべきだと、セルマー様とベルダン様がおっしゃるので。私は恐れ多いので、辞退したいのですが」

「……辞退以前に、手に取ることが出来ないと思うが」

　ガイに促され、フランシスも立ち上がる。二人で客室を出ると、ガイの先導で屋敷の奥へと進んでいった。人けがなく、しんと静まり返った廊下の奥、ガイは白い扉のノブに手をかける。がちりと、扉の中で鍵の外れる音がする。ガイは鍵など回していないのにだ。そもそも、この扉には鍵穴さえない。神力でしか開かない鍵なのだと、フランシスは理解する。

　扉が開くと、中はそれほど広くない部屋だった。ただ、窓もなく家具なども一切ない。神器がほのかな明かりを灯《とも》す中、部屋の中央に美しい剣が納められたガラスのケースだけがあった。

「オデッセア家が持つ神剣は、四振りある。知っているか？」

「いいえ」

「では、神剣の定義は？」

「神器としての剣、でしょうか」

神力を付与された剣は、様々な特性を持つ。すごく軽かったり、絶対に刃が欠けなかったり錆《さ》びなかったり、なんでも切れたり。力の強い神剣になると、持ち主登録された人しか使えず、どこにあっても剣が持ち主のところに飛んでくるとか。フランシスは見たことがないが、そういう剣があることは知っているとガイに説明する。

「そういったものは、神剣というより便利機能付きの剣だな。オデッセアの持つ神剣は格が違う。特に、代々の国王に貸与している神剣は、海王ガイアスの力が込められている。ガイアスが彼の息子のために鍛えた剣だ」

そんなことも聞いてないのかという思いが、ガイの言葉からは見え隠れして、フランシスは苦笑をもらす。

「私は知りません。ですが、宰相は知っているんじゃないですか？」

「レオナス・パラディスか。パラディス家は今やダナオスの神官長を世襲してるしな」

「そうではなく。女の私が知っている必要はないと、父も宰相も思っているのでしょう。私の産むはずだった息子には伝えるつもりだったと思いますよ」

「ああ、そういう意味な」

ガイはあきれたように肩をすくめる。

「ダナオス王家は代々が長男相続だ。必ず最初に男が生まれてたから、誰が相続するのか悩んだこともないのさ。次男と女は眼中にない。それを嘆くことはないんじゃないか」

「そういうものですか」

「オデッセア家は、兄弟姉妹で一番能力の高い者が次の神官長になる。同じぐらいなら生まれた順。男女で差はない。あるのは能力差さ。生まれ持ったもので、本人にはどうしようもないことだが」

それもまた、ある意味理不尽なことだ。

「俺もあんたも、ラス兄上も一人っ子か。次代は誰に継がせるか、悩めるぐらいになりたいものだな」

ガイは唇をとがらせてムスっとした顔をする。話が始まった時は無表情に近かったガイだったが、短時間で少し気を許してくれたらしい。

「仕方ない。最初から説明してやる。オデッセア家では、四振りの神剣を代々の王家と騎士団、今は軍だな、に貸与している。国王、三軍の長にだ。持ち主限定で使える剣で、長剣と指輪に形態を変化させることが出来る。三軍の長に貸与している剣は、歴代の神官長の中でもそっちの技能に長《た》けていた者が鍛えた剣だが、国王の剣はガイアスが作り、その力を込めた特別なもの。そのため、この剣はとても重い」

と、ガイはガラスケースの中の剣に視線を向ける。ごくシンプルな実用的ともいえる作りの剣だが、柄《つか》にはまった巨大な金剛石の輝きは恐ろしいほどに美しい。

「物理的な意味じゃない。持ってる力が強すぎて、王としての力が少ない王は持っているだけでも疲労する。剣の力を引き出すことも難しく、神剣といっても大した能力を発揮させられない王も多い」

「ラザラス陛下はこの剣を使ったことがあるんですか？」

「即位当時は。あの頃は内戦も多かった。王家の権威も地に落ちていたし、ラス兄上はこれを持って戦場に立ち、敵を粉砕して見せる必要があったのさ」

「陛下なら使いこなせるのでしょうね」

「ああ、すごかった」

当時を思い出しているのか、ガイの目は剣を見ているようで遠い。

「海王の力を拒絶している陛下が、この剣を使ったというのが驚きです」

「この剣、ラス兄上が剣を必要とする場面になると飛んでくるんだ」

「飛んで？」

「王の指輪が兄上の指に飛んできただろ、あれと同じ感じさ。この剣が指輪の形態で兄上の指に飛んできたのは、まだ王太子だった時だと聞いてる」

「指輪も剣も、主人を選ぶということですね」

「そうだな。指輪も剣も、ガイアスが息子とその子孫のために残したものだ。ラス兄上曰《いわ》く、ガイアスの呪いを強化するためにな」

ガイアス嫡流の呪いは、ラザラスの中にしっかり生きている。

「剣はオデッセア家の管理だったから持ち出せたが、残りはダナオス王家に残されている。すべて回収して、ラス兄上の元に揃えたいんだけどな」

「失われたのでは？」

「ガイアスの作成物が、ただ人に破壊出来るわけがない。海に沈められたか、地中深く埋められたか。地中だろうな、多分」

　ラザラスが特に王の力が強いとはいえ、ガイアスの呪いにこれだけ反応する神器を嫡流ではなくなったダナオス王家が放っておくはずがない。無反応となった神器に、王家の権威が失墜するのは間違いないからだ。海に沈めて海王に返還するのではなく、地中に隠すだろう。

「ラス兄上は、この剣が飛んでこないように、念入りにしっかりと封じた。十八の時だ。以来、一度もこの剣がここから出たことはない」

「十八……、南部諸国との海戦の後ですか？」

「そういうことになるな」

「……では、」

　言いかけて、フランシスは口を閉ざした。軽々しく口にしていいことではない。それが本当なら。

「言えば？　俺しか聞いてないし」

　口調だけは軽く、フランシスを見る目には深い色をたたえ、ガイはそう促した。

「南部諸国の海軍を壊滅させたという嵐は、偶然ではありませんね？」

「そうだ。兄上とその神剣の力が嵐を呼んだ」

　癇癪を起こして雷を落とすラザラス。そして、海王の力が封じられているという、この神剣。嵐を呼ぶのも可能だろうと思える。だが、その力はあまりに大きい。大きすぎて、人が扱ってはいけないものだと、フランシスは背筋にぞっとした寒気が落ちていくのを感じた。

「だから、封印、なんですね」

　ラザラス自身もそう思ったに違いない。そして、海王の力を忌避する気持ちも強まっただろう。己の中にある力にも恐怖に近いものを感じたとしてもおかしくない。

「海王の力が封じられた剣だからな。封印するのにもかなり苦労した。最初は神官たちが頑張ったがどうにもならず、ラス兄上本人が取り組んで、何度も失敗してようやくだ。以来、この剣はずっとここで眠っている。それを貸し出すというのが、どういう意味を持つのかわかったか？」

「よくわかりました。手に取ることが出来ないとおっしゃった、神官長様の言葉の意味も」

「……ガイでいい」

「…………」

「敬語もいい。あんたはダナオスの女王だし、オデッセアの血縁だし同い年だし。こっち側の人間だ」

きゅっと結んだ唇が、照れくささを隠しているのを暴露している。なにより、その豊かな表情が、言葉どおりフランシスを身内だと認めてくれたことを証明してくれていた。

「ありがとう、ガイ」

「あんたのことは、フランと呼ぶ」

「え」

驚くフランシスを、ガイは悪戯が成功した子供のような顔で見る。

「で、フラン。兄上がこの剣を持っていろと言ったのなら、カギも一緒に渡したはずだ。封印を解くためのな」

「カギ」

「言っとくが、物理的なカギじゃないぞ」

神剣の入っているケースには、鍵穴などない。フランシスに思い当たることといえば、持っていろというメッセージと同時に手の平から伝えられた、あの熱。

ちらりとガイを見れば、ガイは無言で首をかしげ、神剣へとフランシスを促した。神剣の前に立ち、その美しさを見上げ、ごくりと息をのんで。フランシスはあの熱を受け止めた手の平で、そのケースに触れた。

『これをまた使おうなんて、お前、正気か？』

ラザラスの言葉がフランシスの体を通り抜け、ケースに吸い込まれていった。それがカギだったのだろうか。開封の呪文だったのだろうか。その言葉が流れていったのと同時、ケースにびしりとヒビが走った。

神剣はケースに入っていたのではなかった。水晶などよりもずっと透明度の高い石の中に剣は埋め込まれていた。縦横無尽にヒビが走り、剣を覆《おお》っていた透明な石は端から崩れ落ちていく。それは速度を増していき、崩れ始めたと思ったら、すぐに剣はすべてがむき出しになった。

かっと、柄にはめ込まれている金剛石が、まぶしいほどの光を放つ。見事な刀身がその光を受け、輝きだす。そして、細かく震えだした。

「剣をとれ」

ガイに鋭く命じられ、フランシスは言われるまま剣の柄を握った。なにかしら衝撃が来るだろうと、フランシスは覚悟して取ったのだが、拍子抜けするほど何も起きなかった。剣は光るのをやめ震えも収まり、大人しく普通の剣となり、フランシスの手にしっくりと馴染《なじ》んだ。

「すごい」

神剣は、フランシスの手にも体にも、まるでフランシスのために誂《あつら》えた剣のように馴染んでいた。

ラザラスが振るような長剣よりも短く、フランシスが扱いやすい重さで。そして、握っているとそこから熱い何かが体へと上がってくる。

「これ、海王の力？」

「そうだ。それを感じるなら、あんたは剣に認められた使用者ってことだ。指輪になれと念じてみてくれ」

「はい」

念じれば、すぐに剣は指輪に姿を変えた。手の中に納まる小さな銀色の指輪を、フランシスはまじまじと見つめる。その指輪は、まさにラザラスから送られてきたイメージと同じ指輪だった。もう一度、剣になれと念じれば、指輪はまた剣の姿を取った。

「すごい」

「当たり前だろ。そこらの神剣もどきと比較するなよ」

もう一度指輪に戻すと、フランシスは指輪を指にはめようとした。だが、指輪は指を通してくれない。まるで指輪の中に見えない何かが詰まっているかのように、どうしてもフランシスの指を通してくれなかった。

「利《き》き手にはめてみろ」

ガイに言われて、指輪を持ち換えて、逆の手の指にはめる。

「入った」

「ラス兄上からカギを受け取ったのが、利き手なんじゃないのか？　そちらの手に一時的な使用許可をくれたんだろう。逆の手には指輪をはめられないし、剣を持ち上げることも出来ないはずだ。気を付けろ」

　そうつぶやいて、ガイは疲れたように壁に肩を預け寄り掛かった。腕を組み首をかしげ、じっとフランシスを見る。ふうとため息さえついたようだった。

「どうかした？」

　フランシスも小首をかしげ、ガイに視線を向ける。

「神剣を持っていろと兄上に言われて、セルマーは何て言ってた？」

　すぐには、ガイの質問の意図がよくわからなかった。

「あり得ないと否定はされなかったんだよな？」

「そうね。腹をくくったのだろうと、そうおっしゃっていたかしら」

「ベルダンは？」

「……なりふり構わなくなったと」

　くつくつと低く笑い、ガイはがしがしと短い髪をかき回した。どうしてここで笑うのか、やはりわからない。だが、なんだかガイが泣き笑いをしているように思えて、フランシスは黙って彼のそばに近づく。正面に立つのも違う気がして、ガイと並んで壁にもたれ掛かった。この部屋には椅子さえないのだ。

「俺とフェイは、まあ俺は特に、ラス兄上にべったりなんだ」

「そんな感じね」

「もう八年もたつっていうのに、いつまでもあの頃のままだ。幼くて弱かったときのまま。べったり頼って、守られて」

「私には羨《うらや》ましいけど」

　まるでそれが悪いことのように言うガイに、フランシスはつい反論してしまった。

「私はずっと一人だったわ。王城の奥に閉じ込められて、味方も友人も頼りになる人もいなかった。あなたやフェリックス様のような味方がいたら、私も死ぬ以外に道を見つけられたかもなって、思ったことがあるわ」

「…………」

「ラザラスに会ったばかりの頃、彼があまりにも完璧な国王で、私が欲しかったものを何でも持っているように見えて、八つ当たりしたことがある。大嫌いって」

　小さく、ガイが吹き出した。

「ラザラスみたいな従兄《いとこ》がいたら、頼ってしまうのもわかるわ」

「頼るだけじゃない、甘えてもいた。兄上を守るつもりで、俺がしてたことは甘えることでしかなかった。すまなかった」

「……私？」

　ガイはまっすぐに視線を向けてきた。

「馬鹿なことを言った。兄上と結婚するなとか、ダナオスに帰れとか。フランを追い払うことが、兄上を守ることになると思い込んでいた」

「それなら本当のことだし。謝ることはないよ」

「本当のこと？」

「私が海王に命を救われて、ラザラスの前に流されたのは本当のこと。ラザラスが海王の娘とだけは結婚しないって言ってたのも本当のこと。海王はまさに私と結婚させようとしているのも間違いないと思うし。私はいないほうが、ラザラスのためだから」

「おい、マジか。兄上と別れるって言うのか」

ガイがゆらりと壁から体を離し、体の角度を変えて、隣に立つフランシスの正面に回る。じろりと睨まれて、フランシスは首をかしげる。

「別れろって言ってたよね？」

「だから！　それは謝っただろ！」

「だから、謝らなくていいって。それに話したよね。私、治癒能力の訓練するし、王城出るって」

「お前っ、意味わかってんのか？　神剣の封印解いて、それをお前に持たせるって、その意味をっ」

フランシスが本当に神剣を手にしたのを見て、ガイは自分の考えを改めることにしたらしい。それまでは半信半疑だったのだろう。それぐらい神剣を手にする意味が大きいのは、フランシスにもわかるが。

「ガイまで、ラザラスが神剣を私に持たせるのは、守りたいからだとか、愛しているからだとか、そんな風に考えるの？」

「……他に何がある」

「守りたいだけなら、近衛から護衛を出してくれてもいいし、侯爵家の私兵だってみんな強くて信頼出来るし、神剣の封印を解く必要なんてない。愛している証明に、神剣を持たせる？　それもおかしくない？」

セルマーとベルダンも、そう考えている。そこまでして、ラザラスがフランシスを想っているのだと、なぜだかロマンチックに。だが、フランシスはそんな風に思えなかった。ガイからこの神剣の話を聞くまでは、なぜなのかラザラスの意図が見えなかったけれど。

「ラザラスは、私に危険が迫っていると考えている。だから、これを持っていろと言っているんだと思う」

「危険？」

「この神剣でなければ太刀打《たちう》ち出来ない危険、よ」

でなければ、封印を解くなど、あり得ない。

「海王は私を救って結婚させて、ラザラスをダナオスの王にしようと思ってる。でも、私もラザラスにもその気はない。海王はどうすると思う？　ラザラスを一日も早く即位させたくて、海王は何をした？」

「フランを殺したところで、海王は目的を果たせない。むしろ、手立てを完全に一つ失うだけだ」

ガイが眉を寄せ声を抑えながら、強い口調で反論してくる。フランシスは小さく首を横に振る。

「神様が何を考えているのか、理解は出来ない。次元が違うのよ。海王の望みどおり動かない私を、海王がどうしようと思うのか、私にはまったくわからない。処分するのか放置なのか、今度こそ私の意思を奪い操り人形にするのか。私は放っておいてくれるのを期待してるけど、海王を知るラザラスがこうやって武器を持たせようとするのは、処分のほうが可能性高いということだと思う」

「他人事みたいに言うな」

「私は一度死んでいる、ガイ。死ぬのが怖くないなんて言わないけれど、覚悟は出来てる」

心残りもない。大切な人たち、メイとシビルの落ち着き先もちゃんと見届けた。

「海王が私の処分のためだけに、わざわざやってくるとも思えない。だから、私なんかの予想を超える、何かが起こるのかもしれない。わからないけれど、心づもりはしておけということだと思う」

フランシスは、金剛石のはまった、それは美しい指輪を顔の前に持ってくる。ガイの言っていた重みは感じない。けれど、あふれ出る力を感じる。温かなというより、少し熱いぐらいの、ちりちりとした熱。

「だから、あなたもその心づもりを、ガイ」

神剣が活躍するような何かが起こるのだとしたら、それはかなりな事件になりそうだ。それが起こることを知っていて対処するのと、知らずに対処するのでは、大きな差になる。

「レオン様やベルダン様には内密に。万が一、私の守護をしようなどと思われては困るから」

「放置しろと言うか」

「ガイ。海王が出てくるのなら、誰も勝てない。無駄に命を散らすだけだわ。勝ち目があるとすれば、この神剣を使えて、身の内に海王の力を持っている私ぐらいではない？」

フランシスはあえて軽い口調で言ったのだが、ガイのこわばった顔はそのままだった。だが、神官長の彼が、フランシスの言いたいことをちゃんと理解してくれていることは信じられた。


その日の夜。フランシスはまたラザラスの夢を見た。だが、夢の中のラザラスはぼんやりとして、声も色々なところに反響しているような感じで、何を言っているのかよくわからなかった。

なんだか、ラザラスは怒っているように見えた。ちゃんと言いつけどおり神剣の封印を解いてきたというのに、何が気に入らないのだろう。まるでわからない。

明日はついにお披露目のパーティーが開かれる。

「ダンス、踊ってくれるって言ってたのにね」

ついそんなことをつぶやいてしまったら、なぜかぼんやりとしたラザラスには聞こえたらしい。何事か怒鳴っているようだったのがぴたりと止まり、そしてまた叫びだす。が、何を言ってるのかわからない。

「フェリックス様と踊るから。あと、レオン様も来てくださるから、踊ってもらうんだ。ベルダン様とも踊りたかったな」

ベルダンはラザラスのそばから離れない。視察に同行して王城には居ないことにもなっているし、ダンスは無理だろう。

「ラスはずっとベルダン様を独り占めしてて、ずるいよね」

ベルダンと一緒に遠乗りも行けない。剣の稽古もつけてもらえない。

「今日は、疲れた……」

ガイと初めて向き合って話せた。まだ彼のことを何も知らなくて、会話にはとても気を使った。でも、色々なことを教えてくれた。

「そうだ、レオン様の神剣、見せてもらわなきゃ」

近衛軍団長のレオンは、神殿から貸与されている神剣を持っているはず。忘れずに明日見せてもらおうと思ったのを最後に、フランシスは深い眠りの中に落ちていった。

第十四章　宴

前日はそのまま自邸に泊まったガイは、朝食を済ませるとすぐに塔へとやってきた。

「おはよう」

ラザラスの枕元に居たのは、ベルダンではなくレオンだった。ここで書類仕事を片付けようとしているらしく、テーブルを持ち込んで、せっせと書き物をしていた。

「おはよう。ベルダンは仮眠中？」

「そうだよ。陛下、そろそろ目が覚めそうだって言ってた」

「なら、正装を準備させとくか」

そうつぶやいて、枕元の椅子に腰を下ろしたガイを、レオンがにやにやした顔で見ている。その視線に気が付いたガイが、むっと唇を突き出した。

「なんだよ」

「昨日、フランシス様と話し合ったんだって？」

「だからなに」

「陛下が目を覚ましたら、フランシス様のお披露目パーティーに駆けつけるだろうって、思うようになったわけだ」

「…………」

「今、陛下は眠っているそうだよ。昨夜はずっと起きていたらしくて、明け方になってようやく眠ったんだそうだ」

レオンがベルダンからの情報を開示すると、ガイはそんなこと関係ないという顔をしつつも、体の力を抜いて椅子の背もたれに寄り掛かった。

「俺、ラス兄上に謝らないといけない」

「そうだね」

あっさりと頷《うなず》いたレオンに、ガイは情けない顔になる。

「んだよ。ちょっとくらいフォローないの」

「あのね、怒るよ、ガイ。俺たちやコンスタンス様がどれほど苦労してフランシス様を引き留めたか、お前知らないだろ。なんとか無事にお披露目パーティーが出来そうで、俺たちがどれほど安堵《あんど》してるか、お前わかってないよ」

「わかるように説明いただけると」

「ようやく聞く耳が出来たな。なら、教えてやる。お前の中のフランシス様のイメージって、陛下をたぶらかして王妃になりたいって典型的な悪女だろ。それとも、海王《かいおう》の手先か。お前や陛下が海王を目の敵《かたき》にしてるのはわかるけど、フランシス様だって海王に救われた記憶さえないのに、言いがかりも甚《はなは》だしい」

「そこらへんは理解した」

レオンは長いため息をつく。

「フランシス様は、陛下と別れることになるって考えを変えてくれなくて。最初は、侯爵家との養女の話も断って、王城を出て自活すると言ってたんだぞ。神殿で治癒能力の訓練をすれば食べていけるとか、エストラ語の翻訳とか仕立物屋で刺繍《ししゅう》とか、算術出来るから商家で働くとか、恐ろしく具体的で反論出来なくて。コンスタンス様が泣き落としされたようなものだよ。いつぷいっと王城を出て行かれるんじゃないかってずっと心配で、侯爵家の私兵には警備を厳重にと言いきかせたし、王城の門番にもフランシス様は出すなと厳命してある」

「フランの警備は万全なんだ」

「未来の王妃様だ。当然だろ」

レオンの視線はちょっぴり冷たかった。フランと、ガイが愛称をいきなり使ったからかもしれない。

「でも、フランは陛下と別れるつもりでいる」

「神剣を手にしても駄目か」

「神剣が必要なほどの敵に狙われているからだろうと、言ってた」

「……それもあながち外れてはいないと思うけどね」

つぶやいて、レオンは口を閉ざした。ガイとしては、レオンがそれをどう考えているのか、鎌をかけた感じだったのだが。やはり、ラザラスの抜擢《ばってき》した近衛《このえ》軍団長はさすがだった。

「俺は、動けないラス兄上が彼女を守るために、最強の武器を持たせたんだと思う。それぐらい、彼女が大切なんだと受け取ったけど」

「それも正解だと思うよ」

フランシス以外の側近たちは、神剣のことをそう受け取った。海王を嫌うあまり、自分の持つ力も海王の守護もすべて否定してきたラザラスが、フランシスのためならそれらすべてを受け入れて利用する。それぐらいフランシスを愛しているのだと、そう思ったのだが。フランシスはただの警告だとしか受け取らなかった。愛の証明どころか、死ぬ覚悟までさせてしまった。

「ラス兄上は、フランに何を言ったんだ？　彼女、頑《かたく》なすぎるよな」

「フランシス様は自己評価が低すぎるから。それに、捨てられる放っておかれるということに、ひどく敏感なんだろうね」

レオンの父は、幼いエヴァンゼリン王女の護衛をして、いつもそば近くにいた。そんな父の話をずっと聞いてきたレオンには、ガイにはわからないフランシスの心の機微が見えるのかもしれない。

「父王がお元気な頃は、フランシス様も活発で明るい、子供らしい子供だったそうだよ。優しくてまっすぐ素直で、天使のように可愛《かわい》らしくて、王城の誰にも愛されていたそうだ。でも、王城の奥に軟禁され、友人も忠実な臣下も次々に引き離されて一人になっていくにつれ、フランシス様は子供らしさを失い、その代わり年齢以上の聡明《そうめい》さと慎重さ、思慮深さを身につけられた。味方を失ったのは、自分のせいだと思われている。己の愚かな振る舞いで、宰相《さいしょう》に付け入るすきを与え、大切な味方を奪われていったとね。俺も父のことを謝られたよ。父の忠誠に応えることが出来なかったとおっしゃってた。フランシス様は、自分が愚かで無価値な人間だと思っている。世継ぎの王女として以外、自分には何もないと思っている。あんなに聡明で美しく、素晴らしい女性なのにね」

昨日、フランシスから味方がいなかったという話を聞かされたばかりのガイは、自分が苦労しながらも、幼馴染《おさななじみ》たちを失うなんて考えたこともないことに気が付く。フランシスはいつも大切な人を理不尽に奪われてきたので、一人になることで傷つかないように身構えているのだろう。子供の頃の体験は、いつまでも心の奥に残るものだ。

「それで、ラス兄上を失うって思ってんのかな」

「陛下に依存しすぎてたって言うんだよ。一人で立てないとってさ。それって、陛下が聞いたら、切ないだろうなぁ。なんか、俺でさえ悲しくなった。恋人なら夫婦なら、共に支えあって幸せになろうと思うのは当然で、それは依存とは違うよね。マルタナに来たばかりで、そりゃフランシス様が陛下に支えられてた部分は多かったかもしれないけど、陛下は嬉《うれ》しいぐらいだっただろうし。あんなに逞《たくま》しい人が一人で立ててないなんて、そんなこと思うのはご本人だけだよ」

「……………」

「泣いてるところも、弱ってるところも、俺たちには絶対に見せない。慰めを受け付けない。一人になるのが当たり前で、誰かに頼ることをしないフランシス様を、泣かせてあげられるのは陛下だけかもしれないね」

「そうだな」

素直に頷いたガイに、レオンはおやっという目を向けてくる。

「フランシス様に惚《ほ》れるなよ、ガイ」

「そんなんじゃない！」

ラザラスの指がぴくりと動いたのに、レオンは気が付いた。ベルダンのように寝顔を見るだけでは起きているかどうかまでわからないが、どうやらいつの間にか起きていたようだ。

「ガイは今夜のお披露目、出席するのか？」

「ラス兄上が間に合えばね。そばについてるつもり」

ガイは素直に答えた。ラザラス愛《いと》しさに曇っていたフランシスを見る目も、どうやら綺麗《きれい》に晴れたようだった。そうなれば、ガイは聡明で優秀な神官長だ。何の心配もない。

「レオンは出席するんだろ？」

「勿論《もちろん》。踊ってくださるそうだから、楽しみにしてる」

「ずるい」

「神官長様にお願いされれば、フランシス様も踊ってくださるさ」

今日のレオンはガイに優しくする気分ではないようだった。チクリチクリとやられて、ガイは口の端をひくつかせる。知らないところで随分とたくさんフォローさせてしまったようだから、これは甘受すべきなのだろう。

「これ、持ってろ」

と、ガイはレオンに指輪を差し出す。大きな赤い石がはまった指輪。近衛軍団長に貸与されている神剣だ。すでにレオンの使用者登録をしてあり、レオンにしか使えない神剣だが、ダナオスに出かける前に神殿に一時返却されていた。見る者が見れば、普通の指輪ではないことなどすぐわかる。そんな指輪をしているレオンが只者《ただもの》でないことも知られてしまう危険性が高く、ダナオスでは身分を隠して行動したかったレオンは、指輪を神殿に置いていったのだ。

「……ありがとう」

「これも一緒につけとけ。結界を補強してくれる」

同じく赤い石のはめ込まれた指輪も、ガイはレオンに渡した。レオンは神力《しんりき》を使えないが、神剣の主人なので神剣の力を使って身を守る結界を張ることが出来る。その結界の力を強化するため、ガイが昨夜作ったのがもう一つの指輪。レオンの張った結界に反応して、その補強をする神器《じんぎ》だ。

「神官長自ら？　それはありがたいなぁ」

「俺にはそれぐらいしか出来ないからな」

神官の力の源は海王にある。もし海王が敵として立ち塞《ふさ》がれば、神官はその力をすべて奪われ、出来ることはないだろう。せいぜいが、こうして事前に神器を作成して、武器の一助にするだけだ。

「昨日、フランにも結界の張りかた、教えたから」

「神剣を使って？」

「ああ、そう。フラン、才能あるね。器用だし。神剣なしでも張れるけど、神剣を使って超強力なのが張れるようになった」

話の後、ガイがフランシスを誘い、神殿内の訓練場で練習をした。危険が迫っているというので、身を守る術《すべ》をと思ったのだ。

「あの神剣、久々に見たけど、相変わらず狂ってる」

「久々、だからじゃないの？」

「そうかもしれない。あいつ、呼ばれてもないのに、ラス兄上のところに飛んでいこうとしたぞ。剣のままで」

ははは、と、レオンが乾いた笑い声を上げる。

「六年も兄上と引き離されて、あいつ絶対おかしくなってる」

「まあ、頼もしいんじゃない？　それだけ、力有り余ってるんだろうし」

「だといいけど」

あの神剣、ガイには自分勝手がすぎる印象しかない。ラザラスの命令に従順なようでいて、どこか甘えている。ラザラスのためだと思ってやれば、何でも許されると思っているふしがある。

「あの剣、不思議とわきまえるところはわきまえてるから。陛下の最愛の人を傷つけるようなことはしないさ」

最愛の人と、何のためらいもなく口にしたレオンを、ガイはじっと見つめる。レオンはラザラスと海王の因縁のすべてを知るわけではないが、ラザラスがどれほど海王を忌避《きひ》しているかはよく理解している。なのに、レオンは初めからラザラスがフランシスと別れるとは、考えていなかった。そういえば、セルマーもベルダンもだ。

「なあ、どうしてレオンは、ラス兄上がフランと別れないって、わかったんだ？」

率直に聞くと、きょとんとした顔になったレオンは、小さく笑った。

「どうしてって、俺にすればどうして別れるって思うか、そっちのほうが不思議」

腕を組み、レオンはくつくつと笑い続ける。

「そりゃ、即位当時の陛下なら、逃げ出したかもしれないと思うよ。でも、あれから八年だよ、ガイ。君が陛下を守りたいと思えるぐらい成長した分、陛下だって成長してる。ガイ、フェリックス、陛下の三人ともそれぞれ苦労して大人になったけど、やっぱり一番変わったのも成長したのも、陛下だよ。今の陛下なら、海王の手先だからと言ってフランシス様を諦《あきら》めたりしないさ。むしろ、フランシス様と海王の関係を断ち切ってでも、フランシス様を愛するだろうし、守り抜くと思う」

「……そう、だな」

「ベルダンはなりふり構わなくなったと言っていたけど、それはいいことさ。海王が陛下を諦めないのなら、使えるものはなんでも使って対抗するべきだ。嫌だ嫌いだと背を向けているのは子供っぽい。俺としては、一皮むけたと言いたいな」

褒めてますよ？　と、レオンはラザラスの寝顔に向かって言う。ガイがげっと、うめく。

「寝てるって言ったよな」

「いつの間にか、起きてたみたいだ」

二人の見つめる中、ラザラスは薄く唇を開き、寝息とは違う深い呼吸をする。ぴくりと、わずかに顎《あご》も上がったように見えた。

「もしかしたら、今日中にも起きるんじゃないか」

「陛下はそのつもりだろうね。お披露目には這《は》ってでも行きたいだろうから」

「這って行くようじゃ、ダンスは無理だな」

そう嘯《うそぶ》いて、ガイは立ち上がる。

「兄上の正装一式、ここに持ってきとく」

と言い残し、塔を出て行った。

「ガイも大人の男らしくなりましたね。まあ、フランシス様と同じ年ですからねえ。そういえば、婚約者もいるんでした」

神官長ともなると、いつまでも独り身ではいられない。ラザラスの結婚がまとまれば、ガイは今以上に結婚をせっつかれるのだろう。お気の毒にだ。

「さて、陛下。ここのところ、毎晩遅くまで起きて何かしているようですが。今夜のお披露目に行くつもりなら、今のうちに眠っておくことですね。フランシス様も今日は朝からお披露目の準備で、ここには来られないでしょう」

そう声をかけると、レオンもデスクの書類仕事にとりかかる。ラザラスが来る前にダンスを踊ってもらおう、でないとラザラスに独り占めされる可能性大なので。なんてことを考えながら、レオンは静かな時間を過ごした。


夜。フォンテーヌ侯爵邸。

フランシスはフェリックスにエスコートされて、招待客で埋め尽くされた侯爵邸のホールに姿を見せた。どっと沸き起こる歓声と拍手に、フェリックスはホール中央までフランシスをエスコートすると、二人で深く頭を下げた。

「本日はフォンテーヌ侯爵家にようこそいらっしゃいました。今宵《こよい》は、皆様にフォンテーヌ家の新たな一員を紹介したく、お集まりいただきました。フランシス・フォンテーヌです」

フェリックスに促《うなが》され、フランシスが膝《ひざ》を折り、とても美しい礼をする。

「フランシスです。皆様、どうぞよろしくお願いいたします」

今夜のフランシスは、それはもうとびきりに美しかった。本物の銀で出来ているかのような銀色の髪は、白く小さな顔を縁どるように輝いている。吸い込まれそうな青い瞳に陶器のような美しい頬、薔薇《ばら》のような唇。瞳の青に向かって、裾の緑から青への美しいグラデーションになったドレスは、いたるところに輝く石が縫い込まれ、照明にキラキラと輝いていた。

そして、背筋が伸びた美しい立ち姿には気品がある。立ち居振る舞いにも、一朝一夕《いっちょういっせき》では身に着かない優雅さと高貴さがある。ここに集まったマルタナの貴族たちの中には、フランシスがダナオスの伯爵令嬢だったという過去を信じていない者もいた。侯爵家にうまく取り入ったどこの馬の骨ともわからない娘だと、馬鹿にするために来た者もいる。美しく気品にあふれたフランシスは、そんな嘲《あざけ》りを挨拶だけで一掃させた。エスコートするフェリックスさえ格下に見せるような、女王の品格で周囲を圧倒していた。

「今日のフランシスは、本当に綺麗ですね」

ヤルマーは、フェリックスに連れられて挨拶回りを始めたフランシスをじっと見つめ、嬉しそうに頷いている。

「陛下に連れられて、この王城に来た時のことを思い出しますよ」

「フランシーヌ島に漂着したんですよね。あの陛下の休暇用別荘のある」

一緒にいるレオンがシャンパンのグラスを傾けながら聞く。

「喪服《もふく》姿でね。長い髪が海藻《かいそう》みたいにもつれていて」

「もしかして、それであの髪を切ってしまわれたのですか？」

非難の色を込めた抗議をしたのは、フランシスの元ダンス教師シビルだ。男爵家の令嬢でもあるシビルは、招待を受けて出席している。美しいドレス姿で、エスコートはレオンだ。

「髪を切ると言い出したのは、フランシス本人です。勿論、私は全力で止めましたよ」

「それはきっと本当だよ、シビル。セルマー様は陛下が髪を切るのも嫌がられるから」

「まあ、でもわかります。陛下の髪、とても綺麗ですもの」

「あなたの黒髪も、とても綺麗ですよ、シビル」

「ありがとうございます、セルマー様」

いつも男装のシビルだが、今日は気合の入ったドレス姿で、とても美しくよく似合っていた。シビルも女性にしては背が高く、筋肉質の引き締まった体つきをしている。女性らしい凹凸《おうとつ》には少しだけ物足りないところもあるが、十分に官能的で美しい。いつもきつくまとめてある黒髪も、今日は艶々《つやつや》でふんわりと巻いてあり、化粧けのない顔にも色がさされ、凛《りん》とした印象を与える緑の瞳も夢見るように潤《うる》みとても色っぽかった。

今日エスコートのレオンとは、士官学校での同期だ。同じ年齢、同じ男爵家、軍人の家の子供ということで、顔を合わせることも多かった。男女の関係ではないが、パートナーがいないから一緒にどう？　と、声をかけられるぐらいには親しい。

近衛の礼装姿のレオンは、それはもう凛々《りり》しく華やかで美しかった。白に金の礼装はブロンドに青い瞳のレオンに合わせて作られたのかと思わせるぐらい、とてもよく似合っていた。帰国後初のパーティー参加のレオンを取り囲もうと、ご令嬢たちはすきを狙っているわけだが、今のところシビルの存在に遠巻きにしているという感じだ。

いつも地味な恰好《かっこう》で地下室にこもっているセルマーも、今日は美々《びび》しい正装姿で、短い灰色の髪をきちんと後ろに流し知的な青い瞳を周囲にさらしている。学者らしく細身だが、身長はレオンに負けないぐらいあるセルマーは、きちんと装って立っていればやはり人目をひく存在だった。

そんな三人がかたまって話しているので、とても目立つ。フェリックスは彼等《ら》への挨拶は後回しにしようと薄情なことを考えていたのだが、あまりに目立っていたのでつい目に入り、流れもあってフランシスと一緒に近づいた。

「こんばんは。目立ってますよ、お三方」

「皆さん、ようこそ」

　フェリックスとフランシスがにっこり挨拶すると、三人はぱっと笑顔になった。

「フランシス、おめでとう。これで君も、立派なマルタナ貴族だね」

「今夜はまた一段とお美しい。おめでとうございます、フランシス様」

「フランシス様、おめでとうございます。お幸せそうで、私もとても嬉しいです」

　ヤルマー、レオン、シビルの順で挨拶する。

「ありがとうございます」

　凛としていたフランシスが、親しい人たちだけの間で、打ち解けたほほ笑みを浮かべる。それがとても可愛らしく、女王然としたそれまでのフランシスとはまるで違って魅力的で、見ていた人々の心をぎゅっとつかんでいた。

　フェリックスは身内同然の三人の前では長居せず、すぐ次の客へとフランシスを連れて行ってしまったが、フランシスは引き合わされる人々を次々に魅了している様子で、そんなフランシスを見守っているだけで、三人はとても満足だった。

　今夜、このお披露目に参加した客は、きっと一人残らずフランシスに魅了されるだろう。並みはずれた美しさは勿論、立ち居振る舞いの優雅さ、醸し出す高貴さ、話題の豊富さと聡明さ。どれもフランシスはそこらの令嬢レベルではないのだから。

「陛下、間に合うかな」

　フランシスを食い入るように見ている男の数に、レオンが顔をしかめてつぶやく。

「今日で一週間でしたよね。まあ、前例はありませんね」

セルマーが冷静にそう言って、小さく笑う。

「陛下はいつもそんな長期間の視察に出かけられるんですか？」

事情を知らないシビルが驚いてそう聞くのに、レオンとセルマーは苦笑を浮かべあう。

「今回は、うっかり遠くまで行ってしまわれてね」

「……お披露目で、陛下との婚約も発表されるのだとばかり思っていました」

シビルは声を潜《ひそ》め、そっとつぶやく。貴族の間でそういう噂《うわさ》になっているということは、セルマーもレオンも承知していた。ラザラスが起きていたら、彼自身もそうしようとしただろう。

一方で、一週間という長期間、しかも突然に視察へ出て行ってしまったラザラスの行動について、フランシスの存在が気に入らない面々が嫌な噂を流そうともしている。ラザラスが姿を見せれば消える噂なので、二人は静観していた。

「ベルダンの見立ては？」

今日は塔に行っていないセルマーは、そんな風にレオンに聞いてきた。

「今夜、遅くとも明日の朝」

「それはまた微妙だ」

「ファーストダンスには間に合いませんね」

挨拶回りが一段落したのだろう。フェリックスが楽団にダンス用の演奏を始めるように指示している。ホールの中央をダンスのために空けようと、人々が壁際へと移動を始めた。侯爵家の使用人たちが、手狭になったホールに隣接する部屋の扉を大きく開き、ダンスをしない客のためにオードブルやアルコールを用意している。だが、誰もそちらに移動しようとはせず、広く空いたホール中央へと視線を向けている。正確には、フェリックスにエスコートされ、ダンスをするためにホールドしたフランシスを見るためにだろう。

流れ出したワルツにのって、フランシスとフェリックスが踊りだす。この二人と一緒に踊ろうという者は一人も現れず、フェリックスとフランシスは招待客全員の視線の中、優雅に踊る。フランシスが華麗なターンを披露するたび、ホール内に感嘆のため息とざわめきが広がった。

「あなたがフランシスのダンス教師だったんですよね」

セルマーに聞かれて、シビルはにっこりと頷く。

「いい生徒に恵まれました」

「いやいや、素晴らしい指導だったんでしょう」

「シビル、次の曲は踊ろう」

レオンが気安い口調で、そうシビルを誘う。

「いいですけど、レオン様、フランシス様をセカンドダンスに誘わないんですか？」

「誘いたいけど、ここは戦略的撤退だな。セカンドダンスは譲ります、セルマー様」

なぜレオンが撤退するのか、その理由に気付いているセルマーは、気の毒そうに苦笑している。

ファーストダンスは、主催者で義兄になるフェリックスと。では、セカンドダンスは誰とになるのか、招待客たちが、特に多くの男性が気にしているのは間違いない。

そこにレオンが颯爽《さっそう》と登場してしまったら、必ずフランシスとの仲を噂されるだろう。ラザラスが欠席の今夜は特に。セルマーなら年齢差もあり、そこまで噂にはならないはずだ。

「三番目は絶対に踊りたいんで、曲が終わりそうになったら、俺のほうに誘導してきてくださいよ」

「はいはい。必死だね」

「ダンス希望者、殺到しますよ、絶対」

レオンの予言は見事に的中し、二曲目も終盤になると、次はフランシスを誘おうと狙う男性たちが落ち着かずに牽制《けんせい》しあうようになった。二曲目が終わってすぐ、セルマーの協力でフランシスの手を取れたレオンは、深く安堵した。

「必死ですね、レオン様」

ちょっぴりあきれた目を向けてくるシビルの手を、レオンはセルマーの手に、当たり前のような顔をして渡してやった。

「当たり前だろ、フランシス様だぞ」

レオンはそう開き直り、フランシスの手を恭《うやうや》しくとると、ダンスの許可を求めた。そして三曲目、レオンは念願叶《かな》ってフランシスと踊りだし、セルマーはシビルと踊りだしていた。

「レオン様、今すごくさりげなくシビルをセルマー様に渡しませんでした？」

「気が付きましたか」

フランシスが小首をかしげて聞いてくるのに、レオンはにっこり頷く。セルマー、シビルのカップルから距離があるのを確認してから、レオンは楽しそうに話し出した。

「実は、シビルに頼まれていまして。セルマー様と踊りたいから、協力してくれって」

驚きに、フランシスが目を見張る。

「シビルの好みは、年上で線の細い文官タイプの男ですよ。知りませんでした？」

「初耳です」

「マルタナに帰国して、あいつが一番喜んだのは、セルマー様が未婚だったことじゃないですかね」

「びっくりです」

レオンとフランシスは目を見合わせ、笑いあう。それはひどく親密な雰囲気で、周囲をざわつかせた。

「とてもお上手だ。シビルの指導は厳しかったそうですね」

「レオン様も、さすがです。今思うと、シビルのダンス指導は筋力訓練を兼ねていたと」

「でしょうね。父は本当なら護身術や剣も教えたかったはずですから」

「剣を持つことは出来ませんでしたけど、ベルダン様にスジがいいと褒めてもらいました」

レオンの腕の中で踊るフランシスは、まるで妖精のように可愛らしく美しく、レオンは庇護《ひご》欲をいたく刺激された。人前に立てばちゃんと女王様になるのに、こうして信頼する男の腕の中にいると安心するのだろうか、少しだけ気が抜けてほんわかとした笑みを浮かべてくれる。

（ああ、違うな）

レオンを見上げるフランシスの目が、時折ふと遠くを見る。レオンの肩越しに、レオンではない誰かを見る。それが誰かなんて、聞くだけ野暮だろう。ラザラスとレオンは身長がほぼ同じ、体つきもよく似ている。後ろから見ると、そっくりだと言われたこともある。

（陛下、早く来てあげてくださいよ）

だが、三曲目も終わってしまう。ラザラスはまだ登場しない。次にフランシスと踊りたい男どもの視線を背中に感じる。フランシスを他の男と踊らせなければならないかと、レオンは諦めかけたのだが。

次の曲の前奏が、三曲目の終わりにかぶせるようにいきなり始まった。しかもその曲は、踊るのに非常に難しい曲として有名で。とにかくステップが強烈なぐらい複雑なうえ、動きが大きいので、体力と筋力がないと絶対に途中でふらついてしまうのだ。誰もがそれを知っているので、フランシスを次のダンスに誘おうという男どもがさっと退いていく。フランシスと踊るのは注目を集める。それで無様にダンスを失敗などしたら、かなり目立つ。

「踊っていただけますか？」

「ええ、喜んで。この曲、大好きなんです」

「それはそれは」

シビルに教え込まれたのだろう。レオンもシビルのパートナーになれるように仕込まれたのでわかる。ちらりと楽団のほうに視線をやれば、シビルが楽団の指揮者とにこやかに話していた。間違いなく、彼女の仕業だ。しかも気の毒なことに、セルマーはシビルに腕をつかまれて、ダンスフロアに連れ戻《もど》されている。

「レオン様？」

踊りださないレオンを、フランシスが不思議そうに見上げる。

「すみません、いきましょう」

この難曲をレオンとフランシスが見事に踊り切ったら、それはもう注目を集めるだろう。難曲というだけあって、上手い踊り手が完璧に踊れば、それはもう美しく見栄えのするダンスだし。

（陛下、絶対に嫌な顔するだろうなあ）

ラザラスがむすっとする顔が思い浮かぶ。だが、目の前にいるのは素晴らしい美女。しかも、とびきりに高貴で、最高に可愛らしい。

(申し訳ありません、陛下)

レオンは細い腰を支え、ステップを踏み始める。くるくると高速でフランシスを腕の中で連続ターンさせると、フランシスがとても楽しそうに目を輝かせた。

いつの間にか、ダンスフロアにはレオンとセルマーの二組だけで、スペースがたっぷりになっていた。レオンはこのダンスを楽しむことを決めると、フランシスの腰を持って彼女を高く持ち上げ大きなターンを決める。フロア中の歓声を集め、フランシスも今日一番の笑顔を見せてくれた。

この笑顔で、ラザラスの仏頂面を差し引いてもおつりはたっぷりだと、レオンも笑顔だった。


「次がラストダンスになるよ」

フェリックスにそう言われて、フランシスは小さく頷いた。

隣でシャンパンを飲んでいるセルマーが、ちらりと入口の扉へと視線を向けるのがわかった。もしかしたらラザラスが来るかもと、セルマーに言われていた。まさかあり得ないと思ったが、期待はしてしまう。今はダンスを踊っているレオンも、目が覚めたらすぐに来れるように、塔に正装を持ち込んでいると教えてくれた。

「最後は踊る?」

フェリックスが優しく聞いてくれる。今夜の彼は、フランシスのエスコートに徹してくれていた。他の女性とダンスも踊らないし、フランシスが踊っていないときは常にそばにいてくれる。

「今夜はもうやめておきます」

誘われるまま何度も踊ったので、フランシスは疲れてしまい、休憩していたところだ。

「それがいい。今夜は踊りすぎだ」

そうぼやくセルマーは、シビルとあの難曲を完璧に踊ってみせた。だが、それで疲れ果てたと言って、その後はダンスを踊っていない。誘われてもお断りしていた。

シビルとレオンは、それぞれ別のパートナーと今もダンスを踊っている。二人とも、ほとんど休みなしだ。さすが鍛えかたが違うと、セルマーはぼやいている。

曲が終わり、ラストダンスのワルツが流れ始める。シビルはセルマーを誘いにわざわざやってきて、ぼやくセルマーを半ば強引にダンスに引っ張っていった。レオンはこちらに来る途中で、これもちょっぴり強引な令嬢に捕まって、そのまま踊らされている。

「楽しかった？」

フェリックスに聞かれ、フランシスは答えようとして振り返り、硬直してしまった。

ざわっと、扉の周囲からざわめきが広がっていく。フランシスの視線を追ったフェリックスも、驚きに目を見張る。

扉をそっと開けて入ってきたのは、正装したラザラスだった。慌《あわ》てて挨拶しようとする人々をとどめ、ホールをさっと見渡し、フランシスを見つける。それからは一度もフランシスから目をそらさなかった。フランシスを見つめたまま、まっすぐにフランシスに歩み寄ってくる。

ホールの人々も国王が姿を見せたことに気が付き、次第にダンスも楽団の演奏も止まっていく。ラザラスがフランシスの前に到着した時には、ホールはしんと静まり返り、人々の視線はラザラスとフランシスに集中していた。

正装したラザラスは、フランシスが想像していたより立派でとても綺麗だった。男性に綺麗というのは違うかもしれないが、ラザラスほど美しい男性には綺麗としか言いようがないのだ。ラザラスは、すっとフランシスに手を差し出した。

「踊ってくれる？」

「……はい」

それ以外になんて答えられただろう。フランシスが頷いてラザラスの手に手を重ねると、ラザラスは満足そうにほほ笑んだ。そして、フランシスの手を引いて、ダンスフロアの中央に向かう。二人がホールドすると、待っていたように楽団がワルツを演奏し始めた。

「ラザラス、よかった。いつ目が覚めたの？」

近い距離になったラザラスに、フランシスは小さな声で聞いた。

「ついさっき。よかったよ、間に合って」

「ダンスなんて踊って大丈夫なの？」

「意地でも踊るよ」

口元に不敵な笑みを浮かべ、ラザラスはくるりとフランシスをターンさせる。ずっと眠っていた人なのに、動きは滑らかでふらつきもない。そしてフランシスを見つめる目には、隠さない愛情があふれていた。愛していると、そう言ってくれる目だった。

「フラン、会いたかった」

「ラス」

「愛しているよ。今夜、ここで婚約を発表していいね？」

「ええ……」

間近で見つめる、ラザラスの瞳。吸い込まれそうに、美しい緑の瞳。なぜかなんてわからない、だが突然、フランシスにはわかった。

「誰?」

この人は、ラザラスではない。見た目はそっくり同じだけど、違う。そうと気が付けば、体温が違うこと、匂いが違うこと、違いをいくつも感じとれた。そして、ラザラスではない得体の知れない男に、触れられているのが気持ち悪くてたまらなくなった。

「おっと」

身をよじって離れようとしたフランシスを、ラザラスそっくりの男は逃さなかった。

「!」

フランシスは、自分の体が勝手に動いていることに驚く。頭は、ダンスをやめてラザラスそっくりの男から離れろと命じているのに、体は従わない。優雅にワルツを踊り続けている。

「笑顔でね」

そう囁《ささや》かれると、顔の表情さえも思うとおりにならなくなった。体の何もかもが自分の自由に動かせない。視線さえ固定され、フランシスはじっとラザラスそっくりの男を見上げることになった。やはり、ラザラスではない。顔の造りはラザラスそのものだ。だが、目がいつの間にか緑ではなく青になっていた。

「へえ、カンがいいね。あたり、私の目は青だ」

フランシスの口は動かない。笑顔の形のまま、固定されている。

（思考を読んでいる？）

答えはない。男は笑顔でダンスを続けている。

（ラザラスは無事なの？）

やはり、答えはない。

（あなたは何者？）

ちらりと口元に浮かんだ笑みは、ぞっとするほど美しかった。

（何が目的？）

「婚約発表だよ、勿論」

（婚約？　私とラザラスの？）

男は答えない。青い瞳が、なにやら楽しそうにフランシスを見ている。ラザラスのふりをしていたとき、男は愛していると熱っぽくフランシスを見つめていた。そのふりをしていた。だが今は、まるで感情のこもっていない目で、ただ見ている。面白がるように、おもちゃを見るように、取るに足らないものを見るように。

（まさか、ラザラスとエヴァンゼリンの？）

「君は人間にしては賢い。エヴァの血筋だものね」

（私をダナオスのエヴァンゼリンだとばらして、ラザラスと婚約させるつもりね）

「それでどうするでしょう」

（私を旗頭にダナオスを奪い返すとか言い出すつもり？）

「もう引っ込みがつかないぐらい、派手に発表しないとね」

(ダナオスを攻めるとか、ラスは絶対にやらないから！)

「そうかな？　君の命がかかってるとなると、どうだろうね？」

胸がばくばくと速くなり、息苦しくなり、全身に汗が噴き出す。それでも、フランシスは笑顔でダンスを踊り続けている。傍目《はため》には、ラザラスと仲睦《むつ》まじく。

(私を殺しなさいよ。ラザラスのお父様は殺したくせに！)

「あれは失敗だった。あの子を怒らせてしまった」

やれやれと言わんばかりに、男は首を横に振る。

「しばらく離れていたからね、こっちのやり方を失念していたよ。あれは失敗だった。だから君を殺したりしないよ。もっと怒らせることになるだろ？」

嫌われたくないんだよと、男はやけに人間臭く、悲し気に言ってみせる。あまりに芝居がかっていて、本気でそう感じているとは思えなかったが。

「しかし、せっかく助けてやったのに殺せなんて、君もおかしな人だ。私にもっと感謝して、私の言うとおりに動いてくれていいと思うよ？」

男の笑みは、美しくもぞっとするほど気味が悪かった。それを見ていると、自分がとても無力で逆らうことがとても愚かに思えてくる。萎《な》えそうになる気力を奮い立たせ、フランシスはラザラスに持たされた武器を呼んだ。

(剣を！)

指輪から剣になるように念じたが、指輪はまったく反応しなかった。ダンスのために握っている手に、男はちらりと視線を向ける。そして、指先でフランシスの指輪に触れた。

「おやおや。これは私が可愛い息子のために作った剣だ。なぜ君が持っているのかな？　おや。あの子が君に許可を出したようだ」

指輪をしている手を握られているせいか、指輪はフランシスの指示に従わない。それどころか、ラザラスに与えられた使用許可さえ読み取られてしまった。渡されていた武器を封じられ、フランシスは抵抗の術《すべ》を失う。お腹《なか》にぐっと力をこめて、男を睨《にら》んだ。

（ラザラスに会わせてくれたことは感謝するわ。でもラザラスを苦しめるのは許さない。今すぐ私を殺しなさいよ、海王ガイアス）

海の神様は、フランシスを羽虫のように見やり、面倒だと言わんばかりに軽く舌打ちした。

「やっぱり、君はもうちょっと聞き分けのいいお人形にしておくべきだったかな」

小首をかしげ、ガイアスは恐ろしいことをつぶやく。

「でもそうなると、あの子が君に惹《ひ》かれない可能性が高かったしねえ」

（ラザラスが？）

「勿論」

（そもそも、ラザラスと私が惹かれあうって、どうして確信を持てたの）

「人間は本能で、より強い子孫を求めるものさ。強い子供を作れる相手を本能でかぎ分けて、まあ恋するとか愛してるとか、そんな幻想を抱く。あの子は私の血がとても強いから、そこらの女じゃ子を産めない。だから、あの子も求めない。だが、君は産める。強い子をね」

まるで家畜の交配について話すようなガイアスに、フランシスの背中を寒気が何度も駆け上がっていった。

「エヴァの血筋だからねえ。オデッセアの人間は、私と相性がいいんだよね。ついでに、君の寿命をあの子と合わせておいた。同じ時を生きられる。あの子にとっては、ようやく見つけた自分と同じ種族の女って感じさ。番《つが》わないわけないだろう？　それなのに、大嫌いな私の気配がしたら、避けられてしまう」

（もうあなたのことはばれてるし、すでに避けられてるわ、残念ね）

「君は責任感の強い王女だと思って期待していたのに、あっさりダナオスを捨てるから驚いたよ。それでいいの？　あの子におねだりしてほしいな。ダナオスとユクタスも欲しいのって」

（いらない！）

「残念だね。さて、時間だよ」

ラストダンスのワルツが終わる。フランシスの体は未《いま》だ自由に動かない。ガイアスに手を取られ、ホールの中央へとエスコートされていく。視線はガイアスへと固定され、周囲を見回すことも出来ない。レオンやセルマーに助けを求めることすら出来ない。

（やめて、お願いだからやめて）

エヴァンゼリンの人生はもう終わったのだ。自分の過去がラザラスに、そしてマルタナに迷惑をかけることは出来ない。

（やめて、死なせて）

エヴァンゼリンのせいで、マルタナとダナオスが戦争などということになったら。そんなことは許せない。耐えられない。自分一人の命で戦争が回避出来るのなら、躊躇《ちゅうちょ》なく死を選ぶ。

「君は強情だね。賢くて美しくて強情で、私のエヴァに少し似ている。名前まで同じだし。魂も一緒だったら、私の花嫁にするのにね、残念」

ホールの中央で足を止めると、ガイアスは握っているフランシスの手を口元に持ってきて、手の甲にキスをする。

「でも、もう諦めなさい。大丈夫。最小限の犠牲で済むように、私が手を貸すよ」

（やめて。ラザラスだって、ダナオスの王になんてなりたがらない）

「あの子は王になる。そう決まっている。あの子は、私のだよ」

どこかうっとりとした口調で、ガイアスがつぶやく。フランシスのことなど、面倒な羽虫程度の扱いだというのに、ラザラスのことになると、気持ちが悪いぐらいにねっとりとした執着を見せる。

「今宵、この場を借りて、発表したいことがある」

ガイアスがホールの中央で、そう声を張る。声もラザラスとまるで同じ声だ。ホールに集まった招待客たちは、誰もラザラスではないなんて考えていない。国王とフランシスの婚約がいよいよ発表されるのだと、興奮して注目しているのがわかる。

「……目が覚めたか」

ふと、遠くを見たガイアスが、そうつぶやいた。

（ラザラスが？）

ラザラスは塔の中にいるのだろうか。ラザラスに執着を見せるガイアスが、彼に危害を加えたとは考えにくい。

（誰かすぐにラザラスをここに連れてきて。ガイアスがすべてを暴露し、ダナオスに宣戦布告をしてしまう前に！）

「残念だが、ここに来る前にすべては終わって」

ガイアスの言葉を遮《さえぎ》るように、ホールの扉が外から勢いよく開かれた。開いた両開きの扉の向こう、仁王立ちしているのは正装姿のラザラスだった。目を覚ましたとガイアスが察知してから、すぐだった。一瞬とまではいかなくても、寝台から起き上がるぐらいの時間しかなかった。ラザラスがここへ来たのは、走ったのでも、馬を走らせたのでもない。

「まさか」

ラザラスの登場に驚いたのは、フランシスだけではない、ガイアスもだった。一瞬、フランシスの手を握っていた力が緩む。そのすきに、フランシスは強い力で後方へと体を引かれた。ウエストに誰かの腕が後ろからぎゅっと回る。

「！」

フランシスを奪われたガイアスがすぐに振り返り、フランシスへと手を伸ばす。すでに、フランシスは伸ばされたガイアスの腕が届かないところまで後退していたが、ぐっとガイアスのほうへと体が引っ張られる。見えない手に腕をつかまれ、引っ張られているような感じだった。

すると、フランシスの背中からガイアスに向けて、腕が同じように伸ばされる。そして、その伸ばされた手の先に、赤い結界が張られたのがわかった。途端《とたん》、ガイアスへと引っ張られる力が失われ、フランシスは後ろから引っ張る男の胸に倒れ込む。急いで顔を上げれば、それはレオンだった。

「お前の相手は俺だ！」

諦めずさらに手を伸ばそうとしたガイアスに向かって、走り込んできたのはラザラスだ。ホールに集まっていた客たちの悲鳴をバックに、ラザラスは走ってきた勢いのまま、手にしていた長剣で頭からガイアスに向かって斬りつける。剣と剣が勢いよくぶつかる重い音が、ホールに響き渡った。

フランシスはレオンに抱えられるようにして、二人から距離をとる。大勢の招待客たちは、我先にホールを出ようと半ばパニック状態だ。セルマーとシビル、フェリックスが必死になって人々を誘導している。ホールから中庭へと続く掃き出し窓がすべて開かれ、客たちは一斉に庭へと逃げ出した。

レオンもフランシスを連れて庭へ出ようとしたが、フランシスはそれを拒否した。

「だめ、いや、ラスのそばにいるから」

ラザラスとガイアスは、激しい剣の打ち合いを続けている。

「フランシス様が安全なら、陛下は思いきり戦えます。ここは行ってください」

「ごめんなさい、レオン様。でも、いや」

ホールに残ったのは、フランシスとレオンの二人だけになった。

ラザラスとガイアスが剣を打ち合う音がホールに響き渡る。二人の打ち合いは、ラザラスの剣がガイアスの剣に折られたことで終わった。ガイアスは腰に剣を下げていなかった。手にしている剣は、ただの鉄剣ではないだろう。対するラザラスの長剣は、いつも彼が腰に下げているものだ。剣の力の差だというのは明らかだった。

ラザラスは舌打ちして折れた剣を放り出す。ガイアスも手の中の剣を消してしまうと、満足げにほほ笑み、丸腰のラザラスに大きく一歩近づいた。

「美しく成長して。力強くなったな」

「フランシスから手を引け、ガイアス」

ガイアスの言葉を無視し、ひどく嫌そうに睨みながらラザラスはそう言った。

「私の選んだお前の花嫁だ。気に入っただろう？」

「ああ、気に入ったさ」

ラザラスが肯定したことにフランシスは驚き、ひっと喉を鳴らしてしまった。すると、ラザラスはガイアスと対峙《たいじ》しているというのに、フランシスへと視線を向けてきた。ひたとフランシスを見つめる目には、強い思いがこもっていた。

「俺はフランシスを愛している。フランシスを助けてくれたことには、礼を言おう」

と、ラザラスはガイアスへと視線を戻す。

「だが、俺が結婚するのは、フランシスだ。エヴァンゼリン・ダナオスは海で死んだ。いや、今もダナオス王城で生きているのか？　とにかく、フランシスとエヴァンゼリン王女は何の関係もないということだ」

「強情だね。私が穏便に三国の王にしようと、心を砕いたというのに」

「三国の王になど、誰がなりたいものか」

「お前には三国の王が相応《ふさわ》しい。ダナオスはお前のために作った国だからね、ユナリス」

ガイアスは愛おしくてたまらないといった表情と声で、ラザラスをそう呼んだ。

ユナリスというのは、海王ガイアスとダナオス初代女王エヴァンゼリンとの間に生まれた一人息子の名。ダナオス二代目の王。半神半人であり、ガイアスの血を濃く引いた分身のような存在。

「俺はラザラスだ。父がそう名付けてくれた」

「その名が気に入っているのなら、ラザラスと呼ぼう。名が変わっても、お前の魂が私の息子であることに変わりはない」

「勝手に言ってろ。俺はあんたを父だと思ったことなどない」

「お前は私の息子だ。彼女を娶《めと》り、ダナオスの王となれ。そして、三国とこの海域に私の力をあまねく行き渡らせろ」

「断る」

なんのためらいもなく言い切ると、ラザラスはフランシスのほうへと手を伸ばした。

「来い、シグルズ」

名を呼ばれた瞬間、フランシスの指にあった指輪はかっと熱を放ち、あっと思う間もなく、剣の形に姿を変えてラザラスの手の中へと飛んで行った。ラザラスの手の中に納まると、剣はまぶしいほどに光り輝き、びいんびいんと刀身を鳴らし始めた。

「ご主人様の手に戻れて嬉しそうだね、シグルズ。だが、それでは私を倒せないよ」

「倒すつもりなんてない。俺とフランシスを放っておいてくれと言っているだけだ」

「お前もわからないね。私に命令など出来る立場かい？」

くすくすと笑いながら、ガイアスがその白い手をラザラスの頬へと伸ばす。ラザラスはその腕を、手にした神剣で払いのけた。

「わからないのはそっちだ」

かっと神剣の刀身が光の塊《かたまり》のように輝き、ラザラスの速い動きの軌跡を光で残し、ラザラスとガイアスが光で包まれたようになる。ガイアスの手にも剣が輝き、二人はまた剣で打ち合う。今度は両者の剣の力が拮抗《きっこう》しているのか、勝負はつかない。フランシスの目から見ても、二人の実力はほぼ同程度だった。

散らす。

剣を持たないラザラスの左手の中に、光の玉が現れる。そしてそれを、ラザラスは躊躇なくガイアスへと投げつけた。光の玉は、ガイアスの作った結界にあたって砕けると、ホール中に光の矢をまき散らす。

フランシスは咄嗟《とっさ》に頭を抱えてうずくまったが、衝撃はやってこない。顔を上げれば、前に立つレオンとフランシスを包み込むように赤の結界が張られていた。光の矢は結界にあたり砕け散っていく。

「本気を、だせ！」

ラザラスは神剣でガイアスの結界を切り裂くと、そこにすかさず光の玉をもう一度投げつけた。光の玉は結界に阻《はば》まれることなく、今度こそガイアスを捕らえ、目がくらむような光を放つ。フランシスは目を閉ざし両手で瞼《まぶた》を押さえたが、それでも光をまぶしく感じたほどだった。

「ようやく化けの皮がはがれたか」

ラザラスの声に顔を上げると、光の矢を浴びたはずのガイアスは無傷で立っていた。だが、先程までとは、姿が変わっている。

顔立ちに変化はない。ただ、瞳が青く輝いていた。眼球がそのまま青玉と入れ替わったように、白目もなく青く輝いている。そして、肩のあたりまでしかなかった黄金色の髪が、腰のあたりまで長く伸びた。すらりとした長身をふちどり、まるで光を背負っているようになった。

マルタナの正装を着ていたはずが、それによく似ているがもっと繊細で美しい服に変化している。いたるところに青石がはめこまれ、金と銀の細工が美しい。どんな金細工の職人でも、こんな繊細な装飾はほどこせないだろう。人外の神に相応しい美しい衣装だった。

「本気をだせっ」

「少しは使えるようになったんだね。嬉しいよ。まったく使おうとしないから、とても残念に思っていたんだ」

声も変化していた。ラザラスと同じ声ではなく、ラザラスより若干《じゃっかん》高めの、より透明感のある声だった。

「フランシスから手を引け、ガイアス。俺はダナオスの王になるつもりはない」

「わからない子だね。彼女を生かすのも殺すのも、私の手の中なんだよ」

「ああ、そうだろうな。フランシスだけじゃない、神のあんたにとっちゃ、人の命など羽虫のごとくだ」

「ダナオス軍を壊滅させてあげよう。マルタナ軍には一人の死者も出さないように、マルタナを勝たせてあげるよ。それなら構わないだろう？」

「神様のあんたにそこまでの介入が出来るのか？　俺という媒体がなければ、人の世の中に力をふるえない海王が」

ラザラスが挑発するように嘲れば、ガイアスは瞳の輝きを増した。目玉が青の光の塊に変わったかのように輝く様は、ラザラスと同じ造りの美貌だというのに、まったく違う生き物に、不気味な魔物のように見えた。

「いい加減、私の言うことを聞くんだ」

「いやだ」

「では、残念だが、お前のお気に入りの花嫁を取り上げるよ」

「フランシスを殺すのなら、俺も死ぬ」

何の気負いもなく、それが当然という顔で、ラザラスはそう告げた。告げられたガイアスは、理解出来ないという感じに顔をしかめる。

「何を言う。フランシスはただの人間だぞ、お前とは違う」

「違わない」

ガイアスにとって、ラザラスは自分の血を分けた息子。分身。しかし、フランシスはただの人間。ガイアスとは種別の違う、羽虫にすぎない。その羽虫のために死ぬという息子の言葉が、ガイアスには到底理解不可能なのだろう。

「フランシスは俺の半身だ。彼女が死ねば、俺も死ぬ」

ガイアスの視線がフランシスへと向かう。フランシスをかばうように、レオンがガイアスとフランシスの間に体を割り込ませた。

「フランシスから手を引け」

ラザラスが繰り返す。真剣に受け取ってこなかったガイアスが、初めて悔し気に顔をゆがめる。ラザラスは声のトーンを落とし、付け加えた。

「ダナオスが今の宰相の下《もと》で荒廃していくようなら、考える。ダナオスはフランシスの故郷だからな。……俺に出来る最大限の譲歩だ」

フランシスは、背後から迫る人の気配に驚いて振り返った。侯爵邸の中庭には、大勢の近衛兵が集まっていた。誰もが剣を抜き、ホール中央で対峙している二人を凝視《ぎょうし》している。ラザラスにそっくりで、それでいてまったく違う存在のガイアスに驚愕《きょうがく》しているのは間違いない。

扉の向こうに身を潜めていたらしいベルダンとガイも姿を見せる。二人とも、いつでもガイアスに向かっていけるように構えている。いつの間にか、ホールは近衛兵で囲まれていた。

「俺の臣下を殺しやがったら、譲歩もなしだぞ」

ラザラスがそう嘯くと、ガイアスは声を立てて笑い出した。それは天上から降ってきた音楽か、天使の笑い声かと思うほど、澄んで綺麗で輝くような笑い声だった。誰もが驚き陶然《とうぜん》となる中、ラザラスは憮然《ぶぜん》としている。

「笑うところか？」

「子供だと思っていたのに。人の成長の速さにはいつも驚くね。泣きわめいて私を拒絶するばかりだった子供が、お前を思う私の気持ちを逆手に取るとは。ああ、そうだ、私はお前を失えない。お前が転生するのをどれほど待ったと思う。お前の命を盾に取られては、私には手出しが出来ない」

ラザラスはますます嫌な顔になったが、今まさにそのとおりのことをしたので、言い返すことはしなかった。

「いいだろう。お前の譲歩で引き下がることにする。どうせダナオスは長くないだろうしね」

その言葉に息をのんだフランシスを、ガイアスはいっそ優しいという表情で見やる。

「その時がきたら、ちゃんとおねだりするんだよ、フランシス」

「どういう意味だ」

「彼女に聞くといい。では、また会おう、ラザラス」

「誰が会うか」

思いっきり顔をしかめたラザラスを、ガイアスは愛おしそうに一瞥《いちべつ》すると、そのまま姿を消した。

ガイアス一人が消えただけで、その場の空気は一変した。

「お怪我《けが》はありませんか、フランシス様」

緊張が解け、ほっとした笑顔で振り返ったレオンに、フランシスもほほ笑む。

「大丈夫です。守ってくださって、ありがとう、レオン様」

というフランシスのお礼がすべてレオンに聞こえたのか、多分、聞こえなかっただろう。フランシスは突進してきたラザラスの腕に掻《か》っ攫《さら》われて、その胸の中に強く抱きすくめられた。

「フラン、フランシス」

まるで泣いているような、弱弱しい声が耳に触れる。さっきまで、あの海王ガイアスと対等に渡り合っていたというのに。

「ラス」

「離さない」

その言葉どおり、フランシスを抱きしめるラザラスの腕の力は痛いくらいだった。

「さよならなんて、言わせない」

フランシスの肩に額を押し当てていたラザラスが顔を上げる。至近距離で、二人の視線が絡《から》み合う。

「愛している」

まるでかみつかれるように、フランシスは唇を奪われた。後頭部にラザラスの手が回り、頭をしっかりと固定されてしまう。まるで、フランシスが逃げようとするのを阻止するように。

あまりに激しいキスに、フランシスは息が苦しくなる。息を吸うのに、ほんの少しも唇が離れることをラザラスが許してくれないからだ。がっちり押さえられて、鼻も塞がれてしまっている。苦しくて、息が吸いたくて離れようとすると、ラザラスは余計に力を入れてフランシスを拘束する。フランシスがキスから逃げようと、誤解しているのかもしれない。フランシスは必死にラザラスの背中を拳でたたき窮状を訴えるが、ラザラスには抵抗しているとしか思えないらしい。

「フランシスを殺す気か！」

どかんとラザラスの背中をどついて二人を引き離したのは、ベルダンだった。

「ベルダン！　邪魔するな！」

「落ち着け！　フランシスを窒息させる気か！」

怒鳴ったラザラスに、ベルダンは主君以上の迫力で怒鳴り返す。それで我に返ったラザラスは、フランシスが苦しそうにせき込んでいるのにようやく気が付いた。

「フラン！　ごめん！」

「だ、大丈夫です」

涙目のフランシスに、ラザラスは大いに慌てる。

「ごめん、本当にごめん」

ベルダンはラザラスの腕をつかみ、フランシスの背中をさする。

「いいから、とりあえず、ここを出るぞ」

侯爵家の豪華なホールは、それこそ嵐が来たかのような、散々な状態になってしまっていた。飾られていた美しく豪華な花のほとんどは床に落ち踏みつけられ、テーブルにのっていた素晴らしい料理の数々も、テーブルごと倒れて跡形もない。

それよりひどいのは、ラザラスが放った光の矢の被害だった。ホールのいたるところが、無残にも切り裂かれている。カーテンなどの布製品はまだいい。壁が一部えぐり取られていたり、シャンデリアの鎖が一本切れて傾いていたり、天井の壁画が削られているのは、修復に大変な費用と時間がかかるだろう。

ラザラスは足元に転がっていたシャンデリアの鎖の欠片《かけら》を拾い上げると、それをシャンデリアめがけて投げつける。欠けた鎖はその残りとぴたりとつながって、シャンデリアは破壊される前の状態に戻った。

「そういう便利なことが出来るなら、全部直しておきませんか」

ため息交じりにつぶやいたレオンに、一同は強く頷くが。

「さすがに無理」

「あの天井ぐらいはなんとかなりません？」

「削れて落ちた欠片があれば、修復可能だが」

まあ、あるわけがない。欠片というより、細かい砂状になって散ってしまったのは間違いない。

「コンスタンス様が泣きますね……」

見事な天井画が穴だらけになってしまっているのを、レオンは深く嘆く。

「でも、これぐらいで済んでよかったです」

フランシスはほっとしてそう言う。誰も傷つくことなく、ガイアスを追い払えたのだ。代償がこれぐらいなら安いものではないだろうか。ガイアスが何を企《たくら》んでこの場に来たのかみんなも知れば、寸前で止められたことに安堵してくれるだろう。勿論、コンスタンスとフェリックスには、十分な謝罪と賠償が必要だろうが。

「フラン」

ラザラスの腕が伸びて、フランシスの腰に回る。ぎゅっと引き寄せられ、ラザラスの体にぴたりとくっつかされる。

「二人きりになったら話をするから、逃げないで」

「はい」

素直にすぐ返事をすれば、ラザラスは驚いたように目を見張り、嬉しそうにほほ笑み、目を細めた。

そうして、フランシスはラザラスにほとんど抱きかかえられながら一緒に歩き、侯爵邸を出る。侯爵邸の外には近衛兵がずらりと整列し、その後ろには今夜の招待客たちの多くがまだ帰らず、ラザラスとフランシスの無事な姿を見ようと待っていた。

近衛兵の持つ松明《たいまつ》に照らされて侯爵邸の前は昼間のように明るく、多くの人に囲まれて異様な熱気に包まれていた。そんな中、ラザラスが腕にフランシスを抱いて出てくると、わっと歓声が上がる。片手をあげてラザラスが歓声に応えると、興奮は最高潮となる。近衛兵たちが足踏みをし剣を鳴らし、人々が歓声を上げ手をたたく。

(ラスのそっくりさんが誰だか知ったら、みんな卒倒するだろうな)

ふと、そんなことを思いついて、フランシスの口元にも笑みが浮かぶ。

「フラン」

耳元で囁かれ、フランシスは顔を上げる。すると、今度はそっと優しく唇を塞がれた。当然、周囲の歓声はひどくなる。

「ラス」

「今夜の君は、悪漢に攫われそうになった姫君だからね。奪還した勇者にはキスの権利がある」

真面目《まじめ》な顔でラザラスはそんな風に言うと、フランシスの膝の裏に手を入れて軽々と抱き上げる。

そして、ベルダンが扉を開けて待っている馬車へと歩み寄り、熱狂の中、馬車に乗り込んだ。

ベルダンが扉を閉ざす。それとほぼ同時に、フランシスはしっかりと抱きしめられ、唇を塞がれていた。

第十五章　海王《かいおう》のこどもたち

二人きりの馬車の中は、キスを交わす二人の荒い息づかいで満たされていた。

「フラン、ごめん」

キスの合間に、ラザラスが囁《ささや》く。

「何を謝っているの？」

「一度でも、海王に関係しているという理由で君を避けようと考えたこと。夢の中で謝ったの、覚えてる？」

唇が触れる距離で、頬を両手で包みながら、ラザラスはフランシスの青い瞳を覗《のぞ》き込む。

「私の夢の中に入ってきたの？」

「そう」

やけにリアルな夢で、フランシスはその夢でラザラスに愛していると言われて元気を貰《もら》ったのだが、まさか本当だったとは。

「俺はずっと海王を避けてきた。嫌いだというだけじゃなく、恐ろしくて逃げていた。子供みたいに、海王だと言われれば大声を上げて大嫌いだと叫ぶばかりだった。だから、フランのことも一度はそんな風に避けようとした。だけど、もうしない。絶対にしない。ちゃんと向き合うし、あいつに勝つためならなんでもするし、なんでも使う。俺自身でもね」

額《ひたい》に額を押し当て、ラザラスは懺悔《ざんげ》するかのように言葉を重ねる。

「君を不安にさせて、本当にごめん。それから、この一週間一人にしてしまって、ごめん。寂しかったよね」

「ラス」

「俺も君に触れられなくて、死にそうだった」

フランシスはラザラスの胸の中に、大切に大切に、そして優しくしっかりと抱きしめられた。君が大好きだ、大切だよと、そんな気持ちが体中に伝わってくるような、あたたかい抱擁《ほうよう》だった。

久しぶりのラザラスの体温と匂い、力強い体に抱き包まれて、フランシスの体から力が抜ける。ラザラスが倒れてからずっとこわばっていた何もかもが、柔らかく溶け落ちていく。

「うっ」

こらえきれなかった嗚咽《おえつ》がもれる。一度もれてしまうと、歯止めがきかなかった。

涙がどっとあふれてくるが、ラザラスに頭を抱えられて、分厚い胸に頬を押し当てるようにされ、涙は彼の服に吸い込まれていく。もう一方の手は、フランシスのしゃくりあげる背中を優しくさすり、もっと泣いていいんだよと言われている気がした。

「私、捨てられるんだと、思った」

「絶対ない、あり得ない」

うまく息がつけなくて苦しくても、フランシスは泣きながらあふれてくる言葉を口に出す。

「だって、海王は、いやだって」

「だから、海王は追い払っただろ」

ラザラスの声は甘く優しい。こめかみに触れた唇から、肌に直接甘さが浸透していくよう。

「私のこと、化け物みたいな目で、見た」

「それはごめん。本当にごめん。でも、フランも見ただろ？　海王は化け物以外の何物でもない。あの時、俺は君の後ろにあの化け物が見えたんだ」

泣き続けるフランシスの背中をさすりながら、ラザラスは謝り続ける。

「ダナオスに、帰れって、言われたし」

「レオンが帰ってきて、俺が一番恐れたのは、君がダナオスに帰ると言い出すことだった」

すりっと、フランシスの頬に頬がすり寄せられる。

「帰ると言い出されたら、どうやって引き留めようかとそればかり考えていた。帰るなんて言わないでくれ。君の帰る家は、ここだろ？」

「ラス」

「言っておくけど、フォンテーヌ家じゃないから。俺の家だからね」

やっぱり、フォンテーヌ家を帰る家と言ったことに怒っていたらしい。ちゃんと、怒ってくれていた。ラザラスの気持ちは変わらない。フランシスの知っているラザラスのまま、何も変わっていない。

「……寂しかった」

「うん」

「会いたかった」

「うん」

「愛している、ラス」

「うん」

ほっと安堵《あんど》したように、ラザラスがため息をついた。

「愛しているよ、フラン」

フランシスの涙腺《るいせん》は完全に崩壊し、その後はもう口を開けば嗚咽しか出なくて。馬車が止まるまでずっと、ラザラスの胸の中で泣き続けた。


フランシスの顔を、首と肩に埋もれるようにして横抱きに抱えると、ラザラスは馬車を降りた。泣きつかれたフランシスは、ぐったりとラザラスにもたれ掛かり目を閉じる。馬車の御者や護衛、馬車を出迎えた女中や近衛《このえ》の視線を背中に感じる。だが、フランシスはそのままラザラスにすがっていることにした。間違いなく、目は真っ赤だし、化粧が崩れて目も当てられないだろうし。嗚咽こそ止まったが、涙はまだ断続的にあふれてくる。きゅっと、ラザラスの首に回した腕に力を入れれば、ラザラスが優しく背中をさすってくれる。これは、そのままでいいということなのだろう。

ラザラスはフランシスを抱えて歩きながら、急ぎの指示をいくつか出している。フェリックスやコンスタンスへの伝言、レオンへの近衛の指示、矢継ぎ早で的確な指示を受けて、ラザラスの周りを囲んでいた臣下たちが散っていく。ラザラスが速足で内殿へと入っていく時には、周囲には人はなく二人きりだった。

寝室への階段を三段飛ばしに駆け上がり、器用にフランシスを抱えたまま扉を開閉すると、ラザラスはベッドの上にフランシスをおろす。ラザラスもベッドの上にすぐあがり、フランシスの頬や唇にキスの雨を降らしながら、ドレスのスカートをめくりあげた。

二人とも色々とあって、汚れたり切れたり皺《しわ》になってはいたが、盛装のままだ。豪華なドレスのスカートの内には、ふんわりと広げるためのパニエを着けている。ダンスしやすいようにチュールのみだったが、それでもかなり嵩張《かさば》るパニエをラザラスは無造作にかき分けて、下着の上から秘所に触れる。

「今すぐ、君に入れないと、気が狂う」

そう言いながら、ラザラスはフランシスの下着を取り去り、自分の服の前だけをくつろげて、すでに爆発寸前に勃起《ぼっき》している男根を取り出した。

「私も、欲しっ」

お願いするまでもなく、ラザラスは一気にフランシスを貫いた。フランシスはすでに濡《ぬ》れていたが十分ではなく、最初の一突きこそひきつれたような痛みがあったが、ラザラスを受け入れるとすぐ、それを歓迎するように自分が潤《うる》んでいくのがわかった。

ラザラスはフランシスが慣れるのを待つことなく、最初から強く速く抽挿《ちゅうそう》を始める。それは、いつもの二人で気持ちよくなろう、愛を確かめあおうという行為ではなく、ラザラスの欲望だけを満たすためのものだった。

ラザラスの国王としての礼装は、近衛の礼装に少し似ていて、かっちりとしたデザインに、白金緑を使った、ラザラスの美しさとスタイルのよさを際立たせるものだ。美々《びび》しくて凛々《りり》しくて、うっとり見惚《みほ》れてしまうほどに似合っている。まさに恋物語に登場する憧れの王子様で、女子の視線を釘付《くぎづ》けにするだろう。そんないつもより三割増しには美々しいラザラスが、髪を少しだけ乱して額に汗し、

必死という表情でフランシスを求めている。その姿に、フランシスはただもう満たされた。

「ごめ、いくっ」

あえぐような、切羽詰《せっぱつ》まったラザラスのうめき声。それがとても愛《いと》おしい。フランシスは両足をラザラスの腰に回すと、ぎゅっと腰を引き付ける。同時に体の内もぐっと締まり、熱いラザラス自身を締め付けることになった。

「フラン」

締め付けていたせいで、熱く太い男根がびくりと震えて射精するのを、まざまざと感じ取ってしまう。ラザラスは射精しながらも、ぐいぐいと腰を奥へと突き進め、フランシスは体の奥をたっぷりと濡らされる快感に絶頂へと押し上げられた。

射精は一度では終わらず、断続的に二度三度と続いた。そのたびに、ラザラスはフランシスの腰をつかんで、フランシスの奥へ奥へと腰を突き出し、奥を男根の先でこねくり回しながら熱い精を勢いよくたたきつけてきて、フランシスが絶頂からおりてくるのを許さなかった。ラザラスが頭をフランシスの肩口に埋め、荒い息をつく頃には、フランシスもまた息も絶え絶えで指先まで震えていた。

「フラン……愛している、離さない」

首筋をキスというより、ねっとりと舐《な》めながら、ラザラスがつぶやく。

「さようならって言われて、俺、もう死んだと思った」

ぐっと腰を押し込まれて、フランシスはあっと顎《あご》を上げた。

「俺の前から君を消すのが俺の幸せ？　どうしてそんなこと考えるのかな。俺の愛しかたが生ぬるいってことだよね」

くつくつと、ラザラスが喉の奥で笑う。

「わかってる。俺は君に話せてないことがあった。海王ガイアスとダナオス王家のつながりも知らなかった君に、一度に話すのはよくないとか言い訳をして、先延ばしにしていた。俺が一番悪い。君に俺を信じさせてやれなかった」

「ラス」

ラザラスの背中に、フランシスは腕を回す。素肌に触れられないことが、ひどくもどかしい。

「俺と海王の関係を知らないフランは、混乱したし不安になったよね。ごめん。俺がちゃんと話すべきだった。でも、君にさよならを言われたから、俺も腹をくくれたのかも」

「ラス、ごめんなさい。私、あなたを信じられなかった」

「ガイにも色々言われたんだろ？　君が俺を嫌いでさよならを言ったわけじゃないのはわかってる。あの時も、君はずっと泣いてた」

熱い息をもらし、ラザラスは抽挿を再開する。ねっとりとゆっくりな腰使いに、二人の間から淫《みだ》らな水音がした。

「俺の幸せは、フランシスがそばにいてくれることだ。俺と一緒に生きてくれること。フランと一緒にいるためなら、俺はなんでもやる。なんでもだよ」

「私の幸せも、あなたと共にあること。ラスと離れてどう生きればいいのか、どう幸せになればいいのか、わからなかった」

「フォンテーヌの家業を手伝うとか、治療師だとか、色々言ってたけど？」

「だって、もうラスとは、駄目だと、思って、たからっ」

今度はフランシスを気持ちよくさせるために、ラザラスは腰を動かしている。フランシスが感じるポイントを何度もこすり、奥まで突き入れては、そこに先端を押し当ててぐりぐり刺激してくる。お互いにまだきちんとドレスアップしたままで、つながっているところだけ露《あら》わにしているのが、ひどく淫らで、興奮してしまう。

「本当に、俺でいい？」

フランシスの膝裏《ひざうら》を抱え上げ、ほぼ真上から突きさしながら、そんなことを聞いてくる。

「どうやら俺は、本当に海王の息子らしい。正確には生まれかわり？　色々と人間離れしてる自覚はある。それでも、フランは俺でいい？」

大切なことを聞いているのに、腰は前後左右に激しく動かし、熱く太いものでフランシスを刺激し続ける。もしかしたら、ラザラスは自信がないのかもしれない。聞きながらも、答えが怖くて誤魔化《ごまか》しているのかも。

「ラスが、いいっ」

だから、フランシスは必死に理性をかき集め、ラザラスに両手を伸ばす。

「ラザラスじゃないと、私、駄目になっちゃう」

「そんなことはない。フランは強い、悔しいけど、俺と一緒でなくても幸せになれる」

一人で立てない、ラザラスに依存しすぎていたと、フランシスは彼の側近の前で口にした。それが、ラザラスの耳に入っているのは間違いないのだろう。

「一人でも、生きていけると思うよ。何か仕事を見つけてお金稼いで、ご飯を食べて。生きる方法は見つけられた。でもね、ラス。あなたなしで幸せになる未来は、どうしても描けなかった。真っ白で空っぽで。あなたがいないと、私は空っぽのまま、ただ生きていくだけになる」

「フラン」

ラザラスが強く腰を押し付けてくる。今日一番奥まで押し込まれ、子宮口をぐりぐりと刺激される。その先まで入ろうというのか、刺激するだけではなく押し込まれるような苦しいほどの快感に、フランシスは頭が真っ白になる。

「ひっ」

二度目だというのに、まるで勢いの衰えない射精がフランシスの膣《ちつ》を、そして子宮を濡らす。体の奥が、熱いもので満たされていく感覚が気持ちいい。もっともっと欲しくて、びくびく震えるラザラスのものを襞《ひだ》がぎゅうっと締め上げていく。

「ラス、ラスっ」

二度目の絶頂は、深く激しく、そして長く、フランシスを忘我の域に連れて行った。


「抜きたくない」

と、ごねまくるラザラスをなだめすかして、フランシスはようやくドレスを脱ぐことが出来た。

「このドレス、よく似合ってる」

ドレスの着脱は普通、女中数人がかりだ。フランシス一人では勿論《もちろん》脱げず、ラザラスは喜んで手伝っている。背中に回って、腰をぎゅっと締めるコルセットのリボンを、まるでプレゼントのリボンを解くようにほどいていた。

「ネックレスをプレゼントしようと、準備していたのに。これは、フェイから？」

胸元が開いたドレスの首を飾る、大粒の青玉のネックレスを外しながら、ラザラスが鏡越しに目を合わせてくる。

「ええ、そう。ラスも準備してくれてたの？」

「ネックレスと、イヤリングと、髪飾りのセット。来週にも、婚約発表の舞踏会を開こう。そこで着けて見せてほしい」

「来週は、難しいんじゃない？」

「来週。絶対」

「フェリックス様が過労死するんだから」

ラザラスはフランシスの美しい髪に頬をすり寄せ、耳元に鼻を埋《うず》めてフランシスの甘い香りをかぎ、ほっそりとした首筋を唇で愛撫《あいぶ》する。それがくすぐったくて肩をすくめて笑ったフランシスは、くるりと振り返り、ラザラスのシャツのボタンを外していく。

「でも、礼装姿のラスと踊りたいかも」

踊ったのは、ラザラスに成りすましたガイアスだったし。

「起きてすぐ、これに着替えたの？」

ガイアスがラザラスの目覚めを察知して、ホールに現れるまで、時間差はほとんどなかった。

「いいや、着せられていた」

「え、それって、ベルダン様が着せといてくれたってこと？」

「あと、ガイね。目を覚ましたらすぐに駆け付けられるようにってさ」

「それで目を覚ましてすぐ来てくれたの？　もしかして、ガイアスが来ていたの、知っていたの？

でも起きてすぐに、よくあれだけ動けたわね？」

欠継ぎ早に疑問をぶつけると、困ったようにラザラスは苦笑する。ようやく、二人とも身に着けるものをすべて取り去ったので、ベッドの中に戻《もど》ることにする。素肌と素肌をすり寄せ、お互いの体温を直接感じとる。隙間《すきま》なくぴったりと抱きしめあい、足を絡《から》ませあう。

「フランにさよならを言われた日から」

ちょっぴり拗《す》ねた口調だったので、フランシスは目の前のラザラスの首筋にかみついておいた。

「……とにかく、なんでもやろうと思って。フランの夢に入ろうとしたのもそれで。初日は全然うまくいかなかったんだけどね」

「ラスの夢は見たよ？　ぼんやりしてて、何を言ってるのかもわからなかったけど」

「だろうと思った。意識だけ切り離して、水鏡を見るように色々なところを見れることに気が付いたんだ。特にフランの周辺は鮮明だった。お披露目も、断続的ではあるけど様子は見ていた。レオンと楽しそうに踊ってただろ」

「ええ、楽しかった」

ぐいと、片足を抱え上げられ、足の間にラザラスが入ってくる。そして、ラザラスの精とフランシスの蜜で濡れたそこに、熱いものがするりと侵入してくる。さっきまでの硬度はないし、それ以上、腰を動かそうとしない。ベッドの中、こうしてつながったまま他愛のない話をして過ごすのが、ラザラスは大好きだ。

「妬《や》ける。来週、絶対に舞踏会」

はあと、ため息をもらすラザラスの髪を、フランシスはくしゃくしゃにかき混ぜる。

「俺のふりしてあいつが来た時は、もう、すごく腹が立って。意地で起きた。体がメリメリいってたってさ。ベルダンが褒めてくれた」

「褒めて？」

「ベルダン、意地でも起きろって言ってたからね。それで、萎《な》えた体は即治癒して、侯爵邸まで転移した」

「……ええっと、治癒能力、ラスも使えるのね？」

「あれは便利すぎる力だ。訓練するなら使いかたも習うと思うけど、あまり無暗《むやみ》に使っては駄目だよ。勿論、今日の俺は一刻も早くフランを奪回するという使命があったから、即治すために使ったけど」

「転移も出来るのね」

「あまり遠くは無理だけど、王城内ぐらいならわけない」

「すごいわね」

「人間とは思えないだろ？　いやじゃない？」

「まさか。いやじゃないよ、大好きだよ」

きゅっとフランシスを抱きしめる腕に力が入る。フランシスの中で大人しかった男根も、ピクリと動いて明らかに太さと硬さを増す。

「それに、転移して来てくれなかったら、間に合わなかった。ガイアスは、私がエヴァンゼリンだってことを公表して、ラスと結婚して、ダナオスに侵攻するって発表するつもりだったの」

「俺に化けて来たから、そうだろうとは思ったが。……随分と手の込んだことをする。フランを人質に、俺を脅《おど》して言うこと聞かせるつもりだと思ってた」

「私は殺されるんだって思ってた。でも、海王はそうしなかった。あなたを怒らせたくないんだって、言ってたわ」

「…………」

「ガイアスって、私たち人のことは虫扱いなくせに、ラスのことは大切なのね」

「俺が大切っていうより、自分の分身が大切なんだろ。自己愛の延長さ」

ゆっくりと二回だけ、ラザラスが腰を動かした。フランシスの膣の中に、みっちりぴったりはまっている熱棒がすれて、強い快感が走る。もっと強い刺激を求めて膣がきゅうっと締まり、中を刺激する。

「はあ」

と、お互いに熱い息をもらす。だが、ラザラスはそれ以上腰を動かさない。その代わり、大きな手でフランシスの柔らかな乳房を愛撫する。

「そういえば、神剣をありがとう。持たせてくれて」

大きな金剛石の指輪は、ラザラスの右手に輝いている。ちなみに、左手にはあの飛んできた王の指輪がはまっていた。

「厳重に封印したんでしょ？　よかったの？」

「いいんだよ。ガイアスに対抗するには、必要なものだ」

胸を触り、そのまま大きな手はお腹《なか》の上へとおりていく。下腹部のラザラスのものが入っている上を、手がぎゅっと力を入れて押すように愛撫する。それに合わせて、奥をこねていたものが、腹側の膣壁をごりごりと刺激しだす。

「銘が、あるの？　シグルズ、だっけ？」

「ああそうだ。喜ぶから呼ばなくていいよ。ベルダンは、狂犬って呼んでる。それでいい」

フランシスは笑おうとしたが、ラザラスに手をつかまれ、一緒に自分の下腹部をぐっと押すようにされ、中から突き上げてくるものの存在を手でも膣でも感じさせられて、大きな声を上げてしまう。

「や、ラス、それ駄目」

「気持ちいい？」

「いいっ、よすぎるから」

「いっていいから、フラン。いい顔見せて」

頬をぺろりと舐められる。

「あ、いっちゃうっ」

フランシスの手の平をぐりぐりするように中から刺激され、フランシスはそのままいってしまった。

その瞬間は、きゅっと目を閉じてしまう。

「可愛い」

いくとき中の熱くて硬いものをぎゅっと締めたけれど、ラザラスはわずかに息づかいを乱しただけでいってくれなかった。一人でいくのは、もう物足りない。体の奥に熱いものを注がれながらではないと、一番高いところにはたどり着けない。

「……誘ってる？」

ラザラスの腰に足を回して、お尻を足ですりすりしていたら、誘っているのがばれてしまった。

「さっきの足りなかった？」

「うん」

素直に頷《うなず》くと、ラザラスはフランシスを抱きしめたまま、ぐるりと二人の位置を交換した。ラザラスがベッドに横たわり、そのお腹の上にフランシスをのせる。

「いいよ、好きにして」

セックスを始めたばかりだったら、この体位は恥ずかしさが先にたって、フランシスは楽しめない。だが、これだけお互いを貪りあって、もう理性もドロドロに溶けていれば、ためらいよりも欲望を優先してしまう。

フランシスは早速ラザラスの足まで下がると、雄々しく立ち上がっている男根を両手でとらえる。これが精を吹き出すのを、体の奥で受け止めたい。二度三度としごけば、硬度も太さもあっという間に増した。フランシスは、それを自分の中へと入れる。だが、長大で反《そ》り返ったものをすぐに全部入れるのは難しい。ラザラスの胸に片手をつき、角度をつけて押し込もうとすると、逆にラザラスに腰を強くつかまれ、ぐいとその上に引っ張りおろされた。ずるっと一気に奥まで入ったことがわかる。そのままラザラスが腰をせり上げ、子宮口に先端を押し込む。そして、強く射精してくれた。

「あ、あ、あっ」

断続的に強く吐き出される射精の勢いと熱さに、フランシスも絶頂に連れていかれる。ぐいぐい押し付けられるラザラスの腰が、時折びくりと震える。そのたび、体の奥をたたく熱い粘液がびしゃりとフランシスを濡らす。

「あ、もうっ、やぁっ」

あまりに気持ち良すぎて、フランシスはふるふると首を振り、ラザラスの体にすがりついた。

ふと目を覚ますと、明るかった。

ベッドの周囲にはカーテンがひかれている。一緒にいたはずのラザラスはいなくなっていた。

「ラス？」

小さくつぶやくと、すぐに人の気配が近づき、カーテンの隙間からラザラスが顔を覗かせた。

「フラン。ちょっと待ってて」

そう言って顔をひっこめ、カーテンをきちんと閉ざしてしまう。そして目が覚めてくれば、室内にラザラス以外の人の気配があることにも気が付いた。きっと、マリーだろう。お盆らしきものを置く音と、がさがさという音と衣擦《きぬず》れの音。パニエがたっぷり入った昨日のドレスだと気が付いて、フランシスは枕につっぷした。ドレスのまま抱かれてしまったから、きっと色々なもので汚れてしまっている。

フランシスが羞恥《しゅうち》に身もだえている間に、マリーは手際よく片付けをしてくれたようだった。ほどなくして、扉の閉ざされる音が聞こえ、ラザラスがカーテンを開けてくれた。

「フラン？」

「……あのドレス」

「ああ」

と、ラザラスは苦笑する。

「いつもシーツ洗ってもらってるのに、今更？」

「！」

フランシスが真っ赤になるのに、ラザラスは声を上げて笑う。枕に顔を隠して丸くなったフランシスを、ラザラスは横抱きに抱え上げた。

「マリーが食事を持ってきてくれたよ」

「食事なら、下におりるのに」

「それは駄目」

「え？」

「これから一週間、離れ離れだった時間を取り戻すため、寝室にこもることにした」

驚くフランシスを長椅子に下ろし、ラザラスはにっこりほほ笑む。

「マリーに協力を頼んだから、大丈夫」

「大丈夫って、一週間って！」

「しー。いいから。フラン」

何がいいのかさっぱりわからないが、フランシスはラザラスに唇を塞《ふさ》がれて、反論を封じられた。

「キスするとまた抱きたくなるなあ」

「食事、でもその前に入浴したいです。なので、寝室を出てもいい？」

浴室は、ラザラスの個人的生活スペースである内殿の一番端っこに位置している。多分、お湯の運搬などに適しているからだろう。この時間だと、お湯は水に近い温度になっているだろうけれど、昨夜から体を洗っていないので食事の前にさっぱりしたかった。

「……仕方がない」

と、ラザラスは立ち上がると、壁のほうへと歩いていく。何が仕方ないんだろう？　と眺めていたフランシスだったが、ラザラスがいきなり壁紙に指を突き立てたので、とても驚いた。

息をのんで見守るフランシスの前で、ラザラスは壁に穴をあけ、そのまま縦一直線に壁紙を切っていった。指先が届かない高さになると、神力でだろうか、指先を向けるだけで壁紙を切っている。縦、横、そしてまた縦に切ってしまうと、それは扉のような大きさになり、ラザラスが手で押すと正《まさ》しく扉で、浴室が現れた。

「どうぞ」

と、ラザラスはおどけた表情をつくり、フランシスを促《うなが》した。

「驚いた」

「使わないから、壁紙を張り替えるときに塞いだんだ」

「私が使っていいの？」

「どうぞ。今から浴室まで移動して、また帰ってきてという時間がおしい。寝室から出したくもないしね」

長く使っていなかったためうっすらと埃《ほこり》をかぶっていたが、ラザラスがぱちりと指を鳴らすと、あっという間に清潔になる。その浴室はフランシスの予想どおり、神器《じんぎ》がふんだんに使われたものだった。一瞬でお湯が満たされる浴槽と、自動でお湯が出てくるシャワー。ダナオスの王女エヴァンゼリンの浴室は、これと同じ仕様だった。

「いいの？」

「いいよ」

と、ラザラスは先に入っていき、浴槽にお湯を溜《た》めた。どうやら、自分も入るつもりらしい。あれほど徹底して神器を一掃した人だというのに、今回のことでは本当に色々と思うところがあったようだった。

　便利なものに頼りすぎるのは駄目だとは思うけれど、フランシスは神器仕様の浴室が正直とても嬉《うれ》しかった。お湯を気兼ねなくたっぷり使えるし、なによりシャワーを浴びるのが大好きなのだ。フランシスは久々に大好きなシャワーを堪能《たんのう》出来るとわくわくしながら、でもそれを隠しながら浴室に入った。

「フランが嬉しそうだ」

　隠そうとしたのだが、すぐにラザラスにはばれてしまった。浴槽の中でシャワーを浴びているフランシスを見ながら、ラザラスは苦笑している。

「そんなに喜ぶなら、もっと早く開ければよかった」

「……なくても大丈夫だよ？」

「嘘《うそ》だ。喜んでる」

　ラザラスの言いかたが拗ねていたので、フランシスは思わず笑ってしまった。

　入浴を済ませると、長椅子に二人並んで座り、マリーの用意してくれた食事をとる。丁度《ちょうど》時間は昼時。朝食を食べ損ねてしまったので、とてもお腹が空《す》いていた。フランシスは、昨日はお披露目会の準備と緊張でほとんど食事をとれていなかったので、本当にとてもお腹が空いていた。

「ラス、固形物を食べるのは一週間ぶりでしょ？　大丈夫？」

　普通に肉を口に運んでいるが、ラザラスは一週間眠っていたのだ。

「大丈夫。治癒したし。それより、フラン」

「ん？」

「俺に聞きたいこと、たくさんあるよね」

「うん」

平和にむしゃむしゃ食事をしている自分に、フランシスは笑ってしまう。ラザラスと再会出来た途《と》端《たん》、キスして抱き合って。ぐっすり昼まで眠って。そして、最後はせっせと食事。もっと色々、ラザラスに確かめたり聞いたり、大切なことがたくさんあるのに。

「ラス」

なんだか、ラザラスのほうがよっぽど不安そうで、フランシスは彼の肩に額を当てるようにして、胸の中にもたれ掛かる。

「ラスのいない間、私、生きてないみたいだった。だから、今はそばにいてくれるだけで幸せなの」

「フラン」

ぎゅっと抱きしめられた。ひょいと体を抱えあげられて、ラザラスの組んだ足の間に横向きに座らされる。肩に回された腕にしっかりと胸の中に引き込まれ、ラザラスの心臓の上に手を置き、首筋に顔を埋めた。

「俺から話すから、そのままで聞いてて」

ラザラスに、ホットサンドを渡される。食べながら聞いてほしいということらしい。まだお腹が空いているフランシスは、ありがたく受け取ることにした。

「ガイが、フランシスにひどいことを言ったのは、そもそも俺のせいなんだ」

フランシスの頭の上に頬を寄せながら、ラザラスはそんな風に話し出した。

「八年前、何があったのか、俺は話せなかった。そのくせすべてを隠しとおすことも出来なくて、周りの人々に余計な心配をかけてしまった。特にフェリックスとガイは、話せない俺をとても気遣ってくれるようになったと思う。だから、フランが海王の関係者だとわかって、ガイは過剰に反応したんだ。俺のせいなんだよ」

「……何があったのか、聞いてもいい？」

「勿論。フランに話さなければと、ずっと思っていたんだ。君に嫌われるのが怖くて言えなくて、先延ばしにしてた。結果として君を傷つけることになった。本当にごめん」

「もういいよ、ラス」

ノフランシスはラザラスを抱きしめたかったが、抱きしめてくる力が強くて、身動き出来なかった。もしかしたら、ラザラスは顔を見られたくないのかもしれない。ウエストに回っているラザラスの手に手を重ね、ぎゅっと力を入れた。

「子供の頃、俺は無邪気に自分の力を使っていた。望めば大抵《たいてい》のことは出来た。すぐに、当時の神官長に捕獲されて、力の使いかたと制御の仕方をたたき込まれたけどね。マルタナには神力を使いこなす神官が複数いて、俺が力を使うことはそれほど奇異なことじゃなかった」

「神官長って、ガイのお父様？」

「そう。ガイとは性格正反対。真面目《まじめ》で厳しくて、歩く神殿の歴史って感じのすごい人だった」

どうやらかなりやんちゃなお子様だったらしいラザラスにとって、厳しい教師だったことは想像に難《かた》くない。

「先祖返りだと、神官長は言ってた。先祖って、ガイアスのことだけど。大人になれば、もっと大きな力を使えるようになるだろうとも言われたよ。そのためにもちゃんと制御を学ぶべきだって、かなり厳しく教え込まれた。俺は自分の力を否定することなく、自由に使っていた。即位前までは」

「……即位前、何があったの？」

「シグルズが飛んできたんだ」

「シグルズって、あの、神剣？」

「そうだ。あの狂犬、俺を見つけて、喜び勇んで俺の指に飛んできた。この前の、王の指輪みたいにね。あの狂犬を作り出したのは、海王ガイアスだ。それでガイアスも俺の存在を認識した。息子の生まれかわりがとうとう現れたとね」

ラザラスは両手の指を、フランシスの顔の前で広げて見せる。右手の指に神剣シグルズの指輪。そして、左手の指には王の指輪。フランシスは見慣れている王の指輪に触れてみる。知っている王の指輪より、輝きを増しているように見えた。

「ガイアスが言うには、ずっと息子の転生を待っていたそうだ。ダナオスは息子のために作った国だから、俺を王にしたいと」

「夢の中で、海王がラスをダナオス王にしたがっている理由、二つあるって教えてくれたよね」

「一つは、あの海域を鎮《しず》めるため。そしてもう一つは、俺がガイアスの息子の転生だからだよ。話す前に、フランは目を覚ましちゃったから」

ラザラスの指が、フランシスの唇に触れる。指先を口の中に引き込んで軽く歯を立てると、フランシスの首筋に頬をすり寄せたラザラスが熱い吐息をもらした。

「ガイアスは俺の前に現れて言った。俺はダナオス、ユクタス、マルタナの王にならなければならない。そして、その三島と海域にガイアスの力を行き渡らせなければならない。父であるガイアスを愛せ敬え、役に立てって感じさ。そして、一日も早く俺をマルタナ王にするため、前王を始末した、感謝しろってさ。俺は驚いて怒って、泣いてわめいた。だが、ガイアスは俺がどうして怒っているのか、まったく理解出来ていなかった。勿論、俺の父親を殺したという罪悪感など欠片《かけら》もない。悪いことをしたとさえ思っていない。あいつは姿形こそ人間だが、中身はまるで違うものだ。あいつにとって、人間など羽虫同然で、いつでも簡単に始末出来るものでしかない」

ラザラスの体がぶるりと震えるのを、フランシスは感じ取った。

「ええ、あれは魔物だった。気持ち悪かったわ」

「その魔物に迫られた。私がお父さんだよ、私の言うことを聞いて、いい子にしてなさい。そうしたら、ダナオスの王様にしてあげようってさ。十六だった俺は、泣いて逃げ出した」

あの魔物に笑顔で迫られるのを想像して、フランシスは背中が寒くなった。

「ホラーでしかないわね」

「相手は神様と崇《あが》められる怪物だ。どうあがいても勝ち目はない。俺は海王を全否定することで、その恐怖から逃げた。目をそらした。そうしなければ、恐怖や罪悪感につぶされてしまいそうだった。……自分があの怪物の息子の転生かもしれないという恐怖。前王だった父、ガイやフェイの父上まで殺させてしまった罪悪感に」

「ラザラスのせいじゃないよ」

「わかってはいる」

頭でわかっていても、心はまた別だ。

「ラザラスは怖かったのね。フェリックス様やガイを失ってしまうのが」

「……ああ」

ガイアスが前王を殺したのは、ラザラスのため。フェリックスとガイの父は、その巻き添えとなった。二人がラザラスのせいだと責めてもおかしくはない。大切な幼馴染《おさななじみ》を失えなくて、ラザラスはガイアスに関わるすべてを誰にも話さなかった。ただ、ガイアスをすべて否定した。

だが、二人の賢い幼馴染たちは、日頃のラザラスの言動から、彼が何を隠しているのか正解に近い予想を立てていた。そして、ラザラスの心を思いやり、何も言わなかった。話さなかったから、心の奥に押し込めてきたから、その傷はいつまでも癒えることがなかったのかもしれない。

ラザラスはいつまでもガイアスのことを否定し、フェリックスとガイはそんなラザラスを心配し守ろうとした。ガイアスに送り込まれたフランシスを、ラザラスから遠ざけることが守ることになると、ガイは考えていた。ラザラスがどれほどフランシスを愛しているかよく知るフェリックスは、ガイアスのせいでラザラスがまた大切な存在を失うのではないかと心配し、その運命を嘆き悲しんでいた。

「ラザラスのせいじゃないよ。フェリックス様もガイも、そう思ってるよ」

「そうだね。ちゃんと話をするよ」

「もう大丈夫？」

「どうかな？　俺がガイアスの息子の転生だとは話せる気がしない」

「ラス」

幼馴染の父親を殺してしまった罪悪感より、どちらかというとそちらのほうがラザラスの中で禁忌《きんき》だったのではないだろうか。

フェリックスやガイ、セルマーだって、海王が船を沈めたことをわかっていた。ラザラスのそれとない態度や言動から知ったと、話していた。ラザラスが心のどこかで、話してしまいたい、ちゃんと謝罪したい、許されたいと思っていたからではないだろうか。

だが、ガイアスの息子の転生だなんて、誰も想像さえしていなかった。ラザラスはこのことに関しては、側近の誰にも一切気付かせなかった。

「ガイがね、私は一度死んで、ガイアスに命の火を注ぎ込まれたんだって言ったでしょ。あれはね、間違いだったの」

「そういえば、そんなことを言っていたね」

「あの後、神官のユーリ様に改めて私を見てもらってわかったの」

「ユーリに。それなら、ユーリの言うことのほうが正しいよ。彼は人を見る能力にとても長《た》けているんだ」

「私の中に海王の力があるのは確かなの。でも、私の命の火もちゃんと存在していて、海王の力と融合しているんですって。だから、ガイは見誤ったんだって。それでね、注がれている海王の力分、私は普通の人より長生きするんですって」

「…………」

「言われた時は、まったく意味がわからなかった。それがどういうことかも。でもね、あのお披露目の時、ガイアスに言われたの。私の寿命をあなたに合わせたって。同じ時を生きられるようにって」

「フラン」

「先祖返りだから長生きするって、そう言われていたの？」

「その可能性が高いと」

ラザラスは顔を上げ、フランシスの額に唇を押し当てた。フランシスは両手を伸ばして、ラザラスの頬を包み込むようにする。

「ガイのお父様の前の神官長様にね？　他に何を脅されたの？」

ラザラスは小さくほほ笑む。

「不老不死かもと」

「不老不死！」

「だが、俺の成長速度は普通だったし、怪我《けが》の治りだって普通だ。致命傷を受ければ、普通に死ぬだろうと思ってる。死にかけたこともあるし」

セルマーが話していたことを、フランシスは思い出す。

「まさか、不老不死を確かめようと、わざと死にかけたんじゃないよね？」

「それこそ、まさかだ。そこまで馬鹿じゃない」

じっと、フランシスはラザラスの目を覗き込む。ラザラスは馬鹿じゃないが、かなり徹底して自分が海王の息子である可能性から目を背《そむ》けていた。そんなことをしたとしても、おかしくないと思った。

「それに、俺を殺そうとするなら、まずベルダンを殺さないとならない。あいつはいつも俺を生かそうとするから」

「ラスがベルダン様の命を、力で救ったことがあるって」

「……俺が寝てる間、君は随分と俺に詳《くわ》しくなったんだね」

大きな手がフランシスの髪をくしゃりとして、頭を抱き寄せる。低く笑いながら、フランシスの唇に葡萄《ぶどう》を一粒押し付けてきた。食べろということだろう。

「暗殺者に追い込まれて、多勢に無勢で。敵をすべて倒した時、俺もベルダンも生きているのがやっとという状態だった。特にベルダンは致命傷を受けていて、手のほどこしようがなかった。その場には俺たち二人しかいなくて、助けは望めなかったしね」

フランシスは口の中の葡萄を咀嚼《そしゃく》しつつ聞いている。

「俺は自分の力を封印してた。絶対に使わないと、誓いを立ててた。使ったら海王に負けるような気さえしてた。でも、使ってた」

「………」

「二人で死ぬならそれでもいいと思ったんだ。だけど、ベルダンが、自分が死にそうなくせにそれでもまだ俺を生かそうとするから」

ふうと息をついたラザラス。フランシスは額に指を伸ばし、さらさらの髪をかき分けつつ、形のいい額をなでる。

「俺もほうっておけば出血多量で死んでた。ベルダンはもう、死ぬのは時間の問題だった。その状態で、ベルダンが俺を抱えて助けを求めに行こうとするから、俺は治癒能力を使うしかなかった。ベルダンだけ治して、そこで力尽きて気を失って、目を覚ました時ベルダンに泣かれた」

秘密だよと、ラザラスは、わざとだろう軽い口調で言った。

「そういえば、レオンが君に忠誠を誓ったって？」

ふと、口調を変え、ラザラスが突然そんなことを言い出した。眉間《みけん》に皺を寄せ、じっとフランシスを睨《にら》んでくる。

「父上の遺言だなんだと言い訳してたが、君が俺から逃げたくなったら手助けするつもりだと、寝てる俺に向かって堂々と言ってのけたぞ」

「え」

「俺から逃げる計画を話し合ったわけじゃないよな？」

「そ、それはない！　絶対ないから」

「本当に？」

「本当です。それに、ラスに内緒でなんて、逃げられる気がしないしっ」

抱きすくめようとするラザラスの腕から逃れようと、ばたばたしながらそう言うと、ふとラザラスの腕の力がゆるんだ。なんだか、ラザラスの雰囲気まで変わったようで、フランシスは驚いて顔を上げる。ラザラスは真顔でじっとフランシスを見つめていた。

「……フランは、本当に俺でいい？」

「ラス」

それを聞かれるのは、もう何度目だろう。

「俺の中にはね、神官のような『器《うつわ》』はない。だから、俺の使う力は神力に似ているけれど、まったく違うものなんだ。俺の力の源は、俺自身。それは、俺が海王ガイアスの息子の転生で、半神半人という存在だからだ。人間離れした力を使うし、寿命も長い。化け物だ」

ラザラスは化け物なんかじゃない。フランシスは抗議の意味を込め、拳でラザラスの胸をたたいた。

「それに、ガイアスは己の分身みたいな俺の存在に執着しているから、いつかきっとまた俺の前に現れるだろう。俺は全身全霊をかけて君を守ると誓うが、相手が海王では誓いを果たせるか疑問だ。俺のそばにいる限り、あの化け物と縁が切れない。フランシス、君は本当に俺でもいい？」

まっすぐにフランシスを見つめてくれる、ラザラス。だが、彼の目の奥はわずかに揺れている。自信がないからだ。フランシスには、今のラザラスの気持ちがよくわかった。

「ラザラスが何者でも、私はあなたを愛している」

マルタナにたどり着いて、新しい生をくれたのはラザラスだった。当たり前のように何でもくれて、当たり前に守ってくれた。おかげで、フランシスは幸せになった。友人も仲間も出来て、孤独でもなくなった。すべて、ラザラスが愛してくれたからだ。

（今度は、私がラスを守りたい。支えたい）

「ラスは海王の娘だけはお断りだなんて、ちっちゃいこと言ってたけど。私は言わないよ。お断りはないの。海王の息子でも問題なしだから」

フザラスが泣き笑いみたいな感じに、顔をくしゃっとさせた。

「愛してる、ラザラス」

フランシスはラザラスの腕の中に、しっかりと抱きすくめられた。背中に回った両腕に、くびり殺されそうな勢いで抱きしめられる。だが、殺される前にラザラスは我に返ったのか、力をゆるめてくれた。

「愛してる、フランシス」

頬と頬をすり寄せ、ラザラスが熱い息を首筋にかけながら、そうつぶやいた。

「……もう言わないから」

「?」

「だから、海王の娘はお断りとか」

思わず、フランシスは吹き出してしまった。むっとしたのか、ラザラスが顔を上げ目が合う。なにやら羞恥を感じているらしいラザラスの様子に、とても申し訳ないけれど、笑いがおさまらなくなってしまう。

ラザラスはしばらくむっとしていたが、それも長く続かず、楽しそうに笑うフランシスの姿に笑みを浮かべる。そして、いつまでも笑っているフランシスを捕まえると、キスで口を塞いで笑いを止めた。そのままフランシスの体を抱え上げ、ベッドへと逆戻り。フランシスは笑い声ではなく、甘いあえぎ声を上げさせられることになった。


二日後。

コツコツという控《ひか》えめなノックの音に、ラザラスは目を覚ました。ベッドの中はうっすらと明るい。ベッド周りにカーテンがおりているが、朝日の明るさをすべては遮《さえぎ》れていない。

コツ、コツコツというノックに変化する。これは、朝食をお持ちしましたという意味だ。ラザラスがノックに返事をしなかったので、マリーは寝室の扉の前まで食事を運んでくれるだろう。軽い足音が階段を下りていくのが聞こえた。

腕の中ではフランシスがぐっすり眠っている。昼も夜もなく愛し合って、気絶するように眠りに入ったのは、明け方だったと思う。まだ睡眠は足りていないはずだ。起こしたくなかった。

そっと頬にキスを落とし、ラザラスはするりとベッドを抜け出した。長椅子の背もたれからガウンを取り上げて、袖をとおしてベルトを結びながら、そっと扉を開く。階段の下から、マリーが朝食の盆を持って上がろうとしているところだった。

「おはようございます、陛下」

ラザラスが唇の前に指を立て、静かにと合図するまでもなく、マリーは小さな声でそう挨拶して頭を下げた。

「おはよう」

裸足のまま、ラザラスは階段を下りる。マリーから大きな盆を取り上げた。

「フランはまだ眠ってる。俺は食堂でもらうよ」

「かしこまりました」

ラザラスは三日ぶりに寝室から出て、食堂へと盆を運ぶ。とても空腹だったが、食事の前に入浴をしたいと思った。寝室の浴室は便利だが、フランシスの眠りを妨げたくないので、いつもの浴室を使うつもりだ。

「陛下」

食堂を出ようとしたラザラスを、マリーが引き留める。

「陛下が下りていらっしゃったら、すぐに知らせてほしいと言われているんですが、どうしましょうか？」

「ちなみに誰？」

「全員言います？」

「いや、いいよ」

と、ラザラスは笑う。

「フェイは王城に泊まってる？」

「はい」

「なら、まずは補佐官にだけ連絡して」

「かしこまりました」

ラザラスがざっと入浴して、いつもの平服に着替えて食堂に戻ると、フェリックスが一人で食事をしていた。

「おはようございます、陛下」

「おはよう、フェイ」

「思っていたより早かったですね」

「だろ？　フランに明日の朝からは絶対に仕事に戻れと厳命されたから、仕方なくさ」

その代わり明け方まで付き合ってもらったので、昼まで起きれないだろう。

ラザラスが席に着くと、マリーがさっと朝食の皿を置いてくれる。湯上がりなのを配慮して、冷たいフルーツジュースのグラスも用意してくれていた。

「ありがとう、マリー。ここはいいよ」

「かしこまりました」

「フランはまだ寝かせといてあげて。昼食前に声かけてみてくれるかな。昼食は一緒にとりたい」

「はい。お任せください」

ラザラスは冷たいジュースを一息に飲んで、ふうと息をつく。たっぷり三日間、邪魔者なしでフランシスと二人きりの時間を過ごせて、物凄《ものすご》く充実していた。頭は冴《さ》えわたり、体中に力がみなぎっているのが感じられる。

「今回のことは、色々と申し訳ありませんでした」

食事を始めると、フェリックスが謝ってきた。口の中で咀嚼中だったので、視線で先を促す。

「僕は陛下がフランシスと別れるんじゃないかと思ってしまいました。あなたと別れてフォンテーヌ領に行きたいというフランシスの相談にものってあげましたし、絶対に別れないと断言してフランシスを安心させてあげることも出来なかった。あなたからフランシスを遠ざけてしまう結果になったかもしれない。本当に申し訳ありませんでした」

「いいよ、気にしてない」

「陛下」

「俺と別れないって断言は出来なくても、フォンテーヌ家の養女にするって断言してくれただろ。フランシスにちゃんと居場所を与えてくれた。フランは心強かったと思うよ。ありがとう、フェイ」

フェリックスは泣きそうな顔をくしゃっとゆがめる。ラザラスは手を伸ばして、そんな幼馴染の頭を優しくたたく。

「謝るのは俺のほうだ。ごめん、フェイ」

「？」

「今回のことは、そもそも俺がちゃんと海王のことを話せていなかったせいだと思ってる。俺を国王にするために、海王が俺たちの父親を殺したこと。俺はその事実を受け止められなくて、目をそらし続けてきた。フェイとガイに話すべきだとわかっていても、話せなかった。ごめん、フェイ」

「いえ、いいんです。わかっていました。あなたが話せなくて苦しんでいることも、わかっていましたから」

　優しい幼馴染の言葉に、ラザラスは黙って頭を下げた。

「……フランシスから聞いたんだけど、海王はそのことを後悔しているらしいよ」

「後悔、ですか」

「そう。神様も後悔はするらしい。その後悔があったから、フランシスは殺されなかったらしい」

「……そう、ですか」

　なんとも珍妙な顔で、フェリックスは口を閉ざした。気持ちはわかる、すぐにそれはよかったとも言えないだろう。

　ラザラスは黙々と食事を続け、ぼんやりとするフェリックスの横顔を眺める。働かせすぎだと、フランシスに怒られた。フェリックスはまだ二十四歳の若さで、精力的に活動を続けるマルタナ国王の補佐を一人でやっている。仕事量だけなら、指示を出すラザラスの上をいくだろう。フェリックスが可哀想だから、自分も働かせろとフランシスは要求してきたが、それは却下した。そうしたら、フランシスは別の提案をしてきた。そちらを採用するつもりでいる。

「今回のことでは、色々考えさせられた」

　食事を終えて、そう話し出すと、フェリックスが視線を向けてくる。

「海王のこと、フランシスのこと、たくさんあるが、一番は子供だった俺たちがどれほど無茶やってたかってことだ」

「無茶ですか」

「十六で王冠のせられて、マルタナ一国任されて、でも周囲には非協力的だったり、こちらを引きずり降ろそうと虎視眈々《こしたんたん》と狙ってる大人ばかりで、俺たちは負けないためにかなり無茶やった。それでも無茶をやれてたんだから、大したものだと思うよ」

にやりとすれば、フェリックスも小さく笑った。

「必死に頑張ってきて、その原動力は海王への理不尽な怒りだったり恐怖だったり、俺たちを侮《あなど》った大人たちへの復讐《ふくしゅう》だったり、周囲の期待以上にやってやるという気概だったりでさ。いつもギリギリでやってきた。そうだろ？」

「そうですね」

「でも、気が付けば、俺たちは大人になってた」

ノエリックスは、目を瞬く。

「もう俺たちを侮る大人はいない。期待に応えてきたし、周囲から要望が上がる前に問題を片付けられるようになった。そして、海王を追い払った。俺たちはもうギリギリで頑張る必要はない。もっと肩の力を抜いて、自分のペースで思うように生きていける。そうなったのさ」

ノエリックスを若くして補佐官に任命したのも、若い二人でもマルタナを動かしてみせるという思いがあったからだ。まだ若いとフェリックスを馬鹿にする無能な大人たちを黙らせたかった。そしてもう、そんな無能どもは王城にいない。フェリックスを馬鹿にする官吏もいない。

「宰相《さいしょう》を置こう」

フェリックスの父は、ラザラスの父の宰相だった。フェリックスの父が亡くなってから、宰相はずっと空席のままだった。さすがに若くて経験のないフェリックスを宰相には任命出来なかったし、他に宰相を置いて若い国王は政務を宰相にやってもらっていると侮られるのが嫌だったからだ。

「フェイはまだ若い。セルマーに頼もうと思う」

「セルマー様に」

「嫌がるだろうけどね、やってもらう」

セルマーはフェリックスとラザラスの思いを理解して、二人がやることに口出ししなかった。権力志向もなく、喜んでフェリックスに補佐官の地位を譲ると、政務からも離れていったのだ。

「何年ののんびりした？　もういいだろ。ついでに爵位も押し付けてやる」

ついでに、結婚して優秀な子供をつくれと思ったが、それは口には出さないでおく。だが、密《ひそ》かにシビルの協力はしなければとも、考えている。

「フェイはそれでいいな？」

「あ、はい、それはもう」

フェリックスは大きく頷き、嬉しそうにほほ笑んだ。

「嬉しいです。セルマー様と一緒に働けるのが。受けてくださるといいんですが」

「受けさせてやる。大学に戻りたいって熱望されたから許したけど、セルマーもそろそろ大学に飽きてきたんじゃないかな。マルタナには難題が山積みだし、宰相のほうが楽しそうだと思うだろ」

腕を組み、自信ありげに口の端を上げるラザラスに、フェリックスは声を上げて楽しそうに笑った。

「俺の執務室の向かいに、宰相の執務室を作ろう。早速、内装工事だな。その前に、辞令を書かないとか」

「そうですね」

「セルマーに仕事を押し付けたら、休暇をとれ、フェイ。俺の不在で働きすぎだったし、コンスタンスが見合い話をかき集めてたぞ」

「ええ！」

フェリックスが飛び上がり、ラザラスが声を立てて笑う。

「自分が上手くいきそうだからって、僕にも結婚押し付けるのやめてくれますか！」

「いいもんだぞ、結婚」

「よくまあ、そういうこと言えますね。あれだけ周囲に心配かけて、やきもきさせて！」

どうやら我慢や苦労が積もり積もっていたフェリックスは、そこで臨界点を超えたらしい。その後、ラザラスが仕事に逃げ出すまで、フェリックスのお説教と愚痴は続いた。


お昼過ぎには、レオンが書類を抱えてラザラスの執務室に現れた。

「おや、補佐官殿は不在ですか」

フェリックスの席は空席だった。その代わり、ラザラスのデスクには書類が山を作っている。

「休ませた。俺の不在の間、休みなしだったからな」

ラザラスの集中力はすさまじい。未決裁の書類の山はどんどん片付いていく。

「レオン、いいとこに来たな。来週の舞踏会の予定表、受け取ってけ。警備計画を立てて、提出すること」

「舞踏会？　来週！」

「婚約発表するから」

「それは、おめでとうございます」

「フランの護衛の人選、任せるから推薦してくれ」

「私がやったら駄目ですか？」

じろりと、ラザラスが睨む。

「ふざけんな。団長が護衛になってどうする」

「ですが、副団長は陛下の護衛ですし」

「ベルダンは護衛じゃない。勝手にやってるだけだ」

「なら、私も勝手に」

「レオン」

もう一度じろりと睨まれ、レオンは諦《あきら》め顔で天井を仰《あお》いだ。

「……女性がいいですよね」

「そうだな。シビル一人では手が回らないだろう」

「どんな人物がいいか、フランシス様にお伺いしてもいいですか。もう起きてこられたんですよね？」

「レオン、お前、俺がフランに会うのを我慢して仕事しているっていうのに、何なんだ！」

ラザラスはいきなり怒鳴ると、手にしていたペンを投げ捨てた。

「やめた！　もう休憩だ！」

と、止める間もなく、ラザラスは内殿へと続く扉を勢いよく開けて早足で中に入っていった。

ラザラスの行く先にフランシスがいるのは間違いないので、レオンは遠慮なく後を追わせてもらった。一応、レオンがついて来ることは許可してくれているのだろう、ラザラスが通った扉は開け放ってある。

レオンは扉を通り、扉を閉ざし、国王の私的な居間に入った。そこは、十日ほど前に嵐が発生して壊滅的な被害を受けたが、その後の修繕で元どおりになっている。フランシスは長椅子に腰かけて、一人で読書をしていたらしい。今は横からラザラスに抱き着かれて、本を奪われてしまっていた。

「お邪魔します」

黙って近づくのもと思って、レオンが声をかけると、フランシスがラザラスの向こうから顔を見せてくれた。

「レオン様！　まあ、こんにちは。お会いしたかったんです」

「光栄です。フランシス様、今日もお美しい」

レオンはフランシスの前に膝をつくと、フランシスの白い手をとって、その甲に口づける。今日のフランシスは、銀の髪をハーフアップにして、キラキラした青玉のシンプルな髪飾りをつけている。ドレスは柔らかそうな素材のクリーム色で、青いレースが美しいアクセントになっていた。なによりも、表情が柔らかで幸せそうで、満たされていて。たっぷり愛されたということが、目の毒なぐらいにわかる。なんとも艶《つや》っぽいのだ。

「お披露目の時は、私を守ってくださって、ありがとうございました」

「とんでもございません」

「海王の一瞬のすきに私を奪ってくださったでしょう？　レオン様は、いつからあれがラザラスではないと気が付いていたんですか？」

海王ガイアスに操られていたフランシスを、ラザラスが登場した一瞬のすきに、ガイアスの腕から奪い取った手際は鮮やかだった。あのタイミングで奪うには、ラザラスが登場する前から、偽者だと見破っていなければ不可能だ。だが、ガイアスの擬態は完璧だった。フランシスにも、なぜ自分が見破れたのか、今でも不思議なほどなのだから。

「ダンスの途中から、おかしいと思っていました」

「まさか、踊りかたとか、そういう違いで?」

「いいえ。いつまでたっても、ベルダンが姿を見せなかったので」

にっこりとほほ笑むレオン。

「変だなと思い、フランシス様の近くに待機していました」

「さすがです」

「ありがとうございます。海王も詰めが甘かったですね。陛下に化けるのなら、ベルダンの偽者も用意しておかないと」

フランシスの背中に懐《なつ》いたまま、ラザラスがくつくつと低く笑っている。

「レオンがフランを守ってくれて助かった」

「当然のことをしたまでですよ」

フランシスをガイアスから奪い取った時のラザラスとレオンは、まるで先に打ち合わせをしていたかのように息がぴったりだった。ラザラスは全力でガイアスに攻撃していた。そのとばっちりが、フランシスに行く心配はまったくなしで。それは、レオンがフランシスを完全に守るという信頼があったからだ。

さらに言うなら、レオンのいる前でガイアスと取引もした。ガイアスに息子だと思われていることも、レオンに知られて構わなかったということだ。それだけ、ラザラスはレオンを信頼しているのだろう。

「レオン様は赤い結界を張るんですね。すごく綺麗《きれい》な」

「それは、レオンが持ってるレーヴェが炎剣だからだ」

　ラザラスが二人の間へ、にゅっと腕を入れてきて、レオンの右手首をつかむ。レオンの右手指には、大きな赤い石の指輪がある。近衛軍団長に貸し出されている神剣だ。目の前に掲げられたレオンの指輪に、フランシスが目を輝かせる。

「神剣を使って結界を張ってくださったんですね」

「はい。私自身は神力を使えませんので」

　レオンは自分の手をラザラスから取り返す。

「ですが、海王の力を阻止した結界を張れたのは、ガイの助力のおかげです」

　と、レオンはガイから補強用の指輪も貰ったことを話す。その指輪が、海王に向かって結界を張ったときに砕けてしまったことも。

「ふーん、ガイがね」

　そうつぶやくラザラスに、レオンとフランシスはちらりと視線を合わせる。自分が眠っている間のガイの言動について、ラザラスが怒っていないはずがなく、ガイが謝罪したがっているのも二人とも知っていた。だが、あまりガイの擁護《ようご》をしすぎるのもと判断したのか、レオンはさっと話を変える。

『また機会がありましたら、剣の姿のレーヴェをご覧ください。優美で美しい剣なんですよ」

「ありがとう。楽しみにしています」

「ところで、フランシス様。お側《そば》付きの護衛の件で、ご意見を伺いたいのですが」

「はい。それじゃ、ラザラスはお仕事に戻ってね」

背中にべったりと張り付いているラザラスを、フランシスはゆさゆさと揺さぶる。ラザラスはやはりごねにごねて、なかなか離れなかったが、ちゃんと最後には仕事に戻っていった。多分、こうやってフランシスにじゃれつくことで、気分転換をしているのだろう。

「レオン様」

と、フランシスは長椅子の自分の隣に座るよう、レオンを促す。ダナオスでは、世継ぎの王女と近衛騎士が長椅子に並んで座るなどあり得ないことだが、ここはマルタナだ。しかも、フランシスはまだ侯爵令嬢。レオンは苦笑しながらも、フランシスに促されるまま、長椅子に腰を下ろした。

「ラザラスは、まだ自分の中で昇華しきれていないのです。海王のことです」

いきなりの本題に、レオンは少々面食らった。

「ごめんなさい、ここは防音もないので手短に。それで、まだ誰にも話せていないんです」

「フランシス様とは、話し合ったのですよね？」

「はい。でも、もうちょっと時間が必要みたいです。黙っていてもらえますか？」

「それは勿論です」

忠誠を誓った臣下としては当然のことだ。レオンがしっかりと頷くと、フランシスはほっと肩を落とした。

「海王は多くの人に、特に近衛に多く目撃されましたが、どうなっていますか？」

「あれは魔物の類《たぐい》だということになっています」

「正しく魔物だと思います」

「陛下に姿を変えて、フランシス様を攫《さら》いに来た魔物です」

「え」

予想斜め上の返答に、フランシスは絶句する。

「お披露目の日のフランシス様は、女神か妖精かというほどにお美しかったですからね。魔物が見初《みそ》めて攫いに来たのだということになっています」

言葉の出ないフランシスに、レオンは苦笑をもらす。

「間に合った陛下はさすがだ。やっぱり陛下だ。魔物を追い払った陛下、最高。こんな感じで、近衛は盛り上がっております」

「……いいのかしら」

「問題ないかと。間違っていませんしね。お披露目会に参加した貴族たちの間でも、同じような感じです」

フランシスは額に指先を当て複雑な表情をしたが、レオンはまったく気にしていない。

「軍関係者の間では、陛下が神剣の封印を解いたことのほうが話題です。陛下があの神剣を使っていた時のことを覚えている軍人は数多くおります。その頃の桁外《けたはず》れに強かった陛下を信仰しているような連中も多いですしね。あの神剣の封印を解いて、自分が不在の間フランシス様を守るため持たせていた。多くの軍人には、こっちのほうが衝撃ですよ」

「え」

「誰がどう説得しようとも、決して封印を解きませんでしたからね。それを、婚約者にと望む女性の警護のためだけにですね、あっさり解きましたからね。陛下にとって、その女性がどれほど大切なのかということは、明々白々ということで」

「やめて、レオン様」

フランシスは両手で頭を抱えてしまった。その頬も耳も真っ赤だ。

「しっかり外堀を埋められましたね」

くぅうっとうなるフランシスに、レオンは笑う。

「さようなら、なんて言うからです。結婚式までずっと王城から出してもらえませんよ、きっと」

「……そう思います？」

「間違いなく。そのために、侯爵邸を破壊したんじゃないかと疑ってます」

ガイアスとラザラスのせいで、侯爵邸のホールは全面改装となった。改装中の屋敷に侯爵や前侯爵夫人が滞在するわけにはいかず、フェリックスは城内に寝泊まりしているし、コンスタンスは領地の屋敷に帰る予定だという。勿論、養女になったフランシスも侯爵邸に滞在出来るはずがなく、このまなし崩し的にラザラスの寝室に引っ張り込まれそうだ。

「コンスタンス様にお会いしたいのに、今日はここから一歩も出るなって言われてて」

真っ赤な顔で、フランシスがそうぼそぼそつぶやく。

「陛下はフランシス様がいないと駄目ですから、そばに居てあげてください。さようならショックもまだ癒えていないようですしね」

そして、フランシス自身も、ラザラスのそばに居てしっかりと癒されてほしいと、レオンは思う。

「そんな風に言ってくださって、ありがとう、レオン様」

「私はいつでもフランシス様の味方ですから」

この三日ですっかり肩の力が抜け、驚くほど幸せそうにほほ笑むようになったフランシスに、レオンもほほ笑みを返し頷いて見せた。


ラザラスが渋々と執務室に戻ると、デスクの前にはセルマーが腕を組んで立っていた。ラザラスが入ってきたのを見ると、にっこりとほほ笑む。とっても悪そうに。

「先に言っておくが、決定事項だからな」

「陛下」

「医学と薬学の勉強のための時間は、十分に与えただろう。もうそろそろ復帰してくれないと、俺が困る」

「陛下」

セルマーのにっこりは続いている。ラザラスはため息をつくと、デスクの椅子に腰を下ろす。

「なんだ、セルマー」

「一つ、お願いがあります。今回のことで、私はダナオスの歴史と海王の関係について、とても興味を持ちました。海王の守護力と神力についても、とても興味深い。研究したいと考えています」

デスクに頬杖《ほおづえ》をつき、ラザラスはちょっぴりあきれた顔で熱弁をふるうセルマーを見ている。

「海王ガイアスがまた陛下に会いに来るときは、ぜひ私も同席させてほしいのです」

「化け物に会いたいなんて、セルマーはおかしい」

「神様ですよ、陛下。それからぜひ教えていただきたいのです。なぜ、海王はラザラス陛下をダナオスの王にしたいのかということを」

今のところそれを知っているのは、フランシスとレオンだけだ。ベルダンとガイ、近衛軍が侯爵邸に入ったのは、ガイアスが光の矢を浴びて本来の姿に戻ってから。それでも、ガイアスは転生という言葉を口にしたから、ガイは色々と察しているのかもしれない。あの場にいなかったセルマーは、それすらも知らないはず。

「宰相になることを承諾《しょうだく》するのなら、教えてやるよ」

「宰相の辞令、謹んでお受けいたします」

即答に、ラザラスは思わず笑う。にっこりしながら、セルマーは言った。

「誤解しないでくださいよ。宰相の話は、陛下からあれば、お受けしようと以前から考えていました。陛下、あなたはあれこれと手を広げていかれる。ダナオスの姫君を花嫁に迎え、ついには海王と対決までされた。フェリックス一人の補佐では、もはや回りません」

「あれこれね。俺にはそんなつもりは欠片もないんだが」

「つもりがなくても、そうなっていますよ。それで、今度はダナオスにまで手を伸ばされるおつもりですか?」

ラザラスは胡乱《うろん》な目をセルマーに向けると、デスクの引き出しから防音の神器を取り出した。

「セルマー、軽々しく口にするな」

「宰相を引き受けるのなら、お聞きしなくてはと考えていました。軽々しくはありませんよ。あなただって、ずっと考えていますよね?」

ラザラスは腕を組み、椅子の背もたれに寄り掛かる。半分睨むようなきつい目で、セルマーに視線を向けた。

「俺はダナオスなど欲しくはない」

「知っています。あなたにとって、国王は面倒な家業でしかない。親戚とはいえ、ダナオス王家の家業まで引き継ぎたくはないでしょう」

「………………」

「ですが、フランシスはエヴァンゼリン・ダナオスだという自分の過去を、決して捨て去ることなど出来ないでしょう。そういう女性です」

「わかっている」

今は、自殺したことさえ国民に無視され、国にとって無用の王女だと捨てられたことに傷ついている。エヴァンゼリン・ダナオスの名を捨てるのは、その名がダナオスにとって無価値だと思っているからだ。

だがこの先、ダナオスが衰退していったら？　国民の多くが飢えるようなことになったら？　フランシスがマルタナでどれほど幸せでも、逆に幸せなら幸せなほど、フランシスは深くダナオスを憂うことになるだろう。

「わかっている」

繰り返し、ラザラスは深く息をついた。

「……決めたら話すよ」

「よろしくお願いいたします」

どこか慇懃《いんぎん》無礼《ぶれい》に感じる、頭を下げるセルマーの姿に、ラザラスは久しぶりにセルマーと一緒に仕事をするという実感を持っていた。即位前からずっと一緒にいた人だ。大人になりかけの頃は、セルマーに反抗することも煙たく感じることもあったが、今はそう感じない。むしろ、難しい仕事を有能なセルマーにいくつも丸投げ出来ることを、とても嬉しく思っていた。

「宰相に任命するとき、爵位も与えるから」

「いりません」

「諦めろ。伯爵がおすすめなんだが、侯爵でもいいな」

「一代男爵でいいに決まってます」

「結婚するなら伯爵だろう。子供に爵位を遺《のこ》せるぞ」

「結婚！　する気はありません！」

「いいもんだぞ、結婚」

フェリックスに言ったそのままを口にすると、やはりセルマーも怒りだした。

「今のところ、うまくいきそうだからって、そんな余裕見せるのやめてもらえますか？」

「今のところを強調するなよ」

「今回のことで、我々臣下がどれほど気を揉《も》んだのか、ちゃんと理解してらっしゃいます？　してませんよね？　特に私とレオンはですね、陛下、聞いてるんですか？」

申し訳ないが、本日二度目の叱責《しっせき》のため、どうにも聞く気になれない。

「セルマー、フランに聞いてこい」

「は？」

ラザラスは防音の神器をセルマーの手の中に押し込む。そして、内殿へとつながる扉を指さした。

「海王が俺を王にしたがる理由。フランが知ってる。俺はまだ自分で話す気になれないから、彼女に聞くといい」

「わかりました」

セルマーは目を輝かすと、先程ラザラスが戻ってきたドアを開けて、内殿へと早足で歩いて行った。フランシスには申し訳ないが、セルマーの好奇心を満足させてくれるだろう。ラザラスは、まだ自分で話せるほどには昇華出来ていない。認めたくないから、話したくないというのもあるかもしれない。

まあ、臣下で集まって、国王をこき下ろせばいいのだ。今回はたくさん迷惑をかけたので、そういうのも必要だろう。フランシスがいるから、とんでもない方向に話が飛んでは行かないだろうし。

きっとまだレオンも居座っているだろうから、フォローもしてくれるはずだ。

がつんと一回だけ乱暴なノックがあり、ドアが勝手に開く。

「陛下、遠乗り、行きますか」

ベルダンだった。いつもと何も変わらないベルダンに、ラザラスは安堵する。

「行く」

即答して立ち上がると、ラザラスはベルダンの腕を引っ張るようにして執務室を出る。そして、なんとなく、軽い気持ちで聞いてみた。

「ベルダンは結婚する気あるのか？　するなら報告しろよ。爵位、用意しとくし」

「すぐというわけではありませんが、コンスタンス様に大量の見合い話を押し付けられました。ちなみに、レオンもです」

ラザラスは目を丸くする。だが、ベルダンは遠乗りどこに行くのかという話でもしているかのように、いつもどおりだ。

「レオンは逃げ回ってましたが、俺はいい歳だし、兄と姉もうるさいし、いい条件の女性がいれば考えようかと」

「……意外だ」

「陛下とフランシスの間に生まれる王太子殿下を、俺の息子に護衛させるというのは、なかなかに心惹《ひ》かれる誘いだったもので」

「そこか！　そこなのか！　そんな動機で結婚するなんて、相手の女性にどうなんだ」

「だから、条件が合えばです」

「なるほど……」

そんな条件では、ベルダンの結婚は遠いのではないだろうか。これからコンスタンスは忙しくなりそうだと、ラザラスは呑気《のんき》に考えていた。

その日の夜、フランシスは正式に母となったコンスタンスと夕食をとることが出来た。ラザラスはフランシスと二人きりの夕食にする気満々だったのだが、神官長ガイに夕食を誘われたのだ。

神殿できちんと話をして、フランシスとガイの間にわだかまりはない。だが、ラザラスとガイの間にはまだ話し合いもなく、ガイが謝罪をしたがっているのもわかっていたので、フランシスは渋るラザラスの背中を押してオデッセア邸に送り出した。そのおかげで、フランシスはコンスタンスと夕食を一緒にすることが出来たというわけだ。

コンスタンスは、フランシスがラザラスと正式に婚約することをとても喜んでくれた。フォンテーヌ領に行って仕事を手伝うという約束が守れないことを詫《わ》びても、コンスタンスは嬉しそうな笑顔だった。お屋敷の広間が壊されたことについても、修繕費用をラザラスに請求するから気にしないようにと笑っていた。

ただ、修繕が終わるまで領地に帰るというのを、フランシスは引き留めた。侯爵令嬢と王妃の修業もまだ道半ばである。コンスタンスにはぜひ続けてほしかったのだ。

夕食の後、ゆっくりと入浴し、フランシスは一人でベッドに横になる。当たり前のようにラザラスの寝室に案内され、ラザラスのベッドにもぐりこんでいる。いいのかなと思う気持ちはあるが、周囲の誰もそれをとがめない。それどころか、マリーを始めとした女中たちは嬉しそうだし、コンスタンスでさえ、しばらくは陛下の元で休んだほうがいいとすすめた。

フザラスは、離れていた一週間分ずっとくっついていようと、フランシスを寝室から出そうとしなかった。最初は冗談かと思ったのだが、本気で一週間寝室にこもると考えているのがわかって、必死の抵抗と説得をして、何とか三日で解放してもらった。でも、とても幸せな三日間だった。腕の中に抱き包まれ、たくさん話をして、ただただ愛された。ラザラスが不足してずっと乾いていた胸のどこかが、ゆったりと満たされていったと思う。

「フラン」

扉が開き、ラザラスが姿を見せた。

「おかえりなさい」

「ただいま。よかった、ちゃんと居た」

ラザラスは出かけたときと同じ服装で、夕食から帰ってきてそのまま寝室に来たらしい。ベッドに腕をつき、自分のベッドの中でリラックスしているフランシスに目を細め、頬にキスを落とす。

「もうちょっと寝ないで待ってて」

そう言って、ラザラスは寝室内の浴室へと入っていく。今日の午後、フランシスが起きて寝室から出るのと入れ替わりぐらいに職人たちが入ってきて、ラザラスが切った壁紙の処理をしていってくれた。扉に張り付いたままの壁紙もきちんとはがされ、元の扉がちゃんと姿を見せている。マリーたちが掃除にも入ってくれて、タオルや石鹸《せっけん》などという備品もきちんと揃《そろ》えてくれたので、浴室はますます快適になった。

本当にちょっとの間に、ラザラスは入浴と着替えを済ませて寝室に戻ってくる。寝室の明かりを落としながら、フランシスのいるベッドに入ってきた。フランシスの背中にぴたりと寄り添い、顎の下にフランシスの頭、腕をフランシスの腰に回し足を絡ませ、ほうとため息をつく。

「ガイをちゃんと許してあげた？」

「君がガイに対して、そこまで寛大なのが、少しばかり妬けるよ」

いつの間にかガイと呼び捨てにしてるし、ガイはフランと呼び捨てだしと、ラザラスはイライラした口調で言う。

「妬けるのは私よ。ガイが私に敵意むき出しだったのは、ラス兄上への愛が高じてのことだもの」

「それ絶対違うから」

「違くない。ガイはあなたを守りたかったのよ。いつも甘えてばかりだった、ラス兄上を」

ラザラスの顎に、頭をごりごりといじられた。

「痛いよ」

「ガイをわかってやってくれて、ありがとう。君にはすでに謝罪したそうだけど、改めて今日も謝っていたよ。反省してた」

「うん」

「君はガイに巨大な貸し一つだ。神殿に無茶なお願いしても大丈夫」

神殿にはこれからお世話になる予定だ。治癒能力の訓練は勿論のこと、神力の使いかたについても、もっと勉強したいと思っていた。ガイはきっといい教師をつけてくれるだろう。

「一つ、君に聞かなければいけないことを忘れていた」

「まだ何かあった？」

寝室にこもっていた三日間で、一週間分以上の話をした。ラザラスが不在だった間のことは勿論、お互いの昔話や、側近や友人たちのことも。

「おねだりするって、何のこと？」

「……あ、ガイアスの」

「そう、あの化け物に何を言われた？」

きゅっと、フランシスのお腹に回したラザラスの腕に力が入る。

「んー、言わないと駄目？」

「駄目に決まってる」

「あんまり言いたくないんだけどな」

「言いたくなるようにしようか？」

ラザラスの手が、下から乳房をすくい上げるようにして揉み出す。お尻にぐりぐり押し付けられるそこは、すでに熱く芯を持っていた。ラザラスに抱かれるのは大好きだが、この場合、フランシスが話すまでしつこく焦《じ》らされるか、頭が真っ白になるまでよがらされるか、どちらかだ。

「言いますっ。そんな意外なことでもないし」

「そうそう、素直なのがいいよ」

乳房を揉みしだくラザラスの手を、ぺちりとたたいておく。

「ダナオスとユクタスが欲しいのって、あなたにおねだりしろって」

「……それはまた、金のかかる女性だ」

「ラス」

フランシスの首筋に唇を押し当てながら、ラザラスはくすくすと笑っている。

「ガイアスは、私がそうするだろうと考えていたみたい。ダナオスを取り返してほしいって、あなたに泣きつくだろうと」

「フランはそうしてほしい？」

ダナオスの女王に未練などない。昔から、フランシスにとって女王の座というのは、義務と責任ある重い椅子であって、ダナオスを自由に出来る権力者の地位ではなかった。宰相が欲しがるのなら、喜んで進呈したいというのが本音だ。だが同時に、宰相が悪政を行いダナオスを駄目にしてしまうのなら、それを止めなければならないと思うのも、本心。

今のマルタナはラザラス治世の下、豊かになってきている。海軍と陸軍がどれほどのものか、フランシスはまだ見たことがないが、それ相応のレベルにあるだろう。そしてダナオス遠征を支えることが出来るぐらい、国庫には余裕があると思われる。それに、ラザラスはダナオスでも力を使える。嵐を起こして、南部諸島の海軍を壊滅させたようなことが、ダナオスでも出来るはずだ。ラザラスがダナイスを制圧するのは、きっと不可能ではない。

ラザラスがダナオスの王になったら。ダナオスとユクタスにも、海王の守護がたっぷりと注がれる。港は活気を取り戻し、神殿も正常な状態に戻っていくだろう。そしてマルタナのように、海王の守護に頼らない研究と町づくりをしたい。

でも、ダナオスの民はどう思うだろうか？　人は急激な変化を受け入れられない。反発は大きなものになるだろう。ダナオスの貴族たちだって、己の利権をそう簡単には手放さない。誰もがラザラスに協力するなんて、絶対にない。ラザラスの支配を喜んで受け入れるというダナオス人は多くはない。戦争をすることで、失われる命もある。そして何より、ラザラス自身がダナオスの王になることを望んでいない。

ラザラスはフランシスと同じ、玉座を重い椅子だとしか思わない人だ。ダナオスの玉座は、マルタナのそれより大きい。しかも、古めかしくて、機能性はゼロで、足元のほうは腐りかけている。ラザラスは欲しがらないだろうし、フランシスだって彼に押し付けたりしたくない。

（でも、ラスにならきっと、ダナオスを救える）

「即答出来ないぐらいには、そうしてほしいという気持ちがあるということかな？」

ラザラスのつぶやきに、フランシスはぴくりと体を震わせてしまった。寝間着の裾から、ラザラスの手が入ってくる。足をむき出しにし、柔らかな内腿《うちもも》をなで、ラザラスにだけ開かれる秘裂の中へと指が入っていく。

「ラス、ごめんなさい。そう思うことは止められない。でも、おねだりはしないから」

ふうと、フランシスの首筋でラザラスがため息をつく。

「ごめん、意地悪を言った。フランがそう思うことはわかるよ。君はダナオスを完全に見捨てることなんて出来ない。ダナオスが衰退していけば、君が幸せになればなるほど、君は罪悪感を強めていくだろうね。でも、俺は今よりもずっと君を幸せにしたいと思っている。……だから、ダナオスを幸せにするのも、俺の役目なんだろう」

驚いて、フランシスは強引にラザラスの腕の中、彼のほうへと振り返った。至近距離で、ラザラスと目と目を合わせる。

「ラス」

ラザラスの目は穏やかで、無理をしている様子も、嫌悪感も見えなかった。

「でも、ラス、それは海王の希望どおりになるということだわ。あなたはそれでもいいの？」

「ガイアスの希望を叶《かな》えるためじゃない。俺がそうしたいからするだけのことだ。逆に俺のやりたいことがガイアスの希望どおりだからと言って、それを諦めるなんておかしなことだろ？　でもまあ、必死にガイアスを無視しようとしていた頃の俺なら、絶対にこんな風には思えなかっただろうけど」

ガイアスのすべてを否定し、神器も神力も排除していた以前のラザラスなら、ガイアスが希望しているると知れば意地でもそうなるまいとしただろう。だが、ガイアスを追い払うために、ガイアスがラザラスを愛する気持ちさえ逆手にとって利用した今のラザラスなら、自分の希望を叶えるためにならガイアスだって利用しそうに思えた。

強くて、でも柔軟で、自由で。元々ラザラスは度量の広い人だったが、今はさらに拡大して何でもそれこそ海王のことだって受け止めてくれる、心から頼れる人になった。胸にすり寄ったフランシスを今度は正面から抱きしめ、ラザラスは軽く唇を触れ合わせる。

「レオンがダナオスに行ったのは、ダナオスの現状を詳細《しょうさい》に観察するためと、今後、ダナオスの状況を詳細に報告してくれる協力者の情報網を作るためだ。こんな風にフランがマルタナに来ることは想定していなかったが、タイミング的にはよかったと思う」

「それは、どうして」

「ダナオスの様子がおかしいことは、商船やダナオスとマルタナに取引のある外国商会から、断片的に情報が入っていた。ダナオスに何かあれば、マルタナにだって影響がある。対岸の火事だと、のんびり見物してるわけにもいかない。まずは正確な情報だろ？　団長のレオンを行かせるつもりはなかったんだが、本人が行きたがってね。それに、レオンに行ってもらって、いい情報網が出来た。あいつ、諜報《ちょうほう》活動が得意なんだ」

爽《さわ》やかなイメージのレオンと、諜報活動はどうにも結びつかない。まだ、フランシスの知らない一面があるのだろう。

詰しながら、ラザラスの指はずっと止まらずに、フランシスの秘所を愛撫し続けている。そこはもうたっぷりと濡れて、フランシスの正常な思考も怪しくなってきた。でも、ラザラスは、愛撫も話もやめようとしない。

「ダナオス宰相のやり方は気に入らないが、フランが優秀だと言う男だ。しばらく、そのお手並みを拝見するとしよう。マルタナから援助を出してもいい。ダナオスには、まだ十年はもってもらいたいからね」

「十年？」

「最低、それぐらい」

フランシスの足を大きく広げ、膝の裏に手をかけて胸につくように足をすくい上げながら、ラザラスがゆっくりと入ってきた。一番奥まで、みっちりとフランシスの中を満たすと、ラザラスは満足げにため息をもらす。フランシスは両足をラザラスの腰に回し彼を引き寄せながら、両手を首に回し頭も引き寄せる。ラザラスは体重をかけて、さらにフランシスの奥へと楔《くさび》をうがちながら、求められるまま唇と唇を触れ合わせる。

「十年って？　どういう意味？」

思考が完全に消えてしまう前にと、フランシスは気になったことを繰り返した。

「あと最低十年は、マルタナで今の生活を続けたい。フランと正式に結婚式をあげ、フランシス・マルタナの存在を国内外に知らしめる。そして、フランには俺の息子を産んでほしい。勿論、娘も、子供は何人でも欲しい。フランシス・マルタナは、国王の妻であるだけでなく、次の国王の母にもなる。それぐらい、フランがマルタナに根を張ってくれたら、俺はようやく安心出来るような気がする。君はもう俺にさようならを言わない、エヴァンゼリン・ダナオスに戻ると言わない、ダナオスに帰るなどと言わない。君の帰るところは、マルタナ、俺のそばだけになる。それを心から信じて、安心出来るようになれる気がする」

フランシスは声が出なかった。いつも余裕たっぷりに見えるラザラスにだって不安はある、自信がないときもある。フランシスを愛してくれて、だからこそ失うことを恐れてくれている。

目覚めてからずっと、ラザラスは何度も謝ってくれている。だが、フランシスはちゃんと謝っただろうか。フランシスの背後に化け物の幻影を見て後じさったラザラスと、それを誤解したとはいえ、はっきりさようならと告げたフランシスと。どちらも罪深い。けれど、どちらがより傷つけたのかといえば、言葉にした自分ではないかと、フランシスは改めて思い知った。

「君と子供たちがマルタナで留守番をしてくれるなら、俺はダナオスに自分の役目を果たしに行こう。まあ、そうならないのを祈ってるけどね。宰相がうまくやってダナオスも繁栄するっていうのが、最良のシナリオだよ。ガイアスは怒ってまた来そうで嫌だけどさ」

これで話は終わりという感じに、ラザラスは腰を動かし始めた。もうたっぷりと濡れ、ラザラスを待ち望んでいたフランシスの中は、搾《しぼ》り取るように絡みつき離さない。フランシスも両手で大好きなラザラスの艶やかな髪をかき回し、頬に触れ首筋へとおろしていく。ラザラスのどこもかしこもが好きで好きでたまらなかった。

「愛してる、ラス。ごめんなさい、さようならなんて言って」

「俺のせいだってわかってる。俺のほうこそごめん」

「愛してる、誰よりも、あなただけを愛してる」

謝罪より愛を伝えたい。謝罪を伝えても、謝罪が返ってくる。ラザラスにはもう謝罪はしてほしくない。

「ずっと一緒よ、私たち、ずっと、愛し合いましょう」

「約束だ、フラン」

「ええ、約束」

唇を触れ合わせる。しっかりと体を絡ませあい、隙間なく抱き合った。

「二人で、幸せになろう」

ラザラスが耳にキスをしながら、そう囁いてくれる。フランシスはそれに同意の返事をしたかったのだが、もう口を開けば甘いあえぎ声しかこぼれてこなくて、何度も何度も頷いて見せた。

終章　そして、また宴

翌週。

冬も深まり、朝の鍛練もちょっぴり辛《つら》くなってきた。手がかじかむので弓の練習には向かず、この頃は剣の稽古が多い。時々ラザラスが稽古をつけてくれるのが、フランシスはとても嬉《うれ》しかった。

あの海王《かいおう》ガイアスがこのままラザラスを諦《あきら》めるはずはないし、またいつ何時、お披露目の時のように現れるかわからない。そのとき足手まといにだけはなりたくないと、フランシスは自らの鍛練を怠《おこた》るつもりは欠片《かけら》もない。とはいえ、夜はラザラスにしつこくされて抱きつぶされるようなことも多いので、朝の鍛練は半分出れればいいぐらいだろうか。

コンスタンス・フォンテーヌ元侯爵夫人の王妃教育は今も続けてもらっている。神殿にも通い始めていて、治癒能力についての訓練と勉強、神力《しんりき》の使いかたについて訓練を受けている。勉強したいことも覚えたいこともたくさんあって、今のフランシスは一日の時間が足りないぐらいだった。

しかし、この日は朝の鍛練から帰ると即マリーに捕まって、入浴から始まってマッサージ、肌のお手入れなどなど、大勢の女中にお世話されることになった。王城内も、朝からいつもよりざわめいている。使用人たちが忙しく働き、どことなく華やいでいて、出入りする貴族たちが多い。この季節、ほとんどの貴族たちは領地に帰っているものだが、今日のためにわざわざ王城に出てくるという貴族も多いそうだ。

だが、今夜の舞踏会の日程が発表されたのがわずか一週間前だったため、王城から領地まで一週間以内の比較的近い領地の貴族だけしか間に合わず、ラザラスの元にはいくつも苦情が舞い込んでいるらしい。それに対する国王陛下の答えは、舞踏会ぐらい何回でも開いてやる、だそうで。自慢の婚約者を見せびらかしたくて仕方のないラザラスは、来週にも同じ規模でもう一度舞踏会を開くことを決めている。一週間以上かけて舞踏会のためだけに王城に来る貴族も、舞踏会を二週間後に延期ではなく二度やってしまうラザラスも、どちらもフランシスの理解の範疇《はんちゅう》を超えている。それでも、ラザラスを始めとして、周囲の人々はみんな楽しそうだから、何も言わないけれど。

午後四時すぎ、フランシスはようやくすべての支度を終えた。これから深夜までずっと気が抜けない。用意された軽食を飲み物でお腹《なか》に流し込んでいると、ラザラスが姿を見せた。

「フラン。とても綺麗《きれい》だ」

そう言うラザラスのほうが、数倍綺麗だった。白と金の豪華な礼装。ちょっと伸びた金色の髪はすっきりと後ろになでつけられ、綺麗な顔がむき出し状態。

(自分よりも美しい男性と結婚するのって、女として色々複雑だけど)

「フラン?」

微妙な笑みを浮かべてしまったフランシスを、ラザラスが不思議そうに見る。

「ありがとう。ラスもとっても素敵」

「そう?　俺は青い礼装がいいと言ったんだけど。フランの目に合わせてね」

大切な人の色の服を着るのは、愛情表現の一つだ。今夜、フランシスはラザラスの瞳の色、緑のドレスをまとっていた。緑の生地には、金糸でびっしりと豪華な刺繍《ししゅう》が入り、緑石と真珠がたくさん縫い込まれている。

これでラザラスが青の礼装だと、青と緑で、おかしくはないが統一感がない。白と金の礼装なら、似合いの一対だ。

「もしかして、それでイヤリングを？」

髪を後ろになでつけているので、いつもは髪の中に隠れている耳がむき出しになっている。そこには、大粒の青玉のイヤリングが輝いていた。男性用のイヤリングで、石だけのシンプルなものだが、最高級品に違いない青玉の美しさはラザラスにとても似合っていた。

「フランの瞳の美しさにはかなわないけどね」

テーブルに置いてあるビロードの箱をラザラスは手に取る。ラザラスがフランシスのために用意した、ネックレス、イヤリング、髪飾りのセットだ。髪飾りはすでに髪を整えた女中によって飾られているが、ネックレスとイヤリングは、ラザラス自身がつけたいと先に言っておいたのだ。

大きな緑玉のネックレスは、ダナオス王女だったフランシスでも驚くほど豪華なものだった。こんなに大きくて、透明度の高い緑玉は、今まで見たことがない。マリーが用意しておいてくれた手鏡で、自分の胸元にキラキラ輝くネックレスを確認すると、フランシスはその美しさに息をのむ。イヤリングも緑玉。ラザラスの瞳の色だ。

「本当に綺麗。ありがとう、ラス」

「どういたしまして。いいね、フランに緑をつけるのって」

ラザラスはフランシスの手から鏡を抜きとると、フランシスの顎《あご》に指をかけて、自分のほうへと上向かせる。綺麗に化粧されたフランシスの唇に、しっかりと唇を合わせてきた。

「お化粧、落ちちゃうから」

「口紅は塗りなおすだろ」

食事をしたのだから、最初からその予定だったのだが。

「フラン、緊張してる？」

「しないわけない」

「緊張しすぎて卒倒してもいいよ。抱き留めてあげるから」

「ラス」

「でも、ダンスは踊りたいから、それからにしようか」

しきりとレオンはずるいを言い続けているラザラスである。レオンのほうは、言われるたび笑顔ではいはいと受け流しているが。

「見せびらかしたいと思うけど、このまま隠しておきたいとも思うんだよ」

唇と唇が触れ合う距離で、ラザラスは熱くそう囁《ささや》く。

「でも、今夜は君が俺の妻になるってことを広く知らせないとね。君は俺のものだ。手を出そうという男には容赦《ようしゃ》しない」

「あなたも私のものよ。横恋慕《よこれんぼ》してくるご令嬢は、きっと今後いくらでも湧いて出てくるんでしょうけど」

「そこはフランも、容赦しないと言ってほしいところだ」

「……容赦しないわよ、多分」

「多分はひどい」

ラザラスは顔をしかめ、深くフランシスの唇に唇を埋める。

「ああ、早く結婚したいよ」

そうぼやいたところで、扉をノックする音が聞こえてきた。もう行かなければならない時間だ。

ラザラスが入室を許可すると、マリーを先頭に女中たちが一礼して入ってくる。口紅と最後の化粧なおしをするために女中たちがフランシスを取り囲み、マリーはラザラスに口紅を落とすための薄紙を差し出した。濃厚なキスを繰り返したせいで、フランシスの口紅はすっかりラザラスにうつってしまっていた。

すべての支度を終え、女中たちに見送られ、ラザラスはフランシスをエスコートして部屋を出る。廊下で待機していた護衛の近衛兵《このえ》たちを引き連れ、王城内の大ホールへと向かう。そして、ホールへ向かう大階段を下り始めたとき、階下からわっと歓声と拍手がわいた。

驚いて足が止まったフランシスを、ラザラスがにっこりと促《うなが》す。階段の下には大勢の人が集まっていた。女官長のアンナ、フィアナ、たくさんの女官たち。裁縫室の女中たち、メイもその中にいた。そして、非番の近衛兵士たちと官吏たち。誰もが口々におめでとうと言って、拍手してくれている。フランシスを祝福してくれていた。

「みんな、……ありがとう」

感動して、ちょっぴり泣きそうになってしまったフランシスの手を、ラザラスが優しくぽんぽんとなだめるようにたたいてくれる。階段を下りきったところで二人は足を止め、フランシスはラザラスに手を取られ、優雅に膝《ひざ》を折ってお礼をした。

ラザラスとの婚約が万人に祝福されることではないと、フランシスは覚悟していた。マルタナの貴族には、ダナオスから来たどこの馬の骨ともわからない娘と国王が結婚するなんて認められないと思う人もいるだろう。それが当然だ。

それでも、フランシスがマルタナに来てからずっと一緒に過ごしてきた王城の人々が、フランシスをよく知る人々が、こうして祝福してくれている。ラザラスに相応《ふさわ》しい、マルタナの王妃にと、後押ししてくれている。これほど心強いことはない。

「さあ、行こう」

ラザラスが握っている手の甲にキスをしてくれる。目と目が合い、きらきら光が舞うような麗しい笑顔を、フランシスにだけ向けてくれる。

二人が手に手を取り合って前に進むと、大ホール入口の両側に立つ近衛兵が扉を大きく開けてくれた。国王とその婚約者の入場を知らせる声が響き、ホール内部の熱気が一気に上がる。そして、扉口に立った二人を、万雷の拍手が迎えた。

すでに親しくなった貴族の笑顔があれば、見知らぬ顔も多い。見慣れた近衛の軍服以外にも、陸軍と海軍の主だった士官たちも招かれていて、フランシスを値踏みするような目で見ている者もいた。それでも、ラザラスとフランシスのために、誰もが拍手をしてくれている。二人がホールの中へと歩き出しても、近衛兵は扉を閉ざさなかったので、階段に集まっていた者たちが扉の外に集まって、拍手をしてくれている。

前後左右から拍手で囲まれ、ラザラスにしっかりと手を握られ、フランシスはホールに設置してあ

る玉座への段を上がっていく。最上段には国王の玉座、フランシスのために一段下がったところに椅子が用意されていたが、ラザラスはフランシスを伴って最上段まで上がり、二人でホールの人々を振り返る。

広いホールには、本当にたくさんの人が集まっていた。神器《じんぎ》を使ったシャンデリアが輝き、温室育ちの色とりどりの花がたくさん飾られ、貴婦人たちのドレスで、ホール内はとても華やかだった。

「すぐだよ」

ラザラスが笑顔でホールを見回し、最後にフランシスへと視線を向ける。

「ここに集まったマルタナの主だった者たちは、君の魅力にすぐに気が付き、ひれ伏すだろう」

「ラス」

「すぐに、マルタナの民たちは君を王妃として支持するだろう。熱狂的にね」

フランシスの手を取り、ラザラスは優しく口づける。

「君はそれだけの価値ある人だ。俺も、マルタナ国民も、君を離さないよ」

マルタナ国王ラザラスは、満面の笑みを浮かべ、フランシス・フォンテーヌ侯爵令嬢との婚約を高らかに宣言した。

セルマー番外編―軌道修正―

補佐官フェリックスの母で、前のフォンテーヌ侯爵夫人コンスタンスは、約一年ぶりに王都にやって来た。養女として迎えることになったフランシスに会い、いずれ王妃となるフランシスのために貴族たちへの根回しやら、フランシス自身の王妃教育やら、さらには結婚式の準備など、様々な雑事に対応するためである。だが、コンスタンスにはもう一つ、王城に行ってどうしてもやりたいことがあった。大切な息子たちの家庭教師だったセルマーに、会うことだった。

だが、セルマーと会うことにためらいもあった。フランシスと会う約束をしても、どうしてもセルマーに約束を取り付ける使者を出す踏ん切りがつかなかった。

フランシスとの面会を終え、侯爵邸に戻《もど》る馬車の前に立ったコンスタンスは、よしと気合を入れる。このままでは、いつまでもセルマーに会いに行けない。ここはもう勢いで行くしかない。馬車の御者にしばらく待つように言うと、ためらう自分の気持ちに活を入れ、コンスタンスはセルマーの地下部屋へと向かった。幸いにも、セルマーは在室で、しかも一人だった。

「お久しぶりです、コンスタンス様。お元気そうでよかったです」

「一年ぶりですね、セルマー様。少しよろしいかしら」

「勿論《もちろん》です。ですが、あー、申し訳ありません。ここには侯爵家の方にお出し出来るようなお茶の準備がないので……」

「お茶は必要ありません。約束もなく押しかけたのは私ですから、お構いなく」

コンスタンスはそう言って、簡素な丸椅子に腰を下ろす。気安い態度のコンスタンスに、セルマーが少し戸惑っているのがわかった。ラザラス王太子の家庭教師だったセルマーは、フォンテーヌ家の双子の家庭教師でもあった。コンスタンスとセルマーは年齢が五歳しか違わないこともあり、互いに遠慮なく話を出来る間柄で、コンスタンスはセルマーを友人とも思っていた。だが一年前、双子の弟フェンリルが自殺して、コンスタンスが王都を出て領地に閉じこもり、二人の交流は途絶える。今日まで、手紙の一通もやり取りすることがなかったのだ。

「領地にこもっていると、一年なんてついこの前のような感じがしていましたけれど、王城は変わりましたね」

「ようやくですよ、コンスタンス様」

「では、変えてくれたのはフランシスなのかしら」

「そうかもしれません。彼女の登場は王城にも、陛下やフェリックスにも、大きな変化だったのでしょう」

「あなたにもですか？　セルマー様」

「……そうですね」

「よかった」

そうつぶやいたコンスタンスを、セルマーは少しの驚きをもって見てくる。

「一年前、あなたを責めたことをずっと後悔していました。申し訳ありませんでした、セルマー様」

コンスタンスは頭を下げる。

「あなたが悪かったわけではないのに。きっと誰も悪くはなかったのに。私はあなたに責任をなすりつけ、あなたを責めることで自分の正気を保とうとしていた。あなたはきっとそんな私をわかっていて、受け入れてくれたのでしょう。私は弱く、あなたは強かった」

「そんなことはありません。コンスタンス様。あなたはご主人に続き、息子を一人亡くされたのです。

私とはその重みが違っていて当然です」

「いいえ、私は弱く、愚かだったのです。セルマー様は何も悪くなかった。誰か悪い者がいたとするなら、それは母親である私だったというのに」

一年前、双子の弟フェンリルが自殺をした時、母親のコンスタンスはセルマーをひどく責めた。なぜフェンリルを守ってくれなかったのかと、助けてくれなかったのかと、責めてしまったのだ。

双子が幼かった頃、セルマーは常にフェンリルを助けてきた。性格的にもおっとりしていたフェンリルは、幼馴染《おさななじみ》たちの中で遅れてしまうことが多かった。フェンリルが特別に愚鈍だったわけではない。幼馴染たちが優秀すぎたため、ごく平凡だったフェンリルは彼等《ら》と同じペースで勉強することも遊ぶことも難しかったのだ。それをなんとかしてきたのは、家庭教師のセルマーだった。

フェンリルは心も少し弱かった。幼馴染や兄フェリックスに比べて、どうして自分は出来ないのかと悩むフェンリルに、母コンスタンスは常に寄り添い励ましてきた。あなたも出来るのよと励まし、セルマーの陰ながらの助力があって、フェンリルはなんとか幼馴染たちや兄と肩を並べてきた。だがそれは、フェンリルに分不相応な自信を持たせてしまったのかもしれない。

フェンリルが官吏を辞めて研究者の道を選択したのは、側近としてラザラスと一緒に思うように仕事が出来ない自分に絶望したからではないだろうか。兄のフェリックスは補佐官として活躍しているのに、自分はなぜと思ったのかもしれない。

遺書がない以上、フェンリルの本心など誰にもわからない。だがきっと、劣等感だったり、不甲斐《ふがい》ない自分への絶望だったり、幼馴染たちから取り残されていく孤独に苦しんでいたのではないか。幼い時からフェンリルを注意深く見守っていたコンスタンスとセルマーは、そう考えていた。そして、お互いに同じ考えでいることを知っていた。

フェリックスやラザラスには知られたくなかった。フェンリルの劣等感の対象は彼等だから。これを聞けば、二人とも傷つくだろうし自分を責めるだろう。二人は何も悪くない。フェンリルに対して優越感など持ったこともない二人に、こんな推測は話したくなかった。

誰にも話せず一人胸の内に苦しみを抱えたコンスタンスは、セルマーを責めてしまった。幼かった時のように、どうしてフェンリルを見守り助力してくれなかったのかと。

だが、セルマーはすでにもう家庭教師ではなかった。いつまでもフェンリルの世話ばかりもしていられない。セルマーを当てにするのも、責めることも当然、間違っていた。

コンスタンスも夫を亡くし、領地の管理に忙殺されるようになっていた。子供の時のように常にフェンリルに寄り添ってはいられなかった。そもそも、フェンリルはもう大人とされる年齢で、自分の生きる道は自分で見つけるべきだった。誰も悪くはなかったのだ。

だがそれでも、コンスタンスは自分を責めることをやめられない。母親としてもっとフェンリルにしてあげられることがあったのではないかと、何度も考えた。幼いフェンリルに助力するのではなく、幼馴染たちと自分は違うのだと、そう自覚させるべきだったのではと、何度も後悔だってした。

「人を導くということは、とても難しいことですね、コンスタンス様」

苦くつぶやいたセルマーに、コンスタンスはセルマーもまた自分と同じような後悔を繰り返しているのだと知った。

「あなたは立派な教師です、セルマー様。陛下もフェリックスもガイも、お陰でとても立派な若者に育ちました」

「私だけの力ではありません」

「そうかもしれません。フェンリルを救えなかったのも、誰か一人のせいではないように」

コンスタンスは、そう言ってにっこりとほほ笑んだ。フェンリルのことを想うのも、後悔するのも、きっと一生終わることはない。死ぬまで忘れないだろうし、後悔もずっと抱えて生きていくだろう。

だが、生きている者は前を向かなければならない。先に進まなければならない。領地に一人閉じこもった一年の間に、コンスタンスはそう思えるようになった。そして、コンスタンスが責めてしまった分、苦しんだはずのセルマーに謝罪しなければならないと、王城に戻ってきたのだ。

「しばらく王城に滞在することになりそうです。フォンテーヌ邸に夕食にいらして。昔のようにね、セルマー様」

「ありがとうございます」

穏やかにほほ笑むセルマーに、コンスタンスは改めて謝罪と礼を言うと、地下部屋を去っていった。

コンスタンスが帰ってから、セルマーは薬草を煎《せん》じる器機を使ってお湯を沸かし、ハーブティーをいれた。ゆっくりとお茶の香りを吸い込み、熱いお茶を飲み、気持ちを落ち着かせる。コンスタンスの訪問は、まったくの不意打ちだった。

この一年で、コンスタンスは息子を失ったことに何かしらの区切りをつけたのだろう。セルマーに向ける笑顔に嘘《うそ》はなかった。そして、フェリックスもまた、セルマーと話をすることで区切りをつけたばかりだ。

（私だけかな。まだ出来ていないのは）

フェリックスが補佐官として成功すればするほど、フェンリルは追い詰められていったのではないだろうか。そしてフェリックスを早々に補佐官とした責任は、セルマーにある。セルマーは補佐官を辞めて自分の勉強をしたかったのだ。結果として、フェリックスにますます活躍出来る場を与えることになり、フェンリルの劣等感を強めることになったのかもしれない。

フザラスもフェリックスもフェンリルも、そしてガイも、もう大丈夫だと思っていた。もう自分が家庭教師だからと出ていかなくても、彼等は独り立ち出来ていると思っていた。実際には、そう思うことで自分が自由になりたかっただけだ。

セルマーは家庭教師の自分に飽いてしまったのだ。優秀な彼等を指導するのは面白かったが、もう十分だろうと思ってしまった時、セルマーの好奇心は別のほうへと向いてしまった。そちらに夢中になってしまい、教え子たちのその後に十分目を配ることが出来なかった。

(私は一つのことを長く続けることが出来ない)

基本的に飽きっぽいのだ。だから学問にしても、数学から医学まで、幅広く手を出している。どれもこれも、自分が納得いくまで勉強すれば、次に行ってしまう。セルマーは強い好奇心や知的探求心を押し殺すことが、他の人より難しい。人の三大欲求といわれる、睡眠欲食欲性欲などは人より薄いのだが、知的好奇心は人の数倍強い。

(つくづく、私は教師に向いていない)

セルマーは将来の自分について、大学の研究室で好きな研究を続け、時に教壇に立って後輩の指導をしていくのではないかと、ぼんやりと考えていた。だがこの一年で、そんな未来予想図はすべて消え失《う》せた。まず教壇に立つのはあり得ないと思えるようになった。そして、大学での研究にもそこまで魅力を感じなくなった。きっとすぐにまた、飽きてしまう。

「私はどこにも落ち着けないのかもしれないな」

好奇心の向かうまま、あっちへこっちへ、ふらふらと。ついてきてくれる人がいるとは思えないし、フェンリルのように誰かを置き去りにしてしまうかもしれない。孤独ではた迷惑な生きかたしか出来ない自分を、セルマーは四十歳の今になって自覚した。

このままでいいのか、はた迷惑だと自覚したのなら改めるべきなのか。自分の生きかたを再考しなければ、フェンリルの自殺を自分の中で過去のことにすることは出来ないと思っているのだが、一年たった今も、セルマーは自分の生きかたを見定められずにいた。

◆

執務室の机で書類に埋もれていたフェリックスを発掘し、地下部屋の病室のベッドに寝かせた翌朝。フェリックスは一晩ぐっすりと眠り、すっきりとした顔で起きてきた。

「おはようございます、セルマー様」

「おはよう、フェリックス。ここで朝食を食べていきませんか？」

セルマーの朝食は、いつも地下部屋まで配膳されている。今朝はフェリックスの分も頼んだので、テーブルには二人前の朝食が並んでいた。

「はい、では、遠慮なく頂きます」

フェリックスを座らせ、セルマーはポットからコーヒーを注ぐ。どう見ても糖分が足りてなさそうなノエリックスのカップには、砂糖とミルクをたっぷりと追加した。カップを受け取って、甘いコーヒーを飲んだフェリックスは、くすぐったそうにほほ笑む。

「昨夜から色々と甘えてしまって、申し訳ありません」

「あなたからそんな甘えを感じたことはありませんよ」

ラザラスはセルマーに駄々をこねることがある。甘えというよりも言葉でのじゃれ合いみたいなものだが。

子供の頃も、フェリックスは補佐官職を引き継いでから、セルマーとはきちんと距離をとっている。

「駄目ですね、いつまでもセルマー様に迷惑をかけて」

フェンリルばかりで、兄のフェリックスはあまりセルマーには甘えなかった。セルマーに甘えて頼るのは弟のフェンリルばかりで、兄のフェリックスはもしかしたら遠慮していたのかもしれない。

「迷惑だなんて、思っていませんよ」

セルマーは本心でそう答えたが、フェリックスは首を横に振る。

「補佐官になったとき、これでようやくセルマー様と肩を並べて仕事が出来ると思ったんですけど、やっぱりまだまだですね」

「師をこえようなんて、まだまだ早いですよ」

冗談めかしてセルマーはそう返したが、フェリックスはほほ笑みつつ、真剣な目でセルマーを見つめてくる。

「セルマー様は死ぬまで僕たちの恩師ですよ。それは変わりません。でも同時に、僕たちはいつかセルマー様と同じところで同じものを見れたら楽しいだろうなって、思っていたんですよ」

「同じ、ですか」

「はい。よく地図を見て冒険計画を立てたじゃないですか。セルマー様は最初は僕たちと一緒に楽しんでいるんですけど、途中でふと冷めちゃって、教師の顔になっちゃうんですよね。きっとセルマー様には僕たちでは思いもよらない計画があるんだろうなって、先へ先へ行っちゃってるんだろうなって、ちょっと悔しかった。いつかセルマー様と一緒に最後まで冒険をしたかったんです」

「そんな風に思われていたとは。私は教師にはつくづく向いていない」

肩をすくめたセルマーは、昔は大学に残って教師をしようと思っていたことを、ぽつぽつと話した。すると、フェリックスは遠慮がちに苦笑をもらし、首を横に振る。

「セルマー様が大学でのんびり研究だなんて、向いてないですよ。絶対に我慢出来なくて、飛び出しちゃいますね」

「やっぱりそう思いますか。私はどうやら根無し草なのかもしれません」

「違いますよ。セルマー様は頭が良すぎて、人より行動範囲も興味の範囲も広すぎるだけです」

そんな風に言われるなんて、とても意外で目を開かされるような思いで、セルマーはフェリックスに顔を向けた。

「そんな幅広なセルマー様が定住出来るところを、僕は一つだけ知っています」

「ぜひ教えてください、フェリックス」

「セルマー様よりもさらに幅広で、とんでもなく巨大な度量持ちの、うちの陛下の下ですよ」

「………………」

「陛下の下にいたら、絶対に退屈することないですよ。飽きる間もなく、新しい問題がじゃんじゃんやってきます。このままフランシスと結婚となれば、ダナオスとかユクタスの問題まで降ってくる可能性も大ですよね。海王の問題まであるし。問題山積み、選び放題です、セルマー様。僕を助けると思って、政務への復帰、真剣に考えてくれませんか？」

　そして陛下と三人で政治という冒険の旅に繰り出しましょうと、フェリックスが真面目《まじめ》な顔で言うのに、セルマーは驚いて呆気《あっけ》にとられ、次の瞬間には吹き出していた。

「そうですね。そうかもしれません。フェリックスの言うとおりだ」

　戴冠《たいかん》して八年、ラザラスはマルタナ王としてますます成長している。フランシスという女性を伴侶に選んだことで、マルタナだけではなくダナオスやユクタスにも関わることになるだろう。ラザラスが進む道は拡大と拡張を続けている。その道がどこまでのびていくのか、想像するだけでもセルマーはわくわくしてしまう。

　度量の広大なラザラスなら、セルマーにも居場所を作ってくれるだろう。あっちこっちとふらふらするセルマーでも、ラザラスの巨大な手の上でなら、うまく転がしてもらえそうだ。

「でしょ？　セルマー様、一緒にやりましょうよ」

　にこにこしながらフェリックスがそう言う。フェリックスとラザラスが、政務復帰の話をいつ持ち出そうか思案しているのを、セルマーもなんとなく感じていた。一年前なら即答で断っていたし、フェリックスたちもわかっていたから聞いてこないのだと思う。

「……考えておきます」

　にやっとしただけで、フェリックスはもうそれ以上、その話をしなかった。周囲にうるさく言われても、自分がやりたいと思わなければ動かない、そんなセルマーの性格を熟知しているからだろう。セルマーの気持ちが揺れていることだって、お見通しなのだと思う。

教え子だ、目を配っていなければ、そう思っていた相手に逆に導かれ、道を示される。一緒に行こうと、手を差し伸べられる。教師失格だが、そんなことはもうわかっていたこと。それに、こんな風に対等な関係でいられることを、セルマーはとても嬉《うれ》しいと感じていた。

◆

ラザラスとフランシスの婚約披露舞踏会が、王城の大広間で華やかに開催されている。セルマーは広間の壁際にある長椅子に一人座り、シャンパンを飲みながら、のんびりと会場の様子を眺めていた。舞踏会もそろそろ終盤で、帰りだす者たちもちらほらと見え始めていた。

セルマーも宰相《さいしょう》になることが決まっているので、補佐官時代に世話になった者、世話をした者に会って、旧交を温めておいた。どんなに優れた政策を考えても、それを支持してくれる貴族がいなければ、官吏が実行するために動いてくれなければ意味がない。顔つなぎは絶対に必要なことだ。ただ、こういったことはセルマーよりもフェリックスのほうが何倍もうまいので、きっと助けてくれる。そう思うと、随分と気が楽だった。

「セルマー様。ようやく見つけました」

「やあ、こんばんは、シビル」

人ごみから一人抜けてきたのは、フランシスの元ダンス教師で、今は女性近衛《このえ》として護衛になったシビルだった。長身で黒髪の美女で、近衛の軍服がとてもよく似合う、凛々《りり》しい女性だ。今夜は華やかなドレス姿で、凛々しいというよりもセクシーだったが。

「お隣、よろしいですか？」

「ええ、どうぞ」

　とても魅力的な女性だが、ずっとダナオスにいたこともあって、二十八歳でまだ独身だ。そして不思議なことに、セルマーのことを異性として意識しているらしい。女性関係は苦手で、これまでお付き合いをした女性はほとんどいないセルマーでも、シビルの好意には気づかされていた。

　フォンテーヌ家でのフランシスのお披露目会では、いつの間にかシビルと何曲もダンスすることになった。シビルをエスコートしていたレオンとは一曲しか踊っていないのにだ。その後、お互いに忙しく話す機会はなかったが、王城ですれ違うたびに美しい笑顔を向けられた。そして、今もわざわざセルマーを探して近づいてきてくれたのだ。

「宰相になられると聞きました。どういった心境の変化かと、噂《うわさ》されていましたよ」

　シビルは回りくどい話しかたをしない、さっぱりとした性格の女性だ。女性特有のまどろっこしさがなく、シビルとの会話はわかりやすく面白い。

「ちょっと落ち着くのもいいだろうと思ったんですよ」

「落ち着く、ですか？」

「若い頃は、ふらふらと気の向くまま漂っていたんですが、そんな生きかたでは周囲に迷惑だろうという分別が四十になってようやく出来たわけです。落ち着き先として、ラザラス陛下ほどの方は見つからないと思いますしね」

「ラザラス陛下は素晴らしい方ですが、落ち着き先というと、どうでしょう？」

　声を潜《ひそ》めつつも、主君の悪口ともとられないことを、シビルはさらりと言ってのけた。セルマーは思わず笑ってしまう。

「そのほうがいいんですよ。ラザラス陛下の広い手の内でなら、一所《ひとところ》に落ち着けない私でもお仕え出来ると思ったわけです」

「セルマー様は一所に落ち着けない方なんですね。どうりで、肩書が多いかと」

と、シビルがにやりと口の端を上げる。確かに、セルマーには元がつく肩書ばかりある。

「ふらふらしてきた結果です。はた迷惑で孤独な人生になりそうなので、軌道修正を試みようかと」

「はた迷惑とは思いませんが、それで宰相をお引き受けになったのですか？」

「そういうことです」

「孤独を解消するために、結婚もお考えになります？」

思わずシビルの顔を見てしまったセルマーに、シビルは大人の女性しか持てない、艶《つや》のある笑みを浮かべた。

「軌道修正って、そういうことではないんですか？」

「……ふらふらする私についてきてくれる女性は見つかりそうにありません」

「探す努力もなさらずに諦《あきら》めるなんて。セルマー様」

目と目を合わせたまま、シビルがにっこりとほほ笑む。すっと差し出されたレースの手袋に包まれた白い手を、セルマーは胸の鼓動一拍分だけ迷ってから手に取る。シビルの美しい緑の瞳を見つめながら、手の甲に唇を触れさせ、手をかえして手の平に唇を寄せると、そっと求愛のキスをした。

番外編　こんな休日も

MELISSA

マルタナ王城での二回目の婚約お披露目舞踏会は、大成功に終わった。突然現れた元ダナオスの伯爵令嬢であるフランシス・フォンテーヌに、マルタナ貴族たちは誰もが懐疑的な目を向けていたのだが、舞踏会でのあまりにも美しい姿や高位貴族としか思えない立ち居振る舞いに、フランシスを歓迎する方向へと空気が変わった。また、国王ラザラスの溺愛《できあい》ぶりは、これまでの国王を知る貴族たちには衝撃的でもあり、未来の王妃であるフランシスと縁を結んでおこうという流れは加速するばかりだった。

舞踏会から一週間、フランシスは毎日のようにどこかのお茶会や食事会に招待され、精力的に顔を出していた。親しくなれそうな貴族令嬢や夫人にも出会えたし、マルタナ王城内のみだったフランシスの世界は一気に広がって、刺激的で楽しい毎日だった。

「明日は陛下とお出かけですね」

夕食の後、入浴を済ませたフランシスの髪を手入れしながら、マリーが話しかける。フランシスは、鏡越しにマリーにほほ笑んだ。

「ええ、そうなの。城下町に連れて行ってもらう約束なのよ」

「怒涛《どとう》のお茶会も、ようやく今日で一段落ですからね」

毎日あったお茶会も、明日からはしばらく予定にない。地方貴族たちが領地に帰る準備を始めたので、王城はまた真冬の静けさを取り戻《もど》していくだろう。

「フランシス様、お疲れ様でした。これで結婚式前まで、しばらくゆっくり出来ますね」

「すごく楽しかったわ。マルタナの皆さんにとてもよくしていただいてるもの」

「楽しめてよかったですが、お疲れが溜《た》まってますよ。ゆっくりしてください。陛下は仕事で遅くなるそうですので、先にお休みくださいね」

マリーがおやすみなさいと寝室を出て行くと、フランシスはすぐにベッドにもぐりこんだ。一回目の婚約披露舞踏会から二週間、フランシスは社交続きだった。好意的な相手ばかりだったし、ラザラスもフェリックスもとても気を使ってときには助けてくれたので、辛《つら》いことはほとんどなかった。とても楽しかったというのは本音なのだが。

（やっぱり、疲れてはいるかな）

ベッドに横になると、体がずぶずぶと沈んでいきそうな気がした。今日で社交も一段落と聞いて、肩の力がふっと抜けるのも感じた。とても楽しかったが、ずっと人目にさらされ続けてきた。マルタナ王妃として相応《ふさわ》しいのかと、始終値踏みされていたようなものだ。

明日はラザラスと二人きりでデートだ。気を張る必要はなく、ラザラスの腕につかまってついていけばいい。とっても気が楽だった。楽しみすぎて眠れないかもと思いつつ、フランシスはすぐに眠りの中に落ちていった。


深夜、ラザラスがそっと寝室に入ると、フランシスはぐっすり眠っていた。可愛《かわい》い寝顔をじっくりと見つめてから、静かにベッドにもぐりこむ。横向きで丸まって眠るフランシスの背中から近づき、肩に額《ひたい》を押し当て、腰に腕を回してフランシスの背中に胸を密着させる。ラザラスお気に入りの寝入り姿勢で目を閉ざそうとしたが、ふとフランシスの体温がいつもより高いことに気が付いた。

片腕をベッドについて起き上がると、フランシスの額にそっと手を当てる。

（やっぱり熱いな）

頬、首筋と触れていく。額にはうっすらと汗もかいていた。女中のマリーは何も言っていなかったから、眠ってから熱が出ているのだろう。今のところ熱はまだそれほど高くはないようだったが。

(上がってきそうだな)

ラザラスは発熱の看病に慣れている。従弟《いとこ》のガイが、ついこの前までよく熱を出していたからだ。反抗期真っただ中だったガイは、熱を出しても神官や母親に看病されるのが嫌で、ラザラスのそばで寝込みたがったのだ。

(まずは、温めないと)

そっとベッドを出たラザラスは、フランシスのために甲斐甲斐《かいがい》しく働き始めた。


翌朝。フランシスが目を覚ますと、枕元の椅子に座っていたラザラスと目が合った。

「おはよう。具合はどう？」

にこっとほほ笑んだラザラスが額に触れてくれる。

「ほぼ平熱かな」

「ラス……」

かすかすな声が出て、フランシスは喉に手を当てた。痛みというほどではないが、違和感があった。

「夜に熱を出したんだよ。覚えてない？」

「……おぼえてる」

夜中に熱が高くて苦しくて目が覚め、ラザラスに看病させてしまった。額を冷やすためのタオルを何度も交換してくれて、暖炉には薪《まき》を足して室内を暑いぐらいに暖めてくれて、汗をかきだしてからは水を飲ませてくれた。汗を拭《ふ》いて着替えさせてもらったのを最後にぐっすり眠った気がする。

「ありがとう、ラス」

「たいしたことしてないよ。うん、顔色もいいね。食欲ある？」

フランシスの頬を両手で包み込み、鼻の上にちゅっとキスをすると、ラザラスはとても近い距離でほほ笑んだ。

「うん、喉が渇いた」

「それはいいことだよ」

ラザラスは水差しを取りに行く前に、寝室の扉を開けてマリーに声をかけると、フランシスのそばに戻って来て抱き起こしてくれる。そのまま背中から肩をしっかりと抱いて、水の入ったグラスをフランシスの口元に運んでくれた。

「フランシス様、おはようございます」

グラスの水を飲み終わった頃、マリーが朝食の盆を持ってきてくれた。ベッド用のテーブルに盆を設置すると、マリーは心配そうにフランシスの顔を覗《のぞ》き込む。

「大丈夫ですか？　顔色はちょっとよくなりましたね。今日はゆっくり休んでください」

「ありがとう、マリー」

顔と手を拭けるようにと、マリーが広げてくれた蒸しタオルで顔を覆《おお》う。その気持ちのよさに、フランシスはふうと息をついた。熱は下がっている感じがするのだが、高熱を出したという疲労が体の奥に残っているのを感じた。

「朝食は食べられるだけでいいですよ、フランシス様。無理して全部食べなくていいですからね」

「俺が食べさせてあげるよ」

フランシスを構いたくて仕方がないラザラスを、マリーはめっという感じに睨《にら》む。

「陛下、フランシス様を休ませてあげないと。陛下がそばにいると休めないいんじゃないでしょうか」

「ひどいな、マリー。俺はちゃんと看病してる」

二人が楽しく言い争いしている間にと、フランシスは朝食のスプーンを手に取った。パンのミルクがゆは、ほんのりと甘いとても優しい味だった。量はそれほど多いと感じなかったのに、半分も食べるとお腹《なか》がいっぱいになってしまった。それでもなんとか頑張って、オレンジのジュースは飲み干した。オレンジの酸味が体にしみわたっていくようで、とても美味《おい》しかった。

「ごちそうさまでした」

マリーは、休んでくださいねと言って、盆を下げていく。ラザラスは食べ終わったフランシスの隣に早速という感じに腰を下ろし、肩を抱いて自分の胸の中にもたれ掛かるようにさせた。

「食事してよく眠れば、元気になるよ。大丈夫」

さすさすと何度も髪をなで、いくつもキスを落とされる。夜、たくさん汗かいたのになぁと思いつつ、フランシスには拒否する元気が出てこなかった。

「ラス、ごめんね。今日はお出かけの予定だったのに」

「城下町は逃げないから大丈夫さ。舞踏会からずっと予定いっぱいで、フランは疲れてるんだよ。今日はよーく休んで、出かけるのは明日にしよう」

フランシスはラザラスに抱きかかえられるようにしてベッドに横になると、枕の位置を調整され、寒くないようにとくるみこまれ、甲斐甲斐しくお世話してもらってしまった。こんな風に大切に気遣ってもらうのは心がほんわかして、嬉《うれ》しいのにちょっぴり涙が出てきそうになってしまう。

「さあ、目を閉じて。まだ眠れるよ」

「うん」

額に優しくキスしてもらい、フランシスは目を閉ざす。おやすみと、耳にキスされながら囁《ささや》かれるのを少しくすぐったく聞きながら、眠りの中に落ちていった。


「よく眠ってる。顔色いいですね、よかった」

眠りが浅くなったのか、フランシスはフェリックスの声が聞こえたような気がした。

「ソエイも今日から休暇だろ？」

「なんですけど、見合いの話で母がうるさくて。お見舞いを口実に出てきちゃいました」

セルマーが宰相《さいしょう》の仕事を始めたので、フェリックスは一週間ほど休暇をとることになっている。今日はその初日だった。

「俺の休暇用別荘、貸そうか？　一人になるには最高のところだよ」

「そうですねえ、いいかもしれないなぁ」

「美女が流れ着くかもよ？」

くすくすと、二人が仲良さげに笑いあうのに、フランシスの心の中もほんわか温かくなった。

「これをフランシス様に。風邪をひかれたときは、いつもレモンの砂糖漬けを欲しがるんです」

メイの声だと思ったが、フランシスの重い瞼《まぶた》は開かなかった。

「熱はもう下がったのですか？」

これはシビル。二人揃《そろ》ってお見舞いに来てくれたのだろうか。

「朝にはほとんど下がったんだよ。疲れが出たらしい。フランは子供の頃、よく熱を出す子だった？」

「それがとてもお元気で、風邪をひいてもすぐに熱が下がったと、母が申しておりました。お父上があまり丈夫ではない方だったので、周囲はとても心配していたんですが」

「へえ、そうなんだ。フランの子供の頃の話、色々聞かせてくれる？」

「はい、私でよければ喜んで」

気合の入ったメイの返事がほほ笑ましかった。

（あんまり恥ずかしいことは内緒にしておいてほしいなぁ）

またすうっとフランシスの意識は眠りの中に落ちていく。


お昼過ぎにフランシスが目を覚ますと、枕元にはマリーが付き添ってくれていた。フランシスが目を覚ましたのに気が付くと、寝室の扉を開けてラザラスに声をかけたようだった。

「メイとシビル様がお見舞いに来てくださったんですよ。陛下がお二人を引き留めて、フランシス様の子供時代の話を色々聞き出して、とっても盛り上がっちゃって」

ベッドに起き上がったフランシスの背中に、せっせとクッションを詰め込みながらマリーが教えてくれる。

「メイとシビル、まだいるの？」

「はい。下で話していますよ。今は、フランシス様のお気に入りだったお人形のことが話題でした」

「人形って……」

メイとシビルは一体何を話しているのだろうか。ラザラスもそんなことを聞いてどうしようというのか。困惑しているフランシスの表情に気が付いたのだろう、マリーはくすくす笑っている。

「好きな人のことは何でも知りたいんじゃないですか？　私も、フランシス様が熱を出したときはレモンの砂糖漬けを食べたがるって教えてもらえて助かりました。今度は私も作りますね。あと、お誕生日が四月だっていうのも初耳でした。二十歳の誕生日は盛大にお祝いするって、陛下がはりきってましたよ」

「そんな、いいのに」

驚くフランシスの手の中に、マリーはお見舞いのレモンの砂糖漬けを渡してくれた。

「この砂糖漬けはメイからです。それからこの花籠はフェリックス様からのお見舞いです。この薔薇《ばら》は、ベルダン様」

と、マリーはとても可愛らしいピンクや白の花で作られた花籠と、豪華な薔薇を生けた花瓶《かびん》をフランシスに見せてくれた。

「とっても綺麗《きれい》。ちょっと熱を出しただけなのに、気を使わせてしまって申し訳なかったわ」

「何をおっしゃいますか。フランシス様ですから当然です。セルマー様は、後からお薬を持ってきてくださるそうですよ」

すると、開いたままの扉の向こうから、セルマーとラザラスの声が聞こえてきた。楽し気におしゃべりして笑いあいながら、二人はそれぞれ手に盆を持って現れる。ラザラスは昼食の盆、セルマーの盆にはたっぷりとしたサイズのスープボウルがのっていた。

「フランシス、よかった、具合はよさそうですね」

セルマーは盆を置くと、フランシスの頬や額に触れて、熱の有無を確認してくれた。ラザラスの男らしく分厚く硬い手と違って、セルマーの手は大きくても骨っぽく薄い感じだ。服の袖口からは薬草の爽《さわ》やかな香りがする。ああ、セルマー様だなぁと思えて、フランシスはほっと安心した。

「セルマー様、ありがとうございます。お忙しいのに」

「あなたも忙しそうでしたね。お互い健康には気を付けましょう。適度な休息は重要ですね」

「はい。セルマー様も倒れる前に休んでくださいね」

「ふふ。同じ言葉をあなたに返しましょう。さあ、これを飲んでください」

セルマーの持ってきたスープボウルがフランシスの手の中に渡される。中身は緑色のどろりとした液体。色も凶悪だが、それ以上に匂いがすごい。飲む前からこれが強烈に苦いことがわかる、そんな匂いだった。それが大きなスープボウルにたっぷり。フランシスは怯《おび》えた顔で、にこにこしているセルマーを見た。

「フラン、これは強烈に苦いよ」

気の毒そうな顔のラザラスは、水の入ったコップを持っている。それはもしかして、この苦い薬を飲んだ後に必要になるからと準備しているのだろうか。

「我が家に伝わる煎《せん》じ薬です。よく効くんですよ」

「俺も子供の頃、熱出したら必ず飲まされた。確かに効く。頑張れ、フラン」

「さ、ぐっと飲んでしまってください」

セルマーとラザラスに促《うなが》され、フランシスは覚悟を決めて、緑色の苦いお薬をぐっと飲み込んだ。

「に、にが――いっ」

「フラン、ほらほら水」

ラザラスに水のグラスを握らされ、ぐっと一気に飲み込む。あまりの苦さに体がぶるりと震えたが、コップ一杯の水でかなり緩和《かんわ》された。

「ううっ、苦かった」

「よしよし」

と、ラザラスが頭をなでなでしてくれる。あまりの苦さに涙目になったフランシスは、きゅうっとラザラスの服の胸を握り頬をすり寄せる。ラザラスがデレデレな顔になって、フランシスを抱きしめてすりすりなでなでするのを、セルマーとマリーはちょっぴりあきれた顔で見ていた。

「あとは、栄養をとって、たっぷり眠れば元気になりますよ」

セルマーがそう言って、マリーは早速という感じにフランシスの前にテーブルを置いて昼食を準備してくれた。フランシスが昼食をとっている間、セルマーとラザラスはずっとそばに居てくれて、楽しくおしゃべりをしてくれる。そしてフランシスが食事を終えると、ゆっくり休むようにとセルマーは言って、ラザラスが居ると休めませんからねと仕事に引っ張って行ってしまった。

昼食後、フランシスはまた眠っていたのだが、睡眠は足りてきていたのだろう、眠りは浅かったらしい。ガイとマリーの声に自然と目が覚めた。

「駄目です、ガイ様。陛下に、男性のお見舞い客は寝室に入れないようにって言われてますから」

「男性って、俺は身内だろ？」

「フランシス様のお身内ではないじゃないですか。フェリックス様はお兄様ですけど」

「結婚したら、フランも俺のイトコだし。問題なしなし」

「ガイ様。フランシス様の寝顔を勝手に見たりしたら、陛下に怒られますよ。間違いありませんよ。もう子供扱いするなって、ご自分で言ってるのにおかしくないですか。矛盾してますよ！」

必死という感じのマリーがちょっぴり面白かった。本人はいたって本気なのだろうから、笑うのはよくないと自制しつつ、フランシスは体を起こした。

「マリー、私、起きてるから大丈夫よ」

声をかけると、寝室の扉が外から開き、マリーがほっとした顔を見せた。

「フランシス様、うるさくして申し訳ありません」

「フラン、熱出したって？」

マリーを押しのけるようにして、ガイが姿を見せる。にやにやっとした顔に、フランシスは苦笑を浮かべる。

「ガイ、お見舞いありがとう。でも、マリーを困らせるのはやめてね」

「まあこれぐらいどってことないさ、な、マリー」

笑顔で同意を求められ、マリーはむっと顔をしかめてみせる。どうやら、マリーはガイと気安い関係らしい。

「フランシス様、お見舞いにフルーツタルトを頂きました」

と、マリーは手にしていた大箱を掲げて見せた。

「ありがとう、ガイ」

「どういたしまして。フランの好物だって聞いたからさ。うちのシェフのタルトは絶品なんだぜ。マリー、タルト二つ入ってるから、一つはお前らで分けろよ」

「ありがとうございます！」

マリーは満面の笑顔になって、大箱を抱えて軽快な足取りで寝室を出て行った。鼻歌でも聞こえてきそうで、フランシスは小さくほほ笑む。

ガイはクッションをフランシスの背中に詰め込み、厚手のショールを肩にかけてくれる。俺様な神官長様に見えるガイだが、ごく自然と気配りをしてくれる。高位の者として、周囲の人々に気配りをするのは当然という感じだ。本当に俺様なだけの人だったら、女中のマリーの気安い態度を許しはしないだろう。根っこのところは優しくて大らかな人なのだ。

「水分はとったほうがいいぞ。飲めるか？」

水差しからコップに水を入れ、ガイが手に持たせてくれる。甲斐甲斐しくお世話されてしまって、フランシスはくすぐったい気分になる。

「なんだよ」

「ん？　ガイって優しいなぁって」

「嫌味か」

「違うよ」

ガイは怒っている顔をしようとしているが、ちょっと失敗していて、恥ずかしがっているのが丸わかりだった。むうっと口をへの字に曲げ、枕元にある椅子に腰を下ろす。フランシスから顔を背《そむ》け、そっぽを向いていたが、フランシスが水を飲み終わると手を差し出して空のコップを奪っていった。

「なんかさ、悪かったよ」

「なんのこと？」

「俺、やっぱり、フランに嫉妬っていうの、そういうのしてた気がするからさ」

「と、突然だね」

お見舞いに現れて、前置きなしに嫉妬と言われても、フランシスはなんのことやらと目を瞬かせる。

「あー、俺さ、よく熱出して。三年ぐらい前までは、よく倒れては兄上に看病してもらってた」

「ラスに？」

「俺、母親と仲悪ぃんだよ。まあ、あの女は子供の看病なんてしねーけどさ。神官も大嫌いだったし。奴らに弱いとことか見せるのなんて、冗談じゃないって思ってたからさ。……今はまあ、それほどじゃないけど。だから、兄上のところに来てた」

「そうだったんだ。じゃあ、今の私みたいに」

「そうだな」

ラザラスのこのベッドで、今のフランシスのようにラザラスやマリーなんかに看病されていたのだろう。ガイにとって、その記憶はとても大切で、この場所は誰にも侵害されたくなかったのかもしれない。その気持ち、今のフランシスにはよくわかった。だってここは、とても居心地がいい。ちょっぴり恐れ多くて、申し訳ないとも思うけれど、でもすごく贅沢《ぜいたく》で幸せな時間だった。

「セルマーに苦い薬飲まされただろ」

「飲まされた」

「この可愛い花、フェイだな。俺が熱出すと果物を差し入れてくれた」

「薔薇はベルダン様なの」

「けっ。ベルダンは俺が熱出しても無視」

「レオン様はお見舞いしてくれたんじゃないの？」

長期休暇に入り、現在王城を不在にしている近衛団長はガイと仲がいい。

「レオンと親しくなったのは、ここ二年だからな」

「ガイって、婚約者いるんじゃなかった？」

「いるけど、あいつは忙しいんだ。それでなくても、無理やり婚約させたようなもんだから、俺のことで煩《わずら》わせたくない」

ガイの婚約者は年上の神官で、将来有望な研究者でもあるとセルマーに聞いたことがある。神殿に大学に、彼女は日々忙しいらしい。ガイはちゃんとその婚約者を想っているのだろう。素直に甘えられないのは、ガイだから仕方がないというところだろうか。

「ガイが熱を出したら、今度は私が看病するよ」

げっという顔をして、ガイはわざとらしく嫌そうにする。

「なんでフランなんだよ。俺はラス兄上がいい」

「ラスは駄目。お仕事忙しいんだから」

「自分は看病させたくせに」

「駄目だよねぇ。反省してる。もっとちゃんと自己管理しないとね」

フランシスがしゅんとすると、ガイは焦《あせ》って身を乗り出す。

「な、なんでそうなるんだよ！　ラス兄上だって、看病をいやだと思ってるわけじゃないだろうが」

「そりゃ、ラスは優しいもの。でもガイ、それとこれとは話が別よ。熱出しちゃったーって甘えられるのは、子供だけよ。十九にもなって熱出すなんて、自己管理が出来てない証拠。優しいラスだって、繰り返していたらあきれちゃうわよ。それでもいいの？」

「い、いやに決まってる！」

「だったら、お互い気を付けようね」

「そうだな。気を付けよう」

真顔になって頷《うなず》くガイに、フランシスも頷いてみせる。ラザラスに甘やかされて看病してもらうなんて、贅沢すぎるぐらいに贅沢だ。だからこそ、これが当然だと思うのは危険だ。物凄《ものすご》く贅沢で特別なことなのだとよくよく自覚しておかないと、この居心地のよさが恋しくてまた迷惑をかけてしまうかもしれない。などなどフランシスは自戒《じかい》の意味も込めて、ガイに話したのだが。

「俺はさ、甘えすぎだけど。フランは甘えなさすぎじゃね？」

ガイは少しあきれたようにそう言った。

「そんなことないよ」

「熱出したときぐらい、たっぷり甘えて我儘《わがまま》言っていいと思うぞ」

「我儘！」

プルプルとフランシスは首を横に振る。大人になって我儘だなんて、とんでもないというのがフランシスの認識だが、ガイはちょっと違っているらしい。不満たっぷりに口をとがらせている。

「今日ぐらいはいいんだよ。我儘言って、たっぷり甘えろよ。兄上もそのほうが喜ぶ」

「喜ぶわけないでしょ」

「ふふん。それはどうかな」

「ガイったら、子供みたい」

「言ったな。じゃ、俺と賭けようぜ？」

にやりと口の端を上げ、悪い顔になったガイが、フランシスへと身を乗り出した。


夕方。ガイが帰ったあと、フランシスはもう横にならず、のんびりと読書をしていた。ベッドにクッションを並べて、それに寄り掛かって座りながらだが、体調はかなり戻っていた。そろそろ部屋の明かりをと思う頃、ラザラスが仕事から帰ってきた。

「フス。もうお仕事終わり？」

「終わりだよ。フラン、どう？　元気になった？」

「ええ、ありがとう、ラス。もうすっかり元気」

ベッドに膝《ひざ》をついたラザラスは、フランシスを抱き寄せながら額に額をこつんと押し当てた。

「うん。熱もなし」

「ベッドから出ても大丈夫だと思うわ。夕食は食堂で一緒にとりたいな」

フランシスは不安いっぱいでラザラスを見上げるが、ラザラスは嬉しそうにほほ笑んで頷いてくれた。

「勿論《もちろん》、いいよ」

フランシスはほっとする。だが、難関はこの先だ。

「えっと、じゃあ、あの、」

言いかけては、もごもごと口の動きが小さくなっていって、言葉にならなくなってしまう。

「フラン？」

「あの！　あのね、夕食にね、コーンポタージュを食べたいな……、いいかな？」

かなりもにょもにょな口調になってしまったが、フランシスは何とか最後まで言うことが出来た。

だが言ってしまったあと、ラザラスの反応が怖くて、ぎゅっと目を閉ざしてしまう。フランシスが王宮で食事のメニューについてこんな我儘を言うのは初めてだ。特定の料理を美味しいとマリーに話し、料理人にお礼を言づけてもらい、ぜひまた作ってくださいねぐらいは言ったことがあるが、今これを食べたいなんて強いリクエストはしたことがない。しかももう夕方で、メニューだって決まっていて、夕食の準備は進んでいるはずだ。それなのに、フランシスがこんな我儘を言い出したら、調理場に多大なる迷惑をかけてしまうことになる。

ラザラスが何も言わないので、フランシスは気になってしまって、そっと目を開ける。するとラザラスは目を丸くして、口をぱかりと開けていた。とても驚いている表情なのは明らかだったのだが、悪いことをしてしまったという自覚のあるフランシスには、怒っているように見えてしまう。

「あの、ラス、ごめんなさい」

フランシスがラザラスの腕に触れると、ラザラスはハッとして現世に戻ってきたようだった。

「ちょっと待ってて！」

ラザラスはきりっと顔を引き締めると、駆け足で寝室を出て行ってしまった。バタバタという慌《あわ》てている足音が遠ざかり、なにやら遠くのほうで騒ぎになっているような気配が伝わってくる。

「ど、どうしよう……」

　両手で頬を押さえ、フランシスは涙目になってしまう。王宮で生活しているとはいえ、フランシスはまだ婚約者で王妃ではない。本当なら王宮に住む資格などないのに、食事の指示だなんて何を勘違いしてるのか、もう王妃ぶってるのか、調理場の人々はそんな悪口で盛り上がっているのではないだろうか。フランシスがドキドキしていると、ラザラスはまた駆け足で寝室に戻ってきた。

「フラン！　今日の夕食のスープは、コーンポタージュで大丈夫だって」

「ラス、ごめんなさい、メニューに口出しするなんて、私、」

「料理長は喜んでいたよ。フランが食べたいなんて希望してくれるの初めてだって、はりきってた」

　にこにこ笑顔のラザラスに負の感情は一切ない。料理長が喜んでいるというのも、気を使っている嘘《うそ》とは思えなかった。

「フラン、他にお願いないの？」

「え？」

「俺に出来ることは？　何でもしてあげるよ！」

　にこにこと満面の笑みで、ラザラスはフランシスの手を握る。そんなことを言ってくれるなんて、あまりにもタイミングがよすぎて、もしかしてガイとの『賭け』についてラザラスは知っているのかとフランシスはドキドキしてしまう。

「え、あ、あの、ガイがお見舞いに来てくれたの。ラス、知ってた？」

「マリーに聞いたよ。あと、料理長にも。今日のデザートはガイの持ってきたタルトだって。それがどうかした？」

「ううん、何でもないの。お願いね、お願いはね」

　唐突にガイの話題を出したせいで、ラザラスが不思議そうにしている。フランシスは誤魔化《ごまか》し笑いを浮かべると、お願いを考えるふりをして、ラザラスから目をそらした。どうやら、ラザラスは『賭け』のことは知らないらしい。

　我儘言って甘えたほうがラザラスは喜ぶと主張するガイは、絶対にやれ、やらないと神殿出入り禁止と無茶苦茶な脅《おど》しと勢いで、フランシスにいくつかの我儘課題を押し付けた。指示された我儘をすべてやってラザラスが怒らずに喜べばフランシスの勝ちで、ガイは何でもお願いを聞いてくれるらしい。恥ずかしがったり遠慮したりして出来なかったら、フランシスの負け。フランシスはガイのお願いを何でも聞くと約束させられた。ラザラスが怒った場合が入っていないし、賭けにする意味がわからないしと、フランシスは思うところはたくさんあったのだが、ガイの勢いに負けてしまった。

　ガイに命じられた我儘は、夕食のメニューリクエストをすること。夕食はラザラスの膝の上で、ラザラスに食べさせてもらうこと。そして、今日が終わるまで、フランシスのすべての移動はラザラスに抱っこして運んでもらうことだ。

　夕食を食べさせてもらうのは、実は以前にやってもらったことがあるので、なんとかなりそうな気がしている。最大の難関と思われた夕食リクエストも、頑張ってクリア出来た。ラザラスも怒らずに喜んでくれている。移動を抱っこなら、頑張れば出来そうな気がしてきた。

「あのね、夕食の前に入浴したいの。昨夜、たくさん汗をかいたし。浴室まで連れて行ってくれる？」

　賭けを完遂出来そうで、フランシスはちょっと安心したからか、深く考えずにそんなお願いをしてしまった。フランシスに可愛くお願いされて滅茶滅茶《めちゃめちゃ》に甘えさせたいと、手ぐすね引いて待っているラザラスに、である。

当然、ラザラスは目をキラリと光らせた。

「いいよ。俺が洗ってあげる」

「え！　そ、それは駄目！　そんなの絶対ダメ！」

真っ赤になったフランシスが、ラザラスから逃げるようにベッドの上を後退していく。そんなフランシスが可愛くて、ラザラスは声を上げて笑うと、遠くに逃げられる前にと、フランシスの体をひょいと抱き上げた。

「ラスっ」

「一緒に入ろう。髪を洗ってあげるよ」

「洗わなくていいから！」

「ほら、フランが途中で気分悪くなったら困るしさ～」

じたばたしているフランシスを、ぎゅっと抱え込み、ラザラスは寝室から続きになっている神器《じんぎ》仕様の浴室に入っていく。すぐに神器を作動させ浴槽にお湯を溜めれば、浴室内は湯気で温まっていく。

フランシスを脱衣スペースで下ろすと、ラザラスは当たり前という顔でフランシスの寝間着を脱がせ始めた。自分で出来るとフランシスは抵抗してくるが、ラザラスはぎゅっと抱きしめて抵抗を封じ、うなじや首筋にキスをしながら寝間着を脱がせ全裸にしていく。

昨夜汗をかいたからか、一日眠っていたからか、いつもよりフランシスの匂いを濃く感じ、ラザラスはそれだけでひどく興奮してしまった。病み上がりのフランシスに浴室で襲いかかるなんて絶対駄目と、ラザラスは心の中で何度も繰り返しながら自分の服も脱ぐ。すぐシャワーに行こうとしたラザラスは、フランシスが全裸のまま脱衣スペースにいるのに気が付いた。シャワーが大好きなフランシスは、いつもすぐシャワーに行くのだが。両手で胸を隠すようにして、真っ赤になって俯《うつむ》いている。

「フラン?」

ラザラスが声をかけると、フランシスは真っ赤なままラザラスを上目遣いに見つめ、おずおずと両手を差し出してきた。言葉では何も言わなかったが、その仕草が意味するのは一つだけ。抱っこ、である。ラザラスは思わず鼻を押さえてしまった。

不思議そうに小首をかしげるフランシスを、赤ちゃん抱っこで素早く抱き上げる。

(鼻血、出たかと思った……)

出血にはいたらなかったので、ラザラスは内心安堵《あんど》していた。ここで鼻血はさすがに恥ずかしい。

だがフランシスの匂いを堪能《たんのう》したせいで、すでに臨戦態勢だったあそこが、今の抱っこ攻撃で痛いぐらいギンギンに張り詰めてしまっていた。何でもないような顔をして、シャワーの下にフランシスをおろし一緒に体と髪を洗いだしたのだが、フランシスがそこを気にしているのがわかる。まあ、当然目に入るだろう。

「大丈夫。病み上がりのフランをのぼせさせるようなことはしないから」

フランシスは恥ずかしそうに俯いてしまう。本当ならフランシスの髪を洗ってあげたかったのだが、色々と危険な感じがして、ラザラスは手早く自分を洗い終えると、シャワーから出る。浴室奥の浴槽に移動すると、お湯につかってほっと一息ついた。

頭の中で今日の仕事の内容を思い出し、問題点だったところを別の角度から考え始める。必死に冷静さを取り戻そうと努力するのだが、体の熱はまったく引いてくれなかった。お湯につかっているのもよくないと気が付いて、ラザラスが浴槽から出ようとしたとき、フランシスの声が聞こえてきた。

「……ラス？」

なんだか弱弱しい声に驚くと、フランシスが頬を真っ赤に染め、とろりとした目でラザラスを見つめていた。そして、ラザラスと目が合うと、恥ずかし気におずおずと両手を差し出してくる。

それは、フランシス的には移動するための『抱っこ』のお願いでしかなかったのだが、ラザラスは『抱っこ』は抱っこでも、もうちょっと違う意味に捉えた。仕方がない。ラザラスは浴槽につかりながら、ずっとそのことを考えまいとしつつ、悶々《もんもん》と考えていたのだから。

ラザラスは素早く浴槽から出ると、フランシスの元に大股で歩み寄る。シャワーに温められた体を胸の中に抱き込むと、驚くフランシスに何も言わせず、唇を塞《ふさ》いだ。

「んっ……」

あまりに強く舌を吸い上げられ、フランシスが喉の奥であえぐ。その声にも、ラザラスは興奮してキスを深めていく。ラザラスの大きな手がフランシスの乳房を揉《も》みしだき、ツンと存在を主張した乳首を硬い指先が強く刺激していった。

「ラス、んっ」

フランシスが自分で立っていられなくなって、ラザラスの背中に腕を回す。くにゃりと力が抜けたフランシスに気が付くと、ラザラスはすぐ横の棚から大きなバスタオルを引っ張り出し、タオルに包むようにしてフランシスの体を抱き上げる。大股で浴室から出てくると、そのままベッドに直行し、タオルでくるんだままのフランシスをそっと横たえた。

「ラス、駄目、びしょびしょだし」

「ああ、すごく綺麗だ」

「やっ」

綺麗に盛り上がった乳房から転がり落ちる水滴を舌で舐《な》めとり、最後に乳首を強く吸い上げる。両手は忙《せわ》しなく動き、フランシスを湯冷めさせないように、バスタオルで肌を拭きながら愛撫《あいぶ》をほどこす。可愛らしいおへそに溜まった水滴をちゅっと吸い上げると、フランシスが甘い声を上げた。

両足を抱え上げながら大きく開かせ、ラザラスの目の前に露《あら》わになった秘所に吸い付く。最初はさらさらとした水ばかりを舐めとることになったが、すぐにとろりとした蜜が多くなっていき、押し広げていたフランシスの腿《もも》がラザラスの頭を挟み込むようにして、もっと深い快感を求めてきた。ラザラスが舌をぐっと差し込むと、フランシスの中がびくびくと震えて喜ぶのがわかる。最後にわざと音をたてて蜜を吸い上げると、ラザラスは頭を上げた。

ベッドにくったりと横たわるフランシスは、豊かな乳房を揺らし、あえぐような息をついていた。頬は薔薇色に紅潮し、濡《ぬ》れている銀色の髪が白い肌や、赤く色づいた乳首に張り付いている。羞恥《しゅうち》は強すぎる快感に追いやられたらしく、ラザラスに広げられた足はそのままで閉ざされる様子はない。ラザラスの視線を感じるのか、閉じるどころか足はそろそろと広がっていき、蜜をこぼす割れ目は見せつけるようにぱくりと開き、こぷりと中から蜜を落とした。可愛らしい足先が感じていると言わんばかりに、きゅっと力が入って丸くなる。

そんな魅力的すぎる恋人の痴態を見つめながら、ラザラスの息は荒くなっていく。先走りをこぼしているそこは、腹につきそうなほどに硬く反《そ》り返っている。あえてフランシスの体には触れず、膝立ちで近づくと、ラザラスを待ちわびて蜜をこぼすそこへ腰を突き出すようにする。当然、反り返りすぎてうまく入らず、割れ目の上にある赤く腫《は》れた芽を何度もこすり上げるようになった。すでにラザラスが口や舌で愛撫し敏感になっていたところを刺激され、フランシスは悲鳴のような声を上げて体を反り返らせる。軽くイってしまったらしく、ぴくぴくと体を震わせているのが可愛すぎてたまらない。

ラザラスはフランシスの顔の横に手をついて覆いかぶさると、熱く張り詰めたものをますます濡れそぼっているところにすり付けた。

「フラン、腰あげて。出来る？」

「ん……」

目をとろりと蕩《とろ》かせているフランシスは、ラザラスの言うとおりに腰をあげ、両足をラザラスの腰に回した。

「見える？　もうちょっと上かな」

ラザラスは二人がつながるところがよく見えるように、フランシスの腰をもっとあげさせる。そして亀頭で割れ目の下をつついて見せる。フランシスはもう思考停止してしまっていて、ラザラスに言われるまま、自分で腰を動かして蜜で濡れるそこにラザラスの先端を含ませた。だがラザラスがそれ以上挿入しようと動かないので、フランシスは焦《じ》れて腰に回した足でラザラスを引き寄せようとする。

「だーめ。フラン、さっきのやって？」

「さっき？」

「抱っこって」

ラザラスがにっこりとそうお願いすると、もう思考停止しているフランシスは不思議そうに小首をかしげつつ、両手を広げてちょっと前に出す、抱っこおねだりポーズをしてくれた。そして、次の瞬間、ラザラスは一気に奥までフランシスを満たす。

「！」

「なんなのそれ、可愛すぎるでしょ」

強い挿入に、ラザラスを待ち焦《こ》がれていたフランシスは、激しい絶頂に昇りつめていく。

「あ、あ、あっ」

びくびくと震えるフランシスの中に、ラザラスは何度も強く腰を押し込んだ。絶頂するフランシスは、不定期に中のラザラスを締め付けてきて、ラザラスの口からも低い声がもれる。

「どうして今日はそんなに可愛いかな」

抱っこのおねだりをしたフランシスの両手と指を絡《から》め、恋人つなぎをした手をベッドに押し付けながら、ラザラスの激しい腰の動きは止まらない。

「俺に甘えてる？　可愛すぎるんだけど」

奥の奥、子宮口に先端を押し付け、ぐりぐりと刺激してやる。フランシスは口を開けてあえぎ、強すぎる快感を逃がそうというのか、足で何度もシーツを蹴り、体をのけぞらす。ラザラスはフランシスの浮いた腰に腕を回すと、体を自分にぴたりと密着させ、フランシスの膣《ちつ》の中からだけではなく、お腹の上からもぐりぐりと刺激した。

「やあ、ラスっ、もう駄目っ」

「んー、俺も、もう限界かも」

震えるフランシスが可愛らしくて愛《いと》おしくて、ラザラスはぎゅうっと強く抱きしめる。きゅうきゅうと締め付けてくるフランシスの中を堪能しながら、たっぷりと熱を吐き出した。


激しい行為で乱れてしまった息を整えると、ラザラスはフランシスを抱きかかえ、再び浴室に戻った。強い官能にどこかぼんやりしているフランシスを抱えたまま、浴槽に入る。フランシスはラザラスの首に両腕を回してすがり付いたまま、ふうと気持ちよさげなため息をついた。

「今日は甘えたさんだね」

あまりの快感にこぼれた涙のあとを、ラザラスは親指で優しくぬぐっていく。

「甘えたら駄目?」

「駄目なわけない。嬉しいよ」

「本当?」

「勿論」

ラザラスが強く頷くと、まだ半分夢うつつな感じのフランシスは、ふんわりとほほ笑んだ。

「よかった。私の勝ちね」

「勝ち? 何のこと⁇」

フランシスから答えが返ってこなくて、ラザラスは肩にもたれ掛かっているフランシスの顔を覗き込む。

「落ちちゃったか」

なんとも幸せそうな顔で眠っているフランシスに、ラザラスも自然とほほ笑んでいた。頬にちゅっとキスをすると、フランシスはくすぐったそうに口の端をあげる。ごくごく浅い眠りなのだろう。すぐに目を覚ましそうだった。

「それにしても、勝ちって……。誰かと勝負してた？」

甘えてもらえて嬉しくて浮かれていたラザラスだったが、ようやく少し冷静になる。そして先程からフランシスが、らしくない言動と行動をしていることに気が付いた。

「俺がフランの甘えを受け入れるかどうかってこと、かな？　それか、俺を喜ばせるとか？」

詳《くわ》しくはフランシスに話してもらわなければならないが、甘えるということと、ラザラスが喜ぶという二点については間違いがなさそうだ。そして、こんな勝負をフランシスからしようとするはずないことも、間違いないと思える。

「ガイだな」

今日のお見舞い客で、フランシスと二人きりで会ったのはガイだけだ。どんな話の流れで勝負することになったのか、まったく見当がつかないが、ガイなら言い出しそうな気がする。ラザラスに対してはいつまでも甘ったれなガイが、甘えないフランシスに甘えるように仕向けたのではないだろうか。だとしたら、ガイからのちょっとした悪戯《いたずら》なのかもしれない。フランシスと、そして喜ぶに間違いないラザラスに対してのだ。

「まったく……」

いつまでたっても、ガイはラザラスに甘えている。こんな悪戯を仕掛けても怒られないと、心のどこかで思っているから、こういうことが出来るのだ。

「甘やかしてるからなあ。まあ、今更か」

ぼやきながら、ラザラスは浴槽から出るために立ち上がる。フランシスが目を覚ますように、軽く揺さぶってキスをすれば、まだとろんとした青い目がうっとりとラザラスを見上げてくる。可愛らしくて、ラザラスはキスをせずにはいられない。

こんな悪戯ならいつでも大歓迎だと、怒るどころか喜んでいる自分に、ラザラスは心の中で苦笑していた。

夕食をラザラスの膝の上で食べさせてもらいながら、フランシスはガイとの賭けについて、すべてを白状させられた。

「ガイには、賭けについて俺には内緒だって言われなかっただろ？」

と、ラザラスに指摘され、確かにそんな約束はなかったのでいいのかなぁと思ってしまったのだが。フランシスが賭けに勝てるようにと、夕食を食べさせてもらい、抱っこでベッドまで運ばれて、これはやはりズルだと気が付いた。

「俺が喜べばフランの勝ちだろ？　だから問題なし」

ベッドにフランシスを寝かしつけ、背中からフランシスを抱き込みながら、ラザラスはとっても機嫌がいい。賭けの主目的は、我儘をラザラスが喜ぶかどうかだったので、問題ないようにも思える。

(でも、それだと、喜ぶって主張したガイの勝ちにならないとおかしいよね？)

真面目《まじめ》なフランシスは、まだこの賭けがガイの悪戯だと気付いていない。

「明日は城下町デートに行けそうかな？」

「行きたい！　でも、ラスはお仕事大丈夫？」

「大丈夫大丈夫。午後はちゃんと働いてきただろ。明日休むためだよ」

明日はたっぷり遊ぶために、今日はもう寝ようと、ラザラスはフランシスの肩に額をすり付けてくる。眠そうに気怠《けだる》そうな欠伸《あくび》をするラザラスに、昨夜はほぼ徹夜で看病させてしまったことを思い出す。だというのに、甘えまくるし、ずっと抱っこだったし、フランシスはとても申し訳なく思った。

「今日はごめんね、ありがとう、ラス。せっかくのお休みだったのに」

「んー？　今日はいい休日だったよ」

フランシスの申し訳なさそうな口調に気付いたのだろう、ラザラスは頬にちゅっとキスしてくれる。

「フランの看病が出来たし、子供の頃の話も聞けたし、抱っこってされるの超絶可愛かったし。今日は最高だった。また今日みたいに甘えてよ」

くすくす笑いながら、ラザラスが首筋や耳にキスしてくれる。しっかりとラザラスの胸の中に抱き込まれ、ラザラスの胸の鼓動が背中から伝わり、耳に息が触れる。愛していると囁き、ラザラスの息が次第にゆっくりな寝息に変わっていくのを、フランシスは幸せな気持ちで感じていた。

文庫版書き下ろし番外編　こんな休日も　続き

マルタナ王都マレバ。マルタナ国王の住む王城の城下町であり、マルタナの海の玄関でもある大きな港を持つ港町でもある。町中にはマルタナ大神殿、マルタナ国立マレバ大学など、国を代表するような建物がいくつも存在していて、マルタナで最もにぎわっている町であり、人口も最大だ。

この町の治安は近衛《このえ》軍によって守られている。今の近衛軍団長レオンは、大らかで明るく気さく、だが締めるときは誰より厳しいという人だ。彼のそんな気質は王都マレバの雰囲気にぴたりと合っていて、マレバは自由でにぎやかで、違法すれすれな賭博などもこっそり開催されてはいるものの、治安はとてもよいという、住みやすい町になっている。

そんなマレバの町では、軍服姿の近衛軍人が歩いているのが普通なのだが、その日はいつもより多くいるように思えた。

「今日は何かあるんですか？　軍人さん、多いですよね」

と、屋台で蒸したての饅頭を売っている若い娘が、饅頭を買いに寄った近衛軍人に声をかけた。

「あ、わかる？　物々しいかな」

饅頭を受け取った近衛軍人、団長の副官ジャンは、そう軽い口調で聞き返す。

「そこまでじゃ……。でも気になるかしら」

「今日はいつもの倍いるからなあ」

王都の町中は常に一定数の軍人が警備しているが、今日はいつもの倍人数が配置されている。

「倍って、何かあったんですか？」

「危険なことじゃないから、大丈夫だよ。陛下が町中を歩いててさ」

「それで倍なんですか？」

マルタナ国王ラザラスが城下町を歩いているのは、それほど珍しいことではない。若くて気さくな王様は、仕事の合間に王城を抜け出しては街歩きを楽しんでいる。これまで、そのたびに警備の近衛が倍増されたことはなかったのだが。

「今日はお一人じゃないからね」

「それって、もしかして！」

若い娘の顔がぱっと輝く。

先週、王城で盛大な舞踏会が開かれ、ラザラスが婚約を発表したことは、今町中で最も注目されている話題だ。特に婚約者となったフランシスの数奇な運命と、ドラマティックなラザラスとの出会いについては、女性を中心に熱狂的に噂《うわさ》されている。

だというのに、フランシスはまだ人々の前に姿を見せていない。ラザラスが常に自分のそばから放さないので、まだ王城から出たことがないからだという理由を人々は好意的に受け入れているが、一日も早くラザラスの想い人を見たいという願いも、ヒートアップしていた。

「こうしちゃいられないわ！」

娘は目の色を変えると、蒸し饅頭にフタをかぶせ、エプロンを外し始める。

「あんまり騒ぐのはどうかと思うよ。陛下もデートだって楽しみにって……あー行っちゃったか」

近衛軍人の話など無視で、娘は店内の従業員たちまで誘って大通りへと駆け出してしまった。


というわけで、大通りは物凄《ものすご》い騒ぎになっていた。

こうなることを予想していた近衛は、ラザラスとフランシスを町の中央にある噴水広場で足止めし、即席で作成した壇上に上がってもらうと、集まってきていた人々に手を振らせた。フランシスにプレゼントを渡そうとする者も多く、それも近衛が統制して代わりに受け取りをする。近衛副団長ベルダンの仕切りは完璧で、広場にはかなりの人が集まったが大きな混乱はなく、無事にお手振り会は終了となった。

「すごい人だったなぁ」

解散していく人々に手を振って見送りつつ、他人事なのんびりとした口調のラザラスを、ベルダンが横目で睨《にら》む。

「当たり前でしょう。こうなるとわかっていたでしょうに」

「やっぱり最初は仕方ない。フランを見れたんだから、これで落ち着くだろ」

「あの、すみません、ベルダン様。近衛の皆さんにもご面倒をおかけしてしまって」

ぺこりと頭を下げるフランシスの肩を、ラザラスはぎゅっと抱き寄せる。途端に黄色い悲鳴がそこかしこから上がってしまった。やはり二人がくっつくと余計に注目を集めてしまう。

ラザラスは非常に不本意だったが、フランシスの肩から手を離して少しだけ距離を置く。

「フランが謝ることじゃないよ。大丈夫。こうなることはレオンも予想済みで、警備計画たてといてくれたから。ベルダンなんてそれを実行しただけさ」

実行しただけでも十分に大変だったのだ。腕を組んでむすっとしたベルダンの肩に、ラザラスはなだめるように手を置く。

「近衛のおかげで事故なくお披露目出来てよかった。みんなフランに会えてとても嬉《うれ》しそうだったね」

「本当にすごく歓迎してくださって。驚いちゃいました」

嬉しさを隠しきれないという感じに、フランシスが頬を薔薇色に染めて笑顔になる。

ダナオスでの長い軟禁生活のせいで自己評価が低く、ダナオスの王女だったという過去を隠しているという負い目もあり、フランシスは自分がマルタナの人々に歓迎されるとは思っていなかった。今日の城下町デートだって、ラザラスと一緒に外に出かけるということを楽しみにしていても、城下町の人々が自分のために集まって、これほどまでに歓迎してくれるだなんて、まったく予想していなかったのだ。

感動しているフランシスに、ラザラスやベルダン、近衛たちも、ほっこりと温かな気持ちになる。そして今日の城下町デートをたっぷり楽しませてあげようと、男たちは熱い気持ちで頷《うなず》き合った。

大通り商店街に入ってすぐにある、女中マリーおすすめの雑貨屋に二人で立ち寄る。女性向けの綺《き》麗《れい》で可《か》愛《わい》らしい小物や文具が中心の店で、値段設定は庶民には少し高価、貴族令嬢ならお小遣いで自由に買えるぐらい。庶民のマリーはこの店で買い物するのがプチ贅沢で、フランシスにこの店の話をするときはいつも楽し気で目が輝いていた。

「マリーにお土産《みやげ》を買っていかなくちゃ」

と、フランシスは真剣な表情で店の商品を吟味《ぎんみ》し始める。

自分の買い物よりお土産なフランシスが可愛くて、ラザラスはとろけるような甘い目でじっと見つめていた。そんな激甘なラザラスが珍しく、店内の女性たちの目はラザラスにくぎ付けだったのだが、注目されているのに慣れているラザラスはまったく気にせず、フランシスだけに集中していた。

「俺もマリーにはいつもお世話になってるから、何か買っていこうかな」

「いいことだと思うわ、ラス」

「そうだ、フランとマリーで何かおそろいの物を買うのはどう？」

「！」

フランシスは嬉しそうにぱあっと顔を輝かせる。

「シビルとメイにも買ったら？　女性はおそろいの小物って好きなんだろ」

「それって名案だわ、ラス！」

今日は朝からフランシスの笑顔大盤振る舞いという感じだ。

「……可愛い」

「ん？」

「今日一日、俺の心臓もつかな」

左胸に手を置いて、ラザラスはひっそりつぶやく。

それに、心臓が止まる以上に危険なのが、フランシスが可愛くて我慢出来ず、王城の寝室に連れ帰って押し倒してしまいそうなこと。かなりの高確率でやらかしてしまいそうだが、そんなことをしてしまったら、フランシスの可愛い表情や笑顔は見れなくなってしまう。デートを台無しにしたと、恨まれてしまう可能性も高い。

「我慢我慢……帰るまでは見ているだけで我慢」

「?」

妙な顔つきでぶつぶつつぶやくおかしなラザラスに背を向け、フランシスは店内の商品を見て回ることに集中し始めた。すると、フランシスが一人になるのを待っていた女性店員が、すぐに近寄ってきておすすめ商品の紹介を始める。フランシスもそれを迷惑がらずに嬉しそうに聞くものだから、近くにいる女性客まで一緒に話し出し、それをちらちら気にして見ていた他の女性客たちも寄っていく。

結局、店内の女性客と店員がフランシスを取り囲むようになってしまった。

「大丈夫ですか、あれ」

と、背後から近寄ってきたベルダンが、ラザラスの耳元で小さく聞く。

「大丈夫だろう。女性ばかりだし」

ラザラスたちが入店してすぐ、申し訳ないがこの店の扉は閉めさせてもらった。だから店内にいるのは二人が来る前からいる客だけで、ラザラスとフランシス目当てではない。危険性は少ないだろう。

「それに、フランが楽しそう」

同年代の女性たちに取り囲まれ、盛んにおしゃべりをして、フランシスは楽しそうだ。頰を真っ赤に紅潮させ、目はキラキラで、いつもより多めに身振り手振りしながら話している。少し緊張しつつも、興奮して、楽しんでいるという感じ。こんなフランシス、王城ではなかなか見られない。

「可愛すぎる」

ベルダンのあきれたような横目など無視で、ラザラスはうっとりとフランシスを見つめてため息をついた。

フランシスとラザラスは、時間をかけてたっぷりと買い物をした。マリーたちだけではなく、ラザラスの母ジェネヴィエーブや義母のコンスタンスなどにもお土産を選んだ。二人が来店してから新たな客を入れなかったのだが、これだけ買えば店の損にはならなかっただろう。

ただ、たっぷり時間をかけたせいで、二人が店の外に出ようとしたとき、店の周囲は人だかりになってしまっていた。

「無理です。諦《あきら》めてください」

扉を背に立つベルダンが、出ようとするラザラスとフランシスを止める。

このまま外に出れば、フランシスとラザラスは群衆に囲まれて危険な状態になる。朝一番に広場で挨拶した時のように、統制が取れているわけではない自然発生した群衆なので、何が起こるかわからない。近衛もどこか殺気立っていた。

「裏に馬車を呼んでいます。少しお待ちを」

ベルダンは店内にいる部下たちに指示を出し、店の裏手へと奥に入っていく。

ラザラスも窓越しに外に集まっている人の多さに眉を顰《ひそ》め、フランシスの肩を抱き、店の外から二人の姿が見えない位置に移動した。

「ごめん、フラン。こんなに集まるなんて、フランの人気を甘く見ていた」

「ラスの人気でしょ」

「俺はいつも町中をふらふらしてるから、こんな騒ぎにはならないよ。みんな、フランを見たくて集まってるんだ」

集まっている人々は、口々にフランシスの名前を呼び、陛下とお幸せにだとか、綺麗やらお似合いやら、とにかくもうフランシスを褒めちぎっている。フランシスと握手しようと手を伸ばしてくる人も、花を渡そうと差し出してくる人も多い。

あまりにも人が集まりすぎていて危険な状況なので、フランシスは近衛の指示通りに近づかないようにしているし、あまり反応しないようにしているのだが、とても嬉しく思っているのが自然とほころぶ口元や潤んでいる目でわかる。その控えめな可愛さに、ラザラスは胸がくうっとなる。

人前でフランシスに触れると騒ぎになるので、今日は控えようと思っているのだが、我慢出来ずにこっそり額と頬にキスをした。

「でも、もう帰らないと駄目よね？」

小さな声で、しかもちょっと上目遣いにラザラスを見つつ、フランシスが聞いてくる。帰らないとと言いつつ、帰りたくないという意思表示。わがままを言わないフランシスには、とても珍しい。

（あ、これ、甘えられてる？　甘えられてるよね）

昨夜からフランシスを甘やかしたくてたまらないが続いているラザラスである。

「デートは始まったばかりだよ。大丈夫！」

勢いよく即答すれば、フランシスがふんわりと嬉しそうにほほ笑む。それがもう可愛くてたまらなくて、抱きしめようとしたところに、ベルダンが戻《もど》ってきた。

「申し訳ありません。馬車どころか、馬も近づけなくなりました。この店に閉じ込められてしまったようです」

険しい顔つきで告げられた言葉に、店内の人々に緊張が走る。

ベルダンはラザラスのそばに歩み寄ると、耳元に顔を寄せ、声を潜《ひそ》めて言った。

「ここは危険です。フランシスと一緒に脱出してください」

「でも、閉じ込められたって」

「陛下お得意の反則技、使ってください」

ラザラスは軽く目を見張り、不本意だと顔に書いてあるベルダンを見返す。

ベルダンが言う『反則技』というのは、神力《しんりき》による逃亡だ。昔、まだラザラスが無邪気に神力を使っていた頃、護衛のベルダンから逃げ出すために、壁を通り抜けたり転移したりしていた。当然、神力のないベルダンにはついてこれないので、反則技だといつも非難されていた。

「……そっか」

転移してこの店からどこかへ逃げ出せばいい。ずっと神力を封印して使っていなかったから、そういう発想がなかったのだ。

「帽子をかぶって、その目立つ頭を隠してください。フランシスもだ」

「はい！」

フランシスがわくわくした様子で、目立つ銀の髪を帽子に押し込み始める。ラザラスも町人風の帽子をかぶって、輝く黄金色の髪を隠した。

そして、店の人や他の客の目から逃れて奥に入ると、ラザラスはフランシスと一緒に店の外へと転移する。

「日が暮れるまでには、王城に戻ってきてくださいよ。信じてますからね、お願いしますよ、陛下」

ものすごく仏頂面で嫌そうな顔のベルダンに見送られて。

巨大な帆船が停泊する港を、ラザラスとフランシスは仲良く手をつなぎながら、のんびり歩いていた。

フランシスは目も口も大きく開けて、間近で見るのは初めてという巨大商船を見上げている。そんな可愛いフランシスの手をひいて、ラザラスは他の通行人にぶつからないように誘導している。

「大きな港だろ」

「ええ、すごい。活気もあるし」

「南との交易をもっと増やしたいんだけどね」

まだまだ国内の港を行き来する商船が多い。とはいえ、マルタナは南北に長い国なので、北端と南端からの商船が王都に来るようになったのも、つい最近のこと。

ラザラスが国内事情を絡めつつ港を案内していると、行き交う人々の中にラザラスに気が付く人がでてきてしまう。この王都で、ラザラスの顔は本当によく知られているのだ。楽しそうにデートしている二人をそっとしておいてくれる人もいるのだが、やはり次第に周囲は騒がしくなった。

少し離れたところにいる近衛軍人が、ラザラスと目を合わせて注意を促《うなが》してくる。

『フラン、こっち」

と、ラザラスは近衛軍人のほうへとフランシスの手を引いて速足で進むと、彼の横をすり抜けて建物の中に入る。港町に設置されている近衛の詰め所だ。

ラザラスは外からの視線が遮《さえぎ》られると、すぐにフランシスを連れて次の場所へと転移した。

王都内ぐらいならどこへでも転移可能なラザラスは、その後も色々な場所にフランシスと一緒に現れた。大きな公園で子供たちと一緒に大道芸を楽しんだり、新鮮なシーフードをテイクアウトして人のいない砂浜で昼食にしたり。雑貨屋前の人だかりがなくなってから、また商店街に戻って他の店に入ったりもした。

神出鬼没なラザラスとフランシスを目撃して満足した人が増えたからか、次第に二人のデートを邪魔する人も減り始める。お茶の時間になる頃には、王都でも人気のカフェに入ってケーキとコーヒーを楽しむことが出来た。個室だったが。

「行こうと思っていたところは、大体行けたかな」

ラザラスは満足そうに頷き、香りのいいコーヒーを口に運ぶ。

「フランは楽しめた？　ちょっとせわしなかったかな」

うっとりとした顔でチョコレートケーキを食べていたフランシスは、手を止めてラザラスにほほ笑む。

「とっても楽しかったわ。どこに行っても歓迎してもらえたし」

「確かに、大歓迎だったね」

と、ラザラスは苦笑してしまう。

歓迎されすぎて人に囲まれ、今日はもう何度転移をしたのか覚えていない。だが、最後には転移で逃げればいいと思えるから、人に囲まれてもそれほど危険を感じずに楽しめた。

フランシスも怖がるどころか、握手したりプレゼントを受け取っていた。ずっと笑顔で嬉しそうで、ラザラスは勿論《もちろん》、集まった人々も幸せな気持ちにしてくれた。

ただ警備の近衛にはものすごく苦労をかけてしまった自覚がある。早急にお礼しなければと思っている。言葉だけではなく、休暇や盛大な差し入れが必要だろう。

「そろそろ帰らないとかな」

日が暮れるまでにはと言ったベルダンのことを思い出す。窓の外を見れば、いつの間にか日差しは傾きだしていた。

「あの、ラス?」

可愛らしい上目遣いに、ラザラスの目じりも下がる。

「ん?　今日も抱っこ?　いいよ?」

からかえば、フランシスはくすっと笑って、ラザラスの胸の中にぽすんと抱き着いてきた。

「ラス、お願い。最後にもう一か所、行きたいところがあるの」

「勿論いいよ。うん、いいね。甘え方が上手になってる。あー可愛い」

町中にいるという解放感からか、昨夜、もっと甘えてほしいと力説したのが効いているのか、今日のフランシスはとても可愛い。

ラザラスはぎゅっとフランシスを抱きしめて、可愛い小さな頭を何度も手でなでまくる。このまま王城にお持ち帰りしたい気持ちが今日一番に高まったが、フランシスの甘えたお願いを叶《かな》えないわけにはいかないと、ラザラスは色々頑張って我慢をした。

デートの最後にフランシスが行きたいと願ったのは、町の中心にあるマルタナ大神殿。マルタナにおける海王《かいおう》信仰の中心。歴史ある建造物でもあり、訪れる人はとても多い。

二人が神殿に入ると、まるでそれを知っていたかのように奥から若い神官が現れ、神官のみに立ち入りが許可されているエリアへと案内してくれた。一般人が入れるエリアとは鉄製の柵で区切られていて、人に囲まれてしまう心配なくゆっくり神殿を見て回れるのがありがたい。

「申し訳ありません。神官長は王城の本部におりまして、不在にしております」

中央の祭壇前で足を止めると、神官はそう言って頭を下げた。

「いいんだよ、ガイに会いに来たわけじゃないから」

「神官様、申し訳ありません。私が急に大神殿に行きたいと無理を言ったのです」

フランシスが頭を下げると、若い神官は慌《あわ》てたようだった。

「神殿はいつでも誰にでも扉を開けております。来たい時にいらしてください」

「ありがとうございます」

もう一度頭を下げると、フランシスは祭壇の前に進む。ごく自然な動作で膝《ひざ》をつき、両手を胸に置くと、海王を象徴する青いステンドグラスに向かって頭を垂れた。

祈りを捧げる姿勢がとても美しい。日頃からこうして祈りを捧げているのだろうと思わせる、慣れた美しい仕草だった。

「……さすがダナオスの方ですね」

神官が感心したようにつぶやく。マルタナよりダナオスのほうが数倍信心深く、海王への祈りも生活の中に深く根付いている。フランシスもきっと毎日のようにお祈りをしていたのだろう。

形式的なごく短い祈りを終わらせ、フランシスはすっと立ち上がる。そして、祭壇から神殿の内部へと体ごと視線を向けた。

ぐるりと神殿内部を見回すフランシスは、なんだか恥ずかしそうな、照れているような、そんな可愛らしい顔をしていた。ラザラスに見られているのに気が付き、さらに恥ずかしそうに頬を染める。すごく可愛い。

「フラン、何を見ているの？」

フランシスに歩み寄り、ぎゅっと肩を引き寄せ、腕の中に囲い込む。

「マルタナ大神殿は綺麗で立派だなぁって」

「うそだ」

そんなことを思って、あんな可愛い顔はしない。

じいっと目を覗き込めば、フランシスはもじもじしだし、それでもじいっと見ていれば、ますます赤くなった顔を近づけてきて、小さな声で教えてくれた。

「ここで、ラスと結婚式するんだなぁって、思ってたの」

「……」

「あの、ほら、今日ね、王妃様って呼びかけてくれる人も結構いたでしょ。えっと、気が早いと思うんだけど」

「そうだね」

勿論、ラザラスはもっと呼べと思ったけれど。今は黙っておく。

「だからかな、なんだか急に、婚約した実感がわいたというか。マルタナの人になるんだなって、改めて思ったというか。それであの、結婚式の時も、今日みたいに祝福してもらえるかなって」

話している間に、フランシスの目は潤みだす。まるで幸せな花嫁のように。

「勿論、祝福してもらえるさ。式のあとは、馬車で町中をパレードしよう」

胸の中にぎゅっと抱きしめると、フランシスはとても幸せそうな笑顔になる。今日はたくさんの可愛らしい表情を見せてもらったけれど、今の笑顔が一番可愛い。これ以上はもう心臓が持たない。

「フラン、帰ろう」

一刻も早く帰宅して、可愛いフランシスを独り占めしないと心臓が止まってしまいそうだ。

ラザラスは神官に指示して、王族専用の出入り口へと案内させる。大神殿での祭事には王族や神官長などの高位神官も参加するため、特別な通路や出入り口が整備されているのだ。

そして、王族専用出口では、朝に雑貨屋で別れたベルダンが、馬車と一緒に二人を待っていた。


迎えの馬車は、ラザラスとフランシスが乗っていると知られないように、紋章や華美な飾りもないシンプルなもの。窓にもきっちりとカーテンがひかれ、中が見えないようになっていた。

今日一日中、人の視線にさらされていた二人は、完全な個室にほっと一息つく。そして、ラザラスはそうするのが当たり前という顔で、フランシスを抱き上げて自分の膝の上にのせてしまった。

「ラス」

「今日はずっとフランが町を楽しめるように頑張ったから、もう解禁」

フランシスの頭を抱き寄せ、軽くついばむようなキスを何度も唇にする。

「解禁？　何を？」

「可愛いフランを構い倒すこと」

今日のフランシスはとても可愛らしかった。そして、ラザラスは昨夜からずっとフランシスを甘やかして可愛がりたい欲求が続いている。

もしかしたら、フランシスも甘えたいのが続いているのかもしれない。ラザラスに反論することなく、嬉しそうに頬を染め、ラザラスの首に両腕をまわして頬をすり寄せてきた。

これなら、今夜も甘えたフランシスを堪能出来るかもしれない。昨夜の『抱っこ』は大変すばらしかったと、すばらしかった色々を思い出しかけ、鼻血の危険性を感じ、ラザラスは妄想を頭の隅に追いやった。王城に帰り着くまで、もう少しの辛抱だ。

「フラン。マルタナ王都、気に入った？」

「ええ、勿論！　活気があって、綺麗で楽しくて優しい。ラスの町ね」

嬉しいことを言ってくれるフランシスの頬に、唇を押し当てる。

「ありがとう。すぐに、フランの町にもなる。だろ？　王妃様」

照れくさそうに微笑むフランシスに、もう遠慮なくキスの雨を降らせる。

「……今夜は、今からずっと抱っこにしようか？」

半分冗談で囁いたのにフランシスが頷くので、ラザラスは帰りつくまで色々と我慢で大変になった。

あとがき

ラザラスとフランシスのロマンス、二冊目をお届けします。もしかしたら、一冊目よりもじれったくもどかしく、切ない展開だったかと思います。でもちゃんと、ハッピーエンドなので、安心して楽しんでほしいです。

ラザラスの側近が、ようやく全員顔を揃えました。フランシスがシビルとメイと再会を果たし、泣きじゃくる三人を見守るラザラスの周囲に側近たちが集まるシーンがありますが、私の密かなお気に入りシーンです。ラザラスと側近たちの関係がとても好きで、彼等の会話をとても楽しんで書いてました。レオンが「なるほどほほ笑ましい」と言って、ガイが吹き出すところとか、すごく好きです。

ラザラスは二巻でも相変わらず愛されキャラで、仇敵にも愛されているという。フランシスもちゃんと愛されてますよ～ということで、番外編の休日は、愛されフランシスで書いております。ご堪能ください。

セルマーの番外編は、本編の補完的内容でした。うまく本編に組み込めなくて苦悩し、諦めて番外編にしたのですが、逆にすっきりまとまってよかったと思っています。

コトハ様、二巻でも美しいイラストをどうもありがとうございました。側近たち全員に神様ガイアスまで描いてくださって、とても嬉しいです。ガイとレオン、私のイメージどおりで、テンション上がりました！

そして、二巻も出してくださった一迅社の皆様、どうもありがとうございました。二巻の内容、とても満足のいくものになりました。担当様のおかげです。感謝しております。

最後に、この本を手に取ってくださった皆様、ありがとうございます。ラスとフランの甘く切ないロマンス、楽しんでいただけたでしょうか。強い絆と愛情で結ばれた二人は、どんな苦難も乗り越えて、これ以上ない幸せを手に入れるでしょう！

須東きりこ

海《かい》王《おう》の娘《むすめ》2
孤《こ》独《どく》な王《おう》女《じょ》と謀《はか》られた運《うん》命《めい》

須東きりこ

2023年3月5日　初版発行

著者　須東きりこ

発行者　野内雅宏

発行所　株式会社一迅社
〒160-0022 東京都新宿区新宿3-1-13　京王新宿追分ビル5F
電話　03-5312-7432(編集)
電話　03-5312-6150(販売)
発売元：株式会社講談社(講談社・一迅社)

印刷・製本　大日本印刷株式会社

DTP　株式会社三協美術

装丁　AFTERGLOW

ISBN978-4-7580-9532-7

●本書は「ムーンライトノベルズ」(https://mnlt.syosetu.com/)に
掲載されていたものを改稿の上書籍化したものです。

MELISSA
メリッサ文庫